U0926241

大周互娱
DA ZHOU HU YU

江苏凤凰文艺出版社
JIANGSU PHOENIX LITERATURE AND ART PUBLISHING, LTD

图书在版编目（CIP）数据

守界人. 2 / 蝙蝠著. --南京：江苏凤凰文艺出版社，2018.6

ISBN 978-7-5594-2048-0

Ⅰ. ①守… Ⅱ. ①蝙… Ⅲ. ①长篇小说—中国—当代 Ⅳ. ①I247.5

中国版本图书馆CIP数据核字（2018）第088974号

守界人. 2

作　　者　蝙　蝠
责任编辑　丁小卉　姚　丽
总 策 划　周　政
出版监制　杨翔森　曾筱佳
项目总监　冯　娟
特约编辑　李　安
封面设计　小　鱼
版式设计　李映龙
封面绘制　木叶可
责任监制　刘　巍　江伟明
出　　品　大周互娱
出版发行　江苏凤凰文艺出版社
出版社地址　南京市中央路165号，邮编：210009
出版社网址　http://www.jswenyi.com
印　　刷　长沙鸿发印务实业有限公司
开　　本　880mm×1230mm　1/32
字　　数　338千字
印　　张　10
版　　次　2018年6月第1版　2018年6月第1次印刷
书　　号　ISBN 978-7-5594-2048-0
定　　价　36.80元

（江苏凤凰文艺版图书凡印刷、装订错误可随时向承印厂调换）

目录
CONTENTS

目录
CONTENTS

Volume 3
第三卷
失踪

Volume 4
第四卷
梦狼

第一卷 怪病

第一章　请假

螟蛉有子，蜾蠃负之。

——《诗经·小雅·小宛》

自从换到了押钞工作之后，盘犰守已经有很长时间没有见到王飞了。

其实他和这个小伙子也说不上有多熟，就是在商场巡逻捉狐狸的那段时间里，他们两个算是搭档过。在他被换到押钞工作之后，王飞也被安排到了其他的岗位上，所以他们已经很久没见过面。

盘犰守之所以会忽然想起王飞，是在上次劫匪事件之后，詹谷他们一组的保安人员如今只剩下盘犰守、詹谷、王飞和另外一个人了，而那另外一个人，盘犰守不太熟悉，现在连名字都忘了，所以他仅仅想起了王飞。

一天中午，表兄弟两个人约了一起吃饭，算是增进一下不算深也不算浅的兄弟感情。

吃饭的时候，盘犰守就提起了王飞。他今天要办的事，王飞原本也是该在的，但他没有见到王飞，连那个他忘了名字的人都见到了，但就是没见到王飞。

詹谷听盘犰守问起王飞，也显得有点惊讶。

“你怎么忽然想起问他？”

“只是想起来……”

詹谷吞下一口面，一边叹气一边摇头。

盘犰守只是忽然想起，所以礼节性地问问而已，根本没想王飞会出什么事，想不到詹谷竟是这个态度，难道说他真的出了什么事情？

詹谷说：“这个家伙啊……唉……也不知道是倒了什么霉，病了，在家歇着呢。公司本来要开除他，我好不容易帮他申请到无薪休假，不过要是他再休一个月，那就连我也保不住他了。”

盘狁守问：“他到底得的什么病？很难治吗？”

詹谷说：“他自己也不知道……这几个月来，他老是没什么力气，动不动就腿软，走不动路，去医院检查，医生说什么问题也没有。从上个月开始，他就完全出不了门了，只能请假在家。”

盘狁守说：“怎么不告诉我，我也可以去看看他。”

詹谷用一种很怪异的目光看他：“你那段时间可忙得很，养了两只狗，还拍广告，一下班就跑得没影了，我哪有时间和你说那么多。”

这话有一半是对的，有几天盘狁守的确是在陪着那两个妖怪拍广告，不过最近则是大灰狼和小狐狸为了究竟是应该按照体形还是受宠程度分配食物、待遇的问题打得不可开交，只要他不在，那两个就能打得毛发飞扬，他拼死拼活奔回去只是为了劝架……

当然这话他不能告诉詹谷，否则这个现实主义者一定会劝他赶紧扔掉至少一个……

于是盘狁守也不辩解，只是用吃东西的动作掩饰着尴尬，说：“那也是没办法……反正今天知道也不算太晚，咱们去他家看看他吧。你知道他家在哪儿吗？”

詹谷说：“知道，离公司不太远。吃完了咱们给他买点东西，一起去他家。”

因为不知道王飞究竟生了什么病，他们买东西的时候也有点摸不着头脑，最后买了点营养品，想着他无论生了什么病都能吃这东西。

王飞家的确离公司不远，步行十多分钟就到了。

两个人拎着大包小包爬上三楼，詹谷率先敲敲门，叫了几声王飞的名字。

里面没有动静。

詹谷又敲敲门，盘狁守也敲了几下，但里面没有一点反应。

詹谷说：“奇怪，他身体不舒服，连楼都下不去，不可能到别的地方去呀。”

盘狁守说：“也许是去医院了吧？”

詹谷说：“那不可能。他家人带着他都快把咱们市里的医院都走遍了，没人知道他究竟生了什么病，他没办法，才只能待在家里养着呢。”

盘犹守叹气。他也太冲动了，在到别人家看望之前，难道不应该先打个电话确认一下对方有没有时间吗？这样贸然跑来，被人晾在门口也是很正常的。就是带的这些营养品，盒子太大，等会儿挤公交车回家不知道得多麻烦……

詹谷倒是没有盘犹守这样的烦恼，他十分确定王飞在家，于是很坚定地在那里猛拍门。

王飞的房间一片死寂，连隔壁的人都出来骂了一番了，他家还是一点反应都没有。

最后连詹谷都放弃了，和盘犹守商量了一下，正准备离开，却忽然听到了王飞家的门发出“咔嗒”一声轻响。

防盗门里边的那一层门先开了，王飞的脸慢慢地出现在门缝中。

“谁呀……”他的声音很低，有气无力，脸色青白，好像鬼一样，衬着身后屋内阴暗的背景，颇有恐怖片的味道。

詹谷马上凑到防盗门前，一连串地问：“你没事吧？怎么这么长时间都不开门？我们还以为你出事了呢！你现在身体怎么样？还是不舒服吗？看你的脸色好像比上次见面时还差……”

王飞对于詹谷的关心表现得很漠然，或许不是漠然，只是没力气回答而已。他沉默着开了防盗门，慢慢地转身，走进屋里。

两人拎着东西跟在后面走了进去。

屋里的窗帘都拉着，光线很暗，空气中弥漫着药味和人睡得太久又不通风的味道。沙发上摊着一床凌乱的被子，电视屏幕闪烁着，却被开成了无声模式。

詹谷熟门熟路地钻到另外一间屋子里把东西放下，又出来接盘犹守手里的东西，都放好后，两个人再看王飞，发现他还在慢慢地往沙发那里挪动。

原来屋里不是没人，也不是他故意不开门，只是他的动作实在太慢，慢到了一种令人发指的程度，所以他们才会被晾在门口那么长时间。

表兄弟俩对视一眼，默契地上前，将行动如蜗牛般缓慢的王飞扶到沙发上。一沾到沙发，王飞立刻就倒下了，好像这一点点运动已经消耗了他所有力量。

“你们随便坐……”他无力地说，“我实在没有力气招呼……”

盘犹守随便找了个地方坐下，说：“没事，我们就是来看看你现在怎么样了，让你费心招呼，我们反而不好意思。”

王飞躺在沙发上，很久都没有动弹，也没有说话，如果不是那缓慢而悠长的呼吸，他们恐怕会以为他已经死了。

詹谷忧心忡忡地说："你怎么看起来好像比上次病得更厉害了，还是查不出原因吗？"

王飞的眼睛睁开一条缝，呼吸也变得有些喘，似乎做这个动作就让他不胜负荷："要是知道原因……即使倾家荡产……我也要……治病……这种感觉……太难受了……还不如死了算了……"

"别胡说。"詹谷严厉地说。

王飞自顾自地说："你不知道……我现在觉得我就像在水里……全身上下沉得要死……只要稍不小心……就会沉到深不见底的地方……太可怕了……"

盘犹守看着王飞的样子，心里有点难受，毕竟是和自己一起工作过那么久的人，几个月前还是个健健康康、会惨叫着飞快逃走的小伙子，如今却瘦得就像个影子，连说话都艰难，这对他来说的确不太容易接受。如果能帮上什么忙的话，盘犹守一定会毫不犹豫地去做的。问题是，现在连医生都不知道王飞得的什么病，盘犹守除了在一边干看着，又能干些什么呢？

盘犹守忽然想起了什么，心里有了个小小的计划。

詹谷和王飞又说了一会儿话，盘犹守悄悄地用戴着手套的左手指尖轻轻碰了一下王飞放在沙发上的手，王飞的那只手微微地战栗了一下，不过他自己似乎没有发现，还在缓慢而艰难地和詹谷说话。

看来刚才是神威。

盘犹守悄然脱下手套，左手轻轻地放在王飞的头顶，手指在对方头皮上移动。他不能让王飞和詹谷知道神之手的事情，因为他无法解释。但王飞现在处于痛苦状态，虽然不是"痛"的那种，但也算是很不舒服，所以神恩的力量应该不是很明显，他再配合手指的活动，如果王飞舒服了，就说是他按摩的作用，应该可以骗过王飞……吧。

在他的手指触到王飞的同时，王飞的身体忽然放松下来。他的手指在王飞头皮上缓慢地移动着，王飞长长地出了一口气，就好像一个人太过疲惫，一下子放松下来的感觉。

"小盘你居然还会按摩……"王飞依然有气无力地说，但口气中带着明显的喜悦，"太舒服了……好像身上一下子放松了一样……"

盘犹守说："嗯，我学过一点……"他抬起头，却发现詹谷看着他的手，露出了深思的表情，他有点心慌，低下头，将注意力集中在王飞身上，“你现在还是全身都没有力气吗？”

“没有……”王飞用比刚才更加缓慢的声音说，“更没有力气了……不过很舒服……很舒服……”

他说着说着，闭上了眼睛，居然连话都没说完就睡着了。

盘犰守又按摩了一会儿，才放开了手。

詹谷拉着他，示意他们悄悄出去。

盘犰守和詹谷无声无息地走到门外，詹谷悄悄锁上门。

“他总是这么容易睡着吗？”盘犰守问。

詹谷很惊讶地看着他：“不，正相反，他自从得了这个病之后就很不容易睡着。你看他搬到有电视可以看的沙发上，就是因为他全身又累又难受，但就是睡不着，只能看电视解闷。你还真行，就按摩了那么几下就让他睡着了，是不是有什么诀窍？能不能教教我？”

盘犰守当然知道诀窍在哪里，诀窍就是他的神之手……但这种事情怎么和詹谷解释？最好的解释就是不要解释。所以他也没说什么，只是含糊地回答：“也许正好他在那个时候就想睡了吧”。

然而，哪怕对詹谷再含糊，盘犰守也不能糊弄自己。神之手也许是有一些奇怪的功能，比如探测恶意，比如怪异的感应——就像在劫匪事件中的情况一样，虽然他不能完全控制那些特殊的功能，但那是有记录的，他知道神之手有这样的能力。可有一点他很清楚，神之手绝对没有催眠的功能，无论是书中记载的它的原理还是它的能力列表，都没有说它有催眠功能。

那么，为什么王飞在他的碰触之下就睡着了呢？

难道是王飞体内那些让他生病的东西，在神恩下太过舒服，所以不作怪了？不可能吧……这种猜测太傻了，哪种病毒会因为太舒服了而睡着啊……

那时候的盘犰守还不知道，此时的他，其实多么多么接近真相。正是因为他打消了这种想法，所以才让他们花费了更多的精力与时间，还差点让王飞在他们手中活活死掉。

晚上吃饭的时候，盘犰守谈起了这件事。

老盘子和水婉听了也十分感慨，说：“人吃五谷杂粮，真是什么样的怪病都有。”

一家三口通过这件事又谈到了其他的事情，什么禽流感、SRAS之类，话题越跑越远。

有的时候就是这样，别人的不幸就是别人的，没有人会真的把别人的不幸变成自己的不幸，最多把它们变成谈资，填补空虚的话题。同情，很多时候只不过是表面的东西而已。

那顿晚饭吃了很长时间，吃完之后，盘狁守才发现大灰狼还在旁边啃白菜，一直没有加入他们的话题。

“大娘，你活了这么久，有没有见过王飞这种病？”盘狁守问。

大灰狼根本就没听他说什么，这会儿话题忽然转到它头上，它很讶异地抬头看着他：“什么？谁生病了？”

盘狁守无语。大灰狼很久没有犯过暂时性健忘症了，他也把这茬儿给忘了。这家伙，只要一犯病，还是这么招人恨啊……

他心里虽然这么想，但还是把王飞的事情又说了一遍。大灰狼听完，一边啃着白菜，一边兴味索然地说：“你爹妈说得对，人吃五谷杂粮，连妖怪都经常生些不知道是啥的怪病，人更是了。”

小狐狸叼着一只鸡翅膀，摇头晃脑地踱步过来：“知之为知之，不知为不知……”

大灰狼一爪子拍过去：“知你个鬼！”

小狐狸“哧溜”一声溜得不见影子。

“不过……”大灰狼也不追，回头看着盘狁守，语气中有了点转折，“你说的这些个症状我好像听说过，不过那是很多年前的事情了，详细的情况我也不记得……”它摊爪，“就这些。”

盘狁守：“……”期待一个有暂时性健忘症的妖怪去回忆一件不知多少年前的事情的确是强人所难，所以他还是不要指望的好。

有时间的话，去星际帝国图书馆查一下吧，他想。不过去那里需要比较长的时间，他这几天要上班，去那里的话有可能赶不回来，得等过几天轮休的时候去。

碰巧到了他轮休的时候，大灰狼和小狐狸又不知道跑到哪儿疯玩去了，把陪他去星际帝国图书馆的事情忘得精光。盘狁守气得没办法，从妖怪界的虚空点到图书馆之间的距离可不是克服一下就能解决的，没有大灰狼，他根本没有办法穿越那片森林，出租车可进不去，难道还让他骑着自行车在妖怪界玩越野？于是这件事就暂时被搁置了。

虽然一时查不到资料，但是盘狁守还是觉得自己的神之手能帮上点忙，每天只要上午的工作完成了，他就和詹谷一起到王飞家里去。

那天盘犰守的“按摩”对王飞非常有效，据王飞自己说，他那天一直睡到了下午五点，足足睡了五个小时，他已经很久没有睡得那么舒服了，希望盘犰守能帮帮忙，每天来给他“按摩”一次，就算是让他给钱都可以。

说这些话的时候王飞很激动，简直把盘犰守当救命恩人来看，要不是依然虚弱，他看上去真恨不得给盘犰守打躬作揖表示感激。

区区五个小时的睡眠就把王飞感动成这个样子，对于盘犰守而言，“按摩”只是举手之劳的事情，他当然不会拒绝，不过王飞提出的给钱之类的事情，他坚决地拒绝了。真的只是举手之劳而已，他只要每天抽出一点时间，就能帮助一个人，那他何乐而不为呢？

但这里有一个问题，他不知道自己使用的神恩究竟是帮了王飞，还是害了王飞。因为他每到王飞家一次，王飞就显得比上次更加疲惫，脸色也丝毫没有好转的迹象，反而在慢慢地坏下去。

盘犰守曾经在星际帝国图书馆里仔细查阅过，神之手，无论是神恩还是神威，都只在它接触他人之时才会起作用，而且这种作用不会持久，一旦神之手离开，那么一切的影响都会消失，没有任何后遗症，即便是令人痛苦的神威，也绝不会在结束碰触之后再对任何人多产生哪怕一秒钟的不良反应。正因为它是这样一种短暂而毫无危害的惩罚办法，他才会经常用神之手来欺负有时对他很过分的大灰狼。

可是王飞是怎么回事？

第二章　中医

当盘犹守去王飞家为王飞“按摩”整整一个星期之后，在王飞父母激动的道谢声中，他看着王飞的脸色，那是比一个星期前更加灰暗的颜色，暗到有些发绿，嘴唇没有一点血色。一个星期以前王飞可以慢慢地起来为他们开门，而现在的他甚至都站不起来，连睁开眼睛的时间都很少有了。

当盘犹守跟詹谷这么说的时候，詹谷也难得地沉下了脸色。值得庆幸的是，詹谷并没有把王飞日渐衰弱的状况和盘犹守的“按摩”联系在一起，他只是注意到了王飞越来越差的状况，但是他实在没有勇气和王飞以及王飞的父母谈论这个，那未免太残忍了。

正在他们两个一筹莫展的时候，詹谷接到了王飞父母的电话。

王飞的父母说，他们最近找到了一个老中医，专治疑难杂症的那种，据说十分厉害，很多病人每天凌晨三点排队挂号，他们想去试试看。那老中医很牛，绝对不出外诊，想送儿子去老中医那儿，他们唯一在本城的亲戚只有一个侄子，帮他们挂号去了，他们两个年纪又很大了，王飞病成那个样子，就凭他们两个无论如何也弄不动他，希望詹谷能帮帮忙，只要把他带到老中医的诊所就好，他们对此千恩万谢……

其实盘犹守和詹谷两个人对于“老中医”“专治百病”之类的词汇一直是当作骗子的同义词来看的，但是王飞的情况很特殊，在去了那么多医院，找了那么多医生都毫无作用的情况下，也难怪他的父母病急乱投医。所以詹谷连想都没有想就答应了王飞父母的请求，而且向他们拍胸脯保证借一辆车来帮忙运送王飞。

过了几天，趁着他们轮休，詹谷就从一个朋友那儿借了一辆面包车，和盘犹守开到了王飞家楼下。

盘犹守下了车，习惯性地抬头往王飞家的窗户看了一眼。其实他看这一眼是完全没有必要的，因为怕打扰了王飞比金子还宝贵的睡眠，他们家的窗帘总是拉着的，既看不出屋子里有人，也看不出屋子里没人，他看这一眼，也不过是看看罢了。

然而今天，在他抬头看那个窗口的时候，却觉得有什么飞行物从那窗口一掠而过。

他立刻本能地抬头去看，可天空中什么也没有，晴朗的蓝天只有一片片白色的云朵缓缓飘动。

詹谷已经走到了楼道口，回头看他，道："你在看什么？"

"刚才是不是飞过去一个什么东西？"盘犹守问。

詹谷拧眉："青天白日的，有飞机也不关咱的事，快上去扶王飞。"

盘犹守没继续争辩，跟着詹谷进去了，但那个一掠而过的东西却让他隐隐不安。

有句话形容人的体重，叫作"死沉死沉的"，现在的王飞也是这个样子。他的意识是清醒的，身体却没有一点反应，一米七多一点的身高，伏在将近一米八的詹谷背上，就像个死人一样。他刚被扶上去的时候，差点把詹谷压趴下。

詹谷百思不得其解，在盘犹守的扶持下，背着王飞一边摇摇晃晃地走一边说："你不是最近吃饭都不太吃得下吗，怎么会这么重啊？"

盘犹守和王飞的父亲一左一右在后面扶着王飞的身体，也觉得有点奇怪。

按理说王飞已经衰弱到这个程度了，饭也不能好好吃，觉也睡得不好，脸色这么差，整个人应该非常消瘦才对，但直到现在盘犹守才注意到，王飞的身材其实还是和以前一样，胳膊没有半点变得纤细的意思，面颊也没有凹进去。

而盘犹守很清楚的是，詹谷的力气很大，从小到大，只要他出手打架，就算对方再壮，也没有不趴窝的时候。但今天，他在背王飞的时候，脸色十分难看，简直就像在背一头铁牛似的，就算好不容易站起来了，身躯也是摇摇晃晃，好像下一刻就会被压趴在地一样。

王飞家在三楼，没有电梯，詹谷背着王飞艰难地下了楼，当他走下最后一级台阶的时候，简直就像刚从水里捞起来的一样，湿淋淋的头发耷拉在头上，模样十分狼狈。

他们把王飞扶上面包车，盘犹守赶快在车上找了条毛巾给詹谷，让他擦擦头。最近气温有所回升，但天气还是比较冷，他这样吹风一定会感冒。

一行人上了车，盘犹守开着车往王飞母亲所指的地方飞驰而去。

一路上，王飞的父母除了指路之外都沉默不语。詹谷看得出，他们为了王飞的事情很是难过，就讲些笑话给他们听，他们也努力做出被笑话逗笑的表情，一路上倒也显得其乐融融。

可能是星期六的关系，十点之前的车辆比较少，那个老中医的诊所又和王飞家离得比较远，盘犹守就放开了车速，尽量以最高车速前进。

正行驶着，在他们右前方的公共汽车忽然发出了一声刺耳的刹车声，他们甚至可以听到公交车上的人发出的惨叫声，车上的人影七扭八歪地向前倾倒。

盘犹守一句“怎么回事”都还没问出来，就看到一辆摩托车从那辆公交车前方侧滑过来，直直冲向他们的面包车，摩托车上的人双手乱挥，已经无法控制摩托车的走向。

他们的车距离前方的公交车太近，几乎就是靠着公交车的左后方屁股在前行，公交车正后方还有一辆小轿车在紧紧跟随，而他们的左方是绿化带，有钢筋围栏，当那辆摩托车完全冲着他们过来的时候，他们根本就是避无可避。盘犹守紧紧握着方向盘，脚下猛踩刹车，然后眼睁睁地看着那辆摩托车离他们越来越近、越来越近……

就在他们即将撞到那辆摩托车的前一刻，盘犹守忽然觉得眼前一暗，好像有一个很大的东西从他们头顶飞过，那向他们滑过来的摩托车倏地消失在空气中，就好像从来都没有存在过一样。

车终于停了，盘犹守立刻下车查看，那辆摩托车和那个人都不见了，就好像凭空被什么东西捉走了一样，怎么也找不到。

而他们右前方的那辆公交车刹车太急，在盘犹守急着躲避那辆摩托车的时候，公交车后方的小轿车一头撞到了公交车的车尾，公交车司机跳下车大骂，小轿车的司机也不甘示弱，下车挽了袖子就准备和公交车司机对打。

后面的车被盘犹守他们的车和公交车挡得严严实实，谁也走不了，就在后面使劲按喇叭。

盘犹守赶紧上车，詹谷也协助王飞的父母把差点掉下座位的王飞扶好，面包车飞一样地离开了那里。

到了那个老中医的诊所，他们还没下车，一个年轻男孩就从诊所里跑出来敲他们车窗玻璃。原来他就是王飞父亲的侄子，来帮忙排号的，这会儿马上就轮到王飞了，他们来得比较迟，那个号还不能随意调换顺序，再晚的话说不定今天的号就白排了。

一行人匆匆忙忙把王飞弄进了诊所，过了没多久就轮到王飞了，一大家子又是扛又是背的，在其他病人惊讶的目光中，把王飞送到了诊室的床上。

那个老中医果然很牛，看见他们进来连个笑容都没有，也不问问究竟是什么毛病，三指往王飞的腕脉上一搭，回头就开药。

詹谷忍不住说："大夫，你看我这兄弟他不舒服好些日子了，浑身没劲儿，睡不着觉……"

老中医从镜片上方斜睨他："你懂医？"总算是说话了。

詹谷摇摇头。那种东西，他哪儿懂啊！

"你不懂瞎掺和什么。"老中医十分不耐烦，"我行医四十年，看个病还要你来教我？"

詹谷气得脑袋发蒙。就算他不懂医，但基本的"望闻问切"他还是知道的，这个老家伙连问都不问，眼神儿都没往王飞身上瞟一下，怎么看病啊！

但这世上也许还真有一些能人异事，兴许真能治好王飞呢？他忍了又忍，在王飞父母哀求的目光下还是让了步，低头说："对不起……我是不懂……"

老中医冷哼一声，声音中带了诸多的不屑与讥消，又回头继续开药。詹谷脑门的青筋跳了几下，然后他被盘犰守推到了屋外边儿。

"别得罪了人家……"盘犰守低声说。

詹谷当然知道，但他真的真的很想揍那老家伙一拳。

就在他们悄声说话的时候，盘犰守忽然听到屋里发出"嗡"的一声响，声音很大，就好像有什么很大的东西振翅飞过一样，他一愣，说："什么声音？"

詹谷也一愣："什么什么声音？"

盘犰守说："你没听到？"

"听到什么？"

盘犰守很疑惑，再看看诊所里其他的人，没有人对那个声音有什么反应。盘犰守又回头往屋里看，老中医还在开药，王飞依然躺在那里，他的父母和表兄弟在他身边悄声说着什么。

一切都很好，没有异常。

刚才的声音难道是他耳鸣？

老中医终于开好了方子，一脸冷漠地叫过王飞的父母，把方子交给他们。王飞的父母拿过方子一看，脸上露出了诧异的神情。

“这种方子算什么？”王飞的母亲情绪激动地说，“我儿子生了这么重的病，你怎么能问都不问就开这种不负责任的药方！”

老中医依然一脸的冷漠，就好像眼前根本没有人一样。

“我开方子就是这样。”他漠然回答。

王飞的表兄弟拿过那张方子一看，也变了脸色，生气地挥舞着那张药方说：“我们凌晨三点就来排队！你就用这种东西来敷衍我们！实在太过分了吧！”

王飞的父亲也叫：“我儿子到底得了什么病！你给我说清楚！这样乱开药方可不行！”

一看屋里的情况就要失控，盘犹守和詹谷马上跑进去。

在他们两个踏进诊室的时候，盘犹守又听到了很大的一声“嗡——”，这次很清楚，是从他头顶掠过去的。

当盘犹守疑惑地抬头去看的时候，詹谷已经到了吵架者的中间，想要将争论的双方隔开。但王飞的家人太激动了，根本不听那么多，尤其是王飞的表兄弟，大概是凌晨三点跑来辛辛苦苦排队却被人忽悠，太过愤怒，已经捋起袖子准备揍人了。

盘犹守回过神来，赶紧也到了王飞家人和老中医之间，想劝他们保持冷静，然而在劝架的时候他无意中回头，却注意到老中医正茫然地看着眼前的混乱景象，就好像刚才的事情根本和他无关一样。

盘犹守心中一动，对王飞的家人说：“不要这样，不要这样，不管开的什么方子，这位老先生一定有他的道理，也许他真的诊断出了王飞的病呢？叔叔阿姨、小王，你们稍微冷静一下，让咱们把事情搞清楚好不好？”

王飞的家人不情不愿地住了口，盘犹守转身对还是一副不在状态的模样的老中医说：“老先生，您既然开了这样的方子，一定已经知道他究竟得了什么病吧？”

老中医的表情变了变，不知道为什么，盘犹守觉得，他那样的表情完全是在掩饰脸上的茫然，他似乎并不清楚发生了什么事，现在只是在死撑而已。

但这种推论根本毫无道理，所以盘犹守也没有放在心上。盘犹守从王飞的母亲手中接过那张药方看了一眼，然后恭敬地递给老中医，说：“您看，这每日饮水十升……十升……是要死人的吧？光是饮水吗？其他的什么都不用？”

老中医接过药方，看着方子，目光闪烁，就好像多看这药方一眼就会要了他的命一样。

“这饮水十升……十升……”老中医摇头晃脑，摇得十分程序化，口中哼哼唧唧了好半天，旁人都听不清楚，“其实……”他似乎终于硬起了心肠，“就是因为这个年轻人什么病也没有，只是脱水之症而已！”

说完这句话好像要了他的老命，他连嘴唇都在微微颤抖，离他最近的盘犰守都看得不忍心了。而王飞的家人在听了那么多不同形式的“没病”之后，好不容易听到了一个和“有病”有关的词汇，根本连想都不再想，当即就欢天喜地地去给王飞报告喜讯了。

盘犰守和詹谷对视一眼，从对方眼中看到了同样一句话：我的天！骗人也要骗得有点技巧吧！这种硬是指鹿为马的做法连普通的骗子都不用了！

只有关心则乱的王飞家人才想不到，脱水，脱水的苹果什么样儿？现在的王飞什么样儿？根本就不是同样的问题嘛！他现在看起来虽然精神萎靡、脸色极差、面色萎黄，但是他的皮肤并没有皱缩，就算是完全不懂医的盘犰守和詹谷都知道他绝对不可能是脱水。

但是他们并没有揭穿，傻子才在这会儿揭穿呢，太不厚道了。

王飞的家人面对老中医铁青的脸千恩万谢，说着“您果然是好人！没有因为想赚钱就胡说八道，还给我们开了这种药方，真是太感谢您了”之类的话，詹谷背着王飞迅速地出去了。

一行人上了车，盘犰守想了想，忽然一摸身上的口袋，说：“啊，我掉了个东西，可能掉在诊室里了，不好意思，你们先等一下，我马上就回来。”

王飞的母亲说：“丢了个什么东西？你让小王替你去嘛。”

盘犰守马上摆手：“不是什么重要的东西，我马上就回来。”

他又进了那个老中医的诊所。

詹谷坐在副驾驶的位子上想了想，好像想起了什么事情，也说：“我陪他去。”也不管王飞家人诧异的目光，他跟着下了车，追着盘犰守而去。

守着挂号顺序的老太太看见盘犰守便叫：“哎哎哎，你不是进去过了吗，还进去干啥？”

盘犹守说："我丢了个东西，拿了就走。"

他悄然走到诊室门口，先伸了个脑袋悄悄往里看。

果不其然，那个老中医现在并没有接待任何病人，他正趴在垃圾筐里翻找着什么东西。很快，他翻出了一个纸团，打开一看，脸上立刻露出了释然的神情，但很快又变得困惑起来，拿着那张纸，摸着胡子左看右看，似乎试图从上面找出什么破绽。

盘犹守心里有了点底，抬腿就想进去，却被人一拍后背。他吓了一跳，回头一看，原来是詹谷，詹谷的身后，王飞的表弟也跟了进来。

"你们怎么进来了？"

詹谷一听"你们"，回头看，发现那个年轻男孩也跟着，尴尬地笑了笑。

"我们来帮你找东西。"对方脸不红气不喘。

盘犹守叹气：你们知道我不是为了找东西来的，干吗还要来揭穿我呀……

"那老中医不对劲。"走到盘犹守和詹谷面前，小王认真地低声说。

盘犹守说："怎么不对劲？"

小王说："刚才他在那儿开着药方，我偷偷看了一眼，写了一大堆，其他的字很难认，我看不懂，只看得出好像有虫草、藏红花什么的，那上面其他的药肯定也很名贵。但不知道为什么，你们出去以后，我忽然听到很大的一声'嗡'，然后那老头的神情就变了，变得面无表情。"

"你是说冷漠？"詹谷说。

小王摇摇头："不是冷漠，就是没有表情，啥表情都没有。然后他就把刚才写好的药方一把扯下来，揉成纸团丢了，又写了一张……我还以为会是一张更好的药方，想不到居然是喝水……太奇怪了。"

詹谷马上明白了，这位老中医之所以会开那张药材很名贵的药方，地球人都知道是怎么回事，但是之后忽然就推翻了自己之前的药方，又写了一张明显连一分钱也赚不到的"喝水方"，这就让人想不透了。

盘犹守心里想得比詹谷还多一点，小王也听到了那很大的"嗡"声，说明不是他幻听，而是的确有那样的声音。如果是真有那样的声音的话，那为什么詹谷没有听到？难道说……

他把目光移到诊室里还一脸茫然的老中医身上，举步走了进去。

第三章　附身

“老先生。”盘犹守恭敬地说。不管这个老家伙是不是骗子，但对方终究年纪很大了，他尊称一句老先生理所应当。

见他去而复返，老中医的脸上瞬间露出一丝惊慌，但老狐狸就是老狐狸，在极短的时间里就板起了脸，说：“又有什么事？一个号一次只能看一个人……”

盘犹守说：“我不是来看病的。”

老中医的脸上又露出了那种茫然的表情：“那你是来……”

盘犹守说：“刚才，就在您开药方的时候，您是不是听见了很大的‘嗡’声？”

听了他的话，老中医嘴唇紧闭，胡子微微抖动，拿着那张纸的手也微微地颤动起来。

不必老中医说话，盘犹守就明白了，刚才那个声音有问题，根据他和妖怪相处这么多年的经验来看，很可能有妖怪在中间插了一杠子，在老中医刚刚写完方子的时候，妖怪趁机侵入了老中医的意识，将那张方子丢掉，又写了另外一张让人无法理解的药方。

这样说来，刚刚那辆在他们面前消失的摩托车也不是什么诡异现象，而是那个不知名的妖怪干的。

那么，那个妖怪这么做的理由是什么呢？从让那辆威胁到他们生命的摩托车消失这方面来看，它应该并没有什么恶意，否则让他们就这么死掉还比较好。

那它和王飞得的怪病有没有什么关系呢？从它更换王飞的药方这一点来看，应该是有的，它似乎不想让他用那张药方，所以才会开出一张诡异的药方……他如果真的用了那十升水会出问题吗？经过一番思考，盘犹守觉得应该不会，既然它不想让王飞死，那开出的这张药方就不会是要害死他的东西，而是真的要治病的。

可是……十升水啊……盘犰守前几天才在报纸上看过一个新闻，某妇女一晚上喝了四升水，导致脑部水肿死亡了。让王飞一天之内喝十升水，难道不会要他的命吗？难道那个妖怪就是想让他脑水肿死亡？

想归这么想，但他并不真的这么认为，毕竟妖怪不是人，没有听说过哪个妖怪杀人还和人类一样要求某人一定要怎么死，反正同样是死，对它们来说怎样死都是无所谓的。

跟依然没有进入状态的老中医道了谢，盘犰守、詹谷和小王一起离开了诊所。

詹谷问："你知道那老头是什么问题了？"

盘犰守含糊地回答："算是吧……"

小王说："那我表哥就用那药方治病？没问题？"

盘犰守一时无语。他当然搞不清楚究竟有问题还是没问题，他现在要去请教的是正在他家吃白菜的"诸葛大灰狼"，要是他自个儿就凭着直觉回答了，九成九是要出人命的。

所以他也没很清楚地回答，只说："等我回去问问看，家里有人知道……"

但他忘了身边就有一个"家里人"。

詹谷一听他的话，就怀疑地问："家里人？家里谁知道？二姨？二姨夫？他俩懂医？或者你想问你那两只狗？你真养了两只会说话的狗？"

盘犰守更加无语，只能沉默地上了车，沉默地把王飞送到家，沉默地把车开到詹谷那位借车的朋友那儿……

最后的情形是，詹谷和盘犰守两个沉默地坐在公交车上，一起往公司赶。

"……我知道你有事情瞒着我。"詹谷终于忍不住了，打破沉默，说。

盘犰守没吭声。

詹谷继续说："你一直就是那种一有事情就不说话，等着自个儿解决，等着别人猜测你究竟在想什么的人。"

盘犰守心想：我才不是那种人，只不过是因为对着你，我才说不出来。你也不想想，要不是你是那种根本不听别人说，只相信自己亲身体验的唯物主义狂热分子，我何必辛辛苦苦在你眼前隐瞒事情的真相！

他也不是没想过把妖怪的事情透露一点点给詹谷，测试一下詹谷的接受能力，不过每次他只要说出和聊斋有关的话题，就会被詹谷拧着眉头就好像他欠了对方百儿八十万的样子吓得闭嘴，他实在没有勇气开这个口。

“说话呀！”詹谷说。

盘犹守看着窗外，叹气：“反正我说了你也不会信的。”

“如果你说你懂医的话，我也许真的会信的。”

盘犹守心想：我要说的事可比我懂医还要让你难以置信……问题不在于我说不说，而在于你是不是会认真听我说，没准还会跟姥爷一样给我上一堂唯物主义政治思想课呢……

他认真地看了詹谷好一会儿，看得詹谷都以为他下一刻就会对自己表白了……他最后还是放弃了，冲詹谷摇了摇头，说：“反正说了你也不懂。”把詹谷气得……

回到家，盘犹守一到后院就看到了抱着那根巨大的老参仿佛情话绵绵的小狐狸，本来也想跟它谈一下，不过看它那深情款款的样子，最后还是没好意思打扰它，而是抓住了在他床上打呼噜的大灰狼，把今天发生的事情跟大灰狼好好说了一下。

大灰狼睡得正香，结果被莫名其妙地骚扰起来，还是为了这种在它看起来十分无聊的问题，它十分愤怒。

“什么！这算是什么问题！我又不是妖怪百科全书！嗡嗡叫的妖怪种类不知道有多少，你就凭这个让我猜啊！”

盘犹守就知道它会这样，所以在它“啊”字出口的同时，他在它嘴里塞了一只香喷喷的香草鸡。

大灰狼立马闭上了嘴，并用一分钟的时间将香草鸡嚼巴嚼巴，连骨头都吞了下去。

俗话说拿人手短，吃人嘴软，既然收受了人家的贿赂，那就要安心给人家办事，这是身为妖怪最基本的妖生态度——这是大灰狼的理论。

所以它认真地让自己清醒了一下，然后认真地又听了一遍盘犹守的叙述，才咂巴着依然留有香草鸡味道的狼嘴，认真地回答：“这个事情，是什么妖怪干的，我不知道。”

盘犹守作势要拔它的毛，它扭动着狼腰哼唧：“我是真的不知道啊！就像我刚才说的，会做那种事的、嗡嗡叫的妖怪种类没有几百也有几十，你空口白牙地让我猜，我又不是神仙，哪里猜得出来！”

“那你总得有点收获吧？”他了解眼前这只妖怪，如果完全没有收获，它是不会这样的，它会先把香草鸡吐出来，再说不知道……

被揭穿的大灰狼嘿嘿笑了，说：“小盘子真了解我……虽然还不知道那个妖怪究竟是个什么类别，但是根据你说的这些情况，你那个同事现在得的病，我可以肯定是妖怪干的没错。现在的问题是，那个妖怪究竟想对他干什么？不是只要不让他死就说明没有恶意，只能说明暂时不能让他死。也就是说，他身上也许有让那个妖怪目前不得不忌惮的东西。一旦那个东西没了，也许他的病就好了，也许他就这么死掉了，都是说不准的事。”

盘犹守觉得周身一阵发冷。王飞的病……难道不是真的病？这样就说得通了，那么多的医生、那么多家医院，所有的诊断都是没有任何问题，否则他又怎么可能一直病到现在，却连疾病的原因都找不到。那么，现在究竟是哪个妖怪，为了什么，用了什么办法，让王飞生的病？

他充满希冀地望向大灰狼，大灰狼的眼神儿飘呀飘呀，就是不和他接触。

盘犹守叹了口气，把戴着手套的左手放在大灰狼的脖子上。

大灰狼不舒服地扭动了几下，说：“是神威。”

盘犹守放开手，脱掉手套，又将左手放在了大灰狼的脑袋上。

大灰狼：“哦耶耶耶……”浑身瘫软成了一团烂泥。

既然是贿赂就要有贿赂的样子，所以这次神恩持续的时间比较长，大灰狼舒服得就差对月嚎叫几声了，在他的床上扭呀扭呀，蹭了他一床银灰色的狼毛。盘犹守当作没看见，忍了。

盘犹守松开了手，大灰狼还沉浸在幸福的神恩中，根本不愿意清醒过来。盘犹守戴上手套拍了它几下，它滚动着坐起来，似乎还有点意犹未尽。

盘犹守说：“你帮忙救了王飞，到时候想享受多久就享受多久。”

大灰狼不情不愿地用鼻子哼了一声。

“那，现在怎么办？”盘犹守问。

大灰狼想了想，说：“要狩猎，就要有陷阱，有诱饵……”

找了个合适的时间，趁着王飞父母不在，盘犹守又到了王飞家。因为深得王飞父母的感激与信任，他现在有了一把王飞家的钥匙。

王飞的桌子上摆了一堆水容器，每一个容器里还插着吸管，看来是真的打算把他当牛灌。

今天王飞的情况比昨天还差一些，他连伸手去拿那些吸管的力气都没有，更遑论去吸它。

盘犽守和王飞打了个招呼就再也没和对方说话，因为接下来的事情会让他说了也是白说。然后他就在王飞家的客厅里忙活起来，在一圈墙上仔细地贴上一堆符咒，让这间倒霉的屋子看起来简直就像是被江湖骗子蹂躏过的处所。

"这些符咒都是从魏天师那里要来的。"盘犽守说，"据他说，应该可以让王飞的父母产生幻觉，不管我们在这里做了什么，就算他们临时跑回来，也都只能看见自己想看见的东西——这个符咒还真挺实用的。"

大灰狼哼了一声："独目神鹰的儿子……你最好不要相信他。万一符咒不起作用怎么办？要我说，就催眠他们……"

"催眠人类，也许会发生意外，不能冒这个险。"盘犽守说。

大灰狼又叽叽咕咕了几句，说了什么听不太清，不过听得出它对于盘犽守相信独目神鹰的儿子而不是它这一点十分不爽。

盘犽守没理它，自顾自地贴完符咒，回到王飞身边，在对方额头上贴了一张拇指大的小咒印，低声对他说："你正在生病，从现在开始发生的一切事情，你醒来以后都会当成一场梦。"

做完这些事，他走到在墙角自言自语抱怨个不停的大灰狼身边，说："好了，你看现在怎么办？"

大灰狼翻书一般迅速收起了自己的怨怼，站起来抖一抖毛，哼笑一声说："现在万事俱备，只欠东风……根据你说的那些事情，基本上可以确定，那个不明身份的妖怪一直跟随在王飞身边，王飞身上让它忌惮的东西，也有可能是它想要的，所以它不会离他太远。"

盘犽守说："你一直说王飞身上有它忌惮的东西，难道你查不出来吗？也许查出王飞身上究竟有什么东西，那就好办了。"

大灰狼不爽："你以为我是妖怪探测机，想探啥探啥，想咋探咋探？"

"我们可以把王飞弄到妖怪界，也许妖怪界有办法……"

"小盘子。"大灰狼难得用正经的声音叫了一声盘犽守，脸上也是他许久都没有见过的严肃神情。

盘犰守心头微微一颤："嗯？"

大灰狼看着他，认真地说："你要记得，妖怪和人不一样，我们是不同的种族。妖怪的生存方式不是人类可以理解的，很多事情不像看上去那么简单。有很多事情我不愿意管，是因为管了也没用，事情肯定可以过去，而且不伤害任何人。有的时候，妖怪也需要用一些残酷的办法生存，就像人类一样，为了生存，而做出一些你无法理解的事情，所以妖怪界的管理方式和法律与人间不同，就算你去了妖怪界，就算你的身份在妖怪界比较特殊，这样的事情恐怕也没有谁会管，你要做好心理准备。"

大灰狼的话让盘犰守的心一直往下沉，一直往下沉……

"你的意思是，王飞没救了？"

大灰狼摇头："我没这么说，只是让你做好准备，虽然这孩子究竟什么毛病我还不知道，但是我觉得，你还是做好准备，迎接一些你以前连想都没有想过的事情吧。"

盘犰守产生了一种怪异的感觉，他觉得，大灰狼其实已经知道了王飞是怎么回事，它只是开不了口，只能用这种迂回的方式让他提前做好心理准备。

他蹲下，抱着大灰狼圆滚滚的大脑袋，看着它的眼睛，说："你看着我，别骗我，告诉我，王飞有没有生命危险？"

大灰狼没有回答。它也许有的时候会跟盘犰守开玩笑，说一些很夸张的谎言来戏弄他，但是从不在看着他眼睛、听他说着"别骗我"的时候对他说谎。

盘犰守紧紧抱着大灰狼的脖子，好像要勒死它一样，身子微微颤抖。

大灰狼终于说话了："我没说他一定会死，我只是不能确定，不敢让你抱太大的希望而已。"

也就是说，王飞的确有生命危险。

"让我抓住那个妖怪，我一定会把它碎尸万段。"盘犰守冷静地说。

大灰狼差点一口气没上来。

"小……小盘子你听我说啊，就算那些妖怪做了什么事，也不一定就是罪大恶极呀，而且王飞也不一定会死呢，不要这么早就下结论……"

盘犰守没理它。

大灰狼叹息，心里暗忖是不是给小盘子打的预防针太猛了，它看到王飞之后就大概能猜出来他是什么问题了，这种问题可大可小，可生可死，当然死的概率不会比生的大多少，反过来也是一样。但它最不喜欢看到的就是小盘子失望的模样，所以才会先把事情往比较不好的方向说，可是现在看来这种处理方式貌似让小盘子变得太偏激，到时候太过激动可怎么好……

但就算是现在说了实话，恐怕也不会得到小盘子比白眼高多少的待遇，所以大灰狼闭口不言。

第四章　治疗

大灰狼走到王飞身边，对着他的胸口轻轻吹了一口气。

王飞的身体明显放松下来，从胸口开始逐渐漾出淡淡的薄雾，薄雾如同有自己的意识一般四散爬行而出，逐渐席卷了他的全身，从薄到厚，从淡到浓，薄雾渐渐变成了浓烟，将他整个儿包裹在里面，像一个白色的蚕茧一样躺在那里。

“我现在已经隔断了他的气息……”大灰狼说，“不管他身上有什么东西，那个妖怪都感觉不到了。”

如果那个妖怪是想要王飞身上的东西，那就一定会来；如果只是忌惮他身上的东西，也会立刻冲进来。不管是哪个选项，对大灰狼来说都很好。

他们两个就埋伏在窗户两边，监视着窗户的情况。

浓烟出现之后过了一会儿，他们就听到窗户外面窸窸窣窣的动静，似乎有什么东西爬来爬去，偶尔还能听到“嗡嗡”的声音。

正午的阳光透过窗帘洒进屋内，房间亮了不少。很快，那爬行和嗡嗡的声音越来越接近窗口，窗帘上的阳光顿时被遮挡了不少。

窗帘上清晰地映出了一个圆圆的东西，是从侧面伸出来的，非常非常圆，顶部还有两根须子，弯弯地垂在一边，每根须子顶端还有一个像棒槌一样的圆圆的东西。

盘犹守看着那个圆圆的带须子的东西，心中大惑不解，那是什么东西，蟑螂吗？好大的蟑螂……

那圆圆的东西出现在窗帘后的部分逐渐越来越多，看起来它正从墙壁上往窗户上爬，不过不知道是它心里边儿有点犹豫还是爬行有困难，它的速度很慢不说，还走走停停，走一会儿又往后退一点儿。

所幸即便是慢，它的身体形态也慢慢出现在了窗户上，先是圆圆的头，没有脖子，头直接连在椭圆形的上半身上，当线条走到腰身部分的时候，明显细得诡异，就好像椭圆形的下半身和椭圆形的上半身是直接被一根针戳到一起的一样。在那诡异的身体两侧，还有一对淡淡的阴影，薄如蝉翼，隐隐地映在玻璃上。

盘犹守终于明白了，那不是蟑螂，那是一只蜜蜂！巨大版的！趴在窗户上都见头不见尾那么大！

他悄悄挪到大灰狼身边，在它毛茸茸的耳边低声道："妖怪，也有蜜蜂吗？"

大灰狼的耳朵被他的气息拂得痒痒的，忍不住前后动了动，回头看他的时候，脸上带着嫌弃的表情，似乎不敢相信他能问出这么愚蠢的问题。

盘犹守也知道自己的问题问得很傻，妖怪可以有狼，可以有狐狸，可以有蚕，可以有蜘蛛……为什么不能有蜜蜂？

"其实……"他低声说，"我是想问，蜜蜂妖怪蜇人吗？"

大灰狼终于明白他什么意思了，笑得很是不怀好意，低声答道："当然蜇，而且保证一蜇必死。"

那也是自然的，小小的蜜蜂蜇人一下就能让人痛得半死，这只蜜蜂都和人身一般大了，谁被蜇了不死才是奇迹呢。

他们正说着话，窗户上传来了缓慢又沉郁的"喀——啦——"声，就像什么很沉重的东西压在冻得牢固的冰面上，硬是把冰面压得碎裂开来的声音。

大灰狼对盘犹守说："你往后退。"

盘犹守退得远了一点。

"再往后退。"

盘犹守这次一直退到了墙角。

嗡嗡声如同发动机般逐渐变大，越来越大，窗户也发出了吱吱的惨叫声，只听"哗啦""咔嚓""啪喳啪喳"一阵脆响，窗户玻璃成了一堆碎片，嗡嗡声一下子变得巨大，那只巨大的蜜蜂扑到了窗帘上，窗帘布上凸出了一块儿蜜蜂身躯的巨大形状，只露出了薄如蝉翼的翅膀。

"谁动了我的孩子呀——"那蜜蜂嗡嗡狂叫，冲出了窗帘的包围，露出了它的身体。

蓝黑色，大胸，细腰，下半截的肚子很圆——真的很圆，比它的脑袋圆多了。

它的六条腿胡乱挥舞，每一条腿上都举着刀枪剑戟各种不同的武器，最上面那两条腿居然还拿着一对十分威风的板斧！

蜜蜂一进来，啥也没发现，脑袋一转，看见了笑眯眯地蹲在一旁，跟它挥爪致意的大灰狼。

蜜蜂转了个弯，狂舞着板斧和刀枪剑戟向大灰狼猛砍过去。大灰狼坐在原地，只举起了两只前爪抵挡，噼里啪啦，噼里啪啦，噼里啪啦……

盘犹守只觉得眼前一阵花，大灰狼前爪的动作就像漫画里那些高手一样，根本看不清走向，那蜜蜂的速度也十分惊人，居然跟上了大灰狼的速度，和它在那里噼里啪啦，噼里啪啦，噼里啪啦……

少顷之后，只听一声夸张的惨叫，那蜜蜂庞大的身躯整个向后倒去，"乒乒乓乓"一阵响后，压碎了王飞家的玻璃茶几。

盘犹守仔细一看，那些曾经是板斧和刀枪剑戟的东西已经碎成了一堆废物，被散乱地丢在大灰狼脚边。

而那只蜜蜂狼狈地从一堆碎玻璃里嗡嗡地飞起来，愤怒地叫嚣："妖怪！有本事就不要耍什么手段，和我好好比一场！暗箭伤人算什么好汉！"

盘犹守无语。这个家伙是不是有什么毛病啊，叫人家妖怪，难道它不是吗……真是和尚骂贼秃，一家人不识一家人呀……

大灰狼嚣张大笑："什么暗箭伤人！自己技不如人就往别人脑袋上扣帽子！我才没必要跟你这种小妖怪玩手段呢！不怕的话就过来，咱们再来比一场。"

盘犹守赶紧提醒："大娘，咱们的目的是救人，不是和妖怪比试……"

已经打出了性子的大灰狼根本不听他说，扑上去就和那蜜蜂战在了一起。

这回盘犹守看清楚了，大灰狼用的只是两只前爪，而那蜜蜂仗着有飞行能力，肆无忌惮地用上了六条细细的足，它就像一个被弄坏了开关的机器蜜蜂一样六足狂舞……它们两个的速度实在太快了，盘犹守再次出现了那种在看漫画的错觉。狂转的风火轮什么样？就是它们俩的爪子和足那样。

俩妖怪还不甘于困在一地，一边打一边乱窜，王飞家的客厅算是遭了殃，易碎的、不易碎的，贵重的、不贵重的，噼里啪啦往下掉，老天保佑他们家最值钱的东西没放在客厅里，否则今天他家非得倾家荡产不可。

在那两个妖怪打得兴起的时候，盘犹守发觉门外好像有人在敲门，但是那两个妖怪打斗的声音太大了——不只是足和爪打斗的声音，还有砸东西的声音——他没办法确定。

难道是打斗声太打扰邻居了？不可能吧，他用了魏天师的符咒后，应该已经形成了一个听觉和视觉的界限，不管是楼上楼下还是房间内部，除了贴符咒的人和有法力的妖怪之外，绝对不该有任何人听见或是看见这里发生的一切。

难道是他贴符咒的方式不对？可大灰狼也没说什么呀，说明应该不是这个问题。

当然也不可能是王飞的父母，他的父母都有钥匙，想进来的话，自然会自己开门的。应该也不是詹谷，他知道王飞现在已经动弹不得，钥匙又在盘犺守这里，他想进来的话，会先和盘犺守联系的。

那么，敲门的人是谁？

盘犺守想到门口看一眼，可是当他往那里走的时候，大灰狼和那蜜蜂已经打到了门口，他根本连接近那扇门都做不到。

他气得没办法，原地转了几圈，想找个什么东西摔向它们，吸引它们的注意力，但身边所有的东西都被打成了碎片，他想袭击都没武器。

就在这个时候，他的手机响了。不过因为太吵，他根本就没有听见，还在辛辛苦苦地在一堆垃圾里寻找可以吸引那两个妖怪注意力的东西。

手机铃声响了又响，叫得十分绝望而愤怒，盘犺守终于听到了手机铃声，刚把手机从裤兜里拿出来，手机却又自动关机了。自从上次被大灰狼和小狐狸打扰之后，他就一直没有时间去买手机，这破手机在这种时候罢工也一点都不奇怪。

他开始捣鼓手机，过了很久手机才开始缓慢开机……

门外传来“咣”一声巨响，好像有谁在门上又狠又猛地踹了一脚。

大灰狼和那蜜蜂妖怪互相揪着对方，同时看向门口，激烈的打斗停止了一秒钟。

第二声“咣”之后，那扇可怜的门呻吟着倾倒下来，“咣当”一声扑倒在地上，掀起一蓬呛人的灰尘。

詹谷站在门外，一只手拿菜刀，一只脚还保持着踹门的动作，十分震惊地看着打架的蜜蜂和狼。

——打架的蜜蜂和狼！

隔壁的人家从防盗门里探头探脑想看个究竟，经过了五秒钟的震惊，终于恢复神志的詹谷回头冷冷地看了他们一眼，他手拿菜刀抬脚踹门的恐怖形象成功地震慑了隔壁的住户，那人以迅雷不及掩耳的速度缩回去，关上了门。

詹谷的目光扫过那俩妖怪，最后停留在正跟手机“开关开关开关”问题搏斗的盘犹守身上。

盘犹守目瞪口呆地看着他，心里想的却是——原来我贴了符咒，带了妖怪做了准备，最后竟没关防盗门？

詹谷走了进来，那俩妖怪还处于呆滞中，似乎一时反应不过来。

詹谷放下菜刀，关上防盗门，然后扶起木门，毫无意义地将它竖在门框上，聊作暂时遮挡。

然后他又看向那两个停滞在厮打瞬间的妖怪。

“那是什么东西？”他指着蜜蜂。

那条银灰色的“狗”他见过，但那蜜蜂……真的是蜜蜂？不是从某军方秘密实验室逃出来的怪物？

盘犹守身体僵硬了：“那个……”

“是它让王飞生病的吗？”

“这个……”盘犹守无言以对。

詹谷向那两个妖怪走过去，大灰狼一见他过来，立刻飞一样地向后退去。蜜蜂一下子失去了对手，嗡嗡两声倒在地上，想爬起来，又好像被什么东西压住了一样，光是“嗡嗡嗡嗡”，六条腿在地上拼命挣扎，尾部扭得就好像下一刻就会断掉了一样，吻部一张一合，似乎是想说话，却什么也说不出来。

詹谷的手指碰到了它满是绒毛的脑袋上。

蜜蜂发出响彻屋内的巨大嗡嗡声，身体忽然像被放了气的气球一样迅速缩小，不到两秒钟的时间，已经从和人类身材差不多的样子缩成了和人拇指差不多的大小。

詹谷甚为惊讶地看着蜜蜂的变化，指着蜜蜂，回头问盘犹守：“这是什么？新型玩具吗？”

浑身无力的盘犹守看着詹谷，眼神里带着“到了这个时候难道你还猜不出它究竟是个啥玩意儿”的信息。

那蜜蜂看起来也和他一样悲愤，嗡嗡飞起来，用它屁股上的尾针狠狠地戳了詹谷一下。

詹谷“啊”了一声，另一只手本能地出击，将蜜蜂一把抓在手里。

蜜蜂露出来的四对足愤怒地向他挥舞。

詹谷惊奇地看着蜜蜂，再看看自己迅速红肿起来如同香肠的手指，说："我怎么觉得它好像能听懂我说话啊。"

盘犰守心想：它岂止能听懂，还能说话呢，不过就是不说给你听罢了……

自从上一次的商场事件之后，大灰狼就对詹谷做了一番调查。

原来这个完全不相信妖魔鬼怪存在的人，竟是个拒绝妖怪的体质。什么叫拒绝妖怪的体质呢？意思就是只要在他身边，任何妖怪都会失去法力，无法开口说话，并现出原形，现出最脆弱的形态。

这种体质的人不止对妖怪，对鬼怪也是一样，在一些奇门书籍中对他们也有说明，一般都称为"纯阳体质"，这样的人，终身都不会有什么灵异体验，所以他到死也不会相信什么怪力乱神的东西。

盘犰守听了大灰狼的说法之后一度十分羡慕，如果他有这种能力该多好啊，就不会再有那些麻烦的妖怪跑来没完没了地折腾他。不过很快他又打消了这种想法，因为如果是那样的话，他就永远不会有和大灰狼交流的机会了。

当然现在不是想这些事情的时候，现在最重要的问题是，怎么跟这个"纯阳体质"的表兄解释，眼前这些和他根本不可能相信的妖魔鬼怪有着莫大关系的事情。

盘犰守目光扫过一片狼藉的地板，再瞟过脸上写着"我是一只狗，我听不懂你说话"的大灰狼，最后扫过还躺在沙发上，被包裹在一团浓雾中的王飞。

詹谷也看到了那个蚕茧一样的王飞，准确来说，他只看到了"蚕茧"。他走了过去，在盘犰守阻止他之前，伸手碰到了"蚕茧"。

在他碰到"蚕茧"的同时，那片浓雾仿佛吓了一跳似的猛地挣动了一下，下一刻就呼啦一声散开，露出了浓雾下的王飞，一点迟缓都没有，快得令人难以置信。

盘犰守斜眼看向大灰狼，大灰狼的表情也带着讶异。

"王飞？他怎么回事？他外面这些东西是什么？"詹谷猛然回过头来，厉声问，"这儿究竟发生了什么？"

盘犰守考虑了一会儿，用安抚的口气对他说："关于这个问题……我们可以慢慢说……"

第五章　果洛沐英

“……妖怪？”

詹谷霍地站了起来，看向盘犹守的眼神就像看着一个精神错乱的人。

盘犹守无奈地点了点头。

“你睡醒了吗？”詹谷怀疑地问。

盘犹守：“……”他就知道，和这种完全无法和妖怪交流又不相信妖怪存在的人谈论妖怪，根本就是一项不可能的任务。

詹谷一把拽过了大灰狼，猛揉它的脑袋。大灰狼气得吐血，爪子乱蹬，拼命挣脱出去，狠狠抖了抖毛，离詹谷更远了些。

“你看！我都这样对它了，它什么也没说！妖怪不是应该会说话，有法力的吗！”

盘犹守说：“对，不过在你面前它们就没法说话，所有的法力在你面前都不起作用……”

“对，我是‘纯阳体质’。”说“纯阳体质”四个字的时候，詹谷的语气就像在说“我是猪”一样，“那我怎么知道你说的是真的？”

盘犹守无语，妖怪无法和詹谷交流，在詹谷身边的妖怪又不能使用法力，他一个人类，凭什么让詹谷相信妖怪？

“因为……我是你表弟？”他试探地说，做好了遭到詹谷无情奚落的准备。

詹谷什么也没说。他只是用一种探究的目光看着盘犹守，看了很久，看得盘犹守浑身不自在，才缓慢地开口：“我相信……你。”

盘犹守微微一愣，他说的不是“相信这件事”，不是相信“这个事实”，而是“我相信——你”。

詹谷看看周围的狼藉，再看看刚才被蜜蜂捣毁的窗户，说：“我相信你不会干出这种事，即便有人故意这么干了，你也不会用这种拙劣的借口骗我。”

盘犹守默然，詹谷这个人……还真是挺令人惊讶的。

说到这一片狼藉，盘犹守想起了刚才一直想问却又没好意思开口的问题：“你刚才为什么非要踹门进来？”

詹谷很惊讶：“因为我听到这里面打得热闹啊，给你打电话你不接，敲门又没人应，防盗门居然还开着，我想着王飞别出什么事了。我问隔壁，隔壁非说这里没什么声音，我一着急只好踹门……”

盘犹守心下明白了什么，指指周围墙上的黄色纸符：“这是从一个天师那儿要来的符咒，只要贴到这里，外人就听不到里面的声音，就算是王飞的父母回来，也只能看到一个和他们离开时一模一样的客厅。”

詹谷说：“什么江湖骗子，一点作用都没有。”

盘犹守看看大灰狼，大灰狼的脸上明明白白地写着：我早就说过不要相信独目神鹰那个老王八蛋的儿子！

他笑了，转回头看着詹谷：“你说隔壁硬说没有声音，说明那个人是听不到的，能听到的人，只有你而已。”

詹谷睁大眼睛，嘴巴微张，似乎不敢相信自己居然有那么大的能力。纯阳体质的詹谷，既然拒绝一切妖魔鬼怪的法力，那就应该连妖怪的儿子所使用的法力也一起拒绝才对，他的确不应该那么相信魏天师……谁让他把詹谷这茬儿给忘了呢？

盘犹守再看看被詹谷丢到一边的菜刀：“话说回来，你踹门就算了，何必拿刀？”

“哦，王飞的妈妈说他家的菜刀豁口了，我顺路去超市，就帮忙买了一把回来……”

盘犹守：“……”那你为啥要在踹门的时候把菜刀拿出来吓唬人啊……

现在细枝末节的事情已经说清楚了，不过还有最重要的问题没有开始讨论呢。

詹谷拿起一个透明的罐头瓶子，晃了晃，被关在里面的蜜蜂愤怒地哼哼着。

“这个是怎么回事？”他问。

盘犹守无语地看着那个被关在罐头瓶子里的妖怪，心想着这下子梁子可结大了。本来妖怪中就有很大一部分不太看得起人类这个无能的种族，突然被个“普通人类”关到了罐头瓶子里，又被如此侮辱性地晃来晃去，这会儿恐怕正气得吐血吧。

那蜜蜂的确已经气疯了，脑袋上的两根须子抖得就像下一刻要折断一样，六条腿在透明的罐头瓶子里大肆挥舞，恨不能冲出瓶子，蜇盘家表兄弟两下。

盘犹守只知道蜜蜂一定在生气，却看不出来它气到了何种程度，只是看起来比之前要活泼得多，他想着反正气也气了，再多气点也不过就是那么回事……一打眼看到詹谷那根肿得胡萝卜一样的手指，他拉过来看了看。

那只手非常惨，除了手指之外，整个手掌也肿胀了起来，不过没有那根手指那么厉害罢了。盘犹守小的时候曾经见詹谷被蜜蜂蜇，那时候的詹谷只不过甩甩手，用水冲冲，红肿的地方没一会儿就好了，今天这样和当时的情况完全不可同日而语，不愧是妖怪蜜蜂，比普通的蜜蜂毒性强多了。

盘犹守用戴着手套的左手碰了詹谷一下，詹谷稍微一缩。这次是神威。盘犹守脱掉手套，左手放在了詹谷那根胡萝卜一样的手指上。

其实他的本意是蜜蜂都把这只手蜇成这个样子了，倒霉的詹谷一定很疼，要不是他刚刚没说清楚，怎么可能会导致这样的结果……简单地说就是他感到愧疚，所以想给詹谷减轻点痛苦。他没想到的是，他的手刚刚碰到詹谷，詹谷那根胡萝卜一样的手指刹那间就褪去了通红的颜色，也没那么烫了。就在这对表兄弟难以置信的目光中，那根手指的肿胀也慢慢地消了下去，当手指完全恢复正常的时候，整个手掌也不再肿胀，完全恢复了正常的形状。

詹谷动了动那只手，刚才被蜇过的地方留下了一个仿佛被尖扎过的小小凹陷伤痕，伤痕已经愈合，就好像已经经过了一个应该愈合的周期一样。

“你怎么做到的？”詹谷惊叹地问，“和妖怪接触多了，难道你也学会了什么法力？”

当然不可能有那种事……盘犹守瞪着那根手指，就好像在瞪视自己三百年没有见过的仇敌。

“我不知道……”盘犹守说，“本来不应该是这样的……”应该是在他触到詹谷的期间，暂时解除詹谷的痛苦。

沙发上的王飞呻吟了一声，两人的注意力马上从那根手指和盘犹守的左手上转移开。

詹谷走到王飞身边，拍拍他的头，问：“你现在怎么样？”

王飞又呻吟了一声，在沙发上扭动着身体：“不知道为什么觉得很累啊，简直累得像要死掉了一样……不过比前两天好太多了。”

的确是好太多了，前两天的他躺在沙发上就像是死了，现在却像是身上的力气正在回来，尽管依然很累，但他已经可以自由地控制自己的身体了。

难道是那个蜜蜂被关起来的缘故吗？盘犰守看了那个在罐头瓶子里嗡嗡暴跳的蜜蜂一眼，也走到王飞身边，拍了拍他的腿。

盘犰守本来是想像一个哥们儿一样说一些鼓励的话，但他忘了自己的左手现在并没有戴上手套，而他伸出去拍王飞的那只手正是左手。

在他碰到王飞的同时，王飞猛地浑身抽搐起来，全身如同遭到了电击一般疯狂地抽搐扭动。

詹谷大惊，随手扯了一片枕巾给王飞咬住，以防他咬伤舌头，然后双手用力压住他的肩膀，把他固定在沙发上。

“怎么回事？怎么回事？！”

神威……是神威！盘犰守用神恩碰过詹谷之后，现在落在王飞身上的是神威！

在王飞开始抽搐的时候，盘犰守已经发现了自己的错误，急忙放开了手，但王飞的抽搐并没有因此停止，他全身的肌肉都绷得紧紧的，像被拉紧的弦一样纠结着、紧缩着，詹谷几乎用尽了全身的力气，也没压住他如鱼一般疯狂弹跳的身躯。

詹谷回头对盘犰守大叫：“怎么回事！刚才不是好了点吗！怎么会成了这个样子！”

盘犰守迅速戴上了手套，也去压王飞的腿，两个人的力量却只能把他固定在沙发上让他不掉下来，对他的抽搐没有一点办法。

不一会儿，盘犰守注意到王飞全身都是汗，腿上也密密地渗出汗液，隔着裤子，他按住的小腿部分感觉湿得能滴水。也正是因为这样的湿润，让他觉得手下的感觉有些不对劲，王飞的腿在抽搐，但王飞的腿上摸起来像是肌肉的部分似乎正在扭动。

——扭动？对，是扭动，简直就像是什么活物一样地扭动。

他倏地掀起了王飞的裤脚管，而与此同时，詹谷也扯开了王飞胸口的衣物。

在露出来的，应该是胸口和腿部正常皮肤的位置上，露出的却是虬须一样的黑色物体，那种虬须一样的东西有很多，一节一节的，从王飞的皮肤下面强硬地凸起，扭动，遍布他的全身，他们所感觉到的异常应该就是那个东西。

“这是什么？！”看到那些东西，詹谷失声叫道，“这些也是妖怪吗？”

盘犹守当然回答不了这个问题，因为他自己也不知道那是什么东西。他回头看向大灰狼，发现大灰狼不知何时将放在茶几上那个装着蜜蜂妖怪的罐头瓶子弄到了地上，这会儿正用大爪子像踢足球似的把罐头拨弄过来拨弄过去，如同平时拨弄倒霉的小狐狸一样。那只蜜蜂在罐头瓶子里扭动着嗡嗡乱叫，却对蹂躏它的妖怪毫无办法。

盘犹守生气地叫：“大娘！不要玩了！快来帮帮忙！”

大灰狼用鼻子发出一声冷哼，下一刻，盘犹守耳边清晰地响起了大灰狼的声音：“谁告诉你我在玩的！我在刑讯逼供。”

他一愣，看向詹谷，发现詹谷还在看着自己，并没有看向大灰狼，而大灰狼的嘴也没张过，才知道被詹谷压制住的大灰狼其实是把话传到了他的脑袋里。

詹谷等了好一会儿也没等到盘犹守的回答，看他的时候发现他正看着那边玩弄蜜蜂的大灰狼。

“你的妖怪怎么不来帮忙？”

“……正在逼供。”盘犹守无奈地回答。

詹谷：“啊？”

过了好一会儿，大灰狼好像终于和蜜蜂达成了什么共识，在盘犹守耳边说道：“可以了，把人放开。”

盘犹守依言对詹谷说了一遍，詹谷将信将疑地放开了手。

在他放开之后，王飞激烈的抽搐果然没继续，而是开始逐渐减弱，最后以肉眼可见的速度慢慢地减弱，直到停止。

盘犹守又拉开王飞的衣服，发现他的抽搐虽然停止了，但那些虬须一样的黑色东西丝毫没有消失，依然停留在他的身上，凝固在皮肤下方，仿佛随时都会再度活动起来。

大灰狼叼着罐头踱步到了王飞身边，在盘犹守脑子里说道：“让你那表兄到一边儿去。”

盘犹守如此这般地对詹谷说。

詹谷看了一眼叼着罐头的大灰狼，脸上的表情明显地写着“不信任”，但他又看向了盘犰守，收回目光时，表情已经变成了无奈。他后退了几步。

“再往后退！”大灰狼不耐烦地说，“退到墙那边去。”

盘犰守对詹谷抱歉地笑了一下：“大娘的意思是，你到墙的那边去……到里屋去。”

詹谷看看大灰狼，大灰狼对他不高兴地龇了龇牙，他转身去了里屋。

王飞此时的神志已经完全清醒了，詹谷进了里屋之后，他显得有些紧张，问盘犰守：“小盘，我是怎么了？我身上是什么东西？”

“是蜾蠃。”大灰狼说着，踱步过来。

王飞眼睁睁地看着一只“狗”说着话向自己走来，脑子嗡的一声，脸都白了。

“狗在说话！”他紧张地对盘犰守说。

“你在做梦。”盘犰守安抚地对他说，转头问大灰狼，“什么是蜾蠃？”

大灰狼说：“你听说过‘螟蛉之子’吗？”

盘犰守点头。

“狗在说话……”王飞不死心地说。

盘犰守骗他：“没有那回事。”

大灰狼说：“《诗经·小雅·小宛》中有句话，‘螟蛉有子，蜾蠃负之’，意思是有一种叫蜾蠃的虫，只有雄的，没有雌的，蜾蠃就把螟蛉衔回窝里，据说它只要对螟蛉反复说‘类我、类我’，螟蛉就会变成蜾蠃。”

盘犰守有些惊叹，说：“大娘，我都不知道你这么博学多才……”

“狗在念诗……”王飞说。

“你听错了。”盘犰守说。

大灰狼瞪了盘犰守一眼，他明白它的意思，毕竟它都活了一万三千年，就算知道这些事情也不算什么。不过他还是有些难以想象——无论是大灰狼以人的形态还是狼的形态，抱一本书看……简直就是硬安也安不到大灰狼头上的天方夜谭，于是他只有沉默。

大灰狼继续道：“当然这种认识是不对的，蜾蠃当然有雌有雄。”它用后腿和尾巴做支撑坐下，两只爪子抱起罐头瓶子，用力摇晃里面可怜的蜜蜂，“这一只就是雌的。”

里面的蜜蜂愤怒地狂敲瓶壁：“浑蛋！放我出去！浑蛋！你们这些流氓……”

大灰狼冷笑："原来会说话呀。"

"蜜蜂和狗在说话……"王飞喃喃自语。

"是我和詹谷在说话。"盘犽守说着谎话。

蜜蜂尖叫："压制的都走了！你都会说话，我凭什么不会说！"

盘犽守说："别吵了……大娘，你说的这个蜾蠃，和这只蜜蜂有什么关系？"

大灰狼再度晃晃爪中的罐头："蜜蜂……这不是蜜蜂，它就是蜾蠃，属于胡蜂的一种。"

盘犽守也接过罐头仔细地看，那只蜂果然和普通的蜜蜂不太一样，模样比较狰狞。

"那这只蜾蠃，和王飞的病又有什么关系呢？"

大灰狼用爪子威慑性地拍拍罐头瓶子，说："有话就说吧，不然等被抓回去，你就什么都不要想啦！"

雌蜾蠃一听"被抓回去"，嚣张的气焰顿时不见了，沮丧地趴在瓶壁上，六只脚爪互相纠缠扭动。

"我……我叫果洛沐英……"蜾蠃痛苦地说，"我在族里出了点问题……"

胡蜂和蜜蜂不一样，蜜蜂的所有工蜂都是雌蜂，但没有生育能力，而胡蜂所有的雌蜂都有生育能力，但是只有最强的那一只才被允许产卵。

他们逮住的这只蜾蠃就是一个不被允许产卵的雌蜂，但是它还是和一只雄蜂交配了，并且产下了卵。它辛辛苦苦地将那些卵藏在不为人知的地方，希望至少能熬到春天。幼虫一旦出世，那族群里的妖怪就没有办法了，它们总不能杀了已经出生的幼虫吧。

它们族群的女王知道后震怒了，派出大批的下属追杀它，并且寻找那些未经许可产下的卵。

盘犽守问："那和王飞又有什么关系？"

那当然和王飞没有任何关系，但现在有关系了。

果洛沐英耍了点手段，作了个弊，带着那些卵逃到了人间。女王的追兵也不是吃素的，一直在它身后紧追不舍。

第六章　原委

那天晚上倒霉的王飞多喝了点酒，落了单，独自在路边呕吐。被追得昏了头的果洛沐英一头撞翻了王飞，一看他的情况正合适，于是狠狠蜇了他一下，把他蜇得晕了过去，然后将几乎已经孵化的卵注射到了他的身体里。没有了后顾之忧，它才放心大胆地走上了逃亡之路，直到前两天，计算着孩子们快出世了，它才悄悄循着曾经在王飞身上留下的标记，找到了他。

到了这个时候，盘犰守终于听明白了。

詹谷也明白了，从里屋探出头来，急吼吼地说：“也就是说，你把你的小虫子放到了王飞身体里！他现在生病，就是因为你那些小虫子！”

果洛沐英没说话。

大灰狼也没说话。

盘犰守无语地看着他。

詹谷沮丧地缩了回去：“好好，我知道，只要我在你们就不说话……”

他一消失，果洛沐英又恢复了说话的能力。

“对于这件事，我也觉得十分抱歉。”它说，“但是我也是没有办法。我的孩子们被追兵用磷粉做了标记，只有藏在人体内才能躲过它们的追杀。”

大灰狼说：“妖怪联盟五百年前就通过法令，禁止一切伤害人类的生殖行为，所有会伤害人类的生殖行为都有相应的办法作为替代，违反这条法令的妖怪将会受到严厉的惩罚。难道这样重要的事情你那个时候都想不起来了？”

果洛沐英激动地说：“我当然知道！但是在那个时候我凑巧只见到了他！我已经在那里躲了五个月，只要再有一点点时间孩子们就能出生了！我也是没有办法！”

盘犹守说：“现在不是探讨你生孩子是不是合法的时候……”他指指那边已经快被他们的谈话吓傻的王飞，“你说你要生孩子，可以；你要用人类的身体，也可以；你要躲避追杀，当然可以。但是……你到底想让他怎么给你生？”

王飞开始瞪眼睛，果洛沐英又开始绞它的六条腿，大灰狼则把脑袋扭到了一边。

盘犹守问：“你不会从来没有想过吧？”

“那个……”果洛沐英的复眼巴巴地动了一下。

大灰狼插嘴：“你真没想过？”

果洛沐英叫：“我当时只是想逃避追杀！”意思就是，它的确没有想过。

二妖一人同时看向可怜的王飞，脸上露出了无言的愧疚与同情。

王飞现在已经顾不得狗说话或者蜜蜂说话了，他浑身颤抖，无比痛苦地问：“你们……你们究竟想干什么？我的身体里有妖怪？难道要我生妖怪出来？不要！不要啊！救命啊！”

大灰狼不耐烦地说：“叫什么叫什么，现在贴了符咒，你就算是叫破喉咙也没人会来救你的！”

盘犹守：“……”大娘啊，你的话听起来很有歧义，简直就像调戏良家妇女的恶霸。

他又问果洛沐英：“你们一般怎样接生孩子的？”

果洛沐英说：“我们从来都不接生孩子。孩子们一般出生在没有生命的管道里……给它们一点食物，它们就可以自己出生……”

蜾蠃之所以捉螟蛉，其实并不是因为要把它当孩子，而是要把它当孩子……的食物。蜾蠃产卵在管道里，然后去捉螟蛉。被蜾蠃刺伤的螟蛉将失去行动能力，被捉回蜾蠃的卵旁，待卵孵化后，幼虫就以螟蛉为食，食尽而出。

现在倒霉的王飞就是那个管道兼螟蛉，一边担负着孵育的任务，一边又被幼虫当作食物食用。

大灰狼说：“妖怪蜾蠃和普通的蜾蠃有一些区别，妖怪蜾蠃的幼虫吃的是精气而不是血肉，他前段时间一直都没有什么力气，就是因为这些蜾蠃幼虫食尽了他的精气。而刚才那一会儿他看起来似乎好了很多，那可不是因为幼虫的母亲被人抓住了——事实上，就算它们的母亲被人杀掉也和它们无关，因为它们和母亲的生命之间没有任何联系。它们只不过是因为快出生了，所以才会出现暂时的蛰伏，他的精力才会恢复一点。”

说到“杀掉”二字的时候，大灰狼看着罐头瓶子里的果洛沐英嘿嘿冷笑。

果洛沐英缩到了罐头角落里，嘟囔：“但是，我的孩子们本来应该是明天才出生的……不该是现在……”

大灰狼看了盘犹守一眼，盘犹守看看自己的左手，悄然将它藏在了衣袋里。

大灰狼说：“不管预产期是什么时候，现在的问题是，你想让这个人类怎么生？”

果洛沐英：“……”

盘犹守：“……”

在另外一个房间里听着的詹谷：“……”

王飞：“我不要！我不要生妖怪！”

大灰狼安慰他：“这种事情已经由不得你了。”

詹谷在里屋高声道：“你们不是说我有拒绝妖怪的体质,难道我不能做点什么吗？”

大灰狼和盘犹守对视一眼。

“可以是可以，不过……”

果洛沐英尖叫起来：“不行！我的孩子！我的孩子是无辜的！你们不能杀了它们！”

大灰狼说：“但是你为了生孩子而伤害人类的话，就算果洛一族放过你，妖怪联盟也不会。”

果洛沐英继续尖叫：“我没想伤害人类！我只是想让我的孩子活下来！”

大灰狼说：“但是你要是让他这么生产的话，一定会要了他的命。”

王飞呻吟：“我是男人！我不生孩子！不管是人还是妖怪或是蜜蜂！”

大灰狼说：“是胡蜂。”

王飞哭起来：“不管是什么蜂，我不想生孩子，我不想死！”

大灰狼叹了口气。

现在事情陷入了胶着状态，如果硬要将蜾蠃幼虫驱除出王飞的身体，那些幼虫一定会死；但如果让那些幼虫出生，它们将会钻破王飞身上的肌肉和皮肤，强行冲出来，那王飞就死定了。

怎么办呢……

盘犹守拧开了罐头瓶盖，把果洛沐英倒了出来。果洛沐英嗡嗡落地，一转身，化作一个背生透明双翼的少女，看起来只有十六七岁的样子，长得娇俏可爱，脸庞还有些婴儿肥，头上绑着双丫髻，身上还穿着古式长裙，竟是个古代的丫鬟模样。

“真的是妖怪……”王飞哭着说。

大灰狼烦透了，吓唬他：“反正你一会儿就要为她生孩子了，她是妖怪，你也不会好到哪儿去。”

王飞哭得一口气没上来，活活晕了过去。

盘犹守懒得理他们，径自对化作少女的果洛沐英说：“王飞是我的朋友，我不能让他死。那些是你的孩子，如果你不能想出办法来的话，那我们就只有把这些孩子全部杀死了。”

果洛沐英睁着一双眸子，脸上的表情很无辜：“你们不能杀我的孩子！”

盘犹守说：“那你就要想办法救他。”

果洛沐英说：“我也没办法！”

盘犹守说：“那就只能杀你的孩子了。”

果洛沐英说：“你们不能杀我的孩子！”

盘犹守说：“那你就要想办法救他。”

果洛沐英说：“我也没办法！”

……无限循环。

盘犹守突然发现王飞身上的那些黑色的节状物体又开始微微扭动起来，他将没有戴手套的左手虚虚地放在了王飞的腿上方。

“如果你不能救他的话，我现在就杀了它们。”他说，“你看到了吧，刚才我只要一碰他，你的孩子们就很不安，很痛苦，如果我多来几次的话……”

盘犹守这会儿当然是吓唬她的，神威不是杀人凶器，它只能让生物痛苦却不会造成实质伤害，不过他不想再和她玩循环文字游戏了，反正她也不知道他的手是神之手。

果洛沐英咬了咬娇嫩如花的嘴唇，跺跺脚，放弃似的说道：“其实还有一个办法……就是要有一个人在他的双脚上用法力将孩子们从他的胸口逼出……同时我在他的胸口呼唤，孩子们会乖乖从那里出来的。”

“那你刚才为什么不说呢？”

她瞪着美丽的大眼睛，不以为然地说：“我为什么要说啊！孩子们从胸口出来倒是没什么难的，但是那对于他来说肯定很痛很痛……因为有些孩子在他的骨头下方，要钻破骨头出来！万一他哭得狠了，把我孩子挤碎了怎么办？”

盘狁守有些紧张：“他会死吗？”

大灰狼说：“我会救他的。”

盘狁守问：“那，还有什么需要注意的吗？”

果洛沐英一副恨铁不成钢的样子：“你听不明白吗？要钻破骨头！很痛的！你们不能用麻药！我的孩子们只要沾了麻药就会死在他身体里！但如果不用麻药的话，这种办法和杀他有什么区别？我又不是变态！对孩子们来说又不安全，所以我才不说的！”

盘狁守和大灰狼对视一眼。

“现在的问题是……怎么让你的表兄出来？”大灰狼说。

盘狁守说：“你不能把她的孩子们逼出来吗？”

大灰狼说：“只有你表兄的能力是缓和的‘拒绝’，要是我强行施法的话，那些小虫一定会死在他身体里面。”

“他一定会死！”果洛沐英尖叫。

“不会死的。”

盘狁守用指尖点了一下她的眉心，她尖叫一声，飞跃到角落里。

“好痛！好痛！”她叫。

盘狁守淡淡地说：“这只是一点点惩罚……”惩罚你随意使用无法反抗的人类身体，险些酿成大祸。

于是还是那个问题……怎样把詹谷弄出来做驱除那些小虫的工作，又不致影响到大灰狼和果洛沐英。

盘狁守问：“为什么他到了那个房间，你们就能不受影响了呢？是因为距离吗？”

大灰狼说：“不，是我们之间必须有东西遮蔽，只要能把他完全遮蔽，无论什么距离都可以。”

盘狁守想了想。

几分钟后，被一堆床单裹得跟粽子一样的詹谷被盘犹守从里屋拉了出来。詹谷一边踉跄着一边说："不要这么快啊，我看不见啊，等一下……哎哟！"他一脚踢到了桌子腿上。

盘犹守拉着詹谷，问大灰狼："怎么样？现在有影响吗？"

大灰狼看了看身边依然是少女状态的果洛沐英，说："没有。"

盘犹守把詹谷一直拉到王飞的脚边，拉开王飞的裤管，把詹谷的手放上去，又用毛巾把他的手盖住。

"热死了！"詹谷抱怨。

"忍耐一会儿吧，马上就好。"大灰狼说。

一转身，大灰狼化作了灰袍男子，站在王飞头侧。

果洛沐英站在王飞的身边，将手放在他的胸口。

盘犹守站在大灰狼的身边，没有碰到王飞身体的任何部位。

"现在，开始叫吧。"大灰狼说。

果洛沐英开始了低低的吟唱，温暖的声音如同蜜蜂振翅，柔软而平和。

王飞身上那些怪怪的黑色物体开始慢慢扭动起来，向他的胸口进发。

王飞的身体又开始缓缓地扭动，不像是抽搐，更像是在无意识地挣扎。他闭着眼睛慢慢地扭动着身体，仿佛梦中正在经受着无法言说的痛苦。

从他双腿上露出来的地方可以看到，那些黑色的东西缓慢地移到了他的上半截身体，双腿的颜色很快恢复了正常，而他的胸口堆积起的那些黑色物体越来越多，越来越高，他的皮肤越绷越紧，简直紧得好像要炸了一样。

王飞的口中骤然发出了尖叫。

随着那声尖叫，他胸口的皮肤蓦然破裂，一指长的小肉虫子潮水般从他胸口和鲜血一起喷涌了出来。

盘犹守立刻将左手放在了王飞的头上，王飞的尖叫突然停止，全身顿时放松下来，鲜血流得更凶了。

大灰狼移到沙发的另外一边，将手放在了王飞的胸口，轻轻念诵。随着小肉虫们涌出来的鲜血像被什么东西遏制了一样，慢慢地止住了，只有小虫子们源源不断地爬出来。

果洛沐英伸出一双玉手，让小肉虫们一批又一批地爬到了自己身上。

盘犹守看着那些新出生的小肉虫，头皮一阵阵地发麻，心想，一只蜾蠃就生这么多孩子，怪不得只有最强的那一只才被允许生孩子，否则这世界早就已经归它们所有了……

小肉虫们依次爬进果洛沐英的袖子和领口中，消失在她的衣服里。

当最后一只小肉虫从王飞的胸口爬出后，大灰狼用手在他的胸口一抹，手所抹过的地方发出了耀眼的白光，白光过后，触目惊心的伤口严丝合缝地闭合住了，只在胸口正中央留下了一道锯齿状的伤痕。

果洛沐英站起身来，脸上带着只有初为人母的女人才有的幸福微笑，那张婴儿肥的娃娃脸看起来居然也成熟了许多。可惜几十只小肉虫从她的领口钻了出来，耀武扬威地摇晃着它们的小脑袋，让她美丽的母性光芒大大地打了个折扣。

“谢谢你们……”她深深地向他们鞠了一躬，头都快挨到自己的膝盖了，“谢谢你们救了我的孩子，和我自己。”

大灰狼收回手，疲惫地说：“怎样都好啦……希望以后你不要再出现在我们眼前。要是以后你再犯相同的错误，我一定杀了你。”

“不会了，不会了。”果洛沐英说着，身躯慢慢后退，退到窗口，猛然跳了出去。

“谢谢你们！大恩不言谢！咱们后会有期！”她在窗外远远的地方叫道。

大灰狼大怒，化作大灰狼的原形冲到窗口，冲已经飞走的果洛沐英狂吼：“你浑蛋！给我把你弄的这堆烂摊子解决掉！听到没有！”

她必定是没听到的，因为透过被她砸得稀烂的窗户，迎着飕飕的寒风，可以看见，她已经不在他们的视野里了。

“跑得倒挺快！”大灰狼气得半死。

“等以后慢慢抓她吧。”盘犺守安慰它。

无人理会的詹谷坐在一旁的地板上，正在和盘犺守用来包他的那堆布斗争，一时半会儿还挣脱不出来。

当王飞醒过来的时候，发现自己已经完全恢复了健康，除了胸口那一道已经成为旧伤的新伤痕之外，再也没有任何地方不舒服。

他看起来已经完全不记得几个小时前发生的事情了，脑子里还勉强剩下的情节像被剪碎的电影胶片一样无法连贯，一概被他当作了生病时做的一场大梦。

不过他觉得很奇怪，在梦里好像有个什么东西冲入了窗户，把他家的窗户砸了个稀烂，又有什么东西撞入了他家的门，而他醒来以后发现，窗户和门的确烂了，烂得和他梦中见到的一模一样，怪不得他一直在梦里梦到西伯利亚寒流袭击呢。

而在他醒来时还在场的盘犹守和詹谷理直气壮地跟他解释，在他睡着的时候有一只鸟冲进来撞碎了窗户，他们在外面的时候听到了里面的声音，还以为出了什么事情，就一脚踹开门冲了进来……

王飞觉得他们的解释很有问题，但对于在他生病期间“唯二”不离不弃的朋友，他也说不出什么来。

至于王飞的父母，看到儿子痊愈，他们简直欣喜若狂，无论发生了什么都好，看起来就算是连整个房子都被踩塌了也行，只要儿子痊愈，那一切的问题都不算是问题了！

而盘犹守和詹谷呢？他们两个趁着王飞家兵荒马乱的时候，悄悄逃走了。

“待的时间长了未免太可疑。”詹谷说。

盘犹守：“……”我觉得我们这样逃跑才更可疑。

第七章　猫

——有些不可能的事情，变成了现实。

盘犺守家的电视，在兢兢业业地为他家服务了十五年之后，终于寿终正寝了。

确切点说，它并不完全算是寿终正寝。

在这十几年间，它兢兢业业地承受着大灰狼不时的蹂躏。最常见的就是：电视里的人打出一个球，大灰狼就趴在电视后面狂抓，试图把那个球抓出来。

当可怜的电视死亡的时候，大灰狼正在抓那个球……抓断了电线。

本来抓断一根电线不是大问题，这台可怜的电视被抓断过很多回了，但这世界上的事就是，当量变达到一定程度的时候，往往就会产生质变……

电视里的一个重要元件，因为突然的断电，烧成了一团焦黑。

盘犺守抽时间将电视送到了山海电器维修点，经常给他们修电视的张师傅一看情况，和同事们都笑了起来，说："完啦，已经修不成了。反正已经烂成这个样子，扔了吧，再买台新的也不贵。"连回收的话都不屑于说了。

其实盘犺守家的生活也不是很困难，之所以多年都没有买新的电视，是因为这台旧电视实在是非常坚固耐用，多次在大灰狼和其他妖怪的爪下死里逃生，要是再买一个新的，谁知道能经受它们多长时间的蹂躏呢？

但是现在饱受蹂躏的旧电视终于死在妖怪手里，再也没可能复活了，盘犺守也不得不开始考虑买新电视的问题。

盘犺守这样想着，目光扫过维修点的其他地方，发现有一个角落里堆放着十几台旧电视。他心里一动，家里那些妖怪最感兴趣的就是电视这个"里面有小人会动又会唱的盒子"，就算知道它的原理也不能打消它们对它本能的兴趣，要是买一台新的回去却被它们折腾坏，那未免太可惜，不如买台旧的，既便宜又结实。

“你们那些旧电视卖吗？”他问。

张师傅咂巴着嘴里的烟，“嗯”了一声，说：“那些不是卖的。”

“那么多，都不是卖的？”

电器维修点又不是电器买卖处，堆积太多东西既占地方又没好处，所以一般堆放在那里的都是打算二次出手的旧货。那老师傅却说那些不是卖的，难道是维修的？连电视故障也会扎堆出现？

当盘犹守仔细看那堆积着电视的阴暗处时，发现那里藏了几只小猫，大概有他的巴掌那么大，有一只在他的注视下踏过堆得层层叠叠的旧电视堆，跳上最高的那台顶端，呜呜地叫了几声。

张师傅说：“那些都是送来修的，不知咋回事，最近有好些电视都突然看不成了，就都送到我这儿来。”

盘犹守说：“都是同一个牌子的电视吗？”

张师傅说：“不是，要是同一个牌子就好了，至少知道肯定是质量问题。这些电视都不是同一个牌子的，奇怪的是，它们的故障都差不多，从前天晚上开始，就突然看不成了，检查发现每一台都没啥问题，可电视就是打不开，真是怪了。”

那些小猫轻盈地在电视中跳来跳去，形态十分娇憨可爱。

盘犹守觉得有些奇怪，张师傅从来不喜欢猫，而且在维修电器的地方有猫是一件不太好的事，因为很有可能被它乱钻乱挠弄坏电器。张师傅修了十几年的电器，怎么会突然喜欢上养猫了呢？

但是他什么也没说，这毕竟不关他的事。

最后他还是把旧电视留给了张师傅，反正那破电视也卖不了钱，反而是里面的一些小元件还可以用，算是感谢张师傅十几年来帮他修这台倒霉电视的小小谢礼了。

盘犹守回到家，准备好好教育一下身为万年妖怪却对电视这个小小的科技产品兴趣过高的大灰狼——虽然小狐狸也干了令人发指的事，但念在它是从犯，他还是觉得应该先对付主犯才是正理——以免它好了伤疤忘了疼，下次再“不小心”对新电视出爪，造成不幸的后果。

但他的想法没能实现，当他回家以后，就发现大灰狼不见了，小狐狸正用前爪抱着洒水壶给它的宝贝人参浇水。

“大娘呢？”他问。

小狐狸头也不抬地回答：“紧急召唤，正赶回我们的原生界。”也就是妖怪所在的那个世界。

“只召唤了它吗？”

“非也，非也，此次乃是召唤了人间所有的妖怪。”

召唤所有人间妖怪？盘犹守看看后院，只剩今天值班的七曲蛇君在树上缠着，其他妖怪都不见了踪影。

妖怪召唤是很简单的，但是一般妖怪界不会这么做。在盘犹守的记忆中，第一次也是过去唯一一次听说妖怪全体召唤这件事是在十几年前，有一个妖怪家族突然开始以吃人为乐，妖怪界就召唤了所有的妖怪回去，声明无论任何妖怪抓住这个家族的成员，都可以就地处以死刑。

但是……

既然是召唤所有的妖怪，那小狐狸也应该在召唤之列。七曲蛇君今日值班，属于例外情况，小狐狸又是为什么没回去呢？

“你怎么没有回去？没有叫你吗？”

小狐狸看了他一眼：“小生身负重要任务，岂能随意离开！”

重要任务……给你的人参浇水吗？盘犹守这样想着，也不想追究什么，便转身离去。

到了晚上吃饭的时候，大灰狼顶着一头的土和茅草冲进了盘家后门，吼叫着：“饭！饭！饭！”

盘犹守刚刚拿出一只红烧兔子，它就一口叼住使劲大嚼起来，差点连他的手一起咬住，看起来已经饿疯了。

“慢点吃，慢点吃，没人跟你抢。”盘犹守说。

大灰狼像没听见一样，狼嘴嚼得咔嚓作响。

一口气吃了一只兔子、一只鸡加两棵白菜、五个馒头以后，大灰狼才不情愿地停住了大嘴，打着饱嗝，用脏得乌黑的爪子挠油光光的嘴角。

“吃个半饱。”它心满意足地说。

“可以说了吗？”盘犹守问。

大灰狼哼了一声：“其实没什么大事，妖怪联盟那些家伙未免小题大做了。”

小题大做？究竟是什么事？

虽然好奇，但盘犸守并没有继续问，如果大灰狼想说的话，它总会告诉他的；如果它不想说，他再问也没用。

大灰狼自然没有继续说下去，因为他发现了清清爽爽、干干净净、吃饱喝足的小狐狸，顿时大怒，叫道："我辛辛苦苦跑了这么半天，你居然没回去？你居然不需要回去接受重点教育！"

小狐狸傲然地翘起尾巴："吾身负重任，与汝不务正业之形相差何止千里。"

大灰狼扑上去和它打作一团。

最后盘犸守还是从另外一个电器维修点买了一台七成新的电视，不是液晶屏或是等离子之类的高级玩意儿，是老式的那种，才五百块，十分划算，就算再被大灰狼或是小狐狸抓断线，他也不心疼。

之后上了班，他在闲聊的时候把这件事当作笑话讲给詹谷听。詹谷嘲笑他已经成了传说中与"猫奴"并列的"狗奴"身份。盘犸守笑笑，也没反驳，反正也没什么好反驳的，他说的是事实……虽然那两只并不是"狗"。

不过说起电视故障，詹谷也说起了他家的电视，也是他家很多年的老成员了，用了这么多年，一直效果还很不错，挺清晰的，也没什么毛病，但不知道为什么，前几天晚上突然就坏了，怎么都打不开。他把电视送到维修电器的地方去修，人家说好着呢，什么毛病都没有。更奇怪的是，那个维修电器的地方积压了十几台电视，全都是一样的毛病……

盘犸守也想起了山海电器维修点那里积攒的一堆电视，难道都是一样的问题？

他说了自己遇到的事情，詹谷也很惊讶。

在押钞车后面坐的一个年轻人听到他们的话题，赶紧凑上小窗口，激动地说："我家那儿也是！有好多家的电视突然都看不成了，修也修不了，维修师傅都说没问题！幸好我家的没事！哈哈……"

其他人也附和——

"是啊，我们家附近也是……"

"说是什么毛病都找不到……"

"怪了……"

盘犸守觉得有点奇怪，他问刚才先说话的那个年轻人："你家的电视是什么牌子的？"

“是L牌的，名牌，新的，还是等离子的，很高级……”

盘犹守要的只是两个字而已，对方说了这么多，大多是废话。他握着方向盘，眼睛盯着前方，问詹谷：“你家的呢？我记得时间不短了吧。”

詹谷说：“没错，二十年了呢。”

有两个抱怨自己家电视也坏了的人马上说：“我们的也是啊，二十年了。”

“我家坏的是一台三十年前的黑白电视，本来说拿出来要卖个十块二十块的，结果……”

意思是，这次坏的全都是至少二十年以上的老电视。难道说是这些电视过了使用期，所以集体坏掉了？

当然这件事与盘犹守无关，不是他应该操心的，他只是挺好奇，为什么这么多不同品牌的电视，差不多在同一时间段坏了？难道是什么神秘的电磁干扰？新电视元件都扛得住，旧电视扛不住，所以才集体死亡……

他想起曾经看过的片子，某国恐怖分子用电磁攻击全国，导致银行系统崩溃……当然到现在还没听说银行系统崩溃的事情，如果是电磁的话，除了电视之外，电脑应该也躲不过才是……当然，这种想法实在太无稽了，那只是电视里的情节而已，不能与现实混淆。可他转念一想，对于他来说电视情节和现实其实有的时候没有大的区别，尤其是在家里还有两个会说话的妖怪的情况下。

他想着就微微笑起来。詹谷觉得他笑得诡异，便追问他想到了什么笑得这么开心。他把自己关于电磁的想法说了，当然隐瞒了妖怪的事情。詹谷听了他的说法哈哈大笑，其他人也笑得厉害，直说他有当科幻小说家的天赋了。

盘犹守心想自己倒确实是挺有天赋的。

旧电视就是旧电视，七成新也是旧电视，买回家里之后没一个月就坏了，这回与大灰狼、小狐狸完全没有关系，因为看着看着就发现电视里的人脸发绿，肯定不是电线的问题。

盘犹守无奈，抱着这台宝贝旧电视又到山海电器维修点去修。

张师傅一看他来就笑了：“又坏了？这回和其他人坏的问题一样了吧？还是电线又被你家的狗给抓断了？”

盘犹守无奈地摇摇头：“完全不是那回事，这次是电视里的颜色有点发绿。”

张师傅闻言接过他的电视，让徒弟接上电源查一下问题。

盘狁守看向上次看到的电视堆的方向，结果完全不像他上次看见的那样，又是电视又是猫的，现在那里只堆放了两台旧电视，其中一台还是他家的。

他问："上次我来看到的那些电视呢？都修好了吗？"

张师傅一边忙着查看他家电视的问题，一边漫不经心地回答："好了，都好了。"

"查出来究竟是什么问题了吗？"

张师傅取下嘴里叼的烟，在一边弹了弹烟灰，表情显得有些愤慨："问题？啥问题也没有！"

盘狁守惊讶："啊？"

"那两天电视的确是打不开，用什么办法都不行，我换了多少个零件都没用。结果不知道咋回事，有一天我试着开了一下，所有电视都好了，没有一点儿问题！你说怪不怪？"

盘狁守说："是您那两天凑巧修好的吧？"

张师傅哼了一声："我修没修我不知道？有些电视是换了零件，可有些电视我动都没动过！全都好了！真搞不清楚是咋回事。"

那还真是怪事啊……盘狁守心里也有些纳罕，他是不太懂这些机械上的事情，不过他至少知道机械和动物不一样，不可能自己修复的，怎么可能会自己好了呢？也许真是那神秘的电磁干扰？电磁干扰出现了，电视就坏了；电磁干扰没了，电视就好了……他的脑子很快就又转到了科幻小说上，把眼前的事忘记了。

他送修的那台"新的"旧电视的显像管出了故障，正好以前那台电视的显像管还是好的，张师傅顺势拿下来换了，再次打开时，电视的颜色终于恢复了正常。

盘狁守道了谢，抱着电视准备离开，眼睛又瞟到了上次堆着坏电视的地方，恍然想起除了电视不见了之外，那些猫咪也不见了。

他顺口问了一句："张师傅，你家养的猫呢？都送人了吗？"

张师傅脸上露出了讶异的神情："猫？我没有养过猫啊！"

盘狁守想了想，说："啊，就是上次我来修电视的时候，你那里堆了一堆旧电视，上面趴着五六只小猫——那不是你养的吗？"

张师傅皱着眉摇头："你又不是不知道我讨厌那些东西！我这儿从来没

什么猫，要是有的话，我也肯定马上把它赶出去！不可能一下子冒出五六只猫。”

盘犰守愣了，张师傅不喜欢猫狗他是知道的，所以上次看到猫的时候他才会感到那么怪异，却又没有多想。可是张师傅说他这儿从来没有什么猫……

有点诡异啊……他惴惴地想。

盘犰守回到家，发现小狐狸又在给宝贝人参浇水——他到现在都不知道，小狐狸送这棵人参是真要给他家还是只想骗他而已——而大灰狼正趴在客厅的沙发上打呼噜，由于身体太长，后爪和尾巴都吊在扶手下面晃荡着，也不知道它难受不难受。

盘犰守把电视放回原位，打开看看，颜色依然很正常，看起来是没有问题了。

他回头看看大灰狼，看它睡得特别舒服的样子，不由得怒从心头起，心想：都是你，要不是你身为妖怪却不长脑子，乱抓乱挠，我何必抱着电视颠来跑去、辛辛苦苦累得半死啊！

他这样想着，十分不爽地摸到沙发跟前，拇指和中指搭在一起，在大灰狼柔软多毛的耳朵根上用力一弹——

大灰狼猛地跳起来，冲盘犰守又是龇牙又是吼叫。

“很痛呀知不知道！”大灰狼怒吼。

盘犰守冷冷地看着它。

大灰狼听到身后的声音，转头看看已修好的电视，忽然意识到了什么，立马换了表情，冲盘犰守露出一个龇牙咧嘴的讨好表情。

“小盘子，你回来啦？”它的声音十分温柔，就算是处变不惊（虽然只有外表是这样）的盘犰守，也忍不住恶心地颤抖了一下。

“你睡得挺香呀。”盘犰守说。

大灰狼谄媚地龇牙：“真的吗？真的吗？这多亏小盘子给大娘这么好的睡觉环境。”

盘犰守说：“是啊，多亏电视坏了，不然你还睡得没这么安静呢。”

大灰狼哈哈地笑，小心肝儿却微微颤抖，赶紧转变话题：“哎呀，你看，电视里的新闻好有趣哦。”

盘犰守又被它的语气恶心得颤抖了一下，不过还是习惯性地回头看了一眼。

那台不幸的旧电视正在播出一条新闻，拿着麦克风的女记者激动地大声说着："……在丰尧市里居然出现了这么大的动物！太不可思议了！它是从哪里来的？是谁让它跑到城市里的？它究竟是什么东西？会不会伤到人？有关部门又会做出怎样的反应呢？《都市快报》将继续关注此事！"

大灰狼错有错着，盘犹守被成功地转移了注意力，他认真地看着新闻，这条新闻播放完毕后，他又换了台。

丰尧市有六个本地电视台，他换到了另外一个台以后，那个台的新闻正好也在报道这个事情。

一个老太太对着镜头伸展着她颤巍巍的双臂，张着漏风的嘴，激动地表达着她的惊讶："恁大的虎！老虎！俺这辈子没见过恁大的老虎！"

镜头一转，记者又把麦克风放到了一个动物园工作人员面前，动物园工作人员说："我们的老虎没有丢……"

警察说："我们将尽全力在全城搜索，以最快的速度找到那个动物，请大家不要惊慌……"

这个台的这条新闻播放完毕后，盘犹守再次换台，不过其他的台没有再播放相关新闻了。

其中一个台正在采访一个穿得很朴素的男人，那男人指着旁边一堆电视残骸说："我的电视怎么会炸了？肯定是隔壁家那群男孩又往我家里扔东西……"

而另外一个台的记者义愤填膺地说："……难道电力公司不应该道歉吗？没有通知一声，就停了这么长时间的电，给群众造成了这么大的麻烦！当采访到他们的时候，他们居然还含糊其辞，不予回答！相关负责人……"

盘犹守关了电视，回头看着大灰狼，很久都没说话。

大灰狼当然知道他是什么意思，小心肝儿拔凉拔凉的，又谄媚地笑道："我知道，我知道，大娘不会再碰电视了！我发誓！"

"还有妲己没谱。"盘犹守补充。

"那只狐狸要是敢碰，我就打断它的腿！"大灰狼信誓旦旦。

盘犹守对于大灰狼的德行太清楚了，发誓这种东西，对它来说效力能有一个星期就不错了，不过一个星期也行啊，即便是一个星期不修电视也算是好事一桩。

第八章 “老虎”

第二天上班的时候，小伙子们都激动地探讨着前一天的新闻。老虎啊！城市里居然出现这种东西，对于他们无聊的生活来说真是一个不错的调剂——当然最主要的是，只要提供线索抓住它，就能得到一笔为数不少的奖金……

詹谷听着他们探讨应该怎么抓老虎，不屑地泼他们冷水：“枪？咱们的枪连人都打不死，更何况是打老虎？不要刚出门就先让老虎给吃了！”

后面的小伙子趴在小窗口上说：“谁说打不死？我的枪法在培训的时候可是第一名！只要我打中它的眼睛……”

詹谷冷哼：“你一次打两只眼？把你能的！只要让它剩下一只眼，你身上这几两肉就全贡献给它了！”

他说的的确非常有道理，小伙子讪讪地退了回去。

盘犰守握着方向盘笑道：“你不要吓唬他们了，这么大的丰尧市，它怎么会那么巧就跑到咱们面前了？”

詹谷说：“你这话就不对了，不怕一万只怕万一，他们未雨绸缪也有道理……”

他话音未落，车前忽然掠过一道黑影，盘犰守大惊，猛地向右狠打方向盘，车体大幅转向，堪堪避过了那道影子。

他们后面的车发出了尖厉的刹车声，后方的小车司机从驾驶室伸出头来对着他们大骂。

盘犰守惊魂未定，双手紧握方向盘，颤抖的脚还用力踩着刹车。

“你……看见了吗？”盘犰守问。

詹谷脸色铁青地点了点头。

坐后边的小伙子们挤在小窗口处大声问：“怎么了？出什么事了？”

詹谷回头，没好气地说："你们太幸运了！那只老虎刚从我们的车前头过去！我现在就放你们下车，去抓它吧！"

小伙子们惊讶地叹了一声，不过嘛……抓老虎这种事，说说就可以了，又不关自己的事，谁还真跑去抓啊？

小伙子们嘟囔着："哎呀呀，说着玩的嘛，还是工作重要，不能乱跑呀。"又坐回了原位，再没说抓老虎的事。

盘犹守发动了汽车，眼睛看着前方，耳朵听着詹谷教训那几个小伙子，心里却在想着别的事。

刚才那只"老虎"从车前猛地蹿过，时间很短，但他在那短短的时间里，还是看清了它的模样。

正确来说，那只"老虎"其实长得并不像老虎。虽然它有和老虎很相似的花斑纹，但它的脑袋显得比较小，耳朵顶端也有些尖，身体也不像老虎那么笨重，显得很轻盈。如果一定要形容的话，他觉得它长得更像是豹子，像豹子一样轻盈，像豹子一样敏捷。

不过呢，这豹子和老虎在人的眼里其实都是差不多的——都吃人，所以大家把它当老虎来对待也没什么错，他觉得没有必要告诉别人这件事。

盘犹守回到家，拿出钥匙刚打开院门，一群影子呼啦一声扑了出来。

"不要让它跑了！"一个声嘶力竭的声音传来。

一群小小的影子呼啦啦地从盘犹守脚边蹿出，又一个矫健的身影高高地跳跃起来，踩着盘犹守的脑门子逃走。

"谁开的门！快关上！"

盘犹守立刻退出去关了门，不过还是跟不上小影子们奔跑的速度。他本能地躬身一抓，按住了跑得最慢的一只小影子。那小影子被按疼了，发出了一声哀鸣。

盘犹守拎起那个"小影子"，原来是一只黑猫——全身黑毛，只有胸部和爪子有白毛的小猫。

院子里发出乒乒乓乓的声音，小猫嗷呜嗷呜叫的声音，还有大灰狼的咒骂声。

盘犹守听了一会儿，等到声音完全消失了，才开口问道："可以进了吗？"

进自己家还要别人说可以，未免太没天理了点，他不无郁闷地想。

门里静了一会儿，大灰狼以人的形态来开了门，打开的门里露出他气喘吁吁的模样。

“你没事吧？”盘犰守问出这句话才发现大灰狼一点也不“没事”，就他那脸和手上的抓痕来看，他的问题大了，“你和猫妖打架？你抢了猫妖的孩子？你们妖怪联盟允许你这么做？”

大灰狼无奈地咧了咧嘴，呸地吐出一根猫毛：“小盘子，我在你的心里就这么不堪吗？”

“啊——”盘犰守说，“你怎么能这么想呢！你在我心里最重要了，我最喜欢大娘了。”不过他嘲笑的语气却和他的话完全不符，完全不是他嘴里说的那回事。

大灰狼很愤怒，但他也没有办法，小盘子是他看着长大的，难道还让他去和自己看着长大的臭小子计较这个？那他早就活活气死了。

他只能摇头。

“到底怎么了？”玩笑开完了，盘犰守觉得自己还是有必要问一下究竟发生了什么事，虽然他也很喜欢猫的，但还没有到养一院子的地步，大灰狼究竟在干什么？

大灰狼摊手：“我也不想的……但是一个月前，有一场流星雨。”

盘犰守知道那场狮子座流星雨，有很多人晚上不睡觉跑到高处去看。他也是。那场流星雨的确很壮观，不过和现在的事有什么关系？

大灰狼解释：“流星雨会带来和地球自身不同的精气，每次有这种精气出现的时候，往往就会有很多新的妖怪诞生……所以妖怪联盟才会召集所有妖怪回去，提高重视程度，进行重点教育，让所有的妖怪留心，迎接新的妖怪。”

其实妖怪界和人间从本质上来说是同一个空间，只不过被某种力量给分开了，因而产生了不同的生物规则，一边是完全科学的地球，一边是看似不科学但其实就是不同类型生物所在的妖怪世界。

毕竟是神秘不可捉摸的大宇宙，发生什么事情都不奇怪，而天外降临的东西就更说不清了，也许什么也没有，也许就会带来无数想象不到的问题。

原来是这样，那就和妖怪联系到一起了……

盘犰守说：“那是好事啊。”

大灰狼叹息：“有的时候，一些意想不到的妖怪也会诞生……”

“比如？”

“比如……日值妖怪，哭泣妖怪，年兽……”

盘犺守说：“但那个似乎也还构不成召唤你们所有妖怪回去的原因吧？难道每次有流星雨都召你们回去？”

大灰狼说：“妖怪本身是没什么，问题是新妖怪，很多新妖怪刚出生的时候对这个世界的规则一点都不了解，经常会造成一些麻烦。”

而且妖怪的产生机理和人类完全不同，在它们的世界里，生物多样性远远超过地球，有可能在某种情况下突然产生某个妖怪族群，或者在你毫无防备的时候某个种族又突然灭绝，这是生物多样性的代价，所以保护新类别的生物是非常重要的。

盘犺守说：“那你当初还说妖怪联盟小题大做。”他还记得大灰狼从妖怪界回来时候那副愤青模样呢。

大灰狼不耐烦道：“当然是小题大做了，小妖怪刚出生能有什么能力？最多是吓唬吓唬别人，制造点小麻烦而已，又不是会造成毁灭世界的大事！完全没有必要每次都叫我们回去提高认识、重点教育啊！”

……原来大灰狼是在烦这个。

“那你说的这些，和刚才那些猫有什么关系？”

大灰狼把盘犺守迎进了院子，指着那些飘在空中、四爪乱抓的猫，用一种很无奈的语气说：“你应该感到荣幸，这些小家伙可是难得一见的气猫。”

盘犺守看着那些和平常猫咪没有什么区别的猫，茫然问：“气猫？生气的猫吗？生气造成的猫？”

大灰狼抓住盘犺守怀里抱的那只黑猫，用指头在黑猫的脖子上一掐，猫咪发出凄惨的“嗷嗷”声。

盘犺守上前拦他：“你干什么，不要随便欺负它啊！”

大灰狼烦躁地挡开他，说：“你仔细看清楚再说我好不好啊！”

盘犺守仔细一看，那只黑猫在大灰狼的手中拼命挣扎着，身体的形态却似乎不能维持正常，只要大灰狼的手稍稍用力，黑猫的身体就像电视上的影像受到了什么干扰似的，扭曲着，逐渐淡化。

“你把它怎么了？”他担心地说。

大灰狼气得都快说不出话了：“你问我把它怎么了！怎么不问问我被它们怎么了！”说着，举起被抓得伤痕累累的手在盘犺守面前用力挥舞，“这些猫才不是需要你给予同情的东西！它们不是有血有肉的东西，而是从能量之中产生的特殊能量产物！”

盘犰守看着那只猫，怎么也不敢相信它居然是从电视里长出来的生物。

“电视里怎么可能长出妖怪呢？”他百思不得其解，“你们这些所谓的妖怪不就是外星生物吗？”

大灰狼说：“这些猫又不是电视妖怪，你为什么会这么认为呢？我都说了，它们是在磁场和能量影响下出现的特殊生物，类似于日值妖怪和年兽那种，和容器没有关系。”

“那为什么只有电视里长出来了？你刚才的意思，就是只有电视里长出气猫了是不是？”

大灰狼说：“对……因为旧电视的磁场正符合它们的需要。现在的新电视是不同的磁场源，所以长不出来。”

盘犰守想想，的确是这个道理，旧电视和新电视的放映原理是完全不同的，磁场不同也可以理解。

盘犰守接过大灰狼手里挣扎着快要死的气猫，说：“那这些旧电视，前段时间之所以全都打不开了，就是因为这些气猫在生长？而这段时间那些电视又忽然可以打开了，是因为这些气猫生长得差不多，所以离开了，是不是？”

大灰狼说：“对。不过它们可不是自己离开的，而是那些电视都被送到维修的地方，或者被扔掉了，没有电量，气猫就没法生长，只能离开。”

盘犰守问：“那如果电量充足的话，这些气猫会长成什么样子才离开？”

大灰狼说：“这个我也不知道……”

“有可能长到老虎那么大吗？”盘犰守问。

大灰狼啼笑皆非：“它们只是新生的妖怪而已，一尺长就是极限了，在电视那么小的地方怎么可能长到老虎那么大呢？就算是出来以后长的，也不可能在这么短的时间里长成老虎那么大啊。”

盘犰守想想也是，以前的旧电视又不像是现在的电视，拼命往大里做。可是那个老虎的确很奇怪，他觉得应该问问大灰狼，有没有可能是妖怪界逃出来的妖怪，可惜他还没开口，院子门又被人打开了，水婉走了进来。

“我就说这院子门怎么没锁……”水婉眼珠子一转，看见了飘在半空的猫，“哎呀呀，这些猫咪是怎么回事啊？”

抓回气猫的当天，大灰狼就将它们都押送回了妖怪界，据说之后一段时间都会在那里为猫咪们注册，暂时回不来了。

又过了几天，魏天师的老爹独目神鹰也带了一群小猫咪飞进了他家院子，据说也是要将小猫们送回妖怪界注册的，同样好几天都回不来。

即将回到妖怪界的独目神鹰在盘犹守面前痛哭流涕："请帮忙照顾我儿子，一定要保护好我娇弱的儿子，千万不能让他受伤，他那个舅舅兼师父根本一点用都没有，你千万不能相信他舅舅啊，呜呜呜呜……"

盘犹守对于它这种丝毫没有理智可言的父爱简直鄙视到了极点，他也是独生子女，他爹妈可没像这位这么抓狂。他同意了独目神鹰的要求，心里却想：你儿子能力比我强多了，你非要我保护他不是说笑话吗……

大灰狼离开了一个多星期，在这一个多星期里，小狐狸不知道是哪根筋不对了，每天跟在盘犹守身边晃来晃去，就算是盘犹守上班，它也会悄悄趴在车顶上跟踪他。盘犹守本来还不知道，结果看到不少与他们错身而过的车里，乘客和司机都对他的车指指点点，他把倒车镜向上一扭，才发现车厢上飘荡着一条狐狸尾巴，他险些把车开到沟里去。

"妲己没谱，妲己没谱，你到底跟着我干吗？"他完全无法理解，问小狐狸。

趴在他家院墙上等待他归来的小狐狸立马转移了视线，仿佛只要这个样子就可以证明它并没有在等他。

"妲己没谱……"他无奈地叫它。

小狐狸终于看向了他，眨眨大眼睛："汝所云何事？小生不懂。"

盘犹守无语至极。

不过只是被小狐狸跟也不是什么大事情，它要跟，就让它跟去，他只是对它耳提面命，跟也可以，不过要是再用那么拉风的办法，以后大灰狼欺负它的时候，他就不管了。小狐狸倒是挺听话，后来跟是跟，大尾巴是不会出现在倒车镜里了，不过还是经常有人对他的车指指点点……

对于那只老虎，已经有很长时间没人提了，也没有报道说老虎已经抓到了。

丰尧市民中有很多人已经忘了老虎这件事，比如詹谷；当然也有很多人至今还惦记着那只老虎，就连上班时都战战兢兢，生怕老虎再度出现，比如盘犹守。

詹谷对于盘犹守这副虽然面无表情但全身的气场都在叫嚣着"虎！虎！

虎！”的模样十分不满，在言语上鞭挞了他很多次。但盘犺守表面上心服口服，心里却想：你们手里有枪，我没有，大娘又不在人间，那只小狐狸又是个欺软怕硬的，要是那只比小狐狸不知大了多少倍的老虎来了，倒霉的还不是我吗……至于他自己其实是在防弹的运钞车里这回事，他完全没有放在心里。

今天的詹谷又在盘犺守身边嘟嘟囔囔地抱怨他太过紧张，看他那模样简直像老虎就在他身边似的。詹谷心想：何必呢，这么大的丰尧市，难道老虎谁家里都不去，专门跟着你的运钞车跑？你的肉比别人好吃还是怎么着？

盘犺守其实原本也没有那么害怕那只老虎的，但是那天见了那些气猫，又抱过了黑猫之后，不知为何心里升起了一种奇怪的感觉，总觉得那只“老虎”有些怪异，说不上来哪里怪异，只是一种直觉，好像那只“老虎”……

他正想着，汽车已经到了岔路口，往左一拐就是银行了。他习惯性地向左边的倒车镜看了一眼，结果不看还好，一看之下，他脸上的血色立时退得干干净净，双手一阵痉挛，方向盘猛地向右打了过去。

詹谷大叫一声：“你干什么——”

汽车在大路上以Z字形疯狂扭动，他们后面的汽车发出此起彼伏的刹车声。盘犺守好不容易才争回了手中方向盘的控制权，一时惊魂未定，急刹车后，汽车斜斜地停在了路边。

詹谷一头撞上了前方的挡风玻璃，捂着额头冲他怒吼：“你干什么！怎么开车的！”

“我……”盘犺守向倒车镜看了一眼，又从窗口伸出头去向后查看，之前看见的影像已经没有了。

“你看见什么了？”詹谷有些恼怒，但还是忍住气问。

盘犺守嗫嚅道：“老虎……”

“啊？！”詹谷大吃一惊，“你的幻觉吧！难道老虎真的喜欢你不成！”

盘犺守的眼角肌肉颤抖了一下。

第九章　气猫

因为走错了岔路口，他们的汽车只能绕了点路，到了银行，押钞员提着箱子进去了。

盘犹守坐在车上，看着汽车周围围成一圈举着枪的同事们，还是觉得十分没有安全感。

他敲了敲车顶，说："妲己没谱。"

这么小的敲击声和呼唤声，要是以人类的标准来说的话，是什么也听不见的，不过对有一双大耳朵的狐狸来说就不一样了。

盘犹守打开副驾驶的窗户，小狐狸轻盈地从那里跳了进来。

"刚才看见了吗？"盘犹守低声问。

小狐狸用爪子抓抓大脑袋上被吹乱的毛，又用红红的舌头舔舔爪子。整理好了仪容，这个爱美的妖怪才点了点头。

"那是真的老虎吗？"

小狐狸摇头："非也。"

"是妖怪？"

小狐狸转了转眼珠："这个……小生也非万能，亦常有不知之处……"

盘犹守失望地叹了口气。如果大灰狼在就好了，基本上，那个家伙还从来没有让他失望过。

小狐狸看他的反应就知道他在想什么，用爪子愤怒地拍皮椅："汝岂能将小生与天罡木狼相较！该老狼已活了万年！小生能有如今之见识已是难得！莫要得陇望蜀！"

得陇望蜀不是这么用的吧……

话说回来，明明都是生物，凭什么你们这些外星生物能活成千上万年，我们这些地球人活个八十岁就要被叫老不死了啊？

盘犺守说：“就算你有很多事情不知道，那老虎是不是妖怪你总该知道吧？你要是连这个都不知道的话，我都要怀疑你是不是真的妖怪了。”

小狐狸气得直翻白眼：“小生若非妖怪，难道会是人类不成！妖怪亦分多种，有妖气者、无妖气者皆有，此乃吾等生物本能，接近时即有感应。适才之物身上之气与妖怪有相似之处，亦有所不同，小生不知也是正常！”

所谓的妖气，在盘犺守看来，应该就是对“同一世界”生物的磁场感应。

盘犺守心想，也就是说，那个“老虎”有五成的可能是妖怪了。

他问：“那你知不知道它跟着我们这辆车干什么？刚才可是在闹市区，难道没有别人看见它？”

小狐狸想了想：“那物并非寻汝而来，而是在追一货车。不知为何，其身影在踏上该车后即刻消失，或许有人看见，但相信之后便无人可见，或许会被当作幻觉。”

“这么说，它至少不是一般的动物。”

“然也。”

钞票送到后，他们开车回返，路上经过一家小饭馆，门口停着一辆货车，盘犺守耳边忽然响起了小狐狸的声音：“那物消失之处便是此车。”

盘犺守脚下一踩刹车，汽车缓缓停在小饭馆旁边。

詹谷问：“怎么了？”

盘犺守指着紧靠小饭馆的小卖部，说：“我去买瓶矿泉水。”

詹谷说：“马上就回去了，喝什么矿泉水，工作条例啊……”

盘犺守笑笑，没有说话，下了车往那辆货车方向走过去。他走着走着，肩膀上被轻轻地压了一下，小狐狸的声音清晰可闻，但他看过去，肩上什么也没有。

“你要是在车顶上跟踪我的时候也用隐身术多好。”盘犺守叹息。

“太累！”小狐狸干脆地回答。

盘犺守脚下滑了一下。

他们走到货车旁，货车上空空荡荡的，什么也没有，看来那个东西已经跑掉了。那它非要跑这辆车上，究竟是想干什么呢？

绕过货车，他们这才看见，原来小饭馆前围了一圈人，从腿和腿之间可以看见一个黑黑的机器，有人在那儿满头大汗地拉扯着什么，那机器哼唧哼唧就是不工作。

盘犹守一直看着那群人和机器，慢慢走到小卖部，丢下两块钱说：“要一瓶矿泉水。”

那小卖部的女人从冰柜里拿出一瓶矿泉水给他，他接到矿泉水后也不打开，就拿在手里，状似无意地问：“他们那是在干什么？”

那小卖部的女人说：“这附近停电三天啦！我这儿倒没什么，他们那儿没电连饭都做不了，就托人弄了个柴油机。他们弄柴油机发电呢。”

“发动不起来吗？坏了？”

“不知道为啥，这都换三台了，在人家那试着好好的，到他们这儿以后就动不了了。”

盘犹守脑子里忽然闪过了一个想法，问道：“那……是机器被弄坏了还是柴油没了？”

那女人说：“机器没问题，柴油在来之前也灌满了，可一到这儿油箱就空空的，啥都没了，一路上也没漏油呀。你说怪不？更怪的是，就算加上油，这柴油机也动不了了，所有机子都一样，真不知道是咋回事。”

盘犹守又和那女人攀谈了几句，转身离开了。

“喝柴油的妖怪……”盘犹守说到一半，就被隐形的小狐狸给打断了。

“绝无此种妖怪！”它斩钉截铁地说。

盘犹守有点郁闷，他好不容易才有这么惊人的想法的：“你凭什么这么肯定？”

“所有妖怪皆为自然界所生，自然界并无可食柴油之物，怎会有此物自然生成？”

盘犹守有点不甘心：“但是大娘说前段时间有流星雨，有新的妖怪产生，也许就生出能吃柴油的妖怪了呢。”

小狐狸叹气：“流星雨所生之妖亦为自然之妖，柴油非自然所生，定无妖怪可食。”

这倒是，柴油是人工从原油中提炼加工的，身为自然界的妖怪，非去吃人类加工的东西，只怕过不了多久就会被抓住，或者自个儿饿死了。

到了运钞车附近，盘犹守肩膀上一轻，小狐狸不见了，大概是又跳上车顶了吧。

“那个小卖部的女人长得很漂亮吗？”詹谷看他慢腾腾地上车，问。

“啊？”盘犹守茫然，“不怎么样啊！”

詹谷语气中透出一丝狐疑：“那……你怎么就跟她聊个不停呢？”

盘犹守喉咙中发出几声表示这话一点都不好笑的笑声，默默开着车离开了。

盘犹守查了一下这一段时间的报纸，发现每隔几天就有用柴油机的人声称自己的柴油被人偷走了。警方认为是一伙专偷柴油的贼，已经开始进行调查，看起来到目前为止还没发现什么线索。

这件事奇怪的地方在于，加油站的柴油并没有人偷，有一辆专门运送柴油的车在城里转了一圈，后来又发生了事故，但那些柴油也没有贼偷。

盘犹守觉得自己的直觉简直不讲道理，脑子里一直拼命地叫嚣"是那只老虎，是那只老虎"，他自己却丝毫没有证据，甚至很清楚那"老虎"不是吃柴油的。

——那老虎是妖怪。

这是他可以确定的。

——那老虎需要柴油，但不是吃。

为什么？

脑子里一直有一个想法在转，但他怎么也提取不出来，仿佛总是在真相的边缘晃荡，但就是接触不到真相本身。

——我干吗那么在意那只老虎！干吗非要把老虎和柴油联系起来！

这才是他真正疑惑的，他每次想到那只"老虎"，手心都会拂过一丝柔软的触感，让他想起那天按在手底下的黑猫那身柔软的猫毛……

老虎和那些气猫有关系吗？不可能吧。大灰狼说了，那些气猫出生的时间太短，一个多月就长成老虎，妖怪也没长得这么快的呀。

那么……除非是……难道是……

他霍地一下站了起来，急忙给詹谷打电话。

詹谷接电话的时候很不耐烦："不要再问什么老虎！再问我就把你送到动物园见老虎……"

"我不是问老虎。"盘犹守镇定地打断他，"我是想问，咱们公司有没有柴油机？"

詹谷静了几秒钟："你家也停电了？"

"也"……

盘犹守的心里闪过一个念头，立刻对詹谷说："我需要你帮个忙！"

当他们吭哧吭哧地把柴油发电机从运钞车上往詹谷家搬的时候，詹谷既后悔又恼火，自言自语道：“我怎么就答应你了呢？我究竟是吃错药了还是被雷劈傻了？”

盘狁守只是笑，并不搭腔。他看看詹谷家的楼，的确是一片黑暗，只有几家的窗户里透出昏暗的烛光。

他问：“你们这儿停电多长时间了？”

詹谷说：“昨天晚上停的，到现在都没来。现在那些电力公司的王八蛋还没有一个解释！”

也就是说，还有时间。

詹谷问：“真的不用把这个发电机放你家？放到这儿……”

盘狁守“嗯”了一声，含糊地回答：“之所以放到这里，当然是有用的。”

因为停了电，电梯自然也不能用了，两位小伙子费了牛劲，吭哧吭哧地把柴油发电机给搬到了詹谷家……的楼顶上。

俩小伙子累得半死，詹谷指着盘狁守说：“事情要是不像你说的那样，我一定慢慢杀了你！”

盘狁守表面上微笑，心里却有些打鼓。关于他所猜测的那件事，他只是猜测而已，猜测的根据可以说一点都不可信，要是事情没有按照他想象的那样发生也没什么奇怪的。

不过他还是坚定地点了点头，反正机会也就这一次，不用白不用。

他们把柴油发电机安装好，又连了一盏从詹谷家搬上来的台灯。发电机毕竟旧了，他们费了半天的劲，才好不容易让它哼哼唧唧地启动了起来。

台灯的灯光不稳定地闪烁着，慢慢地亮了起来。詹谷家附近的城区基本上都停了电，在那样的一片黑暗中，这盏可怜的台灯就好像深夜大海中的航标，微弱却又坚定地亮着。

柴油的味道非常难闻，盘狁守和詹谷捂着鼻子，躲到了离发电机较远的地方。

“咱们这到底是干什么？”詹谷不高兴地问。

盘狁守想想，这会儿应该到了可以说实话的时候了，于是一五一十地将自己的想法跟詹谷说了，詹谷的眉头立马皱得死紧。

“你确定这种办法能行？！”詹谷说，“如果不成功的话……如果不成功的话……”

“那我们就死定了。”盘犹守说。但他根本没有想过计划会失败，詹谷的能力他是见过的，就连拥有一万三千年寿命的大灰狼都不是对手，怎么可能失败呢？

詹谷用“我不如现在杀死你”的眼神看着他，他转过头，装作没有看见。

詹谷气得胸口疼，最后决定施行非暴力不抵抗行动，转身就往楼下走，边走边说：“行了，今儿晚上就当我没来过……”

盘犹守赶紧拉住他，说：“这件事必须得你来！大娘不在家，家里剩下的那只狐狸根本一点作用都没有，我哪有你那么有本事，自己一个人肯定抓不住它！如果再不抓住它的话，按照它的路线，说不定很快就停电到我家了！”

詹谷脚下一个踉跄，差点从楼梯上摔下去。

“你不是吧！”他嚷嚷，“我就说你平时都不关心别人的，怎么突然关心起妖怪了，原来是为了你自己家的电！”

“我不是……”

说盘犹守完全是为了电也不对……他害怕的是那只“老虎”，这么大的丰尧市，那家伙怎么就能让他碰到两次呢？神之手是有吸引妖怪的特质没错，不过他已经用咒封将它封住了，那家伙究竟是为什么被他们的车吸引呢？

……反正吸引它的绝对不会是詹谷就对了。

两个人拉扯间，詹谷的动作忽然停了下来，他瞪着盘犹守的背后，嘴张得很大。

盘犹守回头，看向詹谷所望的方向，顿时僵硬。

——月光下，黑暗的城市上方，一只豹纹的大型猫科动物正踩着一个个楼房的顶端向着他们狂奔而来。

其实只是一只大型猫科动物在楼顶上飞奔而已，对于这两位来说都不算什么吓人的大问题。

吓人的大问题是……那家伙实在是……大……问题！

没错，很大的大问题！

如果他们没有猜错的话，如果他们的眼睛没有问题的话，如果从那些楼房与那家伙的比例上来说的话，那么那只大型猫科动物的体积至少有一辆卡车那样大。

正像盘犹守之前所看到的，那只大型猫科动物的确不是老虎，而是一只类似于猎豹一样的东西，头小，耳朵稍尖，有和猎豹类似的花纹。但它又不完全像猎豹，它看起来更像是……

那只大型猫科动物怎么会给他时间想完，它“嗷呜”地冲他们嗥叫了一声，挥舞着四爪从附近的楼房顶部向他们飞扑过来。

“不是说妖怪见了我就会现原形吗！”詹谷愤怒地说。

盘犹守拉着詹谷向后猛退，两个人一直退到了护栏旁边，他们离地面有二十层楼的高度，掉下去不死也残。

盘犹守后背滑下了一溜儿汗：“应该是这样的……除非……”

大型猫科动物展开四爪，已经飞扑到了他们的头顶。

“除非什么？”

他们上方的半个月亮被它巨大乌黑的身影遮挡得严严实实。

盘犹守面无表情，而事实上是已经被吓得没办法有表情，回答：“除非……它的原形就是这个。”

詹谷差点摔倒。

“我要被你害死了！”他叫道。

那个巨大乌黑的身影向着他们直直地降落下来，只要再过几秒钟，他们就会死在这个巨大妖怪的肚皮底下，死得既丢人又难看。

就在他们的脑袋顶上已经可以感到寒冷的风，甚至能摸到那个妖怪肚子上的绒毛的那一瞬间，他们两人只觉得眼前一花，那只巨大的妖怪已经不在原来的地方了。

——准确来说，应该是他们两个已经不在原来的地方了。

大灰狼以原形状态四爪抱着盘犹守，一只比大灰狼身形还要大的黑鹰扑棱着翅膀跟在他们身边，黑鹰的脚爪还抓着詹谷的腰带，詹谷狼狈地挂在半空，姿势尴尬又难看。

那只巨大的妖怪重重地落在詹谷家的楼顶上，虽然看起来的确是重重的，但事实上它落下去的时候没有发出一点声音，不管是它的叫声还是落地的声音，一片安静，什么声音也没有。不过因为它准确地落在了那个柴油机上，在它落下后的几秒钟内，他们的耳中传来了嗡嗡的电流声。

随着那个声音，大妖怪全身发出了微弱的光亮，和它巨大的身体相比相当细微的蓝色电光在妖怪的周身闪烁。

大妖怪的脸上露出了享受的表情，喉咙里咕噜咕噜地哼唧，就像猫一样……不！它就是一只猫！

它根本就不是豹子！它是一只有着豹子花纹的巨大版家猫！

“那个……到底是什么东西？”盘犹守抱着大灰狼的脖子，指向屋顶上在电光中又变大了一圈儿的怪物。

大灰狼没吭声儿。

盘犹守一看紧跟着他们的黑鹰……爪下的詹谷，明白了。

他拍拍大灰狼毛茸茸的脖子：“我们离他们远点儿。”

大灰狼四爪抱着他飞远了点儿。

“没事了，你说吧。”大灰狼说。

盘犹守远远看着黑鹰望向自己时怨气冲天的模样，心里有点纳闷，不过也没在意。他指着那只大怪物又问了一遍。

“嗯……”大灰狼回答，“那是气猫。”

果然……

第十章　猫和柴油

盘犺守从第一次知道柴油发电机里没油的时候就在想会不会和气猫有什么关系，不过他当时想的是气猫在没有电的时候也许会喝柴油过活……现在看起来这种想法十分无稽。

而后来他发现很多丢了柴油的人都说油是从柴油发电机里丢的，而那些加油站并没有丢柴油，如果这只刚出生没多久的单纯妖怪只是想要柴油的话，难道不是应该先从储存量最多的地方偷吗？他忍不住想，难道刚出生一个月的气猫会是天生的柴油发电机使用高手？现在看着那个在电光中抽了大烟般舒适扭动的大怪物，他终于明白了妖怪和柴油以及柴油发电机的关系。

也就是说，其实气猫和柴油是一种间接的连带关系，它们之间产生联系的就是柴油发电机，不知道它用了什么办法，让柴油发电机以非正常使用的手法运转，然后“吃掉”了它运转时发的电。

至于柴油发电机为什么也会坏掉，大概是被这只“猫斯拉”怪物给强行运转的，导致里面什么东西出毛病了吧。

盘犺守又问：“大娘是专门来找我的吗？”

大灰狼生气地用鼻子哼了一声：“是啊！要不是我们来找你，你们现在八成已经被那只巨大版气猫给压死在那儿了吧！”

盘犺守抚摩着大灰狼颈背部柔顺的毛：“是是是，感谢大娘路见不平拔刀相助……”

“你不要跟我贫嘴！”大灰狼大怒，“你知不知道以你一个人类的身体去对抗妖怪会死的！啊！你想过没有！万一你出了什么事，我怎么跟老盘子和水婉交代！”

盘犺守当然知道，但是在想到也许停电是妖怪导致的，而最近的区域性停电有可能跟那个妖怪有关的时候，他莫名其妙地就有点义愤填膺的情绪充斥在胸间，老妖怪们都不在，要是不靠他们这些还有点能力的人，人类不就危险了吗？——当然，根据他的推断，觉得自个儿家就是下一个停电区域这种事也可以排列在原因之中……

话说回来，英雄情结是他的英雄情结，大灰狼这边根本就不在乎什么英雄，它在乎的只是……他这个白痴居然以人类的身体去和妖怪对抗！他活得不耐烦了！

看着大灰狼燃烧着熊熊烈火的狼眼，盘犺守心里直发虚，想用神之手去安抚一下它，又害怕第一次是神威……就算第一次是神恩也不行啊，他们还在半空中飘着呢……

他正发愁，等得不耐烦的黑鹰扑棱着翅膀向他们飞了过来。

他们的话还没说完哪！盘犺守马上对他们喊："喂！不要！等——……"

"下"字还没出口，抓着詹谷飞过来的黑鹰一脸"你欠了我好多钱"的表情，已经扑到了他们面前，对着盘犺守一阵狂吼。

可惜的是，它的爪下还有詹谷，在离詹谷这么近的情况下，它根本不可能说出话来。

于是盘犺守就听着它"叽嗷呜呜呜哇叽叽"地冲他怒吼，而他则一头雾水地看着大灰狼。在詹谷近在咫尺的情况下，大灰狼自然也说不出话来，它非常无奈地看着怒气冲冲的黑鹰，叹气再叹气——毕竟是不同种族，它也听不懂黑鹰那些话。

就在他们这边一团混乱的时候，盘犺守发现那个巨大版猫斯拉身边不知何时多出了一些黑色的影子。

那些影子在气猫身处的楼顶边缘忙碌地奔跑着，他仔细看才发现，那些黑色的影子一边跑一边抛出一些闪亮的银色丝线，一根一根地缠绕在气猫身上，可怜的气猫还没有发现自己已经身陷囹圄。

当他将视线再往上移动的时候，又在天幕上看到一个纤细的身影，那个身影很奇怪，虽然看起来只有一个脑袋，映在暗蓝色天幕上的影子却有三四只胳膊、三四条腿……

好眼熟……好像在哪里见过……

黑鹰终于发现了自己不能说话的原因，扑棱着翅膀，抓着詹谷向地面飞去。

盘犺守拍拍大灰狼的脑袋，指着那个奇怪的影子问："那是谁？"

大灰狼没说话，银灰色的身体一震，突然变成了人形，一只手拎着盘犺守慢慢飞到那个身影旁边。

盘犹守终于看清了，原来那个身影是个女人，她的确只有一个脑袋，也的确长了四只胳膊、四条腿，脸上还有四只眼睛、两张嘴。

盘犹守想起了一个人，那是他第一次去妖怪界时就曾见过一面的女人，那个蜘蛛女——玉红云蛛。

发现他们两个飞了过来，玉红云蛛一直望向那只巨大版气猫的四只眼睛有两只向他们瞥去。

不管见过她的脸几次，盘犹守都有种眼睛昏花的感觉，好像眼前的她是相片重影的产物，眼睛不由自主地想要把那四只眼睛合并成两只……

“玉红云蛛你好。”大灰狼有礼貌地说。

玉红云蛛微微点了一下头：“天罡木狼。”

盘犹守也向她点了点头，因为不知道该如何称呼所以没有说话——直呼一个陌生老妖怪的名字毕竟不太礼貌，得罪了她也许会对大灰狼不好。

玉红云蛛的那两只眼睛也看向了他，又点了点头：“盘犹守。”

虽然不明白她为什么知道自己的名字，不过盘犹守知道自己大小也算是妖怪界的“名人”了，所以也不奇怪。

“您好。”他回应。

大灰狼看着楼顶上忙活的妖怪们，状似聊天般地问：“你们赶得还挺快的，是知道它就在这里吗？”

玉红云蛛摇头，说：“根据其他气猫的口供，我们知道有一只气猫逃脱了，但这种气猫似乎有些能力，只要是在它没有吸收电力的时候，我们就感觉不到它的妖气。所以这么长时间以来，我们完全没有它的消息。”

大灰狼说：“那你们怎么这么快就跑来了？”

玉红云蛛歪了歪头：“不是‘我们’，是‘我’。”

盘犹守又望向那些在猫斯拉身边忙碌工作的黑影，这时候才发现他刚才看起来有些胖的那些身影其实不是胖，而是它们本身就长得圆滚滚的，吐着银丝，长着八条腿……

大灰狼跟盘犹守解释：“那些都是玉红云蛛的分身，要说是她的孩子也行。”

也就是说，那些全是玉红云蛛的小蜘蛛……盘犹守想到这里，后背本能地一阵发麻。不是蜘蛛可怕，而是他一直觉得这种密集型的生物很可怕。

玉红云蛛指着不远处的一栋耸立的建筑物说：“我就在那里工作，多亏你们设下了这个抓气猫的陷阱——顺便说一下，这个陷阱非常好，虽然没有捕获的能力，但是至少能吸引它暴露妖气，我刚才感觉到了妖气，所以以最快的速度赶来……不过还是比天罡木狼你慢了些。”

盘犰守看向她指向的方向，那个建筑物上有广告灯闪烁，灯光中“金钟罩软件公司”几个大字在夜空下耀武扬威地闪着。

金钟罩……就是那个在广告中号称“金钟罩、铁布衫，病毒一出不见天”的杀毒软件公司？他看看那个四只眼睛、两张嘴的女妖怪，怎么也想象不出来一个妖怪坐在高科技公司里认真工作的样子。

似乎看出了他的怀疑，玉红云蛛淡淡地说：“你们这个世界还是很有趣的，科技原理也和我们的世界完全不同，能学习一点新知识，以后说不定也用得着。”

“科技”这个词从一个妖怪嘴里蹦出来，真是让人觉得十分诡异啊，盘犰守想。

“原来是这样……”他装出明白的样子说。

他们下方的楼顶上，那个巨大的猫斯拉已经被捆成了一个乱动的银色巨茧，那些小蜘蛛完成了自己的工作，静静地站在原地看着他们。

玉红云蛛向他们稍微点了点头，认真地用非常官方的语气说：“我的事情办完了，谢谢你们的支持和配合，再见。”

大灰狼也冲她点了一下头。

盘犰守说：“再见。”

玉红云蛛向楼顶上飘过去，身体轻盈地站在拚命挣扎的猫斯拉身上，忽然抬头对大灰狼用柔和的声音说：“天罡木狼，根据你的记录，今年是你的第一万四千年，请小心。”

大灰狼露出一个笑容，说：“我知道了，谢谢。”

玉红云蛛高高跃起，几个起落后逐渐消失在去往盘犰守家的方向。

“她说话好认真……”盘犰守说。

大灰狼“嗯”了一声：“是啊，就是因为她这么认真，所以才能成为妖力鉴定委员会的成员。”

他们两个落在空荡荡的楼顶上——说是空荡荡也不对，那上面还有柴油发电机，不过现在已经被压成铁饼了——整个屋顶上的任何东西都被压成了饼，包括盘犰守和詹谷之前顺着楼梯进来的那个入口。

“这个柴油发电机我是借公司的，这下怎么办？”盘犰守看着那堆铁饼，发愁地说。

大灰狼哈哈大笑，丝毫没有同情的意思。

盘犹守叹气，回头盯着大灰狼："你用法力把它变回原样吧。"

大灰狼住了口："……没有那种法术。"

"我知道你们妖怪有很多实用的法术。"盘犹守坚持说。

大灰狼无奈："小盘子，你要讲道理啊，妖怪也不是万能的，我们也就是生物的一种啊，不是神仙……"

盘犹守丝毫不放松："我不管，大娘总是什么都能做到。"

"你这是恭维吗？"大灰狼叹气，"小盘子你再恭维我也没用啊，既然那玩意儿坏了，那就再买一个，或者给人家赔钱吧，你不能什么事情都指望大娘用妖怪的办法给你解决。"

盘犹守呵呵一笑，他就是试试而已，大不了赔钱吧，有什么关系。

"那就算了，今天真是谢谢你啊，大娘！"他衷心地说。

大灰狼这回完全没看出他表情的变化，他那张脸配这个词汇的结果是让大灰狼心里十分不爽。

"早就告诉你不要叫我大娘，我现在叫雷公……"

"什么？现在你不叫太上老君了吗？"

"……"

正常下楼的路线已经被完全封死，盘犹守还要和詹谷见个面，说一下这上面发生的事情，便不和大灰狼一起从空中路线回家了。

大灰狼听明白他的话，点了点头，刚刚飞起，他便叫道："大娘，刚刚玉红云蛛说的'一万四千年'是什么意思？"

大灰狼回答："意思就是到今年为止，我就已经一万四千岁了。"

"那应该恭喜你吧，为什么她要说让你小心呢？"

大灰狼静默了一下："那是因为……"

他的话没有说完，一个嘶吼到尖厉恐怖的声音打断了他："盘犹守！我让你保护我儿子！你究竟在干什么！"

盘犹守扭头，眼前一花，就见一个黑色的影子朝他飞扑过来。

他本能地将左手的手套扯掉，向那个黑色的影子伸出左掌，只听啊的一声惨叫，那个影子消失在了遥远的夜空中。

"……那是个什么玩意儿？"盘犹守惊魂未定地问。

"嗯……这个嘛，我想是……"

一个银白色的影子无声地踱到他的身边，他一转头，发现大灰狼已经恢复了狼形靠在他腿边。

“你看。”大灰狼用爪子指着那个黑色影子消失的地方。

那个黑色的影子歪歪斜斜地从一片黑暗中挣扎出来，在暗蓝色的天空中，在银白的月光下，显露出一双黑色的翅膀，扑棱着翅膀，朝他们飞来。

如果盘犰守没有猜错的话，如果那玩意儿不是恶魔的话，如果那个玩意儿不是别的妖怪鸟的话，那便是多日不见的独目神鹰，魏天师的妖怪老爹。

离得近了，盘犰守逐渐看清，那个黑鹰现在又是鹰头人状态，虽然那个脑袋上是鹰的脸，但他还是可以看出那张脸上杀气腾腾，连他的左手都不适起来。

他低头对大灰狼说：“你这个朋友是怎么回事？魏天师出事了？”

大灰狼叹气：“那个魏天师啊……”

几乎是一瞬间，黑鹰已经再次飞扑到了盘犰守的眼前。这次盘犰守忍住了，没有出手。

“我的儿子——我的儿子！”黑鹰一张鹰脸快贴到盘犰守的脸上，鹰喙里喷出一片片的口水，“我的——儿子！受了重伤！”

盘犰守大吃一惊。

第二卷
异梦世界

第一章　王飞

盘犹守以这辈子没有过的速度飞到了魏天师和他师父的家。

正确地说，他是被独目神鹰给抓过去的。

他从黑鹰的爪下落到了一个极其破旧的院子里，这个院子的脏、乱、破到了令人难以无视的状态，不过他还是尽量无视了它，从地上挣扎起来后，掀开破竹门帘冲了进去。

魏天师正坐在床上吹着空调玩电脑，被突然闯入的人吓了一跳，差点把手上的笔记本电脑扔到地上去。

“盘哥？你这么晚跑这儿干吗？”魏天师惊奇地问。

正在一边台式电脑旁打游戏的张天师也站了起来，看到是盘犹守，警戒的味道立刻消散在空调舒适的冷风中。

“是小盘呀，欢迎欢迎。”张天师笑眯眯地说。

盘犹守哑然怔立在门口，一时不知道该怎么反应。

第一个原因是他一直以为魏天师和张天师很穷，几乎是一穷二白，除了一身的衣服和破铺盖卷儿之外没有任何财产，看来他错了。在上次看到魏天师一身时髦装扮的时候，他早就该知道这一点——那可不是一时半会儿可以养出来的品位；而且还有独目神鹰，那个溺爱儿子到令人发指的妖怪，怎么可能放任儿子跟着个连多余行李都没有的白痴生活？

第二个原因是魏天师居然还能坐着并中气十足地说话，他还以为这孩子已经躺在床上奄奄一息，只剩一口气，就等着阎王来勾魂了。

“……你还活着。”盘犹守呆呆地说。

魏天师脸上露出一个讶异的表情，指着自己看起来完整无缺的身体，说：“我应该死吗？”

独目神鹰从盘犹守身后猛扑到儿子床边，哭得就好像某电视剧里可怜的二妈：“孩子你怎么能这么说！孩子你是爸爸的心头肉啊！你怎么能死！怎么能死……”

张天师和魏天师的脸上都露出了被恶心到的表情，盘犰守也不由得产生那样的感觉，不过脸上还是什么表情也没有。

魏天师对自己的父亲感到很恶心，但又拿他没办法，抬头哀求盘犰守：“盘哥，你们到底是来干吗的？是真的想让我死吗？”

盘犰守一时无语，等反应过来才慢慢地说：“其实……你爸爸说你重伤快死了……”

魏天师气得在鹰头上猛拍：“我看是你诅咒我死了才对吧！”

黑鹰哭着不说话。

魏天师掀开盖在腿上的薄毯，露出包扎着白色绷带的左脚：“我就是追妖怪追得太急，在阶梯上踏空，扭伤了脚而已。”

黑鹰哭道：“一切都是盘犰守不好！还有你师父该死！他们都不知道保护你！呜呜呜……万一你有个三长两短，你让爸爸怎么办……”

张天师一脚将黑鹰踹倒在地：“胡说八道！是你儿子自己要脱离他师父我自立门户的！他要是乖乖跟在我身边除妖，一点事都没有！”

黑鹰扑上去揪他头发：“我儿子想干什么就干什么！你凭什么这么说他！”

张天师猛拽他的羽毛：“你这种溺爱方式迟早害了他！要不是你太放任他，他会受伤吗！要不是你溺爱过头，他会一点警觉性都没有吗！你无知！你无耻！”

呜哩哇啦……

叽里呱啦……

盘犰守：“……”这两个人（妖）真是既无知又无耻啊……

他躲开那两个扭打成一团的人（妖），走到魏天师床边坐下。

“你的脚怎么样？”他问。

魏天师说：“只是扭伤，不过师父还是非要给我绑上，说是固定住，防止再受伤。”

方法是对的，电视上也这么介绍过。

盘犰守点了点头，又问：“是什么妖怪这么棘手，连你也受了伤？”

魏天师笑起来：“盘哥你别太看得起我啊，我这么多年都没出过什么事是因为我老爹和师父都在身边，这回他们都不在，我只是扭伤已经是最好的结果了。”

“那个妖怪很凶吗？”

“妖怪倒是不很凶，不过嘛……盘哥，我有件事情需要拜托你……”

盘犰守趁着上班的时间，专门去了王飞的办公室，他现在做一些文书工作，这个时候应该不忙。

办公室里只有王飞一个人在，看盘犰守进来赶紧站起来。

“盘哥！”

其实王飞和盘犰守差不多大，虽然上次的女王蜂事件后王飞已经完全忘了那回事，但不知为何，他似乎有零散的记忆，对盘犰守的称呼也从“盘子”变成了“盘哥”。

盘犰守和他一起坐下，看着他。

过了一会儿，盘犰守忍不住淡淡地笑了。

“听说……你有了一个暗恋者啊。”他说。

王飞一副遭受晴天霹雳的模样：“我我我我……”

盘犰守拍拍他肩膀：“没关系，我知道，有的时候太英俊也不好……”

王飞看起来快被雷劈焦了：“我不是！我没有！我根本就不知道发生了什么事！”

“那你找魏天师干吗？”盘犰守平静地问。

在听到魏天师名字的同时，王飞瞬间萎靡了下来。

“盘哥你……你认识魏天师？”

盘犰守点头：“是他告诉我你的事的，但是他说的情况是他知道的，我希望从你这儿知道究竟发生了什么事。”

王飞欣喜道：“他果然很守诺言！我就知道盘哥你肯定能帮我解决这个问……”他看着盘犰守面无表情的脸，突然意识到自己说了什么，最后一个字被他吞了回去。

可是，已经太晚了。

盘犰守稍微动了动眉毛，脚尖在地面上轻轻拍打。

“王飞……”他用自己所能摆出最生气的表情但事实上比之前没有表情时更可怕的表情，盯着面前已经吓得快贴到墙上的青年，“你其实记得那天你自个儿身上发生了什么事吧？”

“没有！”王飞斩钉截铁地说。

但他的表情明明白白地说着“我在撒谎”。

盘犰守叹气，说：“我们不想让你记得那天的事，并不完全是为了隐瞒我们的能力和妖怪的事，还有一个更重要的原因就是，你‘生产’的时候有可能对你的身体和精神造成损害，让你忘掉一切是一个比较可行的办法。”他用手指在桌子上轻轻敲击，“……无论如何，你现在已经不在意那时候发生的事情了，那你记得一切对我来说也无所谓，我相信你会为我们保密。”

王飞整个人都松懈了下来，他非常感动地说：“盘哥你真是好人！我就知道盘哥你是好人！那个魏天师说你如果知道我什么都记得，一定会掐我掐到我忘了或者死掉才会放手！那个二把刀的假神仙真是不可靠！”

盘犰守的眼睛眯了一下：“魏天师也知道？”

王飞一点也没发现他眼神的变化，依旧兴奋地说：“是啊是啊！他说过是因为那个符咒画得有点问题！唉！我怎么这么傻！他肯定是害怕你追究他的责任才这么说的嘛！我怎么就上了他的当……”

如果可以的话，盘犰守觉得自己肯定已经起了一脑门子的青筋。

“魏天师——”他说出的这三个字带着寒意，连王飞都感到了不对劲。

“咦？啊啊！我没说！我的意思是他不是——盘哥我胡说的，你不要在意啊——”

盘犰守淡淡地微笑，脑门上的青筋却快要冒出来了。在王飞叫他“盘哥”的时候他就应该想到的……他怎么就这么迟钝呢！居然还在黑鹰眼含热泪，念叨“都是你的错，否则我儿子怎么可能受这么重的伤，难道你不应该为此负责，去解决了那个该死的妖怪吗”的时候无言以对，承认了自己的错误，并且签订合约割地赔款，他简直就是世界上最大的傻瓜……怪不得魏天师笑得那么高兴呢。

“我不会在意的……”魏天师，你个不可靠的蒙古天师！我一定要杀了你！

他心里狠狠地想着，表情却丝毫不变：“我今天来不是为了追究魏天师怎么样……”当然该收拾还是要收拾，必须让大娘亲手去收拾！不管他老爹会不会跟他拼命，“我是想知道你的事情的。你怎么会和魏天师认识？”

王飞毕竟还是不太了解盘犰守，如果是詹谷在这儿也许能看出他究竟心情怎样，王飞却完全被他的表情给骗到了，松了口气，说：“其实他也是好人，发现符咒的效用时间还跑到我家来想弥补错误，只是那时候我已经想起来了，太晚啦。不过我们还是因为这个认识了……”

魏天师虽然有点粗心，但的确是个好孩子，对于自己的错误并没有装作不知道，还专门跑到王飞家来想用点什么办法弥补，但事实是，这种错误一旦犯下，那就不是他自个儿能解决的了。然而他在自己师父那儿夸了海口说要自立，又在盘犹守面前打了包票说符咒作用多么多么好，这下子一巴掌打到自己脸上，是他无论如何也不能接受的。于是魏天师打躬作揖就差跪到王飞面前请他对自己仍然记得一切的事情保密。

这又不是关系到原则性的大问题，那些东西记得就记得，盘犹守不知道就不知道，也没有对王飞的精神造成什么重大损害，他无所谓，所以满口答应了下来，条件是以后他有什么事情，魏天师就得免费给他帮忙。当然他觉得这种怪力乱神的事情在他身上发生一次就够了，怎么可能一犯再犯呢?

结果……结果证明了，人不能做坏事，就是如此。

这世上的事情就是这么奇怪，有些事情，有的人一辈子也遇不到，比如詹谷；而有的人，那些事也许会伴其终身，比如盘犹守……也许还有王飞。

在那件事结束后不到一个月，王飞就觉得有些不对劲。

那是一种被窥视的感觉，好像有人在看着他。

他以前没有这种感觉的，甚至有过好几个人同时叫他他都注意不到的事情，更何况只是视线。但事实上，他现在有很清楚的感觉。他可以确定，肯定有人在偷偷地看他。

他抱着觉得有点诡异的想法到处找过，但是什么也没有发现。但是这种感觉太强烈了，强烈到他总觉得这不是一个人类能拥有的灼热视线，于是心想也许那个抓妖怪的魏天师对这个有点研究，于是按照魏天师留下的电话打了过去。

魏天师勘察了一些时间，最后给他的回复是，他猜对了，偷看他的那个不是人，是个妖怪。因为它的身边有奇怪的妖气，但这些妖气和果洛沐英留在他身上的完全不同，所以应该不是他自己的。

当时的王飞在知道结果的时候所感受到的震惊比今天大多了，他简直无法想象，自己招惹了一个妖怪还不够，还一个接一个地来！都“接二”了，谁知道还有没有“连三”呢？没准儿还有“再四”也说不定。

而对于这个问题，魏天师安慰他的原话是这样的：“没关系没关系，反正还有比你和妖怪牵扯得多的人，比如我……比我多的还有盘哥……你应该觉得幸运才对，好多人一辈子都见不到半个妖怪，还有人就算妖怪近在咫尺也看不见，哇哈哈哈……”

当然，他说的是詹谷。但是王飞“生产”那天，他们有一些话王飞并没有听见……或许听见了对他也没有什么帮助。

无论如何，王飞真觉得自己非常非常倒霉，毕竟盘犹守身边就算有妖怪，也是属于跟那只大灰狼差不多的守护者角色；而魏天师又是个除妖天师，只怕妖怪少，不怕妖怪多，和他这种明明遇到了一个娇俏可爱的女妖怪，却连点罗曼史都没来得及发生就被迫剖腹产，还差点翘辫子的倒霉蛋根本就是一个天上一个地下，毫无可比性！

而不久之后，他不好的预感就成真了。

第二章　跟踪

那天王飞加班时间比较长，到很晚了才回家。

走在漆黑的小路上，他再次有了那种被窥视的感觉，而与平时不同的是，他还感受到了那视线的距离。那距离很近，真的很近，简直就像在他脑门后面。

他还听到了一种模糊的声音，沉闷的哼声，如同什么野兽看到了美味的猎物时发出来的一样。

那种视线和声音的组合让他起了一身的鸡皮疙瘩。他的第一个念头是“不是跟着我的吧”！当第一个希望破灭后，他又想“也许它只是认错人了”。

但“命运”这个词被创造出来不是晃着玩的，怎么可能他想认错人就认错人?

当那种感觉跟了他三条街之后，他终于向自己承认，他的希望是错误的。因为那玩意儿一直死死地跟在他的身后，不管他上车下车、跑跳窜逃都毫无作用，对方不曾有一刻离开。

他一直催眠自己，那玩意儿不存在，那玩意儿不存在……那个魏天师警告过他了，绝对绝对不能回头，不能让那个家伙知道他已经感觉到了它的存在……不能回头，不能回头，不能回头……

就在他走到自家小区的门口时，忽然感到有一股带着腥臭的风从脸旁呼地吹过，他一激灵，猛地回过头去——他完全忘了魏天师的警告。

身后的那个玩意儿也不负他的厚望，高壮的身体在他惊恐万分的目光中“嗷吼吼”地嘶叫着站了起来，那双锃明瓦亮的大眼睛恶狠狠地看着他，一口惨白的獠牙龇了出来，反射的光线亮得吓人，让他只看见了那怪物的轮廓——巨大而肥壮的爪子！圆滚滚的头！

王飞险些当场背过气去，一声惨叫哽在喉咙里，怎么也吐不出来。

他脑袋里闪过的想法只有一个，就是自己肯定会死在这里，连一句遗言都没有就一命呜呼，这简直就是世间最大的悲剧了。

然而在下一刻，他就听到身后一声“妖怪别跑”的怒吼，魏天师以迅雷不及掩耳之势从他身边经过，而那个妖怪则以更快的速度消失在茫茫夜色中。

而这个时候，王飞被惊飞的魂还未回到身体。

以上就是王飞所知道的。

魏天师的口供就简单得多了：答应人除妖，在看守的时候发现那个妖怪在跟踪人，于是奋起直追，结果在追到某个广场的时候一脚踏空……

如果他的师父在，肯定不会让他摔倒，如果是他老爹也一样，可惜那两人哪个都不在，再加上谎言被盘犹守识穿，不得不说完全是这孩子这段时间犯了太岁，倒霉催的……也许他比王飞这个更倒霉的孩子还幸运一点，至少没有遭受剖腹产……

盘犹守听完了王飞的讲述，脑子里满是“圆头圆脑的妖怪”的画面，他忍不住思考那到底是个什么玩意儿，圆头圆脑……圆滚滚的爪子……听起来为什么这么耳熟呢？也许回家问问大娘就知道了……

嗯？

当他脑袋里浮现出大灰狼的影像时，那影像忽然就和那个圆滚滚的妖怪重合在了一起，再加上王飞说那妖怪“很大”的形容，更让他无法遏制地想象出了大灰狼后腿站立、前爪高举、凶神恶煞地想要袭击王飞的恐怖情景……

好可怕呀……嗯。

当盘犹守回到家，给大灰狼说明了他的想象后，大灰狼当时就气得爪子乱抖，毛都奓了起来，怒气冲冲地吼叫：“小盘子你这个浑蛋！大娘这么喜欢你！保护了你这么多年！你居然怀疑大娘！你简直就是小白眼狼！罪大恶极！大娘再也不和你玩了……”

盘犹守无奈叹气，他又不是说那罪犯肯定是大灰狼，只是和它在一起的时间太长，对它的容貌烂熟于心，遇到相似的形容就忍不住那么想象而已，怎么可能真把它当罪犯？他跟它说说而已，它居然就生气了，小心眼的妖怪！再说了，什么叫小白眼狼，它自己才是眼睛上方有白毛的真正“白眼”狼。它威胁的话这么多年了都不知道变一变，什么时候都是不跟他玩，有没有新花样啊。

他等大灰狼发完脾气，用戴了手套的神之手好好安抚。大灰狼不吃那一套，强烈要求他脱了手套安抚——道歉。

盘犰守照办。

不过他忘了第一次是神恩之后就是神威，没有在自己身上卸掉能力就一手放了上去，大灰狼应声而起，险些把盘犰守家的房顶撞出洞来。

大灰狼再次鬼哭狼嚎，强烈声明这日子它过不下去了，它要回妖怪界，再也不和小盘子玩了。

盘犰守又能怎样呢？这的确完全是他的错。

他非常歉疚地把大灰狼哄到床上，用神恩之手好好地摸了它一晚上的毛。

在此之前，盘犰守他们完全没有仔细看过神恩的副作用。他只想过神威可能会对身体造成的损害，所以从来也没想过神恩也会对身体有什么不好的影响。

不认真阅读说明书的后果就是，他们谁也没想过神恩居然会造成这么可怕、这么严重、这么令人恐惧的后果……

第二天早上起床的时候，盘犰守震惊地发现睡在他手下的大灰狼毛色灰败，半睁的眼睛通红，舌头伸在外面一动不动，简直就像生了重病快要死了。

盘犰守生怕它出了什么问题，赶紧又是推又是问。但不管他怎么问，大灰狼的回答都是一句“K莫儿”……

他无奈，去问后院的执勤妖怪。今天执勤的是一个叫梦蝴蝶的豪猪妖怪，年纪也不小了，见多识广，听到他的形容以后哈哈大笑，说：“是爽过了吧！没关系没关系！再令人舒服的法术时间长了也对身体有害，它应该知道才对，虽然造成了这种后果，但也是它自己不对，谁让它舒服过头，不会反抗呢？休息休息就好了。”

换句话说就是舒服过头就会不舒服，糖衣炮弹永远都是比酷刑更危险的敌人……就算是号称对身体无害的神之手也一样。

盘犰守无奈，他本来是希望大灰狼帮忙解决王飞身边那个跟踪狂妖怪的事情的，所以才用神之手贿赂它，想不到弄巧成拙。

当他去找小狐狸的时候，小狐狸正抱着那棵人参犯花痴，他好说歹说，它就是不松手，就好像那人参即将变成一个大美女……大美狐似的。

“最近这段时间它就会成人了！我要看着！”小狐狸又哭又叫。

这些妖怪生物总是有多种形态，但不管长大以后它们会变成什么模样，刚出生的狐狸崽子就是狐狸，刚出生的狼崽子就是狼，不可能一出生就变成人类形态。不同的妖怪会在不同的时间化作人类，但它们自己未必喜欢，这只是这些被称为“妖怪”的生物生长到一定阶段后的正常变化，就像人类发育一样，不由它们自己决定。

盘犹守虽然生气，但是没办法，他可是答应了魏天师要帮忙解决这件事的，现在一个妖怪都不帮忙，他一个凡人又能如何？

他想来想去，决定把事情推给独目神鹰和张天师。这两个家伙一个是魏天师的老爹，一个是魏天师的师父，解决这个事情再合适不过。虽然魏天师涕泪交加地拜托他千万不要把事情交给他们，否则以后自己肯定再也不能独立自主。但这件事不能再拖了，到现在他们还不知道那个妖怪对王飞有没有恶意，要是再拖下去，谁知道会有怎样的后果呢？

可是当盘犹守去魏天师家打算推脱责任时，却发现那两个化作人形的老妖怪——这完全是形容词——不知道去哪儿了，被甩在家里独自上网的魏天师也说不清他们什么时候回来。

“因为我这次受伤积攒了不少活儿，所以他们两个一起去帮忙了，哈哈哈哈……”

盘犹守：“……”原来不是什么独立自主的问题，而是活太多没人派，只好派他去抓妖怪了吗？

“可是我家的妖怪……”

他还没说完，魏天师忽然捂着自己受伤的脚丫子软软地倒在床上，咬着床单悲切地说：“呜呜呜，我可曾经帮了你不少忙啊盘哥，你怎么能这样对我……”

盘犹守根本不记得他帮过自己什么忙——帮王飞那次还弄错了符咒——但是盘犹守这种人毕竟不是大灰狼，这种事让他斤斤计较他也干不出来，于是他只能郁闷地离开。

当王飞看见他独自出现的时候，脸上失望的表情连傻子都看得出来，他不由得更郁闷了。

“不是我愿意自己解决这个事情……我觉得我自个儿也解决不了……”

“那你为什么不带上你家那些妖怪呢？哪个都行啊！魏天师说你家有好多好多妖怪！”王飞十分热切。

他完全没把盘犰守放在眼里的事实令盘犰守盯了他半天，但他完全没有注意到。

盘犰守叹了口气："我也想……可它们每一个都有事。"还有一个是因为他而重伤卧床……至于詹谷？他还记得那个气猫的事呢，有了詹谷以后，他说不定又是一样松懈，结果……

王飞睁着眼睛看他，最后终于发现看他也没用，他也只是个普通人，不是说和妖怪在一起玩就能变成妖怪的。

"那……我就只能等死了？"王飞绝望地问。

两个人大眼瞪小眼，好长时间都没有说话。

"……最近上下班都等我和你一起走吧。"盘犰守终于说。根据魏天师所说，那个妖怪只在一早一晚跟踪他，其他时候似乎没有。

"有用吗？"王飞张口就问，然后马上发现自己的错误，赶紧改口，"不，我是说，那可是妖怪啊。"

"妖怪也不是不讲理的，也许我跟它说说会有用。"盘犰守说。去见魏天师的时候他问了一下——把魏天师吓得半死，但天地良心，他什么也没对魏天师做，毕竟魏天师还有个不讲理的妖怪老爹呢——他有神之手这件事，王飞还不知道，毕竟那天他用神之手时，王飞的意识已经不太清楚了，他也没必要宣扬。

王飞问："盘哥你的口才……"他闭上了嘴，一会儿又强行摆出信任的表情说，"我相信你！盘哥！"

盘犰守脑门上青筋乱跳，最后也只得说："有些妖怪的事情你不知道，就不要想那么多了。"

王飞闭嘴点头不迭，就好像害怕一张口就会不小心说出什么让盘犰守生气的话来。

从那天起，盘犰守就每天陪着王飞一起上下班，虽然他的上班时间比王飞早，下班时间又比王飞晚，但王飞一句话也没说过，每天乖乖跟着他来来去去。一些同事就笑王飞请了个保姆，王飞也只是笑，不答话。

不知道为什么，从那天起，王飞就再也没有看到那个妖怪，再也没有感觉到那种视线。

将近一个星期过去，情况还是没有变化，王飞高兴得简直要感谢上帝了，这种无事一身轻的感觉多么难得啊！王飞不停地说"太幸福了！太幸运了！盘哥好厉害”……叫得盘犹守忍不住脸红——毕竟他什么也没做过。

比起乐观的王飞，盘犹守就谨慎多了。他可不认为自己无为胜有为，只要跟在王飞身边就能解决问题。但是……那个家伙为什么消失了呢？

可怜的大灰狼依然病重在床，虽然盘犹守觉得它已经好了，因为它现在毛色光亮，耳朵高竖，双目有神，嚼东西的时候下口之狠厉、声音之清脆，根本不是它声称“病得快死”的样子，但它自个儿坚决不承认，只要他一说“来帮帮我吧”，它就躺在床上装死，一听到白菜、兔腿等词语立刻回神。

盘犹守气得拔它柔亮的毛，它一边嚎一边在床上滚动，四爪无力地挥动挣扎，并高呼盘子、水婉的名字，直到盘犹守在父母苦口婆心的劝说下放弃使用暴力。

既然全家人都站在大灰狼一边，盘犹守也没有办法。他只能遇到什么问题就问问它而已。不过对于那个家伙消失的问题，大灰狼也不是很清楚。

“基本上我不认为它是因为你消失的……”大灰狼肯定地说，“如果它对那个王飞有什么企图的话，不可能你跟在王飞身边，它就消失，神之手还没有那个功能。”

盘犹守说：“我也是这么想，但事情很奇怪，以前他就算在上班或者在家里的时候偶尔也能感觉到那道视线，一天怎么也有个四五次，但我陪着他上下班以后，他觉得那种感觉完全消失了，就算我不在，他也感觉不到那种视线。”

神之手也有封印的能力，用神威和神恩之间的那种力量，但是盘犹守还不会用，也许一辈子也不会，可他还是怀疑会不会一不小心用到了呢？没准是他封印了王飞的感觉才导致这样的结果呢？

大灰狼想了想，让盘犹守脱下手套，将左手放在它的鼻子下面。它嗅了嗅味道，用后爪挠挠肚皮，又在盘犹守的床上留了几根毛。

“神之手没有封印任何东西，他没感觉到，那就是没有了。”

盘犹守思考许久，问：“那会不会是我身上有什么东西，所以那家伙才离开的呢？”

大灰狼上下打量他几次，不屑地冷笑：“除了神之手和大娘身上的毛，你还能有什么，哇哈哈哈——哎呀呀，我是开玩笑的！小盘子快住手！是大娘的错！不要再拔了——”

第三章　熊瞎子

又过了一个星期，王飞还是没有任何感觉，和盘犹守两个合计了一下，认为也许是那个妖怪之前弄错了什么事情，所以才跟着他不放，现在发现了自己的错误，就离开了。

他俩怎么想都觉得这个推想很有道理，盘犹守也就结束了自己的保姆工作，不再陪伴王飞上下班。

结果，没过多长时间，王飞又有了那种被人窥视的感觉。

那是某一天下班的时候，那天他用公司的电话和人聊天到很晚，回家的时候天都黑了。

他走到公司门口，刚跟看门的大爷打过招呼，忽然感到浑身一冷，所有汗毛集体起立，那种被窥视的感觉蓦然笼罩了他。

这次的感觉无比清晰，他猛地向视线射来的方向看去，不远处的巷子里，一个乌黑的巨大身影立在墙角，一双几乎闪着寒光的白眼睛恶狠狠地看着他的方向。

那么高、那么壮、那么大的身影……就算要昧着良心说它是人类都不会有人信的。

他往那个黑影的方向跨了一步，那个黑影往后退了一步。

他往相反的方向稍微动了一下，那个黑影也朝他一动。

不是他的幻觉，那玩意儿真的动了！

浑身的鸡皮疙瘩起得越发厉害，王飞抖得连骨头都要散架了。

怎怎怎怎……怎么办？叫盘犹守？来得及吗？会不会在打电话的时候就被杀掉？

他退回公司门口，用颤抖的声音对看门人说：“大爷，您帮忙给盘哥打个电话，就说我找他，他知道的……他的电话是……”

那个黑影紧紧靠在那个墙角，巨大的身体甚至高过了墙。

王飞站在门口一动不动，仿佛只要这么做，那东西就不会对他怎样似的。但他的颤抖实在太明显了，老大爷一边打电话一边关心地问他是不是打摆子，还说自己知道个老中医，神得很，一看就好……

王飞哪有心情开玩笑，现在的天气虽然不算太冷，但也并不热，站在那里没一会儿，他已是满头大汗。

等了很长的时间，终于听到一辆接一辆的运钞车归来的动静，他才稍微松了一口气。

盘犹守和詹谷坐在车里，隔了老远就看见王飞冲他们猛挥手，表情就像看到了救星一样，事实也的确如此。

他们停了车，处理完后续的一些事情，走到等他们等得十分心焦的王飞面前。

“那个东西又来了？”詹谷开口就问。

王飞点头点得脑袋都要掉下来了。

盘犹守无语地看着他几乎崩溃的模样，本来想说些安慰的话，却不知道该怎么说。

他们两人陪着战战兢兢的王飞又走到了门口，但那个黑影不知何时已经不见了。

詹谷看着那个空荡荡的地方哭笑不得，怀疑地问：“你不会是神经过敏吧？上次被妖怪弄得受了那么大的罪，所以留下了后遗症？”

“不是！我没有！魏天师可以做证！真的！真的队长！”王飞真想以头抢地证明自己的清白，如果这么做有用的话。

三个人跟着王飞一路走到了那个巷口，他们四处检查，也没有发现什么有用的东西，脚印、手印什么的都没有。

最后还是盘犹守在墙角处距离地面一人高的缝隙中发现了一撮毛，他们三个围过去看着那撮奇怪的毛。那毛很短，黑色，在路灯下反射着柔亮的光，上面没有什么灰尘，应该是从什么动物或者东西上刚掉下来的。

“不可能是狗吧！这么高的地方，不可能是狗吧！对吧！盘哥！队长！”王飞唾沫横飞，指着取出那撮毛的位置激动地说。

“也许有人穿着毛皮大衣站在这个角落……”詹谷不太自信地说。

盘犹守和王飞都用“你的思维是正常人吗”的目光看着他。不要说现在天开始暖和了，根本没有必要穿毛皮大衣，就这个肮脏的地方……就算有人穿毛皮大衣，也不会往这里靠呀。

盘狁守低头，发现地面有一个圆圈，形状不太规则，非常非常浅，不仔细看几乎看不出来。他蹲在那个圆圈旁边，用一根手指轻轻描绘那个圆圈的边缘，注意到其中的一边还有三个小圆圈。

他脱下左手的手套，虚虚放在那个圆圈上方，感到一股淡淡的味道。这种味道和一般人能闻到的味道不太一样，是他左手“闻到”的味道，顺着他的臂膀穿透到他的脑袋，味道的类型和他在大灰狼、小狐狸和后院妖怪们的身上闻到的一模一样，大灰狼称之为——妖气。

而他的神之手力量还比较薄弱，这种妖气，在妖怪本身距离很远的时候是不可能感应到的。

他猛地抬起头，上方一个巨大的黑影一掠而过。

“站住！”盘狁守大叫一声，左手本能地一挥，一道光从他的左手甩了出去，消失在乌黑的天空中。

半晌后，远处传来“砰”的一声，他们被围墙遮挡了视野，只能看到有什么东西微微地照亮了天空，然后那亮度随着呜哩哇啦的尖叫消失在远处。

几个人陷入沉默。

他们都听清了，那个声音叫的是一句脏话……

那是个会骂人的妖怪啊！

盘狁守的表情稍微动了动，跳起来向那个光亮消失的地方飞奔而去。

詹谷和王飞随即也跳了起来，跟在他后面也向那个地方飞奔。

“盘哥！你刚才手里那个东西是啥？！”王飞叫。

盘狁守自己也不知道究竟是怎么回事，只得说：“没有什么，你看错了。”

詹谷也为他刚才那一手感到惊异，立马接话道：“没有看错！你手里飞出去那道光是怎么回事？”

盘狁守：“……”你能不火上浇油吗？

他闭紧了嘴巴，向前狂奔，希望这两个人在下一瞬间就忘了那个问题。

不过即便是他自己，也觉得刚才的事情实在太奇怪了，就像当时运钞车遇到了抢劫，他那一系列怪异的表现一样，他身上似乎出现了神之手的记载上根本没有出现过的功能，直到现在也没有人知道当时究竟发生了什么。他是绝对不会相信神之手是因为在他身上才会出现特异功能的，这些问题一定有一个合理的解释，只是他们现在还不知道而已！

他们奔了好远也没看见那个妖怪的掉落地点。

王飞说：“没准我们跑过头了。”

詹谷说："也许被打成灰了。"

盘犹守看了看天，心里有一种奇怪的感觉，似乎那个东西就在某个地方，只是距离太远了……

在歹徒抢劫运钞车时他心里就有种感觉，但那时的感觉还不甚清晰，现在的感觉比那时清楚太多太多了。当他的眼睛看着天空的时候，那暗蓝色的天幕上似乎被划出了一道抛物线，而他确确实实地知道，那条线的尽头就是那个妖怪消失的地点。

他伸手招了一辆出租车，本想让那两个人先回去，却被他俩严词拒绝，两人根本不容分说就钻进了车里。

盘犹守无奈，只得指挥出租车司机，向他的感觉所指示的方向前进。

他的感觉指示着他一直向城东走去，越走越远，越走越远，一直到了浐河边上那感觉才消失。

他们下了车，又沿着浐河边的柳树向南走，走了有四五百米，看到堤坝上有一个乌黑的大坑。

因为这里平时人就比较少，这个时间又有夜色掩护，所以并没有人注意到这个大坑。

盘犹守和詹谷、王飞站在那个坑边往里望。天黑了有天黑的好处，当然也有坏处，比如现在，他们什么也看不见。

盘犹守拿出新买的手机，打开手电功能往坑里照，微弱的光线照出了一个乌黑蠕动的毛茸茸的东西。他利用手电的光从头到尾地照了半天，除了那些黑毛之外什么也没看见。

"喂——"他朝坑里叫。

坑里的东西突然静默下来，就好像在说"我其实是毛绒玩具，我根本不会动，你看错了"一样。

盘犹守叹了口气，正想说点什么打破它"此地无银三百两"的幻想，王飞就已经开始动作了，他搬起坑旁一块手掌大的碎石，用力扔了进去。

"你这个变态妖怪到底跟着我干吗！"王飞高声喊叫。

盘犹守和詹谷吓得手脚冰凉，两人一左一右死死拉住这个不知轻重的家伙，生怕他再做点什么把那玩意儿惹恼了。

王飞还在挣扎。詹谷怒了，吼："给我站住了！想死吗！"

王飞奇怪地看着他们两个："盘哥，队长，不用骗我了，你们都很有本事的，这种小小妖怪根本不在话下……"

他们两个想捂他嘴的动作到底还是不如他嘴皮子一碰的速度快。

王飞还不知死活地嚷嚷：“你们想骗也不用骗我呀！都是有妖怪做下属的人了，怎么可能怕这种妖怪！我被它害得够惨了，今天不好好报复一下怎么能行！”

也难怪，连续被两个妖怪折腾来折腾去，脾气再好的人也受不了。可问题是，他身边这两个人根本就没他想象的那么厉害……

坑里的妖怪一忍再忍，最后忍无可忍，老粗腿一蹬，猛地从坑里跳了出来，张着血盆大口“嗷呜”一声就往詹谷的脑袋咬了过去。

盘犰守一把将詹谷推得老远，那妖怪发现眼前失去了目标，立时转身，巨掌又向盘犰守拍了过去。盘犰守向下一缩，原地滚动躲开。

离得远了，盘犰守和詹谷两个人才悚然发现，原来那个妖怪竟是一头巨熊！它站在王飞面前，把王飞衬得就像小孩子一样。

王飞看着那头巨熊，那头巨熊也低头看着他。巨熊动了动，微微抬起了熊掌……刹那间，时间仿佛静止了。

詹谷大叫一声：“王飞！让开！”

王飞好像吓傻了，并没有听从詹谷的命令，而是做了一个让所有人（妖）都想不到的动作。

他抬起脚丫子……狠狠踢在那头巨熊的两腿之间。

巨熊的双眼瞪得像铜铃一样大，慢慢地向后倒，扑通一声，倒回了刚刚跳出来的大坑。

詹谷的脸拧出了一个难看的表情，盘犰守的脸也忍不住抽搐了一下，两个人不由自主地夹紧了腿。

看……看起来就好痛……王飞这家伙，好狠的心！就算对方是妖怪也不能下这种死手啊！

王飞大大地松了一口气，身体明明还在颤抖，却已是非常高兴地对走过来的盘犰守和詹谷说：“盘哥！队长！你们看到没？我刚才太厉害了！那个妖怪根本不堪一击！哪里是我的对手！原来我也挺厉害的！看来人都有潜力……”

一个声音从远处传来：“潜力个毛！要不是那家伙手下留情，你今天已经死在这儿了！”

三人向那个方向看去……除了无人的道路和路灯，什么也没有。

“在这儿呢！”那声音不耐烦地说。

视线向上移动，几人终于发现了那个远远地站在路灯上的银灰色身影。

第四章 谁的妻子？

“大娘！”盘犹守叫。

王飞：“狗在说话……狗在电线杆上……”

“你怎么不下来？”盘犹守问。

大灰狼用爪子指了一下他们，声音远远地传来：“你跟你表兄在一起，让我怎么过去！”

盘犹守抱歉地看向詹谷，詹谷无可奈何地耸肩：“我就知道，我永远都没办法接近妖怪……”

大灰狼远远地喊：“这又不是我们的错！”

詹谷又对盘犹守说：“既然妖怪来了，我就没有必要待在这个地方了。我先回去了。”

盘犹守点点头。

王飞忽然蹲在地上死死拽住詹谷的衣角：“队长不要走啊，这里都是妖怪……”

盘犹守拍了一下他的后脑勺：“你骂谁是妖怪！”

詹谷也没理王飞诚心诚意的要求，挥挥袖子走掉了。王飞蹲在那里，哀怨的姿态简直就像个被遗弃的小媳妇。

待得詹谷走远，大灰狼几个跳跃，轻巧地落在他们身边，顺势向坑里瞥了一眼，龇牙道：“嗯哼，原来是个小妖怪！”

王飞看着大灰狼让人非常有压迫感的强壮狼身和狼牙，战战兢兢地开口：“这位老妖怪，您怎么知道那家伙是小妖怪？我刚才看见了，那家伙好大……”

“老妖怪”三个字一出口，大灰狼脑门子上就出现了几道青筋，它用狼眼恶狠狠地盯着王飞，不过王飞本来就已经抖得够要命的了，所以它的眼神并没有起到什么特别有效的作用。

“这家伙妖气很弱……”大灰狼放弃了让王飞昏倒的念头，对盘犰守说，“应该是不超过四五百年的小妖怪，不会造成什么大麻烦。”

盘犰守眉毛挑了一下：“还不会造成大麻烦？王飞都快被他弄崩溃了。”

大灰狼说：“那不是大问题。”

盘犰守：“……”这个不是大问题？那什么是大问题？

大灰狼跳进了坑里，四只爪子在那只大黑熊的身上踩来踩去。

“喂！小伙子！给我醒一下！”大灰狼叫。

大灰狼的身体本来已经够巨大的了，但是和大黑熊比起来却差了不少，盘犰守手机的光亮只能照到它在一团毛皮褥子上跳动的景象。

不过小归小，重量却一点也没减少，在它上下跳动时更是不可小视。它跳了没几下，那黑熊就告饶了：“这位大爷对不起！小的不是故意的！呜呜……好痛……大爷放了我吧……我只是个痴情的小妖怪，不要这样惩罚小的啊……”

别的倒算了，可它“小妖怪”三字一出口，盘犰守和王飞都抖了一下——纯粹是恶心的。

大灰狼露出一口白牙，伸出鲜红的舌头舔了舔前面两颗牙。

“痴情？”它的毛也在抖动。

大灰狼跳上坑边，黑熊缓缓地、呼哧呼哧地、小心翼翼地从下面爬了上来。它的左脸上有一条被什么东西划过的伤痕，除此之外，大而圆的眼睛就像两颗超大的黑豆，脑袋还算圆润，黑毛在路灯下闪闪发光，长得很可爱。

看着坑上的两人一妖，它的头歪了一下，大眼睛眨巴眨巴，嘿嘿笑了一声。

大灰狼一爪子扇到它脑袋上，把它扇回了坑里。

“不要给我装可爱！”大灰狼气势汹汹地说。

盘犰守无语地摸了摸它的长嘴：“大娘……你平时做错事就是这种表情。”

“只有我能做这种表情！”大灰狼理直气壮。

盘犰守：“……”

黑熊又辛辛苦苦爬了上来，大眼睛里聚满了水汽，可怜巴巴的。

“这位大爷……”

黑熊正要说什么，大灰狼又扬起了爪子，黑熊惊叫一声，用两个前爪按住眼睛。这回盘犹守正好赶上，一把将大灰狼的爪子按回原位。

“大娘不要这样，听听它究竟要说什么……”

他的话没说完，就听坑里扑通一声，用前爪按住眼睛以至于不能借力攀爬的黑熊又掉下去了。

大灰狼得意扬扬地扬起长嘴：“这回可不是我干的。”

如果这是漫画的话，盘犹守肯定已是满头黑线。

黑熊第三次爬上来，认真接受了盘犹守意见的大灰狼终于没再伸爪，让战战兢兢的黑熊爬了上来。

“你呀……”大灰狼微笑着说了两个字。

“大……大爷……您吩咐。”黑熊哆嗦着，小心翼翼地试探。

大灰狼看着自己锃亮的爪子尖儿：“我就一个问题，你要好好回答。”

“是是是是，一定一定。”

“如果回答不好，你会是什么结果我就不知道了。”

“绝对不会发生那样的事！”黑熊信誓旦旦。

“那好，这孩子……”大灰狼用爪子指指旁边的王飞，“你老跟着他干吗？”

“因为我暗恋她！”黑熊回答得很干脆，一点儿磕绊也不打。

这回二人一妖的脑袋上都挂下了一片黑线。

“它是雌的吗？”对于动物的生理知识一片空白的盘犹守问。

大灰狼还没回答，黑熊已经激动地跳了起来，作势就要撩开自己下半部分的毛：“谁说我是雌的！要不我让你们看看证据……”

大灰狼还没想到要动，盘犹守也没来得及动，王飞先动了。他一脚踹上了黑熊即将露出来的那个部分，黑熊惨呼一声，又跌回了坑里。

盘犹守：“……不必那么不留情吧。”那可怜的黑熊……一定会断子绝孙吧？一定会吧？

黑熊哭哭啼啼地从坑里爬了出来：“你这个姑娘这样一定嫁不出去！我又能怎么样呢？我就是爱你，没办法……你嫁给我，我不会嫌弃的，但是以后你不能这样打我，会要命的……”

王飞气死了，一脚踩住它的脑袋又将它给踩了回去。

“谁是姑娘！谁是姑娘！你这个妖怪有没有眼睛！长没长脑袋！我长得像姑娘吗！你这种性别都看不出来的蠢熊有资格说我吗！”他气得口不择

言，已经不知道自己在说什么了。

黑熊辛苦地顶住了他的大脚丫子，听到他说的话，惊讶得眼睛都快要瞪出来了："什么？你不是姑娘？你是妇人？没有关系，我不嫌弃你嫁过人……"

王飞用脚丫子狠狠碾它的头，把上好的毛发踩得一塌糊涂。他恼怒地问大灰狼："老妖怪！有没有办法让这个妖怪后悔来到这个世界上！"

大灰狼正笑得躺在地上滚，连他叫它老妖怪也不在意了。

盘狁守苦苦地劝："王飞你不要和妖怪那么较真……其实就和我们大部分人类看不出动物的性别一样，它们也有大部分的妖怪看不出人类的性别，它绝对不是想侮辱你，而是真的分不清。"

趴在地上乖乖任王飞踩的黑熊听到他的话，猛地抬起了脑袋，露出上当受骗的表情，大声问："什么！他真的不是女的？真的？"

王飞全身的力气都用在压它的脑袋上，被它这么一掀，一屁股坐到了地上。

"而且不是妖怪！"黑熊的脑袋都贴到了王飞的脸上。

"我从来没说过我是妖怪！"王飞大叫。

"你是妖怪还分不清妖怪的雌雄啊！"大灰狼吼。

黑熊嚎叫起来："这也不能怪我！又是不同种族，我凭什么知道蜜蜂是男是女！"

王飞大骂："那你还理直气壮地跟踪我！长脑子了没呀！你个脑空空！"

不过……

等一下，蜜蜂？

盘狁守、王飞和大灰狼都蓦然静了下来。

蜜蜂啊……

大灰狼踱步到黑熊面前，抬头问："你把那孩子当成谁了？"

黑熊的黑豆大眼睛里蓄满了泪水，熊掌少女般抚摩在受伤的心脏位置："我……我还以为他是女王蜂……我都爱了她一百年了……怎么会认错呢……"

……果然如此。

果洛沐英从自己的家族中逃了出来，为了保护身体里的受精卵，将之刺入了偶然遇到的王飞身体里。虽然王飞因机缘巧遇逃过"生产"大劫，但那些被果洛沐英刺入他身体里的卵在他身上还是留下了属于妖怪的气味，确切点说，留下了果洛沐英的妖气。

熊这种生物视力本来就不好，所以才有“熊瞎子”一说，当它们成为妖怪之后就更加依赖于妖怪的感官，眼睛这种东西基本上是废了，所以拥有果洛沐英妖气的王飞在它“眼”中才会和果洛沐英混淆。

盘犹守问：“你喜欢的那个女王蜂的名字是不是叫果洛沐英？”

黑熊沉默了一下，咬着熊掌的指甲尖儿，哼唧道：“我不知道……”

三个人（妖）脑袋上的黑线更多了。连别人名字都不知道，它居然就爱人家一百年？！这呆熊到底是痴还是傻啊……也许又痴又傻吧？

大灰狼问：“那她长什么样子？”

黑熊很生气地反问：“我眼睛又不好，怎么知道她长什么样子？”

三个人（妖）：“……”你连她长什么样子都不知道，是凭什么爱她一百年的啊！

大灰狼不抱希望地再问：“那她至少有点特征吧？”

黑熊很肯定地回答：“有！”

“是什么？”

“她是女王蜂！”

……这根本不算特征啊！

王飞也对这种糊涂妖怪绝望了，但他还是忍不住好奇地问：“你究竟是怎么爱上她的啊？”

黑熊一脸痴迷的表情，黑豆眼睛闪闪发光，似乎陷入了回忆里。

“一百多年前，我们在一个美丽的地方相遇了……然后我就爱上了她。”回忆结束。

“因为什么？”王飞不死心地问。

“爱情没有理由！”黑熊坚定地说。

王飞差点扑倒在地上。

也就是说，这头呆熊在不知道对方的名字，也不知道对方长什么样子，甚至除了对方是女王蜂之外什么特征也不知道，就爱了人家一百年！果然是个世间难寻的痴（呆）儿啊！

大灰狼无奈了，它实在不想和这个痴（呆）儿黑熊再交流下去，只得用爪子拍拍熊脚丫子，说：“总之你忽略我们刚才的问题吧，只要记住一个问题就好——那孩子不是你要找的人，你要找的那个，天知道现在躲在了哪里，反正不是他……你记住了吗？”

黑熊茫然地看着王飞，过了一会儿，低头对大灰狼道：“真奇怪……刚才那个人在的时候我还以为我认错了……看来的确错了？”

“你在说啥玩意儿！”大灰狼不耐烦地说。

原来黑熊一直觉得眼前这位“暗恋的冒牌货”身上的味道不对劲，只要他和别人在一起，味道就会变得混乱，它就会觉得自己弄错了。可是只要他一个人独处，那个味道就会很强烈地散发出来，强烈到让它甚至离得很远很远都能感觉得到。而刚才在那个走掉的人还没走之前——是说詹谷——他身上的味道完全消失了，简直就好像他根本不在那里一样！

当然这个问题其实不是问题，王飞身上的妖气不属于他自己，只要和其他人类在一起，就会与人类的味道混合。而詹谷就是个妖怪抑制机，只要他在，王飞身上的妖气就会被完全压制。

大灰狼根本不屑于解释这种低级问题，盘犹守只好耐心地跟黑熊如此这般地说了一番。

然而说到当王飞独处的时候，那股味道在很远的地方也能被黑熊闻到，这个问题就比较奇怪了，盘犹守也搞不清究竟是怎么回事。

王飞大叫：“难道我身上的味道就这么大吗！我每天都好好洗澡了……”

大灰狼嗤了一声：“和那个没有关系！那是你身上的妖气和妖气的来源者产生了共鸣！这是妖怪都该知道的常识……咦？”

它突然呆住了。

“难道是……”

就在它发呆的时候，从远处传来了一声娇嗲的呼唤：“老公——”

终于发现了自己的错误以至于萎靡不振的黑熊顿时精神起来，向着声音传来的方向欢快地叫道：“老婆——”

遥远的地方，轰轰的蜂鸣声逐渐传来，一个娇小的黑影从天而降，一把抱住黑熊，飞向远方。

“谢谢你们照顾我老公哦，呵呵呵呵……”余音袅袅，逐渐消失。

大灰狼怒吼一声，拔腿就追，但怎么也跟不上蜜蜂的速度，即使蜜蜂下面挂着一只熊。

“果洛沐英！那头呆熊！你们给我站住！站住！这么重要的事情你们怎么会没发现！给我站住——”

前面的两个妖怪根本没听见——蜜蜂和熊的听力都不怎么样——所以大灰狼只能眼睁睁地看着它们逐渐成为一个小小的黑点，最后消失。

原来如此……原来如此……

大灰狼气喘吁吁地回到盘犰守和王飞所站的地方，气得青筋都鼓出来了。

“好哇……好哇……你们行……这么重要的……居然都没有发现！让你们跑！让你们后悔都来不及！跑！浑蛋！”

盘犰守抚摩它气得奓起来的毛：“它是果洛沐英的老公吧？怎么了？它不是一直在找果洛沐英吗？它们现在总算见面了呀，多好，虽然有点没礼貌，但是……有什么问题？”

“有什么问题！”狼嘴嗷嗷乱喷口水，大灰狼的爪子指着一旁还没反应过来的王飞，“他们把孩子给落在他身体里了！他们把孩子给忘了！她上次施法的时候肯定有什么地方出了岔子！他身体里还剩有果洛沐英的卵！所以他身上的妖气才会和她老公——那头呆熊产生反应！这么重要的事情都能忘记！简直就是天才啊！”

王飞听完他的话，思考了几秒钟，忽然翻了个白眼，直挺挺地昏了过去。

哎呀呀……这世界上的事总是这样……一波未平，一波又起呀！

盘犰守叹息，回头抚摩大灰狼：“你不是不舒服吗？怎么今天过来了？”

大灰狼哼了一声：“我哪有什么不舒服！还不是想让你独立办办事，结果还是需要我亲自出面，你的独立能力太差啦！”

盘犰守感觉既好气又好笑：“什么叫我的独立能力差？这些都是妖怪好不好？让你帮忙处理一下有什么不对？”

大灰狼生气地说：“是啊，对付不了妖怪的时候就说妖怪厉害，对付不了人类的时候就让妖怪帮忙，你这么依赖妖怪难道不是独立能力差吗？”

“我哪里在对付不了人类的时候找妖怪帮忙了？”

“那个发电机的事情不是吗？”

“……”

原来它说的是让它“用妖怪的手段解决发电机损坏问题”的事情……说得没错，他至少在那个时候的确是在依赖妖怪，反正他就是不肯为公家的事情付出一点私人的努力（赔偿），但是最后他又没得逞！还不是老老实实跟单位赔钱了吗?

大灰狼就是因为这个才故意装病的?

“也就是说，神之手的神恩即使用的时间长了也没有那种伤害的效果?”

“胡说！我是借势装病！又不是凭空乱讲！”

嗯……那么神恩还是不能长用。

“对不起对不起，是我错了，要不我用神恩给你道个歉?大娘请你原谅我……”他脱掉手套，左手就要往大灰狼的脑袋上摸过去。

大灰狼瞬间跳得老远：“不要碰我！从此以后都不要用那只手碰我！否则大娘就再也不喜欢小盘子了！记住了没有！”

盘犹守微微地笑了。很好很好，大娘至少三个月内都会记得这句话的。

“好，好……对了，王飞怎么办?”

他们看着地上昏迷不醒的王飞，同时叹了口气。

王飞身体里还有果洛沐英的卵呢，虽说遗落下来的卵很少，很可能只有一两只，但是这样留在王飞身体里也不行啊。尽管它们是妖怪的孩子，但是在王飞这个人类的身体里的生长方式却和寄生虫没有两样，也许会到处乱窜，万一跑到脑袋里或是其他重要脏器里可怎么办?会要人命的!

可是那对糊涂夫妻逃得比兔子还快，根本没等到他们把事情说出来就没了影子，没有母体的召唤，孩子们何时出生?如何出生?从哪里出生?不同种族的妖怪混血会不会变异?这些都不知道!

那对夫妻是真的想把王飞害到死为止吧?

“怎么办啊?”盘犹守问。

“走一步看一步吧。”大灰狼摇头。

王飞还躺在地上，昏迷不醒。

第五章 人参公鸡

网络用语中有个词，叫作“人参公鸡”，一般是“人身攻击”的谐音用法。虽然在这个题目上有人参也有公鸡，但我们这个故事和人身攻击毫无关系。

……不，也许有那么一点点关系。

大家都知道，小狐狸号称对盘家的“感谢”之礼是一根大人参，这大人参如今种在盘家后院，已经长得比小狐狸还要肥硕，据说转化为人形指日可待。于是小狐狸天天浇水施肥，伺候得比老妈子还要精心，眼巴巴地指望这家伙有朝一日能跳出来跟它说句话——既然这么珍惜，也不知道它当初非要把人参送给盘家是想干吗！——不过那人参直至今日也没有一点转化的动静。

然而就在小狐狸盼星星，盼月亮，就等着人参开口说话的时候，盘家后院来了不速之客。

不速之客不是一只，是一群。

小狐狸眼睁睁地看着那群大公鸡“咯咯咯”欢快地叫着，呼朋唤友成群结队好奇地围观那个在地面上的部分长得和小树丛一样的大人参，时不时地在叶子上啄一口，又咕咕叫几声，好像在赞叹味道不错。长得像小树丛的大人参每每被啄上一口，就会浑身颤抖半天，不过也可能是被啄得乱晃的缘故。

小狐狸大呼：“快住手……快住口！汝等都给吾住口！”

无奈它四肢扑地，被大灰狼不怀好意地压在地上，只能徒然惨呼而已。

盘犹守站在一旁，就好像没有看见这边发生的凶案一样，望着那根被大公鸡围攻的人参，默默思考也许这就是耳闻而不得一见的人参公鸡……

王飞推开屋门走到后院，看见大灰狼压在小狐狸背上，在他脑袋反应过来之前，嘴里的话已经出了口：“它们是在交配啊？”

盘犹守被他的话冻得浑身一抖。

两个妖怪同时转头，冷冷地盯着他，似要扎得他体无完肤，遍体鳞伤，倒地而死。

“我只是开玩笑而已……”他嘟囔。

在发现了自己身体里依然有妖怪的卵之后，自认为神经比较坚韧的王飞开始出问题了，这个看似健壮的小伙子开始昏过去又醒过来，活而又死，醒了再昏……

然而这世界上的事情就是，即便你不承认，即便你拼死抵抗，即便你为此疯狂、昏倒、抹脖子，存在的东西也是存在的，不会化作烟尘消失。

尤其“不幸”这种东西更是如此。

在生而复死、死而复生许多次后，他终于接受了发生的事情。

“不就是个卵吗！大不了剖腹产嘛！女人们都不怕！我一个大老爷们……”

大灰狼插嘴：“女人们的话知道剖哪儿，你那个完全……”

盘犹守用力拍它的长嘴也没把它的话拍回去，王飞瞬间又恢复了乌云罩顶的状态，蹲在角落里泪流满面。

等到王飞的精神好不容易恢复过来，已经是许久许久之后的事情了。

为了赎大灰狼嘴快的罪，也为了让王飞有什么事情时能有个照应，盘犹守极力邀请王飞到自己家来住。

大灰狼很不乐意，因为王飞来的话就会占它的“位置”，盘犹守说话的时候它就在下面死命叼住他裤腿往后扯，他却始终不予理会。

后来他们独处的时候，盘犹守拍着它毛茸茸的大圆脑袋，跟它那双狼眼对视：“如果上次你能发现他身体的异样的话……”

大灰狼不爽：“又不是我把卵扎他身体里的！”

盘犹守更用力地拍它：“如果是的话，就不只是让他来家里住了。也许你会变成他的宠物狗……”

大灰狼气得嗷呜嗷呜冲他狂吼，口水喷了他一脸。

不过最后它还是妥协了。面对盘犹守的时候，它总是会妥协。

也许我真成了他的宠物狗？它悚然想着。

在听说儿子要到朋友家去住，而这个朋友又是盘犹守之后，王飞的父母非常高兴。

他们为什么会这么高兴呢？还是王飞上次“生病”惹的祸。

因为那个果洛沐英在王飞的身体里刺入了卵，这些卵为了生存，不断地从王飞的身体里吸取精气，王飞在毫不知情的情况下成了被寄生的对象，失去精气的身体逐渐无法行动，每日只能昏昏沉沉地蜷缩在家中的沙发上。

而因为在工作中算是有不错交情的詹谷带着盘犹守去看他，由于一些机缘巧合，被盘犹守和大灰狼注意到了他身体的异样，最终打败了邪恶大Boss果洛沐英，从她（和她的卵）手中救回了他。

虽说当时为了解决那件事情，妖怪们毫不留情地弄坏了王飞家的墙壁——来个人看看那个大洞吧上帝啊——不过既然儿子能恢复正常，那王家的父母对这点小事是不太在乎的。

什么？王家父母也知道了妖怪和他之间的事？哎呀呀……既对也不对。

之前王飞说“不记得发生了什么事”，盘犹守也一直没有机会问王飞怎么解释那个大洞的——他根本不敢承认他知道那个洞——后来一切都摊在了明面儿上，他才好奇地问了王飞这个问题。

王飞嘿嘿笑：“我说我当时是被女鬼附身，可又没办法跟他们说。是你和队长想办法救了我，那个大洞就是女鬼逃出去的时候留下的……”

盘犹守眼角下的一小片皮肤无意识地颤动：“你爸妈真信？”

王飞一仰头，自豪地说：“他们总是相信我的！”

连鬼附身这种谎话都说了，你干吗不老老实实说是妖怪干的事呀？盘犹守郁闷地想着，然后闷闷地说：“你爸妈真不错……”

话音未落，王飞又说：“因为他们本来就很信这个，我奶奶在村里的职业是跳大神，八十多岁了还照跳不误，哈哈哈哈……”

盘犹守眼角的皮肤又开始跳起来。

“既然你们有办法对付鬼，那肯定是有能力的人呀，所以我爸妈一听说你邀请我来你家，都高兴得不行，还叮嘱我多学学你们的本事，说不定以后还能帮我奶奶的忙呢！”

王飞的父母认为之前得到盘犹守的帮助，但因为家中一片狼藉，光重新装修就花去了不少时间和精力，没有空好好感谢盘犹守，而这次绝对是个大好机会！

于是当王飞到盘犹守家来住，是开着大卡车来的。

而盘犹守打开门，发现了门外看不到顶的卡车驾驶室，以及车头“解放”标志时，差点面无表情地心脏病发作倒毙当场。

天啊，我只是让他来住，他不会把老家都搬来了吧？盘犹守认认真真地这么想。

当然事情不是那样。

王飞老家的亲戚是开养鸡场的，到城里来做生意顺便看看他们，想带些礼物，鸡蛋在路上容易碎，又舍不得把下蛋的母鸡当礼物，最后就带了十几只公鸡来。

城里又不是乡下，想养多少鸡就养多少，王飞的父母正好听说盘家有前后院——在城市里，这是多么奢华的财产啊——就顺势用亲戚来时开的卡车，连王飞一起送到了盘家。

这就是王飞和这群公鸡都在这里的缘由！

时间回到现在。

王飞看着那根遭到公鸡围攻的人参，问：“不就是个小树丛吗？那个妖怪干吗这么紧张？”

小狐狸气得大眼睛里泪花盈盈：“汝等凡夫俗子怎知此物之妙！此乃千年人参，不日便可化作人形！居然视之为小树丛！孺子不可教！烂泥扶不上墙……”

小狐狸叽里呱啦大骂半天，越到后面用的词汇就越听不太懂，不过好在它精力充沛，嗓门洪亮，至少能从语气中听出它绝对不是在夸他。

王飞求救似的看着盘犹守，盘犹守又有什么办法，只能装看不见。最后被骂得实在受不了了，两个人双双撤退。

大灰狼本来就是要欺负它，所以它怎么骂都不动窝，最多是邪魅一笑，狼牙闪光……

忙着骂人的小狐狸或者逃走的人都没有注意到，遭受公鸡围攻猛啄的“小树丛”正在以自然条件下绝不会有的速度和幅度激烈颤抖。

王飞躺在床上，不知为何怎么也睡不着。

他翻了个身，看见了行军床上的大灰狼，大灰狼居然还没睡，目光灼灼地盯着他。

他不希望给盘家人添麻烦，所以在来的时候带了一个便携式行军床，打算就在盘犹守的屋子里铺开阵地。

盘家父母知道情况后坚决不接受，认为这对客人太不礼貌，在他们有耐力、有精力的坚持下，王飞只得睡在床上，把行军床给盘犹守睡。

谁也没想到的是，大灰狼在一次鸠占鹊巢的行动中，发现了行军床的好——天知道是什么好——只要它在，就整天霸占着行军床不下来。

盘犹守没办法，只得把行军床让给它，自己抱着铺盖卷儿到客厅去睡，也算是把王飞丢给了它照顾，它总不能在王飞出什么事情的时候装聋作哑。

王飞看着大灰狼在夜晚闪闪发光的眼睛，被盯得有些不自在。

“大……大娘，您一直盯着我……有什么事儿吗？”

大灰狼开口了，声音低沉而温和：“不要叫我大娘，那不是你叫的。”

听着如此温和的声音，却仿佛有什么很重的东西砸在了胸口上，王飞的心猛地跳了一下。

大灰狼的目光转向了窗外：“因为有人看着你所以睡不着吗？那我不看你，好好睡吧。”

那么温和的声音，却仿佛在他们之间划出了一条无形的鸿沟，让人感觉到无法言喻的冰冷。

王飞闭上眼睛，眼前却是如同刚刚看过强光一样纷繁缭乱，就像他的心情。

“……其实您就是不希望盘哥在这里，所以才抢占这张床吧？”他闭着眼，低声问。

如果不闭着眼的话，他一定问不出来。大灰狼就像一块冰冷的石头，这样的大灰狼可不像白天时的它那样容易接近。

大灰狼沉默下来，房间里只有细微的呼吸声。

王飞还以为自己问错问题了，闭着眼等着被咬死。

但沉默了一会儿，大灰狼还是开口了，声音很小很小：“这是我们的秘密，不能说哟。”

原来如此。

窗外传来沙沙的声音，就像风吹着树叶，又像是在下雨。声音逐渐呼啦啦地大起来，朝外开的窗户“砰”的一声撞到墙上。

“起风了？”

王飞嘟囔着爬起来，打算去关窗，大灰狼制止了他。

“不要动，没有关系，一会儿就好。”

他乖乖躺下。

外面的声音呼啦啦地响了好一会儿，又逐渐变小，慢慢消失了。

这不是风。

王飞用眼神询问大灰狼，大灰狼没有按他希冀的那样回答，说了声“睡吧”就不再说话。

王飞很快睡着了。

第六章 疼痛

睡到半夜的时候，王飞忽然被肚子的绞痛惊醒。

绞痛非常厉害，他拼命按住腹部，但还是阻止不了那种疼痛，痛得意识都要消失了一般。

电子钟显示的时间是凌晨三点，他不想打扰到其他人，只能忍耐着不发出声音，用尽力气，全身颤抖地按住腹部，想等到天亮以后再说。

那疼痛太剧烈了，他觉得好像忍耐了很久很久的时间，但天还是没有亮，他觉得自己就要无法忍耐了。

就在他觉得自己已经忍耐了一千年，快要忍不住叫出来的时候，他身边的床铺忽然沉了一下，一只爪子搭在他肩头，一双闪亮的狼眼正盯着他瞧。

"不舒服怎么不说话呢？"大灰狼低声说。

它的爪垫冰凉柔软，王飞这才惊觉，自己的汗已经把被褥都浸湿了。但他没有说话，他已经痛得说不出话来了。

大灰狼将按在他肩头的爪子放在了他的腹部，那只爪子上面发出微微的光。

王飞的疼痛就像潮水一样慢慢退了下去，取而代之的，是腹部肌肉中那种难耐的瘙痒，就好像什么东西在里面蠕动一样。

那是已经孵化的幼虫，这个他知道。

刚刚住进盘家的时候，王飞和大灰狼天天都在发愁。

王飞是在愁自己身体里有妖怪。

大灰狼是愁王飞身体里那些卵究竟孵化到了什么程度，究竟在王飞身体的哪个部分。

盘犹守问："大娘你不是有透视的本事吗？上次河边游泳的时候……"

大灰狼哇哇大叫打断他的话。

“那是因为我不能对他用法力呀！”大灰狼生气地说，“你没见那时候我知道他身体里有幼虫也没做探测吗？对怀孕的妖怪使用这种法术会遭到惩罚的！”

王飞反抗：“我不是怀孕的妖怪……”

盘犹守说：“现在就怕那幼虫已经孵化出来了，万一跑到脑子里可怎么得了。”

大灰狼说：“就是说呀！妖怪联盟都是一群老古板！不能因为有一个妖怪用这办法的时候不小心杀死了胎儿，就不允许所有的妖怪用呀！我可是老资格的妖怪！”

盘犹守：“……那还是不要用吧。”尽管是幼虫，也是妖怪的幼虫啊，它们的妈妈还有人类形态，它们自己长大了以后也会有人类形态，杀了它和杀人类的孩子能差多少啊……

他们想了很多种办法，连剖腹的法术都想到了，但都因为王飞的拼死抵抗而作罢。

不管大灰狼怎么劝他说不会痛，他都不相信。

“除了上次被剖腹的事情——反正已经发生过了我也没办法——除了这个之外，我绝对不会再干那事！”

最后还是水婉打破了他们的死脑筋。

刚刚买东西回家的她听到他们的讨论，顺口说了一句：“干吗张口闭口就剖呀剖的，有什么东西先照照X光嘛。”

二人一妖同时静默下来，对哦……可以先照X光嘛。

以前王飞身上的虫子还小，就算照也照不出来，现在那些虫子已经长大了，绝对能看得到。

现在可是高科技时代，他们三个完全是被妖怪的法术蒙蔽了眼睛，忘了人类也拥有比魔法还神奇的科技产业，张口闭口都是剖来剖去的，太没有技术含量了。

“X线对妖怪幼虫有没有不好的影响？”王飞问。

注意到他的问题的盘犹守和大灰狼互相对视一眼，大灰狼回答：“在这个方面妖怪和人类一样都是生物，少照一点不会有事的。”

他们给王飞弄了个假名，找了个比较偏远的医院，在那里给他照了个全方位的全身X光片。

结果是，王飞身体里的幼虫有两只，都在他的胃部附近，卵壳已经消融了，小小的幼虫身体弯曲如S形，尾巴就在他的胃部吸附着。

所幸医生没看出来那是妖怪幼虫，而以为那是什么异物，语重心长地告诉他一定要做手术把那玩意儿取出来看看究竟是个啥东西。一听手术二字，王飞转眼就逃走了。

又过了一段时间以后，他就觉得腹部隐隐作痛，就在那两个小幼虫吸附的部位。因为疼痛实在太轻，他觉得没有必要跟别人说，而且每次疼痛都在半夜，到了白天他就忘了。

直到今天疼痛才突然变得如此剧烈，他还以为会像以前那样很快就消失，想不到过了这么久还没有缓解的迹象。

大灰狼那只爪子还放在他的腹部，光芒逐渐淡下来，腹部的疼痛已经完全消失了。

“我不是告诉过你吗……”大灰狼用那双在夜晚显得特别明亮的眼睛盯着他说，“这两个小的之所以没有听从果洛沐英的呼唤离开你，是因为它们太依赖你身体的精气——这是非常特殊的情况——所以它们强制打开卵泡，吸附在你的内脏上。上次没有这么疼，是因为它们还没有孵化，现在，在没有其他竞争者的情况下，它们就可以肆无忌惮地行动了。一次性被吸取太多精气的你，一定会死在它们手里。我说的你都忘了？”

王飞不得不躲避它的目光，嗫嚅道：“我以为很快就会过去……”

大灰狼沉默了一会儿，又说：“你是不是害怕我隔断你和它们的精气联系，它们就会死？”

王飞慌乱起来：“没那样的事，只是以前不太疼……”

大灰狼温和地打断他：“妖怪也有妖怪的行事准则。妖怪界对于幼儿的保护比你想象的还要多，那不是我能逾越的，请你放心。”

王飞闭上了嘴，头埋在枕头里。

大灰狼说得没错，他就是有这种想法。以前他并不知道自己身体里有那么多卵，等他知道了，那些卵也变成幼虫离开了，所以他没有什么感觉。但是这一次，他是在明明白白的情况下知道了身体里遗留的那两个小家伙，当他看到X光片上两个白色弯曲的小小物体时——当他看到它们时，他心中忽然就有了一种无法言喻的感觉。

“……我知道这种感觉不对，它们和我又没有关系，它们只不过是我身体里的寄生虫，但是……”

但是大灰狼说过，它们是靠他的精气过活的，它隔断了他和它们之间的精气联系，它们难道不会死吗？

一只爪子搭在他的胳膊上，轻轻地拍了拍。

"没有关系……"大灰狼说，"这是很正常的事，因为你现在是怀孕的妖怪呀。"

他气得推了大灰狼一把，大灰狼一骨碌翻了下去。

当盘犹守被房间里的杂音惊醒，跑来看的时候，发现大灰狼正像那时候和果洛沐英打斗时一样，后肢坐在地上，前爪和床上的王飞前手……不，手，噼里啪啦噼里啪啦地对打……当然，速度比那时慢了不少。

"你们这是联络感情呢？"被惊醒而满肚子不高兴的盘犹守问。

大灰狼冲他龇牙一笑："嗯，联络感情！"

盘犹守叹气摇头，转身回他的客厅，顺手把他们的房间门关上。

"你们慢慢闹吧。"他说，然后在沙发上倒头就睡。

盘犹守刚刚闭上眼睛，还没来得及看见周公的胡子，就有一个物体猛冲进来，跳跃着狠狠坐在他的脸上。

"有贼人！有贼人！有贼人！"尖厉的声音在他的上方响起。

盘犹守把小狐狸从脸上使劲抓下来，心想自己的肝脏今天真是承受了不少的压力啊！

"怎么了？有贼就去抓啊。"他不耐烦地说。

小狐狸用力扒住他胸口的衣服，大眼睛里水光闪烁："汝定要听小生申冤！有贼人！有贼人啊！"

盘犹守心想：我家有这么多妖怪守着，还来贼人，简直天方夜谭。

"你不是妖怪吗，有贼就去抓啊，难道你抓不到？"

小狐狸在他手中四爪乱挥："小生怎知贼往何处！乃是吾家宝贝人参不见踪影！经小生猜测，必然有贼人出没才致如此！"

也就是说，它抓不到贼，所以来求救了。

盘犹守无力："你一个妖怪都找不到贼，我一个人类又能怎样？人类要是有办法，这世界上的盗窃案都不会发生啦。"

小狐狸眼中的光芒黯淡了，过一会儿又亮了起来："小生准你报警！"

盘犹守脑袋上挂下几条黑线，什么叫准他报警？就算他报警了有什么用？怎么跟警察说？就说他家种的一棵快化作人形的人参不见啦，快帮他找找？

……对了，化作人形。

他坐起来，顺手把狐狸扔在沙发上，算作刚才打扰他睡觉的小小报复。

他一出门，发现大灰狼也正从他房间走出来，一人一妖对视了一眼，默契地走到了后院。

王飞也从卧室里探出头来，小心翼翼地跟在后面。

小狐狸从沙发上敏捷地跳起来，向门口飞扑，结果一头撞到王飞的脚下，让他在尾巴上狠狠地踩了一脚，它惨叫起来。

默契地向后院进发的一人一妖同样默契地忽视身后的惨叫。

他们到了后院一看，正如他们所料，原本有人参的地方，现在原地是个坑，坑边的土都向外掀着。

盘犹守仔细看了看那土，方向全部都是朝外的，连一点被挖掘的迹象都没有，不像被偷走的，反倒像是那人参从里面硬跳出来的。

哎呀呀……人参不会真的是变成人跑了吧？

大灰狼看了一眼土，没再仔细端详，就跳到老槐树上，用爪子推醒盘在上面睡觉的七曲蛇君。

“老蛇！老蛇！”它叫道。

七曲蛇君勉强睁开一只眼睛。

“人参呢？”大灰狼问。

“又不是我的人参。”七曲蛇君回答。

大灰狼无言以对，跳回盘犹守身边，望着被王飞抱出来、正呼天抢地的小狐狸。

“吾的人参呀！吾的人参呀！该死的贼人莫要让吾亲手抓住，否则碎尸万段亦不能解吾心中之恨！吾的人参呀！吾的人参呀！该死的贼人莫要让吾亲手抓住……”

实在听得不耐烦，大灰狼怒吼一声：“别叫了！”

小狐狸乖乖闭嘴。

“你的人参已经化作人形啦！”大灰狼继续怒吼。

小狐狸的眼睛瞪得跟灯笼一样：“当真？”

大灰狼气得真想挠它：“这种事真不真你这个看守人难道不知道吗！这边土都是外翻的，那边的鸡——”角落里那群萎靡不振似乎只是有点瞌睡，但从它们都被拔光了毛以至于变成了裸体鸡的情况来看，那根本就是被报复了而已，“难道你就没有看见它们那副倒霉样子吗？”

小狐狸瞪眼看着那些白天还雄赳赳气昂昂而现在则隐藏在黑暗里似乎快要自杀以谢天下的倒霉公鸡们，终于看出了点门道。

“汝话中之意，乃是它们皆被人参所害？”

“否则难道是我干的？！”

“亦有可能！”小狐狸眼珠子一转，爪子一挥，语气断然得让人想拽光它的毛。

而大灰狼也遵从自己的想法这么做了。

盘犹守示意王飞把手中惨叫得跟鸡一样的小狐狸扔给大灰狼，两个人进了房间，关门落锁。

“让它们打去吧，反正它们早上不上班。”盘犹守冷冷地说。

他们谁也没有发现，前门的窗外有一蓬绿草瑟瑟地抖着，悄悄离去。

第七章　凶手是?

第二天下班，盘犰守正在路上走着，水婉的电话就追过来了。

“公鸡少了两只。”水婉说。

“……咱们家正好有狼和狐狸在。”他回答。鸡待在狼和狐狸嘴边儿，直到现在还没被吃才是奇迹。

“不是……”水婉认真地说，“我检查了，它俩嘴上、爪子上都没有毛和血，不是它们。”

“那就奇怪了……”他抬眼发现旁边的王飞一脸好奇地盯着他的手机，似乎也想知道一下他的讨论议题，“昨晚七曲蛇君值班，难道是……”

电话里传来大灰狼的鬼哭狼嚎：“七曲蛇君可是一族的族长！想吃什么没有！完全没有必要偷你的鸡啊！”

盘犰守想想也是，但家里除了这几只妖怪之外就是那根人参了，人参是不可能，人类的话……他看看王飞，立刻打消了这种荒唐的念头。王飞又不是妖怪，难道还会生吃那些倒霉的公鸡吗?

左猜也不是，右猜也不是，难道是公鸡自己飞出去了？那也不可能吧，它们昨晚都被那个刚刚发育成人形的人参拔得跟烧鸡一样，想飞也飞不出去呀。

话说回来……他们昨晚的小小侦探活动被大灰狼和小狐狸给打断了，之后也把找人参的事情给忘了，那人参究竟跑哪儿去了呢?

他可以确定的是，新生的妖怪肯定是不会飞的（那只气猫是个例外，谁也没想到它会想办法吸食那么多的电力），他们进出门的时候也没有什么东西跟着窜出来，也就是说，它还在他们家里。

盘犰守和王飞回了家，吃过饭，两个人又欣赏了一下大灰狼和小狐狸流氓般扭打的精彩画面，才各自去睡觉。

王飞睡到半夜，觉得脸上痒痒的，就伸手去挠，可能伸出指头的时候方位有点不对，只听见细细的“啊呀”一声，他的手上一湿，似乎手指不小心撕下了什么东西。

他猛地惊醒，跳起来拉开灯，低头一看，手上抓着一片椭圆形的绿色叶子，叶子的根柄处有一摊带点红又带点绿的黏稠液体，正从他手上往下滴。

他赶紧去抓纸巾，大灰狼却突然叫道：“快吃了！快吃了！”

那些液体马上就要滴落到床上，他来不及想，一口就连液体带叶子都送到了嘴里。

令人惊奇的是，那叶子入口即化，他本来还迷迷糊糊地想这到底是什么玩意儿，那叶子已经化作了水，从他的咽喉自动滑了下去。

直到那东西入了肚子，他才发现了自己的莽撞——他到底吃的是什么玩意儿啊！

他趴在床边狂抠自己的咽喉，妄图把已经入腹的东西都吐出来。

大灰狼用后爪挠挠肚子，事不关己地淡淡说：“不要吐了，没用的，那玩意儿一进肚子立马就吸收啦。”

王飞脸都绿了，默默地看着它。

它像人一样耸肩：“肯定是好东西，否则我会让你吃吗？”

王飞满脸茫然：“那到底是……”

“残枝。”大灰狼回答。

它的残枝在王飞耳中却听作了“残肢”，他险些昏过去。

“残——”他吃了妖怪的残肢！

大灰狼看他魂飞魄散的样子，叹了口气：“不是你想的那个残肢，你刚才拔了那个人参脑袋上的草，是它生长在地面上的部分树枝。”

王飞稍微松了口气，脑袋终于开始正常运转，这才发现：“……啊，这么说，我是吃了那个百年老人参的一部分？”那果然是好东西！这么说以后也许他就像吃了唐僧肉一样不老不死……他的眼睛瞬间亮了起来。

大灰狼表情抽搐，打断他不实的想象：“喂喂，不要把神话小说里的破玩意儿拿到现实生活中来。只是吃了那倒霉蛋的一部分而已，最多对你身体里的幼虫有点帮助，想成仙是绝对没可能的。”

王飞依旧充满希望：“不成仙也没关系。”

“其他的也没可能！”大灰狼断然说。玄幻小说之类说的吃了人参就成武林高手之类的，它也不是没看过。

王飞的脸色黯淡下来，他垂头丧气，就快要趴到地上去了。

大灰狼放软了口气，平静地对他说："之前我一直没有机会告诉你，你身体里的幼虫究竟会长成什么样子，我是不知道的。"

"你是说，它们会变成怪物！"王飞说。

大灰狼盯着他，一直盯到他不敢出声。

"我的意思是，也许它们会长得很大，也许这么小就能出生，谁知道呢？可是以你一个人类的身体，如果它们长得太大，将会猛烈地吸取你身体里的精气，以你自身产生的精气来说，是扛不住它们争抢的。"

"我会死吗？"

"你不会死……"大灰狼用肯定的语气回答，"因为你现在吃了那个人参的一部分。"

"也就是说……"王飞用怪异的表情看着它，"如果我没有凑巧吃到的话，你是不会告诉我的。"

"对。因为强迫它把自己的一部分给你是违反规定的，只能看你运气如何了。"

王飞静默了一会儿，又问："如果我一直没有吃到，以至于最后死掉……即使这样，你也不会告诉盘哥？"

大灰狼淡淡回答："没有必要让他担心。"

王飞点了点头："我明白了。"在它眼中，除了盘狁守是人之外，其他的人都不是人，当然也不是妖怪，什么也不是。

当然，对于这个，他也没什么好伤心的，反正他和这个妖怪乃至盘哥这一家都没有关系，只是那些人类比较善良，而这个妖怪太冷漠罢了。

他关了灯，躺下，在黑暗中望着从刚才起就一直趴在行军床上没有动的大灰狼。

"我想知道……你这么关心盘哥……是因为你们认识了很多年吗？"

大灰狼沉默，沉默了许久。

就在王飞以为它绝对不会开口回答的时候，它开口了。

"谁在这里都是一样的。"它轻轻回答。

这个回答就和没有说一样，因为他完全不明白它在说什么。

而如果盘狁守在的话，他说不定马上就会知道了。

不过……

当然，他永远也不会知道。

“不要告诉小盘子。”大灰狼说。

王飞嗯了一声。他知道自己不会说的，这是别人的事，他再好奇，也不会变成自己的事。

然而他毫无理由地同情起盘犸守来了。

第二天，王飞和盘犸守一起上班的时候，盘犸守看着他的脸，那表情就好像被什么东西惊到了一样——虽然盘犸守没有表情的脸上看不出什么，但他总觉得好像能感觉到。

盘犸守说话了，声音中果然带着惊奇：“你今天气色真好。”

王飞很高兴地在公交车车窗上照照自己的脸，虽然看不出来，但是心理作用还是很强大的，他觉得自己今天十分英俊潇洒。

他把昨晚的事情一五一十地跟盘犸守说了，当然隐瞒了大灰狼不让说的部分。

盘犸守也很惊奇，小狐狸天天到处去寻找那个倒霉的人参，原来那东西其实就在家里，而且就在王飞身边晃！

王飞又说起前段时间老是听到有什么东西在窗户外面弄出窸窸窣窣的动静，奇怪的是昨晚没听到……

盘犸守心想：是啊，因为那玩意儿跑到房间里来了嘛……

这样说来的话，难道是那个人参不知什么原因，很喜欢王飞？

这个想法也很有道理，因为这个倒霉孩子已经拥有过两个老妖怪的“爱”了（蜾蠃和黑熊——虽然是误会），身体里还留着两个不愿意走的小妖怪（蜾蠃幼虫），就算再多一个妖怪喜欢也没什么嘛。

当然，即使盘犸守心里这么想，嘴上也不能说出来，谁知道王飞会不会因此从窗口跳出去呢？

已经是初夏，许多花都开了，保安公司的院子里也开了星星点点的花。

盘犸守和王飞走到公司院子里，刚走到花坛旁边，王飞发现自己的鞋带散开了，就蹲下去系。盘犸守站在他身旁等着，和他聊着天。

聊了没几句，盘犸守注意到花坛里所有的花好像约好的一样，都朝向同一个方向，他随口就跟王飞说：“你看，花都朝向一个方向，不知道是谁种的，真厉害。”

王飞低头回道：“那怎么可能，除非是向日葵。要么是谁恶作剧……”

他站起来一看，也讶异了一下。那些花都整整齐齐地朝向同一个方向，就好像被谁扭成了这样，加上花圃里的花种得都非常整齐，以至于这些花看起来就像一群昂首挺胸、亟待检阅的士兵。

“……谁这么有才，太厉害了吧……”

“这么整齐的花圃还真是头一次见到。”

“是外星人干的吧？”

“……你睡醒了吗？”

两个人一边赞叹着，一边就要往楼里走，盘犹守的眼睛一直望着花圃，他们刚走出几步，他就突然叫道：“停下。”

王飞停下，莫名其妙地看着他。

盘犹守示意王飞看看花圃。

王飞转头看花圃，花儿们依然很整齐地面向同一个方向。

“怎么了？”

盘犹守说：“你走两步看看。”

王飞走了两步，然后又退了两步，终于发现是什么问题了……

他指着花圃里的花，眼珠子都要瞪出来了：“这些花……脑袋都在跟着我转啊！”

是的，无论他走到什么方向，那些花儿都在跟着他转来转去，而且就像训练有素的士兵一样，不管是什么品种的花，都转得非常整齐，连扭转的动作都是一模一样的。

“又有妖怪啊！”王飞向后飞速退了足有二十米。

盘犹守脱下手套，用左手在那些花上面拂了拂，没有任何感觉。

“不是妖怪。”盘犹守说。

“那它们是自个儿喜欢跟着我的？！”王飞大叫。

盘犹守无语。这个的确没办法解释……

不过现在不是解释这个的时候，他们两个纠结了一会儿，发现盘犹守快迟到了，不得不把这个问题放到一边，各自上班去了。

盘犹守早上的事情办完了，给家里打了个电话，又去找王飞。

彼时的王飞正对着办公室里的一盆茉莉花发呆。三四朵小茉莉花的花朵正对着他的脸，他歪歪头，花朵也齐刷刷地歪了歪。

同办公室的老头子一遍又一遍高呼“神奇啊”。

王飞的表情看不清楚，不过从嘴角的倾斜度来看，他似乎乐在其中。

盘犺守对他这种反应真是没什么话好说了。

“王飞，出来一下。”

王飞本来想继续显摆，不过看看盘犺守的脸色——虽然啥也看不出来——乖乖地出来了。

“盘哥。”他兴高采烈地叫。

盘犺守本来想跟王飞说一下别这么显眼，但看他这种表情，盘犺守什么话也不想说了。

盘犺守叹了口气：“我刚才给大娘打了个电话……”

王飞惊奇：“它也会打电话？”

盘犺守：“……你说呢？”要不是不能在上班期间跟在他旁边，大灰狼才不想整天待在家里呢！还打电话！它的爪子拿电话很不方便的！要不是为了帮盘犺守的朋友——它傻呀！

王飞点头哈腰：“对不起盘哥，是我错了！请您继续！”

盘犺守打电话回家，大灰狼听了情况，都快笑死了。

“原来是这样！原来是这样！好多年没跟它们接触，原来还会这样！我都忘了！哈哈哈哈哈……”

问题在哪儿呢？

对了，就在果洛沐英的那两条幼虫身上！

第八章　内分泌

大家都知道，蜜蜂可以给花授粉。在这个授粉的过程中，花会影响蜜蜂，蜜蜂也会影响花。就好像不同种类的花会让蜜蜂产出不同的蜜，而蜜蜂在授粉的过程中，也会挑选它喜欢的花的味道，在千万年的进化中，花也在为了蜜蜂而改变自己。

成为妖怪的蜾蠃也是蜂类，那些花的本能其实只是等待蜂的到来，但由于妖气的影响，就好像平时蛋糕只是等着人把它吃掉，今天却发现这个人诱惑力很大很大，急着跳出去让人吃掉。

问题是花本身是植物，不可能跳出去说“来吃我”，于是最大的反应就是如此，伸个脑袋意思一下。

顺便一说，蜾蠃有食肉和食蜜两种，既然能影响到花，看来果洛沐英是食蜜的。

“原来是它们影响的……”王飞无奈摇头。

“它们对你的影响不止如此。”盘犺守说。

“还不止！”王飞惨叫。

办公室里的老头探头：“什么杀必死？！”

“没那回事。”盘犺守和王飞同时回答。

老头把头缩回去了。

而那两只幼虫对王飞的另一个重要的影响是，毒素。

幼虫外面的卵泡破了，而作为寄生虫，卵泡液体中总是含有一定的麻醉剂，这样的麻醉剂在被寄生的虫子身上的表现是嗜睡，一直睡到死为止。

“我没有瞌睡。”王飞说。

盘犺守说：“你上次睡了。”

说得没错，上次他睡得连自己是谁都快不记得了。

“不过我这次没睡。”

“所以有别的影响。”

说完这句以后盘犹守就不说话了，他用很奇怪的目光看着王飞。

“……你的眼神很奇怪。”王飞下结论。

盘犹守没有正面回答王飞的话。他踌躇了一会儿，才犹犹豫豫地说道：“你知道，人类的情绪，有很大一部分都受到内分泌的影响。”

“你在科普吗？”

“……”盘犹守一脸不知道该怎么继续说下去的表情。

“对不起盘哥，您继续。”

盘犹守继续说：“……就因为这样，所以，一些激素可以影响人的情绪。”

“如果盘哥你的意思又是关于‘怀孕的妖怪’，那您就不必说了。”

盘犹守再次无语。

王飞马上发现了自己的错误，对盘犹守鞠躬：“我错了！我再也不会打扰您了！请您继续！”

盘犹守累死了，懒得再跟他说那么多，很快地用最简单的话说明了他的问题：“总之我的意思就是，你身上的虫子会分泌一种类似于孕激素一样的东西，让你的精神就像一个真正怀孕的女人，万一有什么问题，你一定会为了你身上的虫子和任何人为敌。”

王飞终于听懂了，他呆愣了一会儿，忽然撕心裂肺地大叫：“你的意思是，我成了它们的妈！还心甘情愿！”

楼上楼下许多人从房间里探出头来看这边，王飞无地自容，赶紧拉着盘犹守到楼梯口，躲到别人都看不到的地方，悄悄问：“有什么办法能解决这个问题？”

盘犹守回答：“等它们出生就好了。”

王飞松了口气，不过这口气还没吸回来就堵住了。

因为盘犹守又说了：“但是大娘说，不能等这两条虫子自然出生，那样的话它们一定会吸尽你的精气才会主动出来，所以我们必须想办法让它们提前出生。”

王飞心急地问：“那用什么办法？”

“现在不行，我们只能等它们长大一些，现在这个状态，又没有母体在旁，它们一定会死。”

王飞同意地点头，他一开始就没有想过要杀这些小妖怪，它们出现在他身体里又不是它们造成的，那完全是它们那没脑袋的母亲和呆瓜父亲的错！

"那它们什么时候才能出生呢？"

"一个月以后，那时候天气也比现在暖和，适合它们生长。那个时候差不多就可以了。大娘找到了办法让它们出生。"

王飞想了想，有点不明白地问："既然事情这么顺利，那为什么你会这么严肃呢？"

盘犺守从刚开始脸就绷得紧紧的，没有什么表情的脸上仿佛蒙着一层坚冰。

盘犺守看着王飞，抿了抿嘴唇，张口，又闭口，再张口，才慢慢说道："我告诉你这两件事，是因为它们是互相影响的。"

王飞问："什么意思？"

盘犺守说："意思就是……当我们想要提前把小家伙弄出来的时候，无论你的理智是否同意，你身体里的激素都不会同意。"

王飞又问："那又是什么意思？"

"嗯……简单来说，就是那时候你一定会激烈反抗。"

王飞终于明白了，他突然转身，撒腿就往楼下跑。

盘犺守从口袋里掏出一块石头，扬手扔了出去，正中王飞的后脑勺。王飞咣当咣当从楼上摔了下去，趴在两层楼梯之间的平台上。

一袭清风从盘犺守的身边拂过，在他的脚边化作一个银白色的庞大身影。

盘犺守呼出一口长长的气，说："我们这样做，似乎太过分了。"

大灰狼踱步过去，冷笑道："有什么过分的！现在不赶紧出手，真到一个月以后，别说什么牛皮绳了，就算是我也控制不住他，你明白不？"

"我这样对他……难道他不会死吗？"盘犺守担心地问。

大灰狼嗤笑一声，用爪子拨了拨那块石头，石头上的紫色的朦胧咒痕逐渐消失。它说："这可是我从妖怪界买回来的好东西，专门袭击怀孕的女妖怪的。"

盘犺守的额头流下一滴冷汗："什么叫专门袭击怀孕的女妖怪……这种东西都能合法买卖吗？你是从黑市上买的吧？"

"胡说八道！我是那种妖怪吗！"大灰狼神气地抖抖身上的毛，以声明有如此美貌的自己怎么可能做那种事，"和蜾蠃一样，幼虫会分泌那种麻烦激素的种族有很多，但能像果洛沐英一样控制得住的毕竟是少数——其实我觉得她也没太控制住，否则干吗不顾一切地把卵注入王飞的身体里去？——那些妖怪总是得需要点办法控制自己为了孩子就不要命，甚至去抢劫、放火、打架、杀人的老婆的冲动，所以才会出现这种东西。这是妖怪界最有名的咒工作坊制造的定心石，击中怀孕的妖怪以后不会造成伤害，只会让那妖怪昏迷，然后发出一定的咒波保证那个妖怪安全着地。所以我告诉你，不用担心，不要管是什么情况，只要把它扔出去就好了。”

“有了这个东西，你们都不怕不法分子袭击怀孕的女妖怪？”

大灰狼反驳：“你以为妖怪都跟你们地球人似的？”

盘犰守无言以对。

当王飞醒过来的时候，已经是晚上了。他睁开眼睛，看见了破旧的天花板，发现自己又回到了盘犰守的房间，躺在行军床上，被捆得跟粽子一样。

他低头看看，用来捆他的东西是看起来就很结实的牛皮绳，一层一层的，绕了一圈又一圈。他用力挣扎，行军床都哐当哐当乱晃了，他身上的牛皮绳却是一点反应也没有。

盘犰守坐在书桌前，正在上网，听到了身后的声音，转过身来向他微微一笑：“你醒了。”

“盘哥？”王飞惊讶极了，“这是出了什么事？把我捆成这样干什么呀？”

盘犰守微笑：“对不起……”

王飞想了想，突然想起了他昏迷之前的事情。他开始拼命挣扎起来，行军床“哐当哐当”……终于“砰”的一声，他成功地把行军床给弄翻了。王飞哎呀哎呀地惨叫。

盘犰守赶紧跑到他身边，想要帮他起来，但一张行军床再加一个成年男性的体重，盘犰守又不是武林高手，怎么弄得起来。盘犰守好不容易扶起来一点，床又翻倒下去，幸亏没压到王飞，不然这会儿他的身体非出问题不可。

两个人正忙乎——一个忙着逃出去，一个忙着扶床，大灰狼进来了。

王飞听见一阵叽里咕噜的声音就抬起头，结果看见了他这辈子可能都不会再看到的奇异景象——

大灰狼，依然是狼形，后爪直立，一只前爪抱着本书，另外一只前爪在空中挥舞，狼嘴里念叨着一堆听不懂的东西，慢慢走了进来。

“蒲鲁鲁卡，啪唧啪卡罗西怕怕……不对……破几怕卡……蒲鲁卡……该死……”大灰狼看起来十分烦躁，从书下方的缝隙里看到王飞被捆在行军床上又倒在地上的情景，却好像没有看到一样，从他们身边走了过去，“为基拉卡萨其瓦嘛毛里要德萨的抗蒲鲁鲁卡破啪唧卡罗破几怕……该死！谁发明的破咒语！”

盘犹守也是头一回观赏到大灰狼骂脏话的情景，目瞪口呆地看着它过去，好一会儿才想起来叫它：“大娘，帮个忙吧，床倒了，我扶不起来……”

大灰狼漠然地看了他们一眼，继续埋首书中，装作什么也没有看见。

它一定很讨厌我……王飞凄惨地想。

“盘哥……”王飞可怜兮兮地看着要扶他——他的床——起来的盘犹守，“能不能帮个忙……把我松开……”

“不行。”盘犹守断然拒绝。

要不是被绑得结实，王飞就要跳起来了：“盘哥你怎么能这样！你绑着我干吗呀！我又没钱！”

“我们不要你的钱。”盘犹守面无表情地说，“大娘需要你这个样子，直到把那两条小虫子弄出来为止。”

王飞尖叫：“你不是说那是一个月以后的事吗！”

“我骗你的。”盘犹守说。

王飞：“……”盘犹守这么迅速地肯定了自己的无耻，反而让他没法发作了。

“大娘，还没好吗？”盘犹守转头问。

大灰狼“啪唧”一声把书扔到地下，又用后爪跺了几脚。

“这破玩意儿谁能念得出来！”它嚎叫。

盘犹守马上过去，卖力地用手顺它的毛。大灰狼紧绷的身子终于放松下来，哼哼唧唧地叹气。

“大娘，你还是冷静一点吧……我记得那本书的赔偿价格好像不低……”盘犹守抚摩着它说。

大灰狼“唰”的一声用前爪把书捧起来，长嘴吹呀吹，又用爪子拍呀拍，不过书上一个大大的狼爪印还是拍不掉。

“完了完了！”大灰狼暴怒地扔掉了书，不过这回扔到了盘犹守的床上，然后指着无辜的王飞叫，“都是你的错！”

“不是我的错！”王飞也叫。

“和他没关系。”盘犰守抚摩它。

二人一妖吵得不可开交，不过谁也听不见别人到底在说什么。

水婉端着一碗面条走了进来，王飞看见她就好像看到了救星一样，扯着嗓门大叫：“阿姨！阿姨！快救救我！盘哥他们好像有点不正常了呀！”

水婉走到他的面前，蹲下身。

王飞几乎已经看见了胜利的曙光：“阿姨阿姨！这个绳子只要用剪刀剪断就可以……”

水婉微笑，一只手捧碗，另一只手拿筷子，挑起一筷子面，夹到他的面前：“男孩子就是粗心，都忘了你没吃饭……来，阿姨喂你。”

王飞顿时落下了一脸的眼泪鼻涕。这一家人……这一家人……是不是有毛病啊!

“阿姨你都没注意我被绑着吗？！”

水婉脸上的微笑丝毫未变：“啊……是呀，等取出你身体里的虫子就好啦。”

王飞尖叫：“我不要——”

水婉说：“没有关系，你的理智还没恢复呢。先吃了这碗面吧。”

“就算要取，能不能先把我放开！”这才是重点！他又不是不合作！这身体还是他的呀！哪里乱动过呀！先放了他再谈其他的事情难道不好吗？这么捆着他真是让他脆弱的内心惊恐不已啊……

水婉还是没有理他，坚定地举着筷子：“来，吃一口，不然你可没有力气生孩子呀……”

听到“生孩子”这个词，王飞翻了个白眼，昏了过去。

盘犰守无语地看着自己的妈：“……您非要用那种会刺激到他的词吗？”

水婉很无辜：“那本来就是真话呀。”

盘犰守：“……”

大灰狼根本没看这边，它又抱着那本该死的书，念着“蒲鲁鲁卡破啪唧卡罗破几怕”之类听不懂的词。

第九章 人参

王飞再次醒来的时候，眼前一片黑暗。

他本来还以为自己的眼睛出了问题，用力眨眨眼睛，又一扭头，才发现还能看见从窗外透进来的小半个月亮。

他稍微动了动，注意到自己依然被捆在那张行军床上，旁边盘犰守的床上睡着两个影子，其中一个又是磨牙又是打呼噜，声音很耳熟，应该是大灰狼。

他再度挣扎，身上的牛皮绳子依然像记忆中的一样，一动不动。他在心里长叹一声，放弃了挣扎。

其实……盘犰守和大灰狼说的东西他都明白，身体里的这两条小虫子一定要提前取出来的理由也很清楚，然而一旦脑子意识到要那么做，想法就突然变了，他甚至觉得这些小虫子不待在他身体里他才活不下去，那些想要把虫子取出来的人都不是人，都是应该避而远之的怪物……

也许这就是盘犰守说过的，寄生虫的身体制造的激素问题。

难道他就要这样拼命挣扎，直到取出那些小虫子为止吗？那小虫子到底什么时候才能取出来啊……不……怎么能让他们轻易取出来！那两条小虫子是他可爱的孩子！怎么能让那个凶残的妖怪随便弄走！

他再度开始挣扎，不过在挣了几下之后，他突然发现窗户外的那小半个月亮不见了。

他稍微扭了扭脑袋，小半个月亮从一片锯齿状的东西后面滑了出来。他把头扭回原位，月亮又不见了。

他猛地转过头去，正好撞上了一双明亮的大圆眼睛。

想了想，他骤然大叫起来。

盘犰守和大灰狼像被什么东西扎到了一样从床上跳起，盘犰守的手慌乱地去摸台灯的开关，但一时急躁怎么也摸不到。

大灰狼跳到床脚，用爪子拨开了吊灯的开关。

尖叫声仍未停止，不过这回已经不是王飞的尖叫声了。

在吊灯刺目的光芒下可以看到，王飞的嘴正咬着一蓬类似草的东西——所以他没空喊叫，而尖叫声就是那蓬草的下方发出来的。

准确点说，是草下面的那个孩子发出来的。

盘犹守目瞪口呆地看着那个光溜溜、圆乎乎、白生生、粉嫩嫩的，看起来完全是一只……不，是一个人类婴儿的孩子。那真的完全就是一个人类的孩子，除了它脑袋上长着一蓬草。而那蓬草，正被王飞咬在嘴里。

那孩子尖叫个没完，王飞看不到草下面到底是个啥玩意儿，咬着不放，他们两个算是较上劲了。

盘犹守的父母原本练就了无视大法，一般小打小闹的声响根本入不了他们的耳，不过今天这孩子的尖叫简直就像汽笛，甚至都不用换气的，最终还是把他们打败了。

眼泡乌黑的老盘子和水婉趴在盘犹守卧室门口，看着屋里的人……和妖怪。

“你们从哪儿弄来的孩子？”老盘子问。

“要给人家送回去呀。”水婉说。

这对父母说完，转身离去。

他们如此淡然的表现让王飞无比惊异，嘴上松了点，脑袋上长了一蓬草的婴儿哇哇地哭着，从他的嘴里挣脱了出来，趴在床上哭得肝肠寸断，还企图用一双短胖的手去摸脑袋上的草，不过他的手实在太短了，只能摸到自己的大头，根本连草根子都碰不到。

“你们好过分！”小婴儿哭着控诉，小腿乱蹬，所有人都看见了，他是个男孩子……“我只不过是闻到香香的味道！想闻闻！你们就欺负我！拔了我的叶子！还咬我的根子……”

王飞脸都绿了：“谁咬你的根子！”

婴儿指着大脑袋上草根部的牙印：“这不是你咬的吗！”

王飞支吾：“那不是根子……”

“那是我的草根子！哇——”

孩子哭得太可怜，盘犹守于心不忍，下床将孩子抱了起来。孩子在他怀里拼命挣扎，差点掉到地上。

大灰狼不耐烦地拍了拍床头，吼道：“给我住口！别在那儿装纯洁啦！”

盘犰守和王飞一起责备它：“大娘（老狼），你怎么能这样对待一个孩子呢？”

大灰狼气得发抖，用爪子猛拍床头：“这个死孩子有什么好，你们这么偏向他！该死的小人参一出生就跑得不见踪影，还吃鸡！谁知道下一步吃不吃人！”

大灰狼话音未落，一个火红色的小身影就从门口飞扑进来。

“吾的人参哇——”

头上长草的小婴儿突然停止了哭泣，捏紧小拳头，一拳将飞扑过来的小狐狸打飞出去。小狐狸嗷嗷叫着，消失在对面的客厅里。

“早在化作人形之前我就想这么干了！啰唆狐狸！”婴儿得意地晃晃肉肉的小拳头，说。

盘犰守和王飞呆住了。

“我早就说过这死孩子不是什么好东西！”大灰狼一爪将婴儿拍到了床上。

那胖婴儿又开始号叫。

盘犰守努力阻挡想要掐死那孩子的大灰狼，那孩子一边号哭，一边趁机爬到了王飞的腹部，仿佛很爽似的趴在那里，也不叫了。

盘犰守抱着大灰狼的粗脖子把它按在床上，注意到房间里突然降临的寂静，回头一看，孩子用胖得像轮胎一样的小胳膊小腿扒在王飞的肚子上，脸上露出无比幸福的纯真笑容。

“……他好像真的很喜欢王飞。”盘犰守说。

大灰狼嘿嘿笑：“什么喜欢王飞，他喜欢的是王飞身体里的那两条虫子。”

王飞看着趴在自己身上流口水的小家伙，心里不期然地出现了一点点异样的感觉。

“人参和蜜蜂……人参又没开花，那蜜蜂也还只是虫子，它们之间有什么关系？”王飞轻声问。

大灰狼用力从盘犰守的怀抱中挣脱出来，抖抖身上松软的毛，说：“其实没有什么关系……但是毕竟有一些身为共生生物的本能亲善，在成为妖怪以后，这种亲善会变得更加强烈，结果……结果就是你看到的这样了。”

王飞愣了一下，又问：“那我……我和这孩子有什么关系？为什么我觉得对他有种熟悉的感觉呢？以前它还种在土里的时候我可一点感觉也没有。”

大灰狼说："那是当然的，因为那个时候它还没有长成完全体。而你现在身体里有虫子的激素，它让你对这些小虫子的感觉感同身受。"

王飞终于明白了，原来不管怎样，倒霉的都是他，而始作俑者都是那两条小小的虫子！

一个暗红的身影又从黑暗的客厅冲了进来。

"吾的人参哇——"

大灰狼及时跳到门口，一爪子将小狐狸又拍回了客厅，然后迅速施了一个禁锢术，用后爪把门"咣当"关上。

"这下就好了。"大灰狼得意扬扬地拍拍爪子，然后头也不回地跳到床上，"哎呀，事情已经解决了，我们继续睡吧，那死孩子爱睡在那里就让他睡……"

"大娘！"盘犹守叫。

大灰狼回头，只见盘犹守正背对着它坐在行军床上，双手很用力地按住被捆得结实的王飞，那个小人参娃娃也醒了过来，很紧张地看着他。

"怎么了？"大灰狼跳下床，注意到王飞的全身都在微微地颤抖，"……咦？"

盘犹守紧紧按住咬紧牙关、全身颤抖的王飞，道："大娘！快！好像开始了！"

大灰狼张着大嘴，"啊"了一声："什么！不是说一定要念过咒语才有效吗？"

盘犹守说："你又没有念咒，这么早就出来会不会有问题啊！"

"我怎么知道！我又不是产婆！"

他们这边手足无措，小狐狸晃着尾巴，迈开四条小细腿走了进来，对大灰狼冷笑："汝之咒语已然生效，汝竟不知？"

大灰狼愤怒地看着它。

小狐狸也不理，继续说道："昨日晚间，汝间断试念咒语，多数皆错，仅有一次正确，定是此次咒语生效时间已到才会如此。"

大灰狼想去扑它，却被它灵活地躲开了。

大灰狼气得呼哧呼哧直喘，怒道："就你知道！你什么都知道！之前怎么不见你说！"

小狐狸奸笑："吾百多年前便曾听某妖念过此咒，只因吾之记性较差，之前确未听出。"

那么长的咒语，对它不熟悉的话不可能分辨出大灰狼究竟念得对不对，它分明就是在推脱责任——或者说是故意的！

大灰狼冲它用力龇牙，它装作看不见，一转头发现了人参娃娃，撒开四腿扑了过去。

“吾的人参哇——”

小人参娃娃跳起来扑中小狐狸，一白一红两个小身体翻滚着又去了黑暗的客厅，只听客厅里一片杂乱的殴打声、咒骂声，声声不绝。

不过多数咒骂声还是小人参娃娃的：“我让你念叨！我让你念叨！我让你话多！我让你得意！我让你摸来摸去！我让你叫我儿子！我让你叫我养子……”

盘犰守冷汗，这小人参娃娃……明明长得那么粉嫩可爱，为人倒是够记仇爱报复的……

大灰狼“砰”的一声把门摔上，回头用嘴叼了书，和盘犰守一左一右待在王飞身边。

王飞颤抖得越来越厉害，牛皮绳都一根根绷紧，快要捆不住他了。

大灰狼把嘴里的书放在床上，用爪子在上面哗啦啦地猛翻，终于找到一页停了下来。

“嗯，再接下来这个是……哦西卡把扩托叫一住可可的啊发啊……”它抬头对盘犰守说，“手！手！”

盘犰守立刻将脱掉手套的左手放在王飞的额头上。

王飞全身猛地一震，停止了颤抖，全身放松，紧闭了双目的脸上紧绷的表情也逐渐放松。

大灰狼继续念：“所一字点要几蛙拉卡……该死，好像不是这么念的……所卡叫一字点瓦几拉……好像也不对……”

“大娘……”

“等一下，这玩意儿我看不太懂……”

“大娘！”

连盘犰守都惊叫起来，那说明事情一定到了非常恐怖的地步。

大灰狼抬头一看，果然看见了很恐怖的场景——

王飞的腹部开了一条长长的口，内部的血肉和脏器都能看得清清楚楚，却没有流血，翻开的白肉中甚至没有渗血。

大灰狼脑袋上挂下了一片黑线：“呀……完了！”

它说的“完了”并不是指王飞身体上的那道开口，而是开口内什么都没有！

是的，除了王飞身体里应该有的器官之外，其他什么东西也没有！

那两条应该在那个部位的蜾蠃幼虫不见了！

“怎么可能呢！怎么可能呢！”大灰狼一边说一边就要拿爪子去抓王飞的腹腔，盘犹守赶紧拉住它。

“大娘你干什么！你这样做他会感染的！”

“不会的！”大灰狼不耐烦地说，“这个咒语就是要剔除原本不应该在他体内的一切异物，就算我伸进去了，我身上携带的病毒啊细菌啊之类的东西也不会被留下！”

盘犹守将信将疑地松开了手，看着大灰狼的爪子在王飞的脏腑中一通胡乱翻搅。

盘犹守看着王飞的脸，心想幸亏他刚才就昏过去了，要是现在醒着看见大灰狼翻自己的内脏，就算是已经“生”过很多小虫子的他也会当场崩溃吧。

大灰狼乱搅了一番，结果是，什么也没有发现。

那两条小虫子就是不见了！

“怎么可能！”大灰狼再次对月嚎叫。

其实在刚开始的时候，他们就可以将小虫子们剖腹取出，这个小手术对大灰狼来说根本不算什么。但是没有了母体的呼唤，小虫子们根本不可能待在原地任他们取，一开腹就会逃之夭夭——毕竟是寄生虫嘛。而且许多咒语不能在太幼小的妖怪身上使用，没有咒语，大灰狼定不住它们。

大灰狼找的这个咒语，是能在剖腹的同时定住小妖怪们，并且将它们安全取出，它只顾着念那个麻烦的咒语，根本就没想过万一小虫子们在他念咒之前就已经不在原地了怎么办。

难道它们早一步已经离开了王飞的肚子？不在他腹部的话……难道在他的其他部位？！

可是这个咒语有限制，使用一次以后，就不能在同一个人身上使用第二次，也就是说，使用第二次的时候就会失效！即便再一次知道了小虫子们的位置，也无法再对王飞使用这个咒语，更别说要是下一次小虫子们又跑了的话……

难道他们只能冷冻王飞，等着小虫子们的父母亲来救了吗？不……只是父亲也不行，那只笨熊连自己老婆是谁都分不清……

大灰狼和盘犹守都感到了无比的绝望。

第十章　呕吐

“没有办法了……”大灰狼垂头丧气地说，“冷冻吧……”

盘犹守只是人类，连大灰狼都没有办法了，他还能怎样呢?

“只能冷冻了吗……啊，冷冻什么的后面再说，先合上伤口，先合上伤口！”

大灰狼无力地伸出一只爪子，按在裂口的起始处，轻轻地往下滑，腹部大张的裂口在它的爪下缓缓合拢，不留一点痕迹。

盘犹守也将左手从王飞的额头上拿开。

“那现在怎么办，要是冷冻的话，我怎么跟他父母和公司解释？要是一直找不到果洛沐英的话，我又怎么跟王飞解释？”

大灰狼表情很奇怪，如同神游物外一般看着王飞的腹部。

“大娘？”

大灰狼终于回神，说：“真奇怪呀……”

“怎么了？”

“我刚才给他合上伤口的时候，好像看见他的胃在蠕动。”

“那当然了，正常人的胃肯定会蠕动的。”

“但是他的胃蠕动得有点不太正常……”

他们两个正说话，突然见王飞更加剧烈地颤抖起来，嘴里发出怪异的咕噜声，全身在牛皮绳的束缚下拼命扭动。

“王飞？”

“不好！快给他解开！”

大灰狼一声令下，盘犹守在床下拉了几把，牛皮绳哗哗松开。

大灰狼顺手从盘犹守的床下拉了一个盆子出来，王飞在床上一个翻身，正对着那个盆子呕吐起来。

不过他呕了半天都只呕出一些水，没有什么东西出来，但他似乎还是很痛苦，继续对着盆子猛烈地干呕。

“大娘？！他怎么了？”

“这个……难道是……”

王飞呕得就像马上会死掉一样，脸通红，脖子上青筋暴起，似乎要窒息而死了，看着就很吓人。

可是在这个时候，盘犰守和大灰狼根本束手无策——在这个重要的时候，他们能怎样呢？

王飞干呕了十几分钟，终于，在他的嘴里出现了一个东西……先是白生生的小虫子蠕动着出来，似乎用那双几乎不存在的小眼睛审视周遭的环境，然后又畏畏缩缩地退了回去。

大灰狼大叫一声：“快给我出来！”它跳上王飞的背，用自己的大肥屁股狠狠地压了上去。

王飞猛地将那条虫子吐了出来。

然后又是一条虫子。

两条白生生、软趴趴、有王飞的胳膊一半粗细的虫子掉落在盆子里，哼哼唧唧地扭动着。

“原来在他的胃里。”大灰狼跳下他的背，恍然大悟地说。

盘犰守可没空去感叹那个，马上端起盆子冲到卫生间，用温水将两条白生生、软绵绵、肉乎乎的娇嫩的肉虫子冲干净，又冲回房间，用两块水婉准备的毛巾将虫子像包小孩一样裹起来。

“反了……反了……”王飞无力地说。

“什么反了？”盘犰守莫名其妙。

“头和尾……”

盘犰守终于明白了，马上把包裹打开，将两条小虫子头尾掉了个个，又包了起来。

这两条小肉虫的头和尾根本没什么区别，王飞是怎么知道的啊……难道这就是所谓的“母亲的奇迹”？盘犰守好奇地想。

把小肉虫放在床上，盘犰守、大灰狼和王飞许久都没动，只是看着那两条虫子。

过了很长的时间以后。

“怎么没变化？”大灰狼不耐烦地说。

"也许等一等……"盘犺守说。

"你们说等什么？"王飞问。

盘犺守做了个噤声的动作："小声点……这两条小虫子马上就要变了……"

王飞看着那两条哼哼唧唧的小虫子，看着它们露在毛巾外面的部分，忍不住想，这两个孩子还真是漂亮啊，晶莹剔透的……

他已经完全把它们不是人的事情给忘了。

王飞正这么无法控制地幸福地想着，那两条小虫子在他的视线中开始逐渐变形，就在他的眼前，神奇地化作两个婴儿，婴儿们撇了撇嘴，号啕大哭起来。

客厅里，对小狐狸的袭击已经告一段落，光屁股的人参娃娃欢快地蹦跳着，跑到了盘犺守的房间，正赶上婴儿们哭得声音尖厉刺耳的时候。

不过人参娃娃并不在意那些，他终于在没有任何隔挡的情况下见到了他本能地喜欢的蜾蠃幼虫……婴儿，他完全没有在意那样撕心裂肺的哭声，高兴地跳上了床。

"香香——"人参娃娃大叫着张开肉乎乎的胳膊，眼看就要压在两个婴儿身上。

人参娃娃的身体可比虫子婴儿大多了，至少也是三四岁的小孩和一两个月的小孩的区别，这么压上去还不要了两条小虫子的命？

王飞大叫了一声就要去救那两个小虫子婴儿，但他的速度怎么比得上人参娃娃，只见那泰山压顶的小胖身体马上就要行凶成功……

所有人和妖怪都没有想到的事情发生了。

两个小婴儿猛地挣脱了他们的毛巾襁褓，一边一个，攀上了人参娃娃的胳膊，狠狠咬住了那双肉肉的小胖胳膊。

人参娃娃号叫，惨叫，尖叫，却怎么也甩不开他们。

原应该是被害者的瞬间成了行凶者，房间里的其他人都还没反应过来。

王飞忍住喉咙里的不适感，爬下他的行军床，一只手一个，将小虫子婴儿们从人参娃娃身上扯下来。

也不知是不是对"生"自己的人有天生的感应，小虫子们乖乖地松了口，回身，光溜溜地攀爬在王飞的脖子上。

"爸爸！爸爸！"两个虫子宝宝——一男一女——欢快地叫。

看起来只有一两个月的小家伙——其实是刚出生的妖怪——叫王飞爸

爸，还是很恐怖的。盘犹守想。

王飞看起来却是欣喜非常，在经过了这么长时间的折腾之后，终于见到了从自己身体里“生”（吐）出来的小肉虫，那种成就感，那种幸福感，是虫子们还在他身体里的时候他从来没有感觉到的。

他幸福地抱着两个小猪一样的虫子婴儿，对盘犹守说：“盘哥！我要收养他们！”

盘犹守大惊：“咦？”

“不行吗？”

盘犹守结巴：“那……那也不是不行……”

大灰狼插嘴：“它们可是妖怪！”这是郑重提醒。

王飞坚定地说：“我不在乎！”

“他们不是你的孩子！”盘犹守说。

“那又有什么关系！”王飞的神情不变。

大灰狼说：“你之所以这么喜欢它们，是因为它们在你身体里释放了特殊的激素！”

“我不在乎！”王飞严正申明。

盘犹守和大灰狼都不说话了。他们还能怎么说呢？现在的王飞完全被一种圣母般的光芒环绕着，他们想说点什么都说不出来了！

曾被小虫子们凶狠地咬住的人参娃娃身上倒是没有什么伤痕，不知道是小婴儿们咬得不狠还是它自愈能力超强，等回过神来，一见虫子们回到了王飞怀里，它也一把抱住了王飞的大腿。

“爸爸！”人参娃娃欢快地叫。

王飞顿时石化了。

“我没有要连你一起养！”王飞尖叫。

人参娃娃根本不在乎，他看着王飞怀里的小虫子，口水滴答掉在地上，嘴里喊：“爸爸！爸爸！爸爸……”

王飞拼命后退，人参娃娃就紧紧抱着他的大腿不松手。

被打得鼻青脸肿的小狐狸从客厅慢慢爬到盘犹守房间，当它看见挂在王飞身上的人参娃娃时，眼睛再次亮起了无比闪耀的光芒。

“吾的儿子！”小狐狸飞身而上，抱住人参娃娃娇嫩的小短腿，也挂在下面。

王飞哇哇大叫。

大灰狼见他们闹得有趣，也飞身扑了上去："狐狸尾巴！"

可惜它不是小狐狸，也不是人参娃娃，跟那两个小虫娃娃也差了十万八千里，所以当它扑上去的时候就不是挂在王飞身上了……

盘犹守只听见几声嗷嗷的惨叫，一切的混乱都被大灰狼压在了身下，只有一只娇嫩的小手和王飞那两只颤抖的手露在银灰色的毛外。

"救命啊……"王飞呻吟。

妖怪们也在大灰狼厚实的毛里叽哩哇啦地叫唤。

盘犹守看着眼前混乱的场景，想想明天自个儿还要上班呢，又想到他已经替王飞请了一天的假，再想到那几只妖怪根本就没有工作，于是拎起毛毯，毫不留情地离开自己的房间，再次把自己关到了客厅里。

"今天晚上什么也没有发生……我什么也不知道……"他催眠自己。

与妖怪打交道的人类，抛开一切烦恼，暂时做只鸵鸟的小小特技还是要有的。

没有过多长时间，盘犹守就睡着了。

不管什么事情，明天再去烦恼吧！

说实话，在某些时候，逃避才是活下去的技巧！

第三卷
失踪

第一章　消失

“又有几个失踪了。”七曲蛇君用尾巴卷起茶杯，喝了一口，说。

玉红云蛛稍微旋转了一下身下的办公椅，转头望着落地窗外一片平和的人类世界。

“还是没有反应？”她问。

“没有。所以有九成的可能，不是妖怪干的。”

玉红云蛛十五根纤细的手指在桌上轻轻敲打。

“您觉得是否应该向妖怪界禀报？”七曲蛇君问。

“不。”玉红云蛛坚定地回答。

七曲蛇君没有眉毛的额头蹙在了一起。

玉红云蛛看了他一眼，又转过了头看向窗外。

“他们只是失踪，妖怪界的身份监控系统也没有变动，说明他们还活着。在人间的守护者们就可以处理。”

“你是说……他。”七曲蛇君的尾巴松开了茶杯，杯子和桌面相撞，发出“砰”的一声，杯中的茶水洒到了映着他脸庞的明亮桌面上，“你是怎么回事，在人间待得太久了吗？”

玉红云蛛低下了头：“我认为，这件事一定能圆满解决。”

“你忘了曾经发生过什么？”他质问。

只有指甲盖大的小蜘蛛们从桌子旁边拖着抹布跑过来，将桌上的茶水擦干净，又奔回原来的位置。

玉红云蛛看着那些小蜘蛛，轻轻地说：“……对不起，我的记性不是太好。”

七曲蛇君叹了口气。

“好……”他说，“你是上司，你说了算。”

玉红云蛛看着落地窗外如蚂蚁般繁忙的人类，脸上没有一点表情。

盘犹守家不远处的一个楼盘似乎住进了新人，晚上足足有一个小时都在不停地放炮。

天逐渐热起来，工作了一天，累得半死的盘犹守本来就已经够烦躁的了，那噼里啪啦的炮声响个没完……脾气再好的人也受不了哇！

他很不高兴地用力抚摩着大灰狼的毛，大灰狼刚开始还是蛮舒服的，很享受地闭着眼睛，不过如此舒服的情况没有维持多长时间，他的手越来越用力，最后连它也哇哇大叫起来。

“小盘子你就算对大娘有什么意见也不能这么报复呀！轻一点！轻一点！”

盘犹守松开了拽它毛的手指，在它的脑袋上揉弄，它又舒服地闭上了眼睛。

“城市里的禁放令真是没什么作用！”盘犹守面色不变，但语气明显不好了，“放了这么长时间的鞭炮，居然连个去管管的人都没有。”

正好水婉从客厅出来，听到他说的话，接道：“不是没有人管，是没有人敢管。”

盘犹守很惊讶地啊了一声，连大灰狼也睁开了眼睛：“难道是什么大官在这儿扰民？”

水婉笑道：“哎呀，你工作忙，也不知道这最近发生的事儿。那个放炮的楼啊，不知道怎么回事，听说每天晚上就这个时候，搬进去的人都会听见鬼哭狼嚎的声音，好多人都不愿意往里住，住进去的人也吓得搬出来，看起来是闹鬼啦。他们找了个大仙，大仙说只要在这个时候放上一个小时的炮，那玩意儿就不会再闹了。”

作为盘家的人，虽然每天都能见到妖怪，但鬼是从来没见过的。人类总是对那些自己始终见不到的东西更感兴趣，也难怪他们对这种事好奇。

盘犹守果然就好奇起来了：“真的？确定是闹鬼了？”

老盘子听见这个话题，人还在客厅里就急急忙忙地参与了讨论：“什么闹鬼，我看是人闹的。肯定有人用什么办法放那些鬼哭狼嚎的音乐……”

水婉不服气：“有人放？那为什么一进楼就能听到，一出来就听不到了？”

“那是因为声音传导的问题，按照我的思路……”

“声音又不按照你的思路走。”

“我在跟你解释原理。”

“不要说那些歪理，我们就说那里闹鬼的话……”

“没有闹鬼。”

“有。”

“没有。”

“有。”

……

盘犰守无视了父母不紧不慢的争论，抚弄着大灰狼手感极好的毛，说：“睡觉吧。”

大灰狼嘿嘿笑了：“你不关心？”

“我累死了！”盘犰守无力地说，“又没有死人，那种小事管它干吗。”

大灰狼连连点头：“有道理！管它干吗！”

“给我的耳朵加个封印。”他低声说，眼皮都快耷拉下来了。

大灰狼抬起上身，用两只前爪按住盘犰守的耳朵。他的耳朵发出了一阵模糊的光芒，等光芒缓缓消逝，大灰狼收回爪子，叼起他手中的书，放到书桌上，又伸爪子关掉了台灯。

“好好睡吧。”它说，然后卧倒在他身边。

盘犰守在静谧的梦中感受着大灰狼软软的毛，睡得安心而舒适。

第二天，当盘犰守醒过来的时候，大灰狼已经不见了，只在他的床上留下了几撮银灰色的毛。

像这样早上一醒来就发现它不见踪影这种事，对盘犰守来说再正常不过了。

他试了试听力，看来大灰狼已经帮他把耳朵上的封印解开了，今天上班不成问题。

于是他也没想要去找大灰狼，而是很放心地收拾了床铺，将大灰狼的毛放到床下一只盒子里——这是水婉教他的，大娘的毛看起来漂亮又暖和，收集多了没准儿能做件毛衣呢？当然他并不是真的这么想，虽然这么想也很正常，而且他从来没让大灰狼知道过——然后去上班了。

又过了好几天，他依然没有见到大灰狼的身影。不过这种事情也很正常，大灰狼嘛，只有在他小的时候才经常见它在自己周围晃，他长大了以后，几个月见不到它也是常有的事。

不久后，他却接到了一个让他不得不重视起来的电话。

“盘哥！我老爹不见了！”魏天师的声音大得直刺耳膜，盘犰守不得不把手机拿得远一些。

“你老爹不是每天都不见踪影吗？”盘犰守很不解地问。不能怪盘犰守这么想，魏天师那个鹰老爹和正常老爹不一样，虽然每天都死死地跟在儿子身边，却总是隐身让他看不见，据说是要锻炼儿子，不要让他太黏自己——魏天师则认为，这完全是毫无根据的胡说八道！

“我今天摔了一跤！”魏天师依然很大声地嚷嚷。

“那和你老爹有什么关系？”

魏天师好像愤怒于盘犰守的迟钝，声音更大了：“大哥！我摔倒了！它居然没出现！”

在独目神鹰还没有说出魏天师是它儿子之前，它也是一直暗中守护在儿子身边，那个时候就算儿子踉跄一下，它都会用法力把儿子护住。在魏天师这么多年的成长过程中，除了上次的扭伤事件之外，可以说连根刺都没扎到过他。

在宣布了两人的父子关系之后，那个妖怪就更过分了，他有时候不小心被烫到、被鱼刺卡到、被雨淋到……它都会跳出来保护他，被众目睽睽地围观以至于恼羞成怒的他不知跟它发了多少回脾气，跳了多少回脚都没用。

而这次，魏天师追公交车的时候摔了个大马趴，摔得鼻青脸肿，门牙都快磕掉了，独目神鹰却没出现！

盘犰守终于醒悟过来。

“你老爹不见了。”

“我刚才就跟你说了！”

但是跟他说也没用哇，他又不是妖怪，怎么帮忙找那妖怪？大灰狼这几天又不在……

对了，大灰狼也不在。

这两件事之间，是不是有什么联系？

“它们是去办什么事情了吧？”上次气猫的事情不也是，大灰狼和黑鹰护送气猫们去妖怪界注册，也是好久都没回来，魏天师就是那个时候扭到了脚，还害得盘犰守被黑鹰不由分说地骂了一顿。

“不是那么回事！”魏天师叫，“只要他离开就一定会告诉我！那个老变态不会不跟我说一声就走的！”

盘犰守无语：“老变态……你这么叫你老爹没关系吗？”

魏天师断然道：“称呼不是重点！现在是那家伙不见了！”

“好吧，好吧……”盘犰守说，“我找个妖怪帮你问一下。”

“你们家那个无所不知的老妖怪呢？”

盘犺守想了一下才明白他说的是大灰狼。这孩子说话还真是欠揍啊，幸亏大娘不在这儿，不然非把他揍得连他老爹也认不出来。

“他不在，不过我可以找别的妖怪。”

魏天师在电话那头沉默了一下，说道：“有个事情很奇怪……”

“怎么？”

“我觉得最近好像妖怪的活动变少了。”

盘犺守愣了一下，妖怪活动变少？

“你怎么知道妖怪的活动变少了？”

“因为最近生意很少啊。自从我脱离了师父那个老古板之后……”电话里传来某人呜哩哇啦的抗议声，不过很快就安静了，“我的生意真是蒸蒸日上！可是最近很奇怪，生意变得越来越少，有些客人已经预约好了要去除妖，后来却打电话取消，说是没事儿了。即便是没有取消的预约，我们去了以后也都是些弱小的妖怪，甚至有不少都是客人大惊小怪造成的。所以你说，妖怪的活动是不是变少了？”

“你说的没错……”

但是妖怪不像人类，除了特殊的情况之外，它们不会隐藏自己的行踪，如果活动少，不会是妖怪突然就乖起来了，而是妖怪变少了。

也就是说，很多妖怪都不见了。

“不过……”盘犺守又说，“有时候妖怪界会出现一些新的妖怪，或者有什么重大的事情，所有妖怪会被紧急召回，就像上次流星雨的时候都被召回去照顾新生妖怪，也许是这么回事？”

说起新生妖怪……这么说，在发生气猫那件事时，小狐狸之所以没有应妖怪界召唤回去，也许就是为了照顾即将成妖的人参娃娃？

“就算有那么着急，他也应该跟我说一声呀。”魏天师说。

那就没有什么可以解释了……“你等等吧，我问完以后马上就给你回复。”

“好！”

盘犺守将手机揣进裤兜，拿起手电，去了自家后院。

天色已经很晚，厨房的灯也没有亮，没有任何照明的后院在手电微弱的照射下显得鬼气森森。盘犺守很喜欢这种氛围，这总让他想起恐怖片里鬼怪即将出现的片段，而这种超现实版的鬼故事对他来说永远是那么遥不可及——人类往往对遥不可及的东西才会产生憧憬。

他用手电在后院照射了好长时间，也没有看到今天值班的妖怪。这真是很奇怪的情景，因为妖怪们每次值班都一定会在比较显眼的地方，而且发现他的时候肯定会跟他搭话，像这样找了一圈也没有人理他的情况还真没有出现过。

——当然不是完全没有，龙子追杀他的时候是个例外，不想和祥瑞真龙这种珍稀妖怪正面冲突的妖怪都躲起来了。

他走到老槐树下面，轻轻敲了敲，树上有一群小鸟飞起来，只是晚上太黑，也看不清究竟是什么鸟。

盘犹守对着树上叫道："麻巧在吗？麻巧？我要找麻巧，谁知道它在哪里？"

鸟儿们呼啦啦地飞走又呼啦啦地飞回，却没有谁回答他的问话。

他捡起一根木棍，用力在老槐树身上敲了几下，经常在被他们打扰后就跳出来这样那样叫唤的老槐树精居然没有出现。

事情真的越来越奇怪了。

他脱下了手套，用左手抚摩老槐树粗糙的树身，左手没有任何感觉。

没有妖气，老槐树没有妖气，老槐树精不见了！

仔细回想起来，他已经有一段时间没有在后院听到什么声音了，后院有妖怪的时候总是有些奇怪的声音，或大或小，像这样安静的情况以前他完全没有遇到过。

——当然也遇到过一次，还是龙子追杀他的时候。

可是这次不同，就算出了什么事，老槐树最多是不现身，本体肯定还是居住在树身内的，不可能连妖气也一点都感觉不到。

难道，这附近出了什么很厉害的道士啊和尚啊，把妖怪们抓走了？

如果是那样的话，他至少也该感觉到妖怪们拼死抵抗时的妖气吧？如此安安静静地消失……简直就像它们完全没有存在过一样。

戴好手套，他用手电照了照后院的南墙。那里是妖怪界的入口，虚空点就在墙上，只要穿过那里，就能到达妖怪界。

他走过去，手轻轻地放在墙上，坚如磐石的墙壁上出现了细细的波纹，将他的手掌吞噬了。他收回手，墙壁又恢复了正常。

虚空点还在，妖怪们肯定还在。他这样想着，又觉得自己十分无聊，难道二十几年和妖怪一起的生活完全都是梦境吗？

进了屋子，他关闭了手电，灯泡里的钨丝慢慢从亮到暗。

到底……出了什么事？

“啊？出事？”水婉和老盘子都笑起来，“怎么可能出事呢？它们可是妖怪啊。可能有什么重大的事情需要它们处理吧。别说那些啦，来一起看看这部电视剧，很有意思……”

盘犰守就知道，自己的担心在自己老爹老娘看来肯定是没有意义的，他们那种盲目乐观的情绪他恐怕永远也学不会。

他最多学个面瘫表情罢了。

晚上躺在床上，他忽然想起了强行跟着王飞回家的小狐狸，随即给王飞打了个电话。

王飞在那头也很惊讶：“什么？它没有回去？”

什么叫没有回去？盘犰守有点奇怪。这段时间有点其他的事，他忙得都没空和王飞联系，也不知道王飞那里究竟发生了什么事情。

王飞在电话里说了半天，盘犰守才了解到那天王飞带着一群孩子和一只狐狸回家以后究竟发生了什么。

那一天，当王飞抱着两个孩子附带一棵人参以及一只红毛狐狸回家的时候，差点让他爹妈给活活打死。

对于这一点，盘犰守和大灰狼的评语是：“纯粹活该。”

本来人类就没有必要养妖怪的孩子，妖怪界自然有抚养弃婴孤儿的机构，比人类的相应机构还要健全。

可是王飞也不知道是被激素搅昏了头还是真的被那两个小妖怪迷住了，死也要收养那两个小恶魔——从那两个家伙咬住人参娃娃的事情就看得出来，它俩根本不是什么省油的灯——他这不是活该是什么？

要说王飞其实也可以想点别的借口，找不到借口的话可以跟盘犰守和他家的妖怪们商量啊，结果王飞别说商量，连借口的事情都没想，只顾着和那两个小家伙玩，他们还以为王飞早已胸有成竹了呢。直至王飞回了家，见到父母大惊失色的表情，他这才想起来似乎有什么重要的事情被忽略了……

“这三个是哪来的孩子！”王飞的妈妈尖叫。

三个？对呀，还有一个人参娃娃呢……

王飞冷汗。

“这两个是我的孩子……”他指指两个包在襁褓里的小虫子婴儿，然后点了一下人参娃娃的脑袋，“这个……我也不知道。”他心想这样也不算说谎吧。

“这只狐狸是怎么回事！”王飞的爸爸怒吼。

王飞继续说：“这个……我到盘哥家去玩，回来的时候遇到它，它就跟着我回……”

王飞的妈妈又尖叫起来，打断了他的话：“什么叫你的孩子！什么叫不知道！这么多孩子是怎么回事！你怎么能把孩子们和狐狸放在一起！”

是啊，怎么能把狐狸跟孩子们放在一起……刚开始小狐狸要跟着他回家的时候就被他严词拒绝过了，但最后一点作用也没有，小狐狸简直是黏在人参娃娃身上来的。

盘犹守当时很无奈地问：“真不明白……你之前不是说那人参是送给我们的吗？既然喜欢成这样，干吗送给我们？”

小狐狸振振有词：“送参之事乃是小生一族长老所定，然此参乃小生之宝，二者并无冲突。”

是啊，并无冲突，虽然礼物是送给别人的，但东西是自己的，所以礼物的主人应该跟着礼物走……

当然这一点没法儿跟老娘解释，可怜的王飞紧靠身后的墙壁，汗都快在墙上浸出一个人的形状来了：“妈，你冷静一点，我真的不知道……”

小狐狸也被他妈妈的尖叫吓到了，拖着人参娃娃缩在角落里。人参娃娃在它的脑袋上咬了一口又一口。

小虫子婴儿们原本是蜾蠃，听力不太好，小手都在襁褓外挥舞着，照样笑得很开心。

王飞的妈妈飞扑过去，随手将小狐狸推开，拽住了儿子的脖领子。

“你说……”她放低了声音，有点可怕地瞪着眼睛，“这三个孩子……是不是你和不同的女人生的！现在摆不平了！她们就把孩子们扔到你这里来！是不是！是不是！是不是！”

王飞被自己的口水呛到了，一边咳嗽一边辩解：“不是……咯咯……不是的，妈，你听我说……”

“这三个孩子都不一样大！”在王飞爸爸的劝阻下，她依然掐着儿子的脖子不放，“不要跟我说什么三胞胎之类的事！至少也是两个女人生的！是不是！你给我说实话！妈妈不会生气的！”

王飞心想：你现在不是正在大发雷霆吗？

“这个……你听我说啊！”他大叫一声，他激动过度的老娘终于停止了在他耳边嚷嚷，“我的意思是，这两个小的是我的孩子！那个大的我是在路边捡的！我回来的时候就看这孩子可怜地躺在路边！和这只狐狸一起！你说我不抱他回来，他该多可怜。”

他妈妈听得一愣一愣的，手中护着的孩子也放开了。

她低头看着那两个白皙肥嫩的小家伙，好像突然反应过来了似的，脸笑得跟一朵花儿一样，一只手抱住一个，在他们的小嫩脸上轮番揉搓：“我的孙子！”

然后看看在小狐狸爪下吸手指装纯的人参娃娃，她又一把抱住，同样在小脸上揉搓：“我的孙子！”

王飞冷汗如注。他知道老娘一直盼望有个孙子，没想到这么盼望……万一她知道这三个孩子哪一个都跟他没关系……这种事情他想都不敢想。

王飞妈妈激动完了，单手拎起纯洁地眨着大眼睛指望她收留的小狐狸，“咻”的一声扔到了门外，关门，落锁。

“把孩子和动物一起养不好，会得传染病的。”她严肃地说。

可怜的小狐狸在门外猛挠门，王飞的妈妈不为所动。

没有办法，作为母亲，对自己孩子无益的东西，必须学会舍弃呀！

“好啦，现在说实话吧，孩子的妈呢？你们打算什么时候结婚？”她靠在门上，语气很确定，就好像她儿子明天就会结婚了一样。

“怎么可能，孩子的妈有老公……”话没说完，他赶紧捂住嘴，可惜已经晚了。

“孩子的妈——有老公！”王飞的妈又尖叫起来，这回连他爹也尖叫了。

我死定了……王飞心想，我今天一定会死得很惨。

也许正因为十分痛苦，他觉得那天似乎变得特别特别漫长，哪有闲心去管别人的事。而当他在父亲的棍棒和母亲的眼泪中找了一个看起来比较可信的“关于孩子他妈和他是怎么一回事”的理由之后，他才有空闲和心情去瞧瞧被关在门外的小狐狸。

不过，小狐狸不见了。

小狐狸大概回盘家了吧，他想。

然而他忘了，小狐狸又不是单纯的狐狸，它是妖怪，仅仅是被关在门外，怎么可能就没有办法进来，继而放弃了呢？

那根本就是不可能的。

第二章　线索

挂了电话，盘犹守茫然地看着屋顶，一时间脑子里思绪纷乱，也不知道在想些什么。脑子混乱了很长时间，他才逐渐一点一点找到了思路。

找不到麻巧，找不到值班妖怪，找不到大灰狼，小狐狸不见了，黑鹰也没了影子，不过听王飞的说法，他那一儿一女——那两个小虫子宝宝，和人参娃娃都还在，正在他眼前互相咬得惊天动地呢。

再想想魏天师说的话，妖怪似乎变得越来越少，而剩下的都是些小妖怪。小妖怪……比如小幼虫们和人参娃娃?

太奇怪了吧，如果有什么阴谋，比如有吃妖怪的妖怪来袭，难道不是应该从最小的妖怪吃起吗？再想想大灰狼被大妖怪吃掉的情景……他立刻打断了自己的想象。无论在什么情况下，他都无法想象大灰狼遇到危险的情景。

他想啊想啊，脑子逐渐就迷糊了，在不知不觉中沉沉睡去。

眼前不知道什么时候变得亮了起来，他在不知不觉中被遗落在浓浓的白色雾气里。

他的脚步不由自主地向前行进着，眼前白色的浓雾丝丝缕缕地从眼前掠过，但那股白色的雾气却没有丝毫减退的迹象，雾气总是那么浓，似乎不管他走到哪里，那股雾气都完全是同一个模样。

他耳朵里出现了纷乱的声音，声音很小很小，但太多太杂乱，无数的声音同时倾诉着什么，他一句也听不清楚。

他走着走着，有一两个声音在那股纷乱的声音中逐渐清晰，就像一丝细绳被人从一团乱线中仔细地拖出来了一样，那声音逐渐变得越来越大、越来越尖。

前方的雾气在某个时刻突然“啪”的一声穿透了他的身体向后退去，他的身体甚至能感觉到一股潮湿的雾体拂过他的皮肤，眼前的白色突然消失，露出了一大片白色的空地。

在梦中，他清楚地知道这种情况是不正常的，那雾气是不应该散开的，那里是不应该有那样的空地的。怎么会呢？怎么会呢？怎么会这样呢？他不由自主地问自己，就好像那样的雾和他有什么关系一样。

耳中被抽出的那两个声音骤然尖厉了起来，雾气中，一大一小两个身影猛地冲出了雾气的包围，向他的方向飞奔而来。

他有点吃惊地看着那两个身影，那两个……不是白圆金宝和龙女美君吗？他们两个怎么会跑到他的梦里来？

白圆金宝和龙女美君向他的方向拼命飞奔着，但他们和他之间的距离却没有什么增减，就好像他们被困在了某个位置，就算再怎么跑也无法逃出那里。

那两个声音更加清晰，他终于听清楚了，那是龙女和白圆金宝的声音。

“回妖怪界去！回妖怪界去！去求救！救救我们！”

他很想说点什么，但嘴就是不听使唤，他只能在心里焦急地说：“我无法回妖怪界！大娘不在！没有大娘的监护我不能去！”妖怪界毕竟是妖怪的地方，妖怪毕竟不是人类，就算有很多对人类亲善的妖怪，也不代表所有的妖怪都会这样，如果他独自在妖怪界游逛，“不小心”被一些没什么高等意识的妖怪给吃了，妖怪界也无可奈何，因为这是千百年来本能的生存法则，谁也没有办法。

“去找其他的妖怪！去找其他的妖怪！谁都可以！去找！救救我们！”

白圆金宝跑着跑着，突然一跤摔倒在地上，刹那间就与龙女拉开了很大的距离。

“白圆金宝！”盘犰守在脑中大叫。

一股白色的雾气猛地从地面上升起，似要将白圆金宝扣在自己身下。

龙女在盘犰守脑中尖叫了一声，刹住了去势，猛扑回去，堪堪拉住了白圆金宝的小爪子。

只是一瞬间，白圆金宝已经消失在雾里，只剩下一只白金丝袄袖和被龙女紧紧抓住的小爪子还露在外面。

龙女回头看了盘犰守一眼，美丽的容颜上露出一丝痛苦。

“金宝——”

她大叫一声，跟着那只小爪子被生生拉入雾中。

那片白色的空地霎时间又被白雾侵入，严严实实，不留一丝缝隙。

盘犹守猛地睁开了眼睛，眼前的白色突然被黑暗所代替，不由得一阵金光乱冒。

……奇怪，如果是梦的话，眼前的光线就算变化再强，眼睛也不应该会花才对。

他翻了个身，发现房间里很寂静，突然意识到，大灰狼已经很久都没有出现在他的眼前了。在如此寂静的夜晚，身边那会咕噜咕噜响的生物，温热的体温，毛茸茸的身体不见了，他已经习惯这些代表了它的存在的东西，却在一睁眼间发现它消失得无影无踪。

就在这个时刻，他觉得四周变得更加安静，他触到了比寂寞更加寂寞的自己。

真是过于文艺了……他认真地想。不如明天早上就一边刷牙一边四十五度仰望天空，迎风流泪吧，那才叫真正的文艺。

然而这样自嘲的玩笑却丝毫没有让他觉得好一点。他从来没有像今天晚上这样思念大灰狼，它每天又闹又嚎的时候让他恨不得揍它个马趴，它离开了那么多次，他也没有思念过它，只觉得它不在真好啊，可算能独自占个床，美美地睡个好觉了。

为什么今晚他觉得这么难过呢?

就好像大娘已经不存在于这个世界上了一样。

他看着自己的左手，忽然坐了起来。

这只拥有了神之手的力量的左手，经常会出现一些并没有标示在那些说明书上的功能，那么这一次如此不安的感觉，会不会又是神之手的力量在向他示警呢?

窗外有光亮了一下，似乎有一辆车从他家院门前驶过。然而他心里却有种奇怪的感觉，那个亮光并不是外界的光，而是他心里的光，神之手正在肯定他的想法。

他立刻下了床穿好衣服，拿上钱包和手机，又跑到门口穿上鞋子，开门走了出去。

他一边走，一边拨通了金钟罩软件公司的24小时服务电话。

上次气猫事件后，他就对那个招聘了妖怪界高层人物当职员的高科技公司十分感兴趣——尽管明白那个公司百分之百不会知道自己招了啥。有一次看报纸的时候看到了公司的广告，他鬼使神差地将服务电话记了下来，想不到现在真的就用到了。

“金钟罩软件服务，感谢您的使用……”电话里传来服务小姐甜美的声音。

“我要找云红珠。”他简洁地说。

“对不起，现在是下班时间，我们无法联系到云总经理，您有什么需要，可以告诉我们吗？”

第一次知道玉红云蛛是软件公司的工作人员时他已经很吃惊了，当他知道她不仅是软件公司的工作人员，还是金钟罩公司在丰尧市的总经理时，他简直目瞪口呆。而身为人类，干工作甚至还没有一个妖怪有前途，他不由得感觉到了痛苦……当然是开玩笑的，他只是很敬佩她罢了。

“我要找云红珠。”他坚持说，“我知道你们有办法联系她。告诉她，我叫盘犰守，有急事，让她立刻联系我。”

电话那头的服务小姐声音依然甜美，改弦更张的速度也非常快：“好的，请告诉我您的名字怎么写。”

等挂了电话，他才想起来看看手机屏幕上的时间，电子指针正指在半夜两点半的位置。

他这才想起明天还要上班，这会儿跑去办事，明天肯定没法干活，詹谷又该跳脚了。

想了想，他没敢直接给詹谷打电话，而是打给了王飞。

电话响了两声就被接了起来，王飞开口之前，呜呜哇哇的哭声已经先穿过电话扎进了盘犰守的耳朵里。

坏了，他想。

果然，接下来王飞生气的声音就伴着哭声一起传了出来：“盘哥！我现在可是有孩子的人！我好不容易才把他们哄睡啊！”

电话里又传来了杂乱的声音，听得出来是王飞的爹妈在帮忙哄小孩。

虽然想到那三个臭孩子根本就是小妖怪，哪里需要把他们当成普通小孩一样对待，但盘犰守没敢再挑动王飞的神经，毕竟他还有事情需要王飞帮忙。

听完了盘犰守不算太清楚的解释，王飞终于稍微敛了气，嗯嗯了几声，说：“行，没问题，我明天跟我表舅说一声，我那边没什么事，帮你开开车还是可以的。”

“你表舅？”

“嗯，就是公司里那个谁谁谁嘛，他是我表舅，不过他一般不太愿意让别人知道我们有亲戚关系，所以我没说过，你可不要跟别人说啊。”

盘犹守心想，怪不得呢，王飞直接从龙护卫转到文字工作，而且一请假就是一两个月，要搁在与公司高层没有亲戚的人身上，根本就是不可能的事情，他早就应该猜到才对。至于愿不愿意让人知道就是王飞自己的事情了，他也不想在这种事情上追问什么——和他无关嘛。

他又说了几句客气话，被王飞打断了。

王飞很不高兴地说：“我们可是过命的交情，你跟我来这一套！别说我不够格当你兄弟！”随即把电话挂了。

虽然并不觉得一起经历过以前发生的那些事情之后，他们的关系足以被形容为“过命的交情”，但盘犹守不由自主地还是有点感动。在他二十多年的生命里，除了妖怪之外，还真没有多少好朋友。有的时候真是你付出多少，才会有多少回报。

以前的他或许就是太过冷漠，所以才会感到别人对他有一些隔阂，而通过詹谷这个渠道，他在不知不觉中打破了一些以前连自己都不知道的壁垒，所以才能拥有自己曾经无法理解的收获。

嗯……这么说，以前他也曾埋怨过大娘，说都是因为和妖怪在一起时间太长才导致他无法好好和人交流，大娘打滚以示自己十分冤枉，说：“没有啊没有啊，和我无关啊。”他还觉得大娘狡辩，现在看来……的确，大娘说得没错，问题的根源，其实在他自己身上。

大娘啊……

这个时候，你究竟在哪里呢？

第三章　不准

手中的手机响了起来，盘犹守立刻接起。

电话里传来一个有点熟悉的女声："你好，是盘犹守吗？"那么认真的语气，不会有别人了。

"玉红云蛛，你好。"他说，"你回得好快。"

玉红云蛛嗯了一声，说："本来我立刻就回了，不过你那边一直占线。"

他挂了服务小姐的电话就在跟王飞打电话……她的速度果然很快。

"我想问你一件事……"盘犹守说，"关于大娘……"

说到一半，他忽然想起来，既然他所知道的那些妖怪都消失了，那么玉红云蛛也应该消失不见才对，为什么她还在呢？

他只说了一半的话对玉红云蛛来说并非难以理解，她马上就接了下去："他现在很安全。"

盘犹守怔了一下，什么叫作"安全"？

"它在哪里？"

玉红云蛛回答："对不起，这件事情是妖怪界的最高机密，我没有办法向你解释。"

盘犹守想了想，尽量用委婉的语气说："我知道不关我的事，但是最近我觉得有不少妖怪不见了，连后院值班的妖怪也不见踪影……你们是不是应该对这件事重视起来呢？"

"我们正在重视。"她回答得十分官方。

盘犹守有些生气，语气也重了一些："什么叫作正在重视？大娘在哪儿？它究竟遇到了什么事？你们什么都不知道，怎么就敢说你们重视起来了？"

玉红云蛛的语气稍微重了一些，用一种更加正式而官方的语气说："我们知道，但是这件事和人类没有关系，事情解决后它就会回去。请你耐心等待。"

盘犹守觉得她真是在人类世界待得太久了，连说话都像那些人类官员一样，绕着弯子，就是不说实话。

什么叫"安全"？什么叫"事情解决后它就会回去"？大灰狼在妖怪界并没有工作，这一点他可以肯定，它不可能为了妖怪界的什么事情以至于突然加班什么的，倒是有可能看到谁家很美丽的母狼（或者母狗）而跟过去，更有可能看见谁家可爱的兔子……他打电话不过是为了确定大灰狼没有在为妖怪界做什么事情，它任性地跑走也不是一次两次，结果话没出口就被玉红云蛛给打破了……看来，大娘还真是在为妖怪界做什么，或者，被妖怪界的其他妖怪做了什么。

他有点生气了。

"我一定会找到大娘……"他用比她还要认真、沉重的语气说，"我一定要找到它。不管你们究竟对它做了什么，我一定会找到它。你向我隐瞒也没有用。"

他挂了电话，心中焦躁不已。虽然话说得很漂亮，但他确实不知道该到哪里去找大灰狼，他只不过是个普通人类，不是妖怪，也不是FBI，这么大的（两个）世界，他上哪儿去找？更别说要去妖怪界……他的神之手对这种景况绝对是一点忙都帮不上，万一被心怀不轨的妖怪发现他究竟用的是什么力量，活活砍掉他的手也是可能的。

他焦躁地在原地转了很多个圈子，也不知道该怎么办才好。他拿起手机，看看上面玉红云蛛的来电，心中挣扎着要不要再打过去请求她的帮助，毕竟他知道的就只有她一个妖怪了……是啊，只有她一个，为什么只有她一个呢？其他妖怪的失踪，会不会真的和她有什么关系呢？要是他打电话过去，万一真成了冤大头怎么办？可是不打的话，他又该去向谁求救？他自己吗？

他正瞪着手机屏幕，手指犹豫不决地按在按键上，手机屏幕却突然亮了起来，玉红云蛛的电话号码在屏幕上和着音乐跳动。

他毫不犹豫地就按下了接听键。

"盘犹守。"玉红云蛛认真的声音从电话中传来。

"玉红云蛛。"他尽量让自己的声音听起来不那么惊喜。

“我要向你解释一件事……”她说。

妖怪界官员向他解释一件事？她傻了？

“什么？”他问。

“我并不是你想象的这件事情的主谋。”她认真地回答，就好像他曾经亲口说出过自己的怀疑一样。

盘犰守捂住电话，警惕地左右猛看，可惜什么也没发现。

“你怎么知道……”你怎么知道我怀疑你啊……

玉红云蛛并没有正面回答：“我不是人间遗留的唯一一个妖怪，事实上，留在人间的妖怪有很多，其他的虚空点也没有出问题，依然在正常通行。”

“不是唯一留在人间的妖怪……”他喃喃。为什么是“人间”？为什么不是“这里”？最重要的是，为什么是“其他的虚空点还在正常通行”？！难道说……

盘犰守的心脏猛地紧缩了一下。

“你的意思是，我家后院的虚空点又出了问题？所有失踪的妖怪都是从那里消失不见的？”

为什么我们要说“又”呢？以前咱们就提到过，所谓的虚空点本来就是十分不稳定的东西，刚开始还满世界乱跑，最后是一个很伟大的老妖怪不知用了什么办法，把它们全部封锁在原地。但是这种办法对于虚空点内部的时间与空间毫无作用，大部分时间它们都是连接妖怪界和人间的通路，然而在一些料想不到的时间里，它们会突然产生变化，原本应该通向人间或者妖怪界的虚空点，会忽然通到不知什么地方去，而这样的“突然”和“不知”，往往意味着某个难以衡量的麻烦出现了。

当然这些麻烦大部分都和盘犰守毫无关系，然而这次不同。

“你是这样的意思吗？就是因为这样，所以消失的几乎都是离我家比较近的妖怪，它们都是通过虚空点想去妖怪界，却被传送到了别的地方？”他追问。

“我没有这样说过……”玉红云蛛说，“我只是在告诉你一些事实。”

盘犰守忽然明白了，不是玉红云蛛“不想”告诉他，而是她“不能”告诉他。从上次气猫事件时，她向大灰狼发出预警的事情可以看得出来，她其实很关心大灰狼，甚至知道它的天劫时间，他不信一个妖力鉴定委员会的官员，一个人要管理那么多妖怪，要考虑那么多妖怪的妖力鉴定与变化标准，居然连一个普通妖怪的天劫时间都能记得那么清楚。而他敢肯定，她的记忆那么好，绝对不是因为她很敬业。这样想着，他又明白了一些事情。

身为老妖怪的大灰狼，不可能不知道自己的天劫时间，让一个外人来提醒它，那意义八成不是为了提醒它，而很可能是为了提醒当时就在它身边的人——盘犰守自己。

以前他就问过大灰狼，所谓的天劫是不是《惊变》那样的，天雷滚滚，霹雳咔嚓。大灰狼说差不多。但后来在星际帝国图书馆的时候他却看到，书上说的是“天劫有很多形式”。而一些妖力太弱的妖怪，在修行时踩个西瓜皮摔个脑震荡什么的也算天劫。

“这是大娘的天劫。”他肯定地说，“但大娘的天劫和别的妖怪有什么关系？”

玉红云蛛没有肯定，也没有否认。

“没有关系。”她说。

盘犰守明白了。这次的天劫的确和别的妖怪没有什么关系，天劫本身要找的是大灰狼，其他的妖怪不过是刚好碰上了而已。

“你不需要去找它。”玉红云蛛认真地说，“它很安全。”

“经历天劫还很安全？”他难以置信地问。

“你所说的话我完全不明白。”她说。然后她挂了电话。

盘犰守马上又给她打过去，电话里很久都没有反应，等声音再次出现的时候变成了电子音：“您所拨打的电话已关机……”

看来她是不想再跟他说什么了。或者，她认为该说的已经说完了。

他郁闷地开门，回家。走到自己房间的时候他没有停下，而是一直往后院走。

与后院相通的饭厅里站了两个人。

盘犰守刚看到那两个人的时候吓了一跳，不过马上就认出来了，那是老盘子和水婉。

“爸妈……你们醒了？”他有些心虚地问。他一定要在外面打电话就是为了不要吵到他们，当然他父母并不在意家中的吵闹，但他躲的是万一——万一他想去做点什么却被他们听见……

“不要去。”水婉说。

盘犰守退了一步，背部在墙边一靠，撞上了开关，灯“啪”的一声亮了。

老盘子和水婉的脸色都不算好看。

“你去也没用。”话一直十分少的老盘子说，“那是妖怪的事儿，你不要拖后腿就不错了。”

盘犹守终于听出了他们的意思，差点气昏过去。

“你们早就知道大娘出事了？”他提高了声音，质问。

心虚的人变成了他的父母。

“我们没有……”老盘子很不专业地否认。

“它走之前只不过说了一声……”水婉说。

然后一家三口呆愣了。总是面无表情的盘家成员如今再也无法那样淡定，盘犹守脑袋顶上几乎冒火，老盘子和水婉则是一副想要撞墙而死的样子。

——当然，在外人看来，他们依然没有什么变化。

“其实……你们是希望我去？”盘犹守试探地问。

“没有那种事！”水婉断然说。

“那可是妖怪的地方，你怎么能去呢？被杀了怎么办？”老盘子说。

盘犹守叹息：“但是大娘……我一直被它那样照顾，我小的时候走丢了都是它把我找回来的……”

老盘子和水婉对视了一眼，水婉走到他身边说：“我们本来不想说，但是既然你提起来了，那件事，我们就非说清楚不可。”

“什么？”他呆呆地反问。他的父母，头一次在他面前露出那样的表情，好像不说清楚就不行一样。

“你小时候失踪的那件事……”水婉斟酌了一下，慢慢地说，“其实，和大娘有很大的关系。”

他还是第一次听到这样的说法！以前他们说起这个问题，都模糊地以“哎呀，我们什么也不知道，你莫名其妙地丢啦，大娘把你送回来啦，然后就没啦”这样的话来搪塞他，而他从来没有怀疑过他们。

“以前你们不是这样说的……”他想辩解。

“因为它不想让我们告诉你。”老盘子说，“但它做的很多事，都是不希望你陷入危险，这件事也是一样。”

盘犹守沉默了。他知道大灰狼对他很好，就像别的妖怪想碰一碰它的尾巴就会被它一顿好打，可是小小的他不管把它拽得多么痛苦——就算嗷嗷惨叫也好，被狠狠揪下一撮毛也罢，它也不会动他哪怕一个指头。

“说起这个，我还记得你小的时候非要跟大娘一起睡……”水婉陷入美好的回忆中，“你拽着大娘的毛不松手，把大娘的毛都拽下来好多，可是大娘居然不反抗，就让你那么拽……”

“我没有……”盘犹守难堪地抗议。但这样的记忆确实在脑海里浮现出来了，他甚至还记得大灰狼身上被拽秃的部分和它的惨嚎。大娘那么漂亮的毛……幸亏还会再长，否则他都没脸去面对它了。

老盘子看这对母子已经忘了刚开始的论题，不得不打断他们：“那些事情就先不要提了……儿子啊，你妈和我说这么多的意思，就是希望你不要再去管这么多了，大娘去的地方肯定不是我们这种人类能去的……”

“什么？你们连它去了哪里都知道？”盘犹守的音调高起来。

“不是那样的……”老盘子试图辩解，不过很快就意识到那纯粹是越抹越黑，只得无奈道，“好吧，其实它走之前跟我们说过，不过我们也不知道它去了哪儿，它只说有可能会被送到某个地方，暂时不能回来。在它回来之前的这段时间，一定要把你看住了，以防你跑去找它，发生什么危险。本来我们以为这么长时间你都没什么反应，应该不会去找它，为什么突然……”

“是啊，为什么呢……”盘犹守自语，“要是我不知道就罢了，难道还这样放心地让它待在那个不知道是什么地方的地方？万一它出了什么事，我绝对不会原谅自己。虽然我不过是个人类，但是我觉得，在这件事上，说不定真的会用到我。”

听听吧，口口声声的“我觉得”“说不定”，连个准信儿都没有，让人怎么相信他啊？

不过他的父母相信了。

老盘子低头叹气，水婉转身进了自个儿的卧室，出来的时候手里拿着一个毛茸茸的环状物，很慎重地递给他。

“大娘说，要是你一定要去，那就把这个东西给你。”水婉说，“它能带你找到它。”

盘犹守仔细一看，那居然是用银白色的动物毛发编制成的，而且比一比，正好是他手腕的大小。

“你早就知道有这天，所以这么多年来让我收集大娘的毛，就为了这个？”

水婉理所当然地回答：“才不是。我是看大娘的毛好才这么做的，以后还要做件棉袄呢，比那什么鸭绒的好多了。”

好吧，那么在他手腕上轻得不可思议的感觉也不是狼毛太轻导致的，根本就是她心里还想着狼毛棉袄所以舍不得用罢了。

不会刚到那个地方，这玩意儿就散了吧。他思忖。

不过他没有说出来，这种事说出来，她反而会唠叨一番。

他正准备走，又被水婉和老盘子拉住，又是带这个又是带那个，吃的、用的，似乎恨不得把家都搬过去……

趁着水婉给他拿雨伞的时候，他扔掉了所有的东西撒腿就跑，兔子般一头冲进南墙，只听呼啦一声，南墙上爆发出耀目的光芒，他的身影在光芒之中消失。

“他没带牙刷，换洗的衣服也没带，还有他穿的那双运动鞋都那么旧了，根本就不是出门用的。万一那个地方没有吃饭的地儿呢？他连这些零食也没带。要是用得着钱怎么办？他身上肯定没带几个子儿……”水婉十分不满地絮叨。

老盘子扶着她的肩，把她推回卧室：“不要再说啦，回去睡觉，明天还要上班呢。”

“哎呀，我这不是不忿嘛，这孩子真是越大越不听话了。”

“等他回来再收拾他也不迟嘛。”

“哎，你说他能不能安全回来呀？万一大娘猜错了……”

“大娘就算猜错了，也不会让咱们的小盘子去涉险的。睡觉，睡觉。”

“也是，睡觉吧。”

就这样，这对父母不再担心亲生儿子的安全，自在地睡觉去了。

第四章　异界

盘犹守扑进虚空点，满以为脚下一定像上次一样稳稳地踩到地面上，谁知本该有地面的地方却是一片虚无，他一脚踏空，连惨叫声都没发出来，就骨碌骨碌地滚了下去，顿时失去了意识。

他觉得自己做了很长很长的梦，梦里有很多怪物般的人影闪烁着出现又扭曲着消失，出现的影子做着各种各样的动作，消失的身影惨叫着消失在灰烬中。

当他醒来的时候，他甚至不知道自己在哪里，眼睛昏花，什么也看不清楚，而且浑身都在疼，简直就像从床上摔下来了一样。我睡觉有这么不老实吗？他扪心自问，不可能呀，除非大娘睡姿不好压到他身上……等一下！

他猛地坐起来——又“咣当”一声倒下去。

好——痛啊——

他全身每一个细胞的惨叫声在宇宙中盘旋又盘旋，最后统统扎回自己的脑袋里。

他可以确定这么痛绝对不是大灰狼压在他肚子上流一晚上口水的后果！因为要是那样，他可以肯定至少不会全身都痛，最多是一部分发麻而已。

他静静地无奈地躺在那里，虽然身上的疼痛并没有因为躺在那里的时间长短而有所变化，但是他终于能看清面前的景色了。

除了好像整块碧玉一样无瑕的湛蓝天空，其他的什么也没有。

他转了转眼珠子，还是什么也没有看到。

不过……

不知为什么，身上好热啊……他这样想着，然后觉得好像越来越热了。

这样的温度是不是会把人烤熟啊？他开始认真分析这个问题。

他再仔细感觉一下，没错，不是幻觉，的确是越来越热了，裸露在外面的手臂和小腿都烫得快要起疱了哇!

当意识到这个问题的时候，他忍着疼痛，从地面上跳了起来，却觉得脚下一软，低头望去，发现自己颤抖的双脚竟陷入了厚厚的沙层中。

再抬起头，他发现自己正站在一片茫茫无垠的沙漠中，金黄的沙子绵延至遥远的地平线，与湛蓝的天空合为一体。

四周除了沙子，什么也没有。

我被扔到沙漠了。——这是他的第一个念头。

难道是妖怪界毁灭了，变成了这个样子？——这是他的第二个念头。

大娘不会被埋在沙子下面吧？我可没带工具，挖不出来……这是他的第三个念头。

当第三个念头升起的时候，他想到了一个重要的问题——在这种地方找什么大娘，难道他不应该先考虑怎么活下去吗!

怪不得他觉得身体好像被放在烤架上烤一样，刚才在眼珠子转来转去的时候，他的本能让他忽略了天上那个圆圆亮亮散发着无穷热力的大太阳，上面那个热力之源加上地面上吸热能力十分强悍的沙子，他就算没在烤架上，那也差不多了，还是上下双面同时运作的那种烤架。

这么说，这就是被暂时转移的虚空点所通往的地方。

……这到底是个啥鬼地方啊!

听说大娘被送到了某个“人类不能去的地方”之后，他的脑子里就在想象那地方究竟是个什么样子，他想象中的世界有哥特风的、港漫风的、奇幻风的，甚至少女风的，就是没想过……会是除了老天爷和金黄色的、软趴趴的、一望无际的、烫得要死的沙子之外啥都没有的破地方啊!

首先他要活着就是一项非常重大非常难办的任务。还找大娘？！他不被大太阳烤干就不错了!

他非常生气也非常伤心，心想：大娘啊大娘，你简直就是个麻烦制造机，怎么能这样对我呢，跑之前至少也跟我说一声啊，要是我知道这儿是这个鬼样子，我才不来呢……

不管他多么后悔，沙子就是沙子，难道会变成绿洲吗？如果他再不走一走，也许就真的被烤干了。

当然，就算他走了，也不一定就能摆脱被烤干的命运……

他看看太阳，思考着课本上教的辨认南北的技巧，但他很快想到，他根本就不知道现在是上午还是下午，太阳究竟在东边还是在西边，更何况这里恐怕不是地球，没准儿是哪个外星呢？就算是在地球吧，万一在另外一个半球呢？即便是以上都不论，他根本不知道自己在哪儿，说不定这边是出去的路，而那边是往沙漠深处去……

啊啊……沙漠……在此之前他根本就不敢触碰这个词，就好像碰到了这个词以后他就真的到了沙漠一样……当然不想也没什么作用，他确确实实已经到沙漠了。

他死定了！

他陷入了无限的自怨自艾之中，不过这种状态并没有维持多久就被打散了。他毕竟是就算洪水淹过来也可以不动如山的盘家父母养出来的儿子，就算不能百分之百学到爹娘泰山压顶也面不改色的淡定，也不会差很多。

而能支持他这种淡定的，是他爹妈反复提到的话——大娘不会让他陷入危险当中，无论什么情况下都是一样。

他低头看着手腕上系的狼毛圈圈，圈圈上的狼毛没有一丝儿扭动的意思，不是说需要有风什么的，而是他以为这个圈圈是自动引领型的，比如说一到这里就像箭头一样指指方向，为什么没有？

难道他要想找到大娘，还得先做个法才行吗？

他又看看狼毛圈圈，把它取下来，戴在左手手腕上。

狼毛还是没有动静。

完了……他绝望了。

他叹了口气，放弃了使用狼毛的念头，迈开两条无比沉重的腿，带着他从上到下都疼痛难忍的身体，向着太阳的方向走去。

沙子是很奇妙的东西，无论表面上被晒得有多热，下面的沙子都比较清凉，盘犹守在自己穿着运动鞋的脚丫子都烫得要死，甚至有种熟透了的感觉时，才慢慢发现了这个规律。

走了很久很久，他觉得自己已经走了很多很多天，或者是过于炎热的天气让他有了这种感觉，但他不相信那是错觉，不要在这个时候跟他提什么相对论，什么和美女在一起所以时间短之类的，他可以肯定，那些时间分明就长得不可思议。为了确认自己的猜测，在路上时他也看过手腕上的表，表的时间完全不对，指针一会儿前进一会儿后退，有时又转得如同风火轮……

他走了那么那么长的时间，他觉得太阳至少也该落个山什么的吧，那太阳却像固定在天空上一样，没有一丁点儿改变。

说不定真是他的错觉，他根本就没有走那么长时间，只是这沙漠里热得让人想去死，他才会这种感觉。

然而他在想到这个问题的时候，却忽然发现了一件一直被他所忽略的事情。

沙漠里大部分的时候没有风，偶尔有风也是热风，干燥得让人觉得空气也能着火。

但他完全不渴！完全不饿！

除了全身毫不消减的疼痛之外，他完全不累！

这么说，时间过长的感觉都是幻觉，的确和那什么相对论有关……

不！

那种感觉完全不同！

他敢对着阎王爷发誓——为什么是阎王爷他自己也不太清楚——时间真的过去了很久、很久、很久！

疼痛的胳膊在身体两侧摇摆，碰到了侧边的口袋，他这才想起自己身上还带了手机。

他记得大灰狼曾经告诉过他，带指针的手表是机械的，有可能受到法术的影响，而电子表却不会，因为它的运行和机械毫无关系，法术不能影响到它。

他拿出手机，按亮屏幕，屏幕上显示时间是凌晨三点零二分。

他记得给王飞打电话之前看了一下屏幕，上面的时间显示是凌晨两点半。

他再看看日期，根本就一点都没有变过。

难道是他错了？

可是，就算把他跟父母谈话的时间去掉，他觉得时间也远远超过半个小时啊！

他完全无法理解自己错在哪儿。

就在盘犹守看着手机发呆的时候，他的左手感到了一阵异样的波动。

在毫无理由的情况下，他没有左顾右盼，而是直接低头往下看。

他的脚边出现了一个拱形的沙丘。

刚才那里并没有那样的沙丘，他是站在一片平整的沙地上的。

他觉得自己的小心肝儿颤了起来。

他转身就向那个拱形相反的方向狂奔而去，慌忙中回头看了一眼，正赶上一个巨大的、带花纹的、蛇一样的不明生物张着六棱形的嘴钻出地面，沙子漫天漫地地扑下来的景象。

妖怪啊！

他一边在心里不断地喊着“我的妈呀”，一边飞奔，一时全身所有的疼痛都被他甩在了脑袋后面。不过心里喊归喊，实际上他没有发出任何声音，这要归功于他在这么多年所受的教育中还没有惨叫一条，否则他现在就不会这么安静地奔命了。

于是我们所能看到的景色就是，可怜的盘犹守在前面绝尘飞奔，后面的大蛇——大虫，反正是个怪物——带着冲天的沙尘滑翔般紧追不舍，不时发出一些无法形容的嗥叫。

我们不幸的盘犹守同学不断狂奔，这回他确确实实地感到了身体的疲惫和痛苦，尤其是肺，对他这种宅男来说，这样高强度的跑步——而且还是在软绵绵的沙子上——根本就是毫无人性的酷刑！

他狂奔了如此之长的时间，又是像之前那样长而又长的时间，他觉得自己一定会死，不是死于肺衰竭就是被那个怪物吃掉。

这到底是什么星球啊！为什么会有这种怪物！

就在他认为自己下一秒肯定会死在那怪物口中的时候，前方的沙丘上出现了一些人影，他看得很清楚，那些人影正从沙丘的另外一边向这里走来，而那个沙丘距离他并不算太远。

他喜出望外，已经快没有力气的身体重新充满了力量，他比刚才更加拼命地向那些人狂奔而去。

当他跑到距离那些人还不到一百米的距离时，忽然想起来一个重要的问题——那些人能是那怪物的对手吗？！他跑到那个地方，难道不会把那些人害死吗？

心底忽然升起的罪恶感让他骤然慢了下来，而他身后的那个怪物并没有，于是在他刚刚慢下来的同时就觉得眼前一黑，一股臭气笼罩了他的全身。

……一片黑暗。

他被吃了！

他今天要死在这里了！

不知过了多长时间，也许是一百年，也许是一瞬间，他紧闭的眼帘前忽然由暗变亮，那股臭气也稀薄了许多，他又闻到了沙漠上干热的空气和尘土的味道，然后毫无支撑的他扑通一声倒在沙子上。

他睁开眼睛，心里疑惑不已。

一个年轻的面容出现在他的眼前，微笑着，不过是倒着的。他花了点时间才明白这是因为那人正蹲在他的头顶低头看他。

“你没事吧？”那年轻人很关心地问。

“没事……”他扶着那年轻人伸出来的手坐起来，看着自己完好无损的身体，不知道发生了什么事。

他往左边看了一眼，差点当场昏过去。他的左边就是刚才差点吃掉他的那个蛇状怪物！就在距离他不到两米的地方！

而那个怪物面前站了一个美艳的妇人，正对着怪物责骂着什么。

“……说过好多遍了为什么记不住！就算这孩子走错了方向也不能用那种方法吓唬他！你都多大了，怎么一点记性都没有……”

盘犹守无语地看那怪物乖乖低垂的头——尽管没有眼睛鼻子，只有一张六棱形的嘴，根本分不清上下——他转头用询问的眼神看着那年轻人。

那年轻人马上就明白了他的意思，哈哈笑道：“那是我们的小弟，今年才二百二十岁，工作是在这片沙漠里寻找迷路的旅人，把他们引导到正确的地方去。不过小弟还小着呢，不会说话，有时候用尽办法别人也不明白他在说什么，所以只好用这种办法……”年轻人一边说一边走到那美艳妇人身边去，拍着妇人的肩说，“妈，小弟不也是没办法嘛，原谅他吧。”

“我早就给他做好了指示牌，他就是不戴！”

“他不是嫌那块牌子难看吗……”

“我不管……”

趁着那对母子争论的时候，盘犹守仔细观察了一下周围。

刚才他的确没看错，在这里是出现了一些“人”，除了那母子二……三个之外，还有七八个，都穿着五彩斑斓的衣服，像破布条一般裹在身上。而他们不像是到沙漠来办什么事的，随便找个地方往沙上一躺，似乎丝毫不怕沙子的高温，有的人在上面滚来滚去，有的人挖个洞往里面一钻，似乎还非常舒适地扭动了几下。

终于教训完了儿子，那美艳妇人晃着一身五彩斑斓的布条，如同晃荡着一身的珠翠，娉娉婷婷地走到了盘犹守面前。

“你好啊，小伙子。”美艳妇人说，“我是铂离青瞳，是这四个字……”她很认真地用指头在沙子上写下自己的名字，“这是我大儿子铂离大明，那个是小儿子铂离小明。”

大明小明……好像小学生作文里的人名啊……

他看了铂离青瞳的名字，忍不住看向她的眼睛，她的眸子是非常漂亮的青色，但是没有瞳孔，也没有虹膜，好像只是一片青色的玻璃（铂离）而已。再看看她的大儿子铂离大明，眼睛是白色的，同样没有瞳孔和虹膜。

好像能看出他的疑惑一样，她微微勾起了嘴角："啊，我们一族都没有眼睛的，看不看都一样哦。先不说那个，我应该怎么称呼你呢？"

没有眼睛？那你脸上那两个是啥东西？盘犹守想问，又把话吞了回去，讷讷道："我……我叫盘犹守，铂离青瞳女士，见到你很高兴……"

第五章　瞬息百年

铂离青瞳听到他的介绍，顿时跳出了十米外。

“这个姓……是人类哇！”她尖叫。

她儿子也和她一起跳到了十米外。

而盘犺守自己则几乎昏过去，当然不是因为她的尖叫，而是她在起跳的时候有一只眼珠掉到了他的怀里。

铂离小明和其他的人都在沙子中舒适地滚动，根本没注意这边双方受到的惊吓。

“是人类！”

“这里怎么会有人类！”

“一定是出错了！”

“错了！”

盘犺守手忙脚乱地扑打了一会儿，才从怀里掏出了铂离青瞳的那只眼珠，正要扔出去，又觉得不对，在手心摩挲了一会儿，心里才稍微明白了。

“您的眼睛……是玻璃？”他问。

铂离大明飞速地蹿到他面前把那颗眼珠抢走，又飞速地跑回他妈妈身边。

铂离青瞳把那颗玻璃球放入眼眶中，依然严丝合缝。

“你究竟是什么人！”铂离青瞳一改刚才的态度，冷冰冰地喝道，“到这里来有什么事！给我老实交代！否则……”

“否则杀了你！”铂离大明叫嚣。

铂离青瞳用青色的玻璃眼珠瞪了他一眼。

铂离大明闭上了嘴巴。

虽然两个妖怪非常凶悍，但是盘犺守还是感觉到了他们的心虚，似乎有什么东西让他们害怕。而那个东西，很有可能是他，但他又觉得似乎不是。

“你们……难道怕我是法师吗？”盘犰守小心地问，“我不是啊，我只是来找我的朋友的，它好像被送到这里来了……我说的是真的，要不你们试试，我身上一点法力也没有。”

铂离青瞳瞪着那双玻璃眼珠“看”了他好一会儿，母子两人的身体同时放松了。

“啊啊，不好意思……”铂离青瞳满面笑容地说，“一百多年前，有一个家伙到这儿的时候一直喊叫，说什么儿子是人类中的大法师，一定会来找我们，把我们杀掉……我一听说你是人类就以为你是那个人，哈哈……”

人类中的……大法师？

“那个妖怪叫什么？”盘犰守问。

铂离青瞳用青葱玉指点点嘴唇：“哦，让我想想，那个家伙姓什么来着？好像……反正是很怪的名字……叫……”

“叫一只耳！”铂离大明说。

盘犰守差点一跤滑倒。

铂离小明不知何时爬了过来，在它老妈和兄弟耳边叫了一会儿，它妈妈恍悟，拍了一下手：“还是儿子记性好！就是这个名字！”

盘犰守看了她一会儿。

铂离青瞳被他看了几分钟才反应过来，又一拍手：“对了，你听不懂他在说什么！他刚才说，那个人的名字很奇怪，明明长着两只眼睛，名字却叫什么独目……”

独目神鹰！

盘犰守忙问：“那个人去了哪儿，您知道吗？”

铂离青瞳指着他们来时的方向说：“他去那个地方啦，究竟去了哪儿我也不知道，毕竟一百年过去了，他跑到哪儿都有可能。”

她说得很有道理，时间都过去一百年了……一百年？

盘犰守又问：“为什么是一百年？那个人来的时间有这么长了吗？我不久以前才见过他，我可以肯定他绝对没有失踪一百年。”

铂离青瞳用理所当然的语气说：“我很确定有啊。啊，我知道了，你是从外面来的，所以不知道这里的时间运行方式……”她指指头上毫无变化的太阳说，“外面太阳一个起落是一天，但在这里，一个起落是十年，我们差不多是在十个太阳起落之前见到那个人的，也许是十多个太阳起落，所以差不多是一百年。这里和外面的时间比例大概是十年等于一天，所以那个人的确有可能是失踪这么长时间了。”

盘犹守紧追不舍：“外面？你们知道‘外面’？你们知道这里是什么地方吗？有办法可以去‘外面’吗？”

铂离青瞳歪了歪头。她的儿子们（无论人或怪物）也都歪了歪头。

“出去干吗？”她说，“我们的修炼靠太阳……外面的太阳哪里有一晒十年的？我们根本就没想过那种事啦。”

盘犹守：“……”所以他们根本不在乎这里是哪儿，也不在乎如何摆脱这儿，只要好好过自己的日子，其他都无所谓……

他挫败地叹了口气，说：“我想去找我的朋友……除了那个叫独目的妖怪之外，你们有没有见过一个狼妖，狼形时有一身银灰色的毛，人形时长着银灰色的长头发，名字叫作天罡木狼。”

三个妖怪都很确定地摇头。

“我们来这里的时间不过一二十个太阳起落而已，之前有多少妖怪来我们也不清楚，也有一些大妖怪能力很强，我们见都见不到啦，所以你最好还是去找找看。那边的沙丘一过去就是城镇，你去问问那里的妖怪，我想应该能找到的。”

盘犹守非常失望，不过还是很有礼貌地向他们道了谢，穿过那些在沙子里翻滚扭动的妖怪，向他们所指的沙丘走去。

他一直走到了沙丘顶上，发现沙漠的那一边竟是另有天地。

一边是沙，一边是城，一边是黄沙遍地，一边是绿树如茵，而这两个完全不同的世界被一条蜿蜒的大河所阻隔，如同两个世界被什么人从原本的世界切下来后拼合在一起。

他正想对这样奇妙的景色大声抒发点什么，然而刚才在和妖怪们说话时几乎已经完全被他抛诸脑后的疼痛却如狂啸的风沙般猛烈地冲进他的四肢百骸，他痛得大叫一声，滚倒在地上。

怎么回事？怎么回事？怎么会痛到这个地步？这究竟是怎么回事？！

之前刚刚落入这个地方时的那种疼痛，他还以为是摔下来伤到了，但现在再想想，他还记得掉进来时的感觉，不像从天上掉下来的，更像是只有几米而已，这里到处都是沙子，又不是水泥地，他怎么会摔伤？

如今被放大了百倍的疼痛更让他确定了，那不是摔伤后的疼痛，而是从骨头和肉的每一个地方钻出来的疼痛，如同万蚁噬身，疼得他恨不得就此死去。

他觉得自己在沙中挣扎了五百年，终于有一只手放在了他的额头上。那只手温柔而温暖，散发着无穷的力量。他四肢百骸中顽固的疼痛呼啦啦地通过那只手流泻出去，逐渐变小、消失。

“大娘……”他轻声说。

“喂，大姐我还年轻，你再叫我大娘我可生气了哦！”显得不太高兴的女声响起。

盘犹守睁开眼睛，眼前的人是铂离青瞳，大娘并不在这里。

“对不起，我……”

铂离青瞳将他从地上拉起来，像个母亲一样拍拍他身上的沙尘：“唉，你别解释了，我明白。现在有个更重要的事情，我得让你知道。”

“是什么？”

铂离青瞳伸出一根手指，点了点他的额头：“你是人类。”

“……我很早以前就知道了。”

“然后……”铂离青瞳加重语气说，“你不应该出现在这里。”

盘犹守愣了：“怎么回事？”

铂离青瞳有点困惑地低头想了想：“嗯，我也不太清楚，不过应该是这样。我们在这里这么多年，还从来没有见过人类进来。”

“那是因为我家虚空点有值班妖怪看守……”

铂离青瞳静了一会儿：“啊……你就是盘犹守？”

“我刚才就自我介绍过了……”

“不好意思，我忘了。”她丝毫没有愧疚感地说，“虽然记得看守虚空点的人类，也记得你的名字，不过没和你联系起来，哈哈哈……”

盘犹守：“……”

她托着下巴，用那双青色的玻璃眼珠看着他——仿佛看着他。

“刚掉进来的时候我们就知道了，这个虚空点又被转移到别的地方去了，但是一旦进来，出口就会立即关闭，我们也没有办法向外面示警。虚空点的值班妖怪应该是每十二个小时一换的，而我们进来的时候并没有看见值班妖怪，所以，恐怕值班的妖怪们在当天换班的时候就进入被转移后的虚空点了。”

盘犹守终于明白了为什么他在后院找不到一个妖怪，值班妖怪不见了，而且因为没有值班妖怪的示警，其他想从虚空点回家的妖怪也被转移到了这个地方。

“那跟我是人类有什么关系？”盘犹守问。

她微叹一声："我们一直守候在这里，帮助那些迷路的傻瓜妖怪。但我们遇见了那么多妖怪，却没有见到一个人类……"

盘犹守插嘴："我家后院毕竟有限制，不可能有人类进来，除非是小偷……"

她用那双青色玻璃眼珠瞪他。

盘犹守闭上嘴。

"那不是我要说的原因！"她加重语气说，"我只是在告诉你，因为一直没有人类来过，所以我们都没有注意到——这里似乎不太适合人类居住。"

"怎么说？"

"嗯，妖怪在进来的时候，一般在入口处都会有从外向内的波动。但是你进来的时候，入口处的波动却是从内向外的。直到现在——"她指着他说，"依然有波动在你身上向你刚来的方向传播过去。"

盘犹守愣了一会儿："……我没听明白。"

铂离青瞳一副恨铁不成钢的样子，咬牙切齿地回答："那能是什么意思？意思就是，这个世界在拒绝你呀！"

盘犹守看看自己："哦……但是我还在这儿啊？"

铂离青瞳看起来快要倒下了："那是因为你的身体在拒绝离开哇，所以你才会痛成那个样子！"

盘犹守低头抚摩手腕上银灰色的狼毛圈圈，手指一根一根摸过毛尖。

"是它吗？"他问，"还是我的……手？"也许是神之手。

铂离青瞳摇了摇头："不知道。不过你的全身都在散发着拒绝的味道，所以那波动拿你没办法。"

盘犹守想了许久，也不明白除了神之手和那个狼毛圈圈之外，他有什么可以拒绝整个世界的东西。

"那为什么我现在不疼了呢？"刚才和他们说话的时候，他似乎也没觉得疼。

她回答："那是因为我在你身边，就有妖气在你身边呀。刚才你离开我们了，妖气没有了，这个世界又发现你是人类啦，你才会又痛起来。"

盘犹守终于明白她想说什么了，他有些傻眼，如果是这样的话，那他一个人去找大娘根本就是不可能的任务了啊！真恨这个狼毛圈圈太小，如果像水婉说的一样做成棉袄，现在光狼毛携带的妖气应该也够了。

在他认真地思考的时候，他并没有发现铂离青瞳的红唇向一侧勾起了一点。

“所以我说啊……”她的声音里带着笑意，“送你一程吧！”

“送我？”

在盘犰守还在咀嚼她话中意思的时候，她已经拎起了他的后脖领子。

“有点危险……”她说，“不过你放心吧，绝对不会死人的！”

盘犰守慌了神：“什么？请等一下，这位妖怪女士……”

她大喝一声：“去吧！”

盘犰守在抛物线的作用下越过沙漠，越过运河，一直飞往城市中心……

“啊啊啊啊啊啊啊啊——”这是盘犰守难得的惨叫声。

铂离青瞳站在沙丘上，满意地看着盘犰守消失在城市中心，点了点头：“完美！”

她一转身，原本什么也没有的沙丘上出现了另外一个影子，一个火焰般的青蓝色影子。

她趔趄了一下。

“要出来也说一声啊！”她抱怨。

那个影子看着盘犰守消失的地方，口唇紧闭，眼神冷硬得就好像看到了令她特别愤怒的东西。

“我可照你说的做了。”铂离青瞳环抱着手臂说，“但是我不觉得这件事的结果会给我带来什么好处，我跟你说，我还是很喜欢……”

“你怎么能那么说，青瞳。”那个影子强硬地说，“这是为了大局，不是你一个人的利益。”

铂离青瞳气得咬牙：“大局大局大局！和我有什么关系！那又不是我的大局！”

那个影子的眼神柔软了一下，放低了语气：“你所期望的东西未必对你就好。我也是为了你好。”

对方放低了身段，铂离青瞳也没有必要再端架子，也温和地说：“我知道，所以我会乖乖做的，你不要再这样了，太消耗你的体力。”

对方嗯了一声，说：“好，再见，青瞳。”

铂离青瞳说：“再见，云蛛。”

玉红云蛛的幻影消失在青蓝的火焰里。

铂离青瞳看着她消失的地方，又抱起了双臂。

“我还是觉得没有必要嘛。”她嘟囔。

第六章 花魁小狐狸

魏天师不停地拨打着盘犰守的手机，但手机中始终给他同样的回答："您所拨打的用户不在服务区……"

他有点烦躁地在手机的通讯录里点来点去，忽然想起了王飞，他记得王飞是盘犰守的朋友！他立刻给王飞拨打电话。

"喂。"王飞的声音从手机中传来。

魏天师大喜："喂！王飞！你知不知道咱盘哥的消息？我有很重要的事情找他！"

王飞没有回答，取而代之的是能把人耳膜刺穿的哇哇哭声。

"你什么时候生的孩子？"魏天师问。

"不关你的事。"王飞的声音听起来很不高兴，电话里的哭声越来越远，大概他跑到另外一个房间去了，"你找盘哥干什么？又想骗他的钱？盘哥不会上你的当的。"

"又不是我骗你的钱，是我师父！而且我也逼他还给你了……"

"好了好了，你到底找盘哥有什么事？"

"关于妖怪的事！"魏天师说，"说给你听你也不懂，快告诉我盘哥哪儿去了。"

王飞愣了一下："妖怪的事？妖怪什么事？"

"反正你家也没妖怪，你不如就直接告诉我……"

"我问你妖怪什么事！"王飞怒吼，"我的三个孩子就是妖怪！我要知道妖怪出了什么事！"

电话那头静了一下，随即就是惊呼："……你说啥玩意儿？"

"说！"

大概是以前骗过他所以有点心虚，魏天师很爽快地就将自己发现的事情告诉了他。

“……所以说这是大事啊！”魏天师苦口婆心地说，“我现在要赶快找到他，找到他就能找到那个老妖怪，就能找到妖怪界的上层人物，赶快把这个事情告诉它们……”

“我也不知道他究竟在哪里。”王飞也答得迅速，“但是他昨晚打电话给我说，老跟在他身边的那个狼妖不见了，他必须去找它，再之后他究竟去了哪儿，他也没说过。”

魏天师傻了眼。

“……死定了！”他们同时说。

我死定了！——盘犹守无比肯定地想。

下一刻他已经砸穿了一堆瓦片，穿过了屋顶和地板，炮弹一样摔在地上。

周围的情景一片模糊，就像他现在的脑子一样。他虽然不太清楚自己究竟死了没有，但是有一点很确定，那就是他旁边的尖叫声已经快把他的脑汁戳出来了。

“让我死了吧……”他喃喃自语。

眼前昏花的景色让他什么也看不清楚，很多颜色的东西在他面前闪来闪去，扑鼻的香气和着尘土的味道，他怎么也猜不出自己究竟掉到了什么地方。

他觉得自己正在棉花上飘，一双手臂温柔地将他从地面上抱了起来，终于让他找到了支点。

“大娘……”他模糊地低语。

“不管什么时候你都不会喜欢我。”这个一点都不伤心的声音听起来似乎有点熟悉，但他想不起来是谁。

他紧紧拽着对方的衣服，模糊的眼睛里只看到一片鲜红。

在不长的时间之后，他被放在什么柔软的东西上，那个鲜红的身影眼看就要离开，他一把拽住对方：“你是谁？”

对方十分惊讶地咦了一声：“小盘子啊小盘子，我都跟你说了这么长时间话了，你还没认出我啊？”

对方绝对不是大灰狼，但是会叫他小盘子而不是盘犹守的……

“妲己没谱？”他试探地问，完全不相信对方会给他肯定的回答。

令他无比震惊的是，对方竟那么做了！

“是呀小盘子！”那个红影子飞速凑到了他的脸前，“是我！我是妲己没谱啊！不过你说古语还真是挺有趣的，我也差点没认出你啊。”

盘犹守的眼睛就好像被猛然扯掉了一层雾障一样，眼前是红衣少年一张娇嫩的……大脸。

他本能地一巴掌挥出去，将那个家伙打得翻滚着跌到角落里。

红衣少年倏地化作了可怜兮兮的小狐狸，抱着沾着灰尘的大尾巴大哭：“反正你们都不喜欢我！连读者都一样！就那条狼受欢迎……”

盘犹守稍微活动了一下身体，令他惊讶的是，他的全身没有一点伤痕，连疼痛都没有！从那么高的地方摔下来，还砸穿了人家的墙壁（他意识不清的时候以为是墙壁），但他身上除了灰尘，连一点点破损的迹象都没有！

“我就是那被忽视的炮灰配角，就算我死了也没有读者爱我……”小狐狸干嚎。

盘犹守无奈地走过去，将它从地上拎起来，抱在怀里。

“对不起，是我的错。”他好声好气地说，“我还以为……总之你吓到我了，那是本能反应。”

小狐狸从爪子之间露出大眼睛：“如果是那条狼你就不会这么对他！”

“哦……对……”盘犹守说，“因为它不会像你这样吓唬我。”大灰狼是成熟的成年妖怪，这家伙只是个孩子而已。

一看小狐狸又要开始嚎叫，他马上换了个话题：“那些都不重要，我说妲己没谱，你怎么会说普通话的？”

小狐狸眨巴大眼睛：“普通话？没有啊。倒是你怎么在说古语呢？”

盘犹守愣了一下：“我没说古语，我在说普通话。”

然后他俩对视了一会儿，终于明白了。

“我没有说古语，你也没有说普通话。”盘犹守说，“但是听起来我们分明就在说让对方更习惯听到的话。”

小狐狸眨眼，点头。

“是什么东西的法术造成的？”

“没有那样的法术。”小狐狸回答，“我刚来的时候还以为回了古代呢，这里的人都说古语，好多人的古语说得比我好多了。”

盘犹守沉默了几秒钟，然后问：“人？”

“是呀！”小狐狸高兴地摇摇大尾巴，“感觉不到妖气的都是人嘛！所以这里都没有妖怪！而且他们见到我变身也不会大惊小怪，我陪客人喝酒、跳舞、唱歌，就算露出尾巴甚至变成原形都没人被吓跑哦，大家都为我欢呼呢！”

陪客人喝酒、跳舞、唱歌……这根本就是“三陪”工作嘛！盘犹守再次震惊了，心想，到底是谁这么没天良，骗一个妖怪孩子去当“三陪”！

“那你怎么知道这里其实不是古代？”他和颜悦色地问。

小狐狸骄傲地仰起头：“那是因为我聪明呀！那些人一会儿‘电视’，一会儿‘汽车’，我怎么会听不出来呢？就是有一点很奇怪，我都诱惑那么多客人了，为什么还没有升级呢？完全没有哦！”

那是因为你诱惑的根本就不是人类吧……他想。

不过听惯了这小妖怪满口的古语，一下子变成普通话，又是“呢”又是“哦”，听得盘犹守真不习惯。

他问小狐狸：“你来这个地方有多久了？有没有见过大娘？”

小狐狸又“嗷”的一声嚎起来：“我都到这个地方三百年了，你居然都不知道！你满心都是要找那只丑陋的狼！狐狸不如狼吗？妲己没谱不美吗……”

盘犹守头疼不已，只能顺着小狐狸的毛抚摩又抚摩：“那和你们美不美有什么关系……”你一只狐狸和狼计较什么啊！——这句话他没敢说。

“你难道不相信我吗？只是现在终于找到了你，接下来当然就要找大娘了。”

小狐狸不情不愿地闭上了那张长嘴。

不过事实上……他的确没注意到，要不是跟王飞打电话的时候无意中提到，他恐怕到现在都没想起它来。但这不能怪他冷漠，他家来来往往的妖怪太多了，这只狐狸也十分任性，一会儿在一会儿不在的，他都习惯了。

“另外……”盘犹守说，“难道你不觉得奇怪吗？都三百年过去了，我还是这个模样。”

小狐狸愣了一下，蓦地跳到了地上，冲他龇牙：“你是谁！是妖怪吗！你把盘犹守怎么了！你把他的手……”

它的目光停留在盘犹守挽起了袖子的左手上，似乎就要说出口的话忽然止住了。

盘犹守看看自己的左手，除了手套外，左手上什么也没有。

“你老是对我的左手这么感兴趣，妲己没谱。”他说。这句话说出来其实没什么意思，小狐狸一直都知道他有这只神之手，那双大眼睛里射出的目光也经常停留在它上面，但那又没什么关系，大娘都觉得无所谓，那他更没什么好说的了。

然而小狐狸的反应却大大地出乎他的意料，它上身直立，“噔噔噔”用后腿大退几步，小身体都贴到墙上去了。

“才才才才才……才没有呢！”它结巴着大声说。

盘犹守：“……”好一个此地无银三百两……

但是他现在可没工夫和它纠结那么多，于是抛开了这个话题，说道：“既然都已经到了这个地方三百年，那你应该知道这是什么地方了吧？”

“这里是罗布寨哟。”小狐狸好像终于相信他的确是盘犹守了，不过还是有点戒备。

盘犹守说：“我是问你这个世界。”

小狐狸叫道：“我怎么知道这个世界的名字！这里的妖怪都是莫名其妙被送进来的！我也一样！我们上哪儿知道这是哪儿呀！”

盘犹守想想，觉得也是，第一次去妖怪界的时候，他也是什么都不知道，要是大灰狼不告诉他，他当然也不晓得那会是妖怪界——虽然那里有那么多的妖怪，正如这个空间。

“既然你说这个地方是罗布寨……”盘犹守说，“难道还有其他的城镇吗？”

“有啊……”小狐狸跳上一边的梳妆柜，爪子在抽屉里摸了摸，拉出一卷地图，在地面上铺开，足有一张办公桌大，“这是一位旅行者画的地图，已经经过了十几次修改，现在应该比较准确啦。”

一看那张展开的地图，盘犹守差点笑出来。

原来那地图上画的图形竟然是一个尖尖朝下的桃心形状，桃心外写着一圈“沙漠”字样，桃心内被划出了几十个小圈圈，罗布寨在桃尾部，这个地名还算是正常的，其他地名居然还有“红旗飘飘”“鸟国”“玄幻”“殖民地”“白雪公主”之类，每个地界里都有交通、娱乐、旅游圣地的标识，就像人类的地图一样丰富。

唯独桃尖处划出了一个扇形区域，那个地方一片空白，没有任何标识，只在里面写了两个字：禁区。

如果这是玄幻小说，我们的主角一定要先去那个最不能去的禁区——而他总会拥有不能抗拒的理由。

但盘犹守不是，所以他的意识屏蔽了那片空白，使他完全没有注意到那个地方。他指着地图旁边的“沙漠”问：“这些地方都是‘沙漠’吗？”

小狐狸点头：“是呀，曾经有会飞翔的前辈去沙漠深处探险，但他们飞了有一百年，除了沙子之外什么也没有找到，要不是走之前留下了标记，他们可能就回不来啦。”

盘犹守想了想：“正好，我想问问你，你有没有见过那个叫独目神鹰的，会飞翔的妖怪？”

“独目神鹰是谁？”

盘犹守这才想起来，小狐狸并没有见过那个妖怪，每次见那个独目神鹰的时候小狐狸都不在。

于是他向小狐狸描述了一下那妖怪的模样。小狐狸摊爪：“没见过。”

嗯……就凭这个世界的基础设施丰富程度来看，被弄到这里的妖怪绝对不止一百只，也许足有千只，或者近万只都有可能，毕竟他不知道虚空点究竟是什么时候出的问题，按照他家后院虚空点每日的妖怪客流来看，这种数目恐怕都算很保守的。

“那你能不能帮我找找？你都到这里这么长的时间了，人脉应该很广吧？”

小狐狸眯眼笑了，扭了扭它作为狐狸时几乎不存在的肥嫩小腰：“哈哈哈……人脉广是广，不过都是我的客人……”也就是嫖客。

盘犹守霍地站起来就往外走：“不用你帮忙了。”

“不要啊——你听我说——小盘子——”小狐狸跳上他的肩膀，双爪紧紧地攀着他的脖子，活像一条狐狸围脖。

一人一妖正闹得欢，一个故作深沉的咳嗽声打断了他们的游戏。

盘犹守这才发现门口不知何时站了一群老家伙，老头子的胡子长及脚面，老太婆的皱纹能夹死苍蝇，所有老家伙都拄着拐杖，穿着古代员外或者贵妇人的衣服，下垂的眼睑下一双双精明的眼睛死死地盯着他……和它。

“真是胡闹！没谱！给我下来！”为首的一个胡子都能绕自己好多圈的老头呵斥。

小狐狸委委屈屈地从盘犹守肩头跳下。

“真是对不住……”老头向盘犹守稍微点了点头作为招呼，“我们的孩子太小，没什么礼貌，请盘犹守大人您多多包涵。”

既然是小狐狸的长辈，那么知道他的名字也不是很奇怪的事。于是盘犹守也点了点头。

“您好，初次见面，我是盘犰守。请问怎么称呼您呢？”他恭谨地说。

老头对他的态度十分满意：“嗯，老夫是妲己一族的族长，名字是妲己美人儿。”

美人……而且还是美人儿……盘犰守表面上依然维持着恭谨的态度，事实上心里正笑得疯狂挠墙。

老头一点也不知道他内心的不敬，继续说道：“啊，听说您在人间的时候就对我们的孩子照顾有加，非常感谢您。我们让没谱送去了一棵人参，不知您喜欢不喜欢呢？”

“呃……是，非常喜欢……它很可爱。”盘犰守硬着头皮说着违心的话。反正王飞还算喜欢那孩子……抛开它对小狐狸的暴力不谈，还算是个好孩子……吧。

老头高兴得胡子都在抖：“啊，既然这样，那你们的婚期定在什么时候呢？都是老大不小的孩子了，你都能为了它追到这个世界，老夫认为你是可信的，我们可以把我们最爱的小女儿嫁给你……”

在老头说出“婚期”二字的时候盘犰守就差点昏过去，他完全无法理解事情为什么会变成这样，他只是来找大娘的，不打算像唐僧一样被妖怪追着结婚！而当他看到小狐狸扭动它肥硕多毛的屁股变回了初见面时那个大美女的时候，他大脑的运行系统立刻瘫痪，并自动强行关机。

名叫妲己美人儿的老头子看了站在那里快昏过去的盘犰守一眼，一双精芒四射的小眼睛很生气地贴近大美人儿妲己没谱。

“你说他爱你，你说你们两情相悦，你说他会答应和你结婚，你说你能成功通过考试……那这是怎么回事！”老头吼。

大美女“砰”的一声又变回了小狐狸的模样，小身躯团成一个球，一双大眼睛里泪珠儿滚滚：“我……我也不知道……在这个世界都有那么多人愿意和我结婚，为什么我还没有升级……呜呜呜呜……我也不知道……呜呜呜……现在连小盘子也……呜呜呜呜……”

一群老家伙面面相觑，互相鼓了半天气，最后还是没能狠心把那些“人”其实都是妖怪的事实告诉小狐狸。

“不能伤它的心……”一个老太婆说。

老家伙们点头同意。

终于从大脑死机状态中恢复的盘犰守走了过去，将装可怜的小狐狸拎了起来。

“我没打算和你结婚！想利用我通过考试，你死了这条心吧。”他对小狐狸说，然后问那群老家伙，“有一件事我觉得很奇怪。我刚才是被铂离青瞳扔进来的，然后我就直接遇到了妲己没谱，这么巧？”他从来不相信巧合，这次也不例外。在这个偌大的世界里，他被随手一扔就遇到熟人，那是基本不可能的。

“这个嘛……请您到这边来。”老家伙们示意，他便跟着他们走了出去。

盘犹守拎着小狐狸一走出房门就惊了一下，门内明明是普通的房间，门外竟是一派流光水榭、亭台楼阁的梦幻景象，还有轻烟在地上柔和地翻滚，简直如同仙境。

“这是幻觉？”他悄声问。

小狐狸得意地摊爪：“怎么可能？这可是我们妲己一族想尽办法开发出来的特殊服务——所以我们的丽春院客流量才会这么大。”

……这些妖怪们果然是闲得没追求了！还丽春院！看《鹿鼎记》入迷了吧！

第七章　丽春院

他们一起走到了一个门脸看起来很豪华很像电视剧里勾栏院模样的二层小楼。进去之前盘犹守还在想，这个房间里看起来挺明亮的，他们的采光做得不错嘛……一脚踏进门内，他才发现所谓的明亮是怎么回事……

这栋二层小楼被什么东西击穿了，目光可以穿过一楼看到二楼楼顶以及外面的大好阳光，一楼的地板上还有一个仿佛陨石砸出来的大坑，坑底下居然还有个人形痕迹。

盘犹守目瞪口呆，他想了一下，脑海中浮现出刚才不断撞击的感觉："这是我掉下来的时候弄的？"

老妖怪们和小狐狸一起点头。

"我居然没死？"盘犹守喃喃问道，"从这里掉下来……弄成这样……我怎么会没死的？"

"你其实很想死吗？"小狐狸问。

盘犹守拍了一下它的大脑袋。

名叫妲己美人儿的老头用拐杖指了指大洞的天窗，对盘犹守说："请看那里。"

盘犹守眯着眼睛看那个地方，却没看出什么东西。

"您是要我看什么？"

老头没法，跟小狐狸示意了一下。小狐狸指着一边的楼梯说："咱们从那里上去。"

盘犹守跟着小狐狸指的方向走过去，顺着楼梯走到二楼楼板的大洞旁边。

小狐狸指了指大洞的边缘，盘犹守蹲下仔细一看，这才发现大洞的边缘并不是一个静止的楼板而已，它就像有生命的东西一样在挣扎扭动，每挣扎一次，边缘就生长出来一点。他绕着大洞的边缘走了一圈，发现整个洞都在这样挣扎扭动着，仿佛要把他所造成的伤害完全抵消掉一样。

他回到那群老头老太太面前：“那就是你们想让我看到的吗？那个洞是活的？”

老家伙们集体摇头，其中一个老太太回答：“不是洞是活的，而是整个房子……不，是这个世界所有的东西，都是活的。”

盘犹守忍不住联想到自己脚下正踩着一群会扭动的活物，后背一阵发麻。

“整个世界……连那些沙子也是活的吗？”

“那倒不是……”妲己美人儿回答，“但是我们用的东西，包括房子、街道、植物、水、石头等，都是活的。”

一个老头从袖口掏出出一盆不知名的大叶植物——天知道他是怎么掏出来的，将其中一片叶子拔了下来。

那大厚叶子并没有像正常的叶子一样流出汁水，而是在断痕处同样有虫子一样的东西扭动着，似乎想要穿过那遥远的空间和断开的地方合并。

老头又将那叶子放回断口处，那叶子立刻就长回去了。

盘犹守目瞪口呆地看着那绝无可能的情景，想破头也不明白究竟是怎么回事。

考虑了一会儿，他终于想起了一个重要的问题：“这些事情的确是挺奇怪的……这些问题和我正好被扔到妲己没谱身边有什么关系吗？”

老家伙们集体摇头：“没有什么关系！”

盘犹守差点滑倒。

“我们怎么知道你为什么会掉到我头上？”小狐狸反问，“族长们只是想告诉你这些事情啦，和那事儿没啥关系！”

盘犹守不得不考虑活活掐死这个小妖怪的可行性。

不过他们也说得对，扔他过来的是铂离青瞳，这些狐狸不知道原因也很正常。

他说：“那好吧……那件事就算了……”不过现在又出现了另外一个问题，他就不相信这些妖怪没有发现！“既然妲己没谱都到这个世界这么长时间了，这个世界的东西又都是这些……那这么长时间以来，你们都吃什么喝什么？”

“我们根本不用吃喝呀。”狐狸们一致回答。

盘犹守："……"果然是妖怪？所以辟谷了？

不过他猜错了。

"自从来了这个地方，我们就不需要吃喝了。"小狐狸说，"就是来这儿以后一百年开始我们就都有点饿，不过也没什么吃的，又不是饿得快死，所以不吃也无所谓。"

盘犹守想起以前在家的时候，大灰狼和小狐狸都是要吃就一顿吃到死，不吃就一个月不沾一点荤腥的那种，他最后一次见小狐狸，是在差不多一个月以前，如果按照人间的时间来算的话，现在小狐狸也该饿了。

这么说……

"这里的时间其实是按照外面的来算的？"他自言自语。

小狐狸仰着大脑袋问："你说啥？"

他说："没什么……"

这种想法有点怪诞了，他自己也没办法解释清楚。而且……他自己感觉了一下，如果按照那个猜想的话，这里的时间在他身上应该也是一样的流逝速度，这样就解释了他为什么在沙漠里走了那么"长"时间以后还是不渴不饿。但如果这是真的话，昨晚上吃得很饱的他现在也应该没有任何感觉才对，他现在却已经觉得有点饿了。

好怪异的情况。

他有点胃疼了，手指无意识地捏着小狐狸的爪子，脑子里的思绪纷繁复杂，完全没有注意到面前有人叽里呱啦地说话。

当他回过神来，他才发现眼前那群老家伙的嘴巴一张一合："所以你找谁只要问我们……"

话题什么时候变成这个的？

但是既然变成了这个，对他肯定是有很大用处的。

"你们知道这里所有的妖怪吗？"他立刻抛开了自己的繁杂思绪，说，"你们知道大娘……天罡木狼和独目神鹰在哪里吗？"

老家伙们回答得很干脆："不知道！"

盘犹守再一次差点滑倒。

"我们又不是神仙！"那群老家伙很不客气地说，"我们只不过是知道一些消息而已，你知道，我们这儿是全世界妖怪都会慕名而来的妓院嘛，哈哈哈哈……"

盘犹守很想抱根柱子，然后把脑袋使劲往上撞。

“对呀对呀！”小狐狸说，“就算是我们也不是什么都知道的，不过呀，小盘子，我们这儿是妓院呀，只要等会儿开张，我们问了客人，不就什么都知道啦！”

你开个妓院还这么骄傲……

不过也没有办法，有人脉已经很不错了，还挑剔什么？不能对妖怪的职业有歧视，这是他了解妖怪世界后最清楚的一件事了。

虽然只接触了一点点时间，但是他还是能看得出来小狐狸的老族长们很宠爱它，不可能对它造成什么伤害，所以他真挺想看看它是怎么“接客”的，如果有妖怪图谋不轨，不知道这些长老会是什么反应。

盘犹守点头同意。

妖怪们在这个世界虽然没有可以使用的表，但它们毕竟是修炼千百年的老妖，有的是办法来确定时间。

这个巨大的妓院里有一只黑狐狸，它的工作是专门盯着沙漏里的沙子，当沙沙落下的沙子达到某个刻度时就开始嚎叫。当这只黑狐狸开始嚎叫时，分布在罗布寨各大建筑物顶上的二十只以上的狐狸就会随之开始嚎叫，于是这个罗布寨的妖怪们就知道，娱乐的时间开始了。

在等待娱乐时间到来的时间里，盘犹守无聊地待在小狐狸的“闺房”中，看着小狐狸梳妆打扮……

说实话，他根本就没想过妖怪梳妆打扮是这个样子的。

“……你不变成人就开始打扮，能行吗？”他实在忍无可忍，张口问道。

变成原形的小狐狸根本没管他说些什么，它正努力用爪子往大脑袋上戴一朵花，不过因为毛发太短，花戴上去就会掉下来。他眼睁睁地看着小狐狸把花顶到头上——掉下来——顶到头上——掉下来——顶到头上……

他忍不住一把抓起掉下来的花，然后抓起梳妆盒里一根长长的项链，在小狐狸脑袋上用力绕了几圈，把项链固定在它那双大耳朵上，然后又拿了一朵花，把两朵花分别插在它的大耳朵里。

做完这一切的盘犹守看着自己做出来的成果，差点笑死了，被花遮挡了两只大耳朵，并戴着一大堆项链的小狐狸……就像马戏团里的小猴子一样，既可爱又搞笑。

小狐狸对此倒是毫无察觉，相反，它对于自己如今的打扮十分满意，在镜子前面扭了扭小身体，又用爪子抓起胭脂水粉以及眉笔往脸上抹。

盘犹守看着这让人不忍直视的一幕，真的无比想要自插双目，好让自己看不见这可怕的景象……要么戳瞎小狐狸的双目，让它快快住手。

“你非要这样打扮吗？”他忍住想要扔掉那些化妆品的冲动，说，“我觉得你素雅一点比较好看。”无论插谁双目都好！来个人救救他吧！

小狐狸优雅地放下刚刚画出三根粗壮睫毛的眉笔，对他嫣然一笑：“我当然知道该怎么打扮，我可是花魁哦。”

盘犹守再也无法保持淡定，双指插向了他自己的双目。

“哎呀呀呀！就算小盘子你爱上我了也不用这样对自己呀！”小狐狸喊。

让我死吧……他想。

当二十多只狐狸一起开始嚎叫的时候，罗布寨的妖怪们从四面八方向狐狸们的妓院涌来。

盘犹守摇摇晃晃地跟在花魁狐狸身后，走在轻烟缭绕的回廊上，看着那脑袋和尾巴上都戴满了鲜花，身上又穿着透明轻纱，里面除了一身红毛之外什么也没有，扭捏着迈开小短腿的原形小狐狸，又有了自插双目的冲动。

“你没有别的衣服吗？”他问，力图忽略想要拔光小狐狸身上的红毛的冲动。

原形小狐狸用一只爪子风骚地捂住长嘴：“呵呵……我知道我很美，小盘子你可不能爱上我哦！”

盘犹守撞上了一边的柱子。

“我恨这个世界……”他喃喃地说。

他跟着小狐狸绕了许多个圈子，终于在一个很像被他砸坏的那个二层小楼侧面停下。

盘犹守悄悄往正门看了一眼，令他惊讶且难以理解的是，正门外站了许多全人形、半人形或全妖形的妖怪，有男妖怪也有女妖怪，看起来都是想进门但进不去的。

他跟着小狐狸从侧面的楼梯上了二层，小狐狸给他指了一扇暗门。他走进去，发现了一个下楼的楼梯。当他从那里下去以后，发现正是一楼，且面前就是舞台边视野最好的雅座。除了这边的一排雅座之外，那个圆形舞台旁边被几排天然篱笆遮挡的地方都被无数的妖怪占满了。

那些雅座是一溜儿鎏金的靠背和扶手，座位下方生出了树根，或者说是这树根生出了雅座，猛地一看，那些雅座上还有非常文艺的树叶镂刻，仔细看才发现，那些不过是树根生出的雅座上应该生长的树叶而已，那些所谓的鎏金，其实也是树叶的黄金边缘。

那些座上还一个人都没有，他也不知道自己该往那里去还是该和平民妖怪们混在一起，正考虑的时候，一个穿西装的狐狸妖怪走了过来——之所以知道它是狐狸，是因为它的身体虽然是人类，脑袋却是正宗的黄毛狐狸！它很有风度地向他鞠了一躬。

“请问是盘先生吗？”黄毛的西装狐狸有礼貌地问。

盘犹守回答：“是。”

“欢迎您的光临……”黄毛狐狸说，“您的位子在前边，请跟我来。”

他本来以为自己的位子会在边缘，出乎意料的是，黄毛狐狸竟将他安置在了那一排雅座最中间的位子。他受宠若惊，忙说：“其实不用这个位子，我只要在旁边就好……”

黄毛西装狐狸很有礼貌地拒绝了他的要求：“您是族长们和花魁的贵客，如果不在这里的话，又能安排您到什么地方去呢？”

他无言以对，只得乖乖待在那鎏金的座位上，在普通座位的妖怪们奇异的目光中，难受得如坐针毡。

他在那个地方坐了很长时间，才有别的妖怪陆陆续续从那个VIP通道过来，他身边的位子，除了左边的那一个之外，其他的都逐渐被坐满了。

妖怪们对于他的存在毫不惊讶，它们最多只是看他一两眼，然后仿佛他不存在一样。也许是在这个世界真的感觉不到人类的气息吧……真的很奇怪，无论在哪种世界里，都不应该遮蔽妖怪这种本能的感官才对吧？

等待了许久的时间，他左边的位子还是没有人来，大概是什么人忘记了吧。

他这样想着，看向舞台上，忽然注意到已经很久没有妖怪说话了，刚才他进来的时候还那样嘈杂，简直就像个菜市场，而现在却安静得令人心惊。不是因为我吧……他想。然后他发现自己猜错了，因为根本没有妖怪看他，所有妖怪都紧紧地盯着空无一人的舞台。

第八章 美艳小狐狸

“梆——”

“梆梆——”

“梆梆梆梆——”

先是一个鼓点，然后是两个鼓点，之后鼓点越来越多，也越来越密集，当它密集到一定程度的时候，盘犹守听到了丝弦的声音，之后的和弦不紧不慢地加入，悠扬的乐曲随之响起。

和着乐曲的声音，打扮得像鬼一样的少女貌小狐狸从二楼的栏杆上飞身跃下，穿着那身几乎透明的衣服在舞台上跳起舞蹈。

妖怪们没有吭气儿，也没有叫好，大家都只是看着小狐狸跳。

盘犹守心想也许这是妖怪们的礼仪吧，即便是花魁跳舞也不会有人叫好……所谓的头好尾好高潮好，难道这些妖怪都不在乎吗？当然小狐狸的那个妆让他看了也忍不住抖三抖，但她毕竟是花魁呀！连“花魁”都这待遇，可以想见普通的妖怪们是什么样子了。

奇异的是，尽管她一身透明的装束，重点部位却根本什么也看不到，无论她摆出什么样的姿势，看得最清楚的地方也只是她的胳膊和腿。

小狐狸那妆化得太过恐怖，在狐狸身上是这样，在人身上也没差，无论她的舞姿多么美丽，他也没法再紧盯着看下去——那根本就是酷刑！他只得把目光往一边移去。

刚才这些贵宾通过的那个VIP楼梯上下来了几个妖怪，由于舞台上有点刺眼的光，他看向那个稍微昏暗一点的地方时什么也看不清楚，只能看到有几个移动的黑影。

那几个黑影走到了楼梯下，黄毛西装狐狸走过去，有礼貌地将那几个妖怪领向雅座的位置。

当那几个黑影走到他面前的时候，他被小小地吓了一跳。

为首的那个妖怪戴着一个黄金的面具，面具上是一只恐怖恶鬼的形状，由于那张面具的脸太过狰狞，牙齿太长，他才被小小地吓到了。而那个妖怪的身后还跟着四个侍卫模样的妖怪，除了为首的妖怪穿得十分华丽之外，侍卫貌的妖怪衣物都十分朴素，甚至每个妖怪身上穿的衣服都不一样。

黄毛西装狐狸将那个妖怪请到了盘犰守身边的空位上，那妖怪不声不响地在那个位子坐下，他的侍卫们依次站在他的身后。

即便是在雅座上的妖怪们，无论穿得多么华丽，身上的饰品宝石有多么耀眼，都是独自坐在这里，身边一个服侍的人都没有，这个人却架子大得要命，这么有面子的妖怪无论在人间、妖怪界还是这个世界，盘犰守都没有见过，就算是族长也很少带着随从大摇大摆地出现。

坐在他右边的是一只额头上带“王”字的吊睛白额老虎，看到那个妖怪这么大排场的时候就哼了一声，而且每隔一会儿就故意哼一声，仿佛很看不起那妖怪似的。

盘犰守很好奇，而且意识到除了这只不服气的老虎之外应该不会有其他妖怪会告诉他究竟发生了什么事，那个妖怪是什么身份。他很好奇，无法抑制地感到好奇。

他转过头去，对那老虎微微笑了一下。

老虎也向他和善地点了点头。

他做出一副很八卦的样子，身体稍微向那老虎倾斜了一下，正如他所料，那老虎也赶紧向他靠近。

“那个妖怪是什么身份？”他低声问，就仿佛不八卦会要了他的命一样，“牛得跟牛魔王似的，眼睛都长到后脑勺去了。”

那个老虎同意地点头：“不错！那个家伙老是这个样子，只不过是鸟国的城主而已，有什么好得意的！”

盘犰守被“鸟国”二字弄得愣了一会儿，才明白过来对方说的是之前在小狐狸给他的那个地图上看到的那个地名。

“鸟国的城主怎么会来这儿？”他问。

老虎耸耸它巨大的肩：“为了我们的花魁呗！花魁那么美，跳舞又那么棒，大家都喜欢！”

盘犰守看看舞台上那个脸上鬼画符一样的花魁狐狸，实在无法想象它究竟为何受到大家欢迎。

他正想再问问其他的事情，那只花魁狐狸却没有给他时间，在他还没问出口的时候，少女貌的狐狸骤然一扭身体，化作了原形小狐狸。

它化作原形的同时，盘犺守就不忍直视般闭上了眼睛，不敢想象眼前究竟会出现怎样死伤惨重的恐怖景象。

然而出乎他的意料，就在他以为会有妖怪当场死去的那一瞬间，妖怪们反而爆发出了几乎能掀翻房顶的巨大叫好声，男妖怪和女妖怪们吹口哨的吹口哨，拍手的拍手，兴奋得就像看到了世界巨星。

盘犺守心想：难道小狐狸的模样这么变来变去还能变得更加美丽？

他好奇地睁开眼睛，小狐狸堪堪跳到他的面前，这个一脸可怕的妆容，一头一尾巴的花和珠宝，一身红毛上还笼罩着轻纱的小妖怪成功地吓到他了。

即便作为天塌下来也面不改色的盘家人，他也不得不再次自插双目，并捂着快要成为血窟窿的眼睛，难得地泪流满面。他觉得自己一辈子都会记得今天，如果他还有命活到未来的话。

他立刻命令自己的精神转移到别的地方去，比如说刚才那只老虎妖怪说的话，对了，它说这位牛得要命的妖怪是那什么鸟国的城主……城主？他有点愕然地想，什么叫城主？妖怪可不像人类，它们拥有无限的寿命，还有无数的种族，族长很常见到，但是城主……难道那一个城里只有一个种族？那也该叫族长才对，为什么会变成城主呢？

他想要问问身边的老虎妖怪，那只老虎却像人间那些忠实粉丝一样，完全忘记了他的存在，虎爪中挥舞着一面上写“花魁万岁”的小旗子，后腿站在它的VIP雅座上，又是嚎叫又是跳脚，哪里有他说话的份儿。

“花魁我爱你”的呼声一浪高过一浪，其他的妖怪也和这只老虎一样，不同的只是发疯的方式而已。

这只小怪物狐狸……原来还真挺受欢迎的！他还以为是那群族长狐狸太过宠爱它不想伤它的心，所以炒作的呢。不过看它那恐怖的样子，而且居然是原形更受欢迎……这些妖怪的审美果然很奇怪！

他无奈地叹了口气，悄悄回头看了一眼，还以为这个面具妖怪也会像其他妖怪一样发疯，但事实上没有，面具妖怪静静地坐在他的位子上，看着眼前混乱的粉丝群，好像他本人根本就不在这儿一样。

面具妖怪坐在他的位子上是那么安静，他的侍卫们都为原形且妆化得无比恐怖的小狐狸而激动起来，他却连一下都没有变过，盘犺守不得不怀疑他是不是睡着了。可就算是最神经大条的小狐狸也没法在这种环境里睡觉吧？他到底是跑这儿干吗来了？

大概是盘犺守看的时间太长，那个妖怪终于发现了，转向他，面具里黑色的眼睛定定地盯着他。

盘犺守吓得一头冷汗，知道自己被发现了，只得硬着头皮转移视线。

那人开口，大概是因为面具，声音显得有些闷："你从刚才开始就一直看我。"

盘犺守真想给自己两拳！以前大娘就告诉过他，在对待不熟悉的妖怪时，不能一直盯着人家看，他在妖怪界第一次见到玉红云蛛时老是盯着她就很不好，不过她是大娘的好友，所以他看也没关系，可他不能对着每个妖怪都这样，万一它不在身边，也许他就会仅仅因为目光的直视而闯出大祸来——毕竟，大部分的妖怪依然有原始的本能，这不是所谓"进化"就能解决的事情。

如今……大灰狼果然一语成谶！

一口咬定"我没看"是最不聪明的做法，盘犺守硬着头皮让脑袋向左下方转四十五度角，恭敬地说："我……只是看您的面具很华贵、很好看，忍不住多看了两眼。"

戴面具的妖怪一般都是有原因的，比如想炫富，比如想遮丑，比如想隐瞒，无论是什么原因，夸奖对方面具好看都是对对方品位的赞同。

那个妖怪的声音果然放柔和了些，说："你的眼光很好，这是我城中最好的工匠打造的面具。"

终于过关了……盘犺守在心中暗暗松了口气。大部分的妖怪都很好打交道，但你要是遇到一个不好打交道的，你会恨不得一辈子不要跟任何妖怪接触！

他又佯装对舞台上那只和怪物没两样的小狐狸充满了兴趣，目光又坚定地落在舞台上。天可怜见！这种行为对他的精神造成了多么大的伤害！他总有一天要逼着小狐狸给他还债！

然而那个妖怪并没有这样放过盘犺守，在盘犺守以为事情就这么过去了的时候，那妖怪的声音又在他耳边响了起来。

"我觉得你很面熟。"

盘犺守的小心脏抖了一下，心想：这难道不是传说中勾搭女子的借口吗？

“我一定见过你。”面具下的声音瓮声瓮气，妖怪的手指在座椅的扶手上轻轻敲打。

盘犹守低头看着那只手，一点也不眼熟，绝对不是大娘。

“也许我和您的一个朋友长得很像吧？”

面具下的黑色眼睛忽闪忽闪，妖怪低下头，仿佛在思考什么，过了一会儿，又抬起了头：“我绝对见过你！你身上有我很熟悉的气息！”他的声音很急促，就好像不立刻说出这句话，就再没有机会了一样。

见过盘犹守的妖怪不会不记得他，因为他的身份有那么一点特殊，身为人类，却与妖怪界有重要的联系，在人间的他属于独一无二，“不太”记得他的，九成九都是认错人的。

他保持着原来的姿势，拘谨地说：“啊，也许是咱们曾经有过一面之缘，不过可能没有说过话……”他犹豫了一下，没有说出自己的人类身份。在这么乱的环境里，说出自己的人类身份可不是聪明人的举动。

他正想再说点什么打消那个妖怪的疑虑，那妖怪霍地站了起来，粗壮的手紧紧抓住了他的手臂：“我见过你！我见过你！你到底是谁？！你到底是谁？！”

盘犹守差点当场昏过去，那妖怪抓的是左手，万一被对方知道自己的左手是神之手，今天他就得交待在这儿了！

他马上道：“城主，大王，您认错人了，真的认错人了，我跟您说我真没见过您……”

周围对那超级巨星小狐狸欢呼的粉丝激动的浪潮是一浪高过一浪，有些激动的妖怪已经准备脱裤子了。

那妖怪见周围的混乱情况，大概也觉得不好在这种情况下追问，便拉着他往外走：“我们到一个安静的地方去说。”

盘犹守脑子里立马将这句话转换成了真切的场景：妖怪把他拉到安静的地方，一口一口吃掉……

他死命往后拖，但一个人类的力气哪里敌得过妖怪？那妖怪一步步将他拖到了那个VIP楼梯口。

盘犹守实在没有办法，回头冲超级巨星的舞台大叫了一声：“妲己没谱！救我！”

那样嘈杂的粉丝队伍，瞬间淹没了他的声音，他还以为自己完蛋了，小狐狸肯定听不到。

小狐狸却在他喊出那一声的同时转过了头来，化得五颜六色的狐狸脸上那双大眼睛对上了他求救的目光。

“妖怪！放下小盘子！”小狐狸尖叫一声，挥舞着它的一身轻纱就向他这边扑了过来。

盘犰守一声“有救了”还没来得及在心中响起，就被粉丝团淹没了。

粉丝团多么彪悍呀，超级巨星怎么能下舞台呢？不下舞台的都能被粉丝团强行拉下去，更何况是自个儿跳下去的？

所以可以看见，小狐狸刚迈腿，妖怪们就无法控制地向前冲，它一条后腿刚伸出舞台，全身就都被巨大的妖怪们压在身下。

“花魁我爱你！我们都爱你！”男女混合的妖怪粉丝团尖叫着挤来挤去，完全没想过也许自个儿的superstar其实就在自己脚底板下踩着呢。

面具妖怪岂能放过这么好的机会，脚下一蹬，“唰唰唰”上了楼梯，几步就跨到了小楼侧面的楼梯顶上。

“大王……”盘犰守试图和他交流，“您可以再仔细想想……好吧，没准儿我们见过，不过这又没什么关系是不是？要不我们现在就交个朋友……”

楼下一只短尾狐狸哼着小曲儿走过，听到上面有声音，一抬头，惊了一下，立马从衣服口袋里掏出了一个口哨。

“快来人！我们的VIP被人掳走啦！”短尾狐狸大叫。

盘犰守差点昏过去。本来妖怪看上去没想要掳走他，但狐狸这么一喊，那妖怪就算不掳走他也不行啦！

果然，那个戴着面具的妖怪低头看了一眼吊在自己手里的盘犰守，抬起头，就好像要对老天说些什么一样。紧接着，盘犰守就听到耳边有风声呼啦刮过，他抬头一看，那个妖怪的背后竟长出了一双黑色的巨大翅膀！

面具妖怪扑棱着翅膀，随着风声的呼啸，他径自飞上了天空，向某个方向飞去。即便在飞行的时候他的手也没松开，始终吊着可怜的盘犰守。

不过盘犰守并不紧张，至少在那双翅膀展开的时候，他就不紧张了——确切点说，是不太紧张了。

因为他想起了一个妖怪，一个应该说和他有点熟的妖怪。面具下的声音显得瓮声瓮气，而且盘犰守以前每次见到他都会催眠自己和他并不认识，所以没能听得出来。

不过他现在没法儿开口询问，这个妖怪飞得实在太高也太快了，地上的景物就像小火柴盒一样大，风又刺骨且凛冽，他必须努力捂住口鼻才能不让倒灌的风钻进他的气管，在这个时候可不适合要个答案。

在天空中飞了许久许久之后，他们终于到达了一个城镇，他们直接飞向了城镇里最高最大的一个伊斯兰城堡样的建筑，黑翅膀的妖怪停在了城堡最高处的一个凉台上，将手臂麻木得仿佛已经不属于他自己的盘犰守放了下来。

“你是……”

那个妖怪的话还没出口，就被盘犰守打断了：“独目神鹰？”

那妖怪愣了一下。

盘犰守继续说道：“你是独目神鹰吧？一定是你，没错，这双翅膀，这个身材，我刚才都没认出来，你最近还好吗？魏天师都找你好久了！你还记不记得我？我是魏天师的朋友……”他记人脸的本事很差，但记妖怪人形特征的本事却是数一数二的。也许这得归功于多年来和妖怪相处的经历……话说回来，他又不是光和妖怪交往，那么多年和人类的接触都白费了吗？

……也许真是这样。

那妖怪显得非常高兴，说：“你知道我是独目神鹰？你果然认识我，我就知道，你那么眼熟，不会不认识我的……”

盘犰守听着觉得不太对劲儿，伸手就揭下了那个妖怪的面具。

果然是独目神鹰。

但对方看起来和他认识的独目神鹰不太一样，脸色似乎更苍白了，黑眼圈更大了，面颊好像更瘦削了……

“你的确是独目神鹰。”盘犰守下结论说，“但是……你不认识我？”

黑衣神鹰摇了摇头：“但是我就是记得你，我就知道你肯定认识我，虽然搞不清楚你到底是……”他顿了一下，“魏天师是谁？”

盘犰守张口结舌。

独目神鹰忘记了他的儿子！

这怎么可能？这个老不修在没了老婆以后，最溺爱的就是自己的儿子，整天都恨不能把儿子含在嘴里走，要不是魏天师和他的师父——或者说舅舅——一直拼死反抗，现在没准儿他就在这老不修的嘴里边儿含着呢。

盘犰守小心翼翼地说：“你没事吧……你难道不记得在人间的事情了吗？那个张天师把你儿子给抢走了，之前十几年你一直在人间寻找他，自从找到以后就一直在他身边保护他……那孩子就是魏天师，你还记得吗？”

独目神鹰困惑地想了想，然后再次摇了摇头：“我完全没有印象。五百年前我成为城主之前的记忆全都没有了，怎么失去的我也不知道。”

盘犽守随手放下面具，然后倚靠在这个伊斯兰城堡最高处的阳台栏杆上，倾斜着上身往下看。

城堡下方是来来回回熙熙攘攘的臣民，是各种各样的妖怪，衣服的样式也可谓五花八门，穿着维吾尔纱裙的少女和一身黑袍的修士相挽，穿着一身文士袍服的男子与穿着超短裙的热辣少女相牵，沿街叫卖的妇人穿着草裙，悠然散步的老汉一身混搭了各族服饰。

下方的建筑物也非常奇怪，中西合璧，古今合一，有瓦房，有大厦，有竹楼，有城堡，简直是你想得到的建筑在这里都能够看到。

真是个奇异的梦中世界啊！盘犽守感叹。

“你在看什么？”独目神鹰问。

“我在看这里到底是个什么地方。”盘犽守回答，“你是怎么到这里来的？怎么会当上城主？这些你也都不记得了吗？”

独目神鹰依然摇头：“当我知道的时候已经成了城主，至于前因后果是怎么回事，我也不太清楚。”

盘犽守无语，像这种莫名其妙就当上城主的情节是如此像网络上的YY小说，作者金手指一开，主角想干什么就干什么，也不想想一个失去记忆的人（或者一个高中生什么的）怎么当官、怎么执政啊！

想到这里，他有点好奇地问：“那你在这里当城主，什么都会吗？比如说每天的工作什么的，大家的纠纷，对罪犯的处理……”

独目神鹰的脸上露出一丝茫然：“那些是什么东西？”

“……你当城主什么都不干吗？”

独目神鹰歪头：“我每天只需要干自己想干的事情就好了，想吃就吃，想睡就睡，有空去看看花魁跳舞……你说的那些我一样也没干过。”

好……好幸福！还有这么幸福的工作！即便是为此要失去记忆也绝对是划算的啊！要让他来他也干了！

盘犽守难以抑制肚子里翻涌的妒忌，忍不住问：“你难道不觉得空虚吗？”

盘犽守这一问却仿佛戳到了点子上，独目神鹰的表情顿时变得悲愤，他扭头到一边，恨恨地说：“怎么会不空虚！每天除了睡就是吃……别人想逛街就逛街，我连出去逛逛都有一堆侍卫跟着跑来跑去，嫖个妓还有人盯着，有什么意思……”

原来那一堆侍卫不是他自己要的啊……

独目神鹰发完了牢骚，又扭捏了一下，说：“你现在是我们鸟国的贵客了，希望你能留在这里做几天客，好好享受一下鸟国的纸醉金迷。你同意吗？”

一口一个鸟国，还纸醉金迷，听得盘犰守浑身不舒服。当然即便听得舒服他也不会同意待在这里的。他在自己也没有发现的情况下恢复了原本的客套语气：“这个就不必了，我其实是来找朋友的，那个花魁……”他想了想，没敢说出自己是花魁的朋友，谁知道这家伙是不是花魁狐狸的闷骚支持者呢？他要是说了实话没准会被妒忌的粉丝杀掉，“花魁那里有我的朋友，我要回去了。”这种没有记忆的妖怪不是他能对付的对象，他至少应该拉上小狐狸来帮忙才行。

独目神鹰的脸色顿时阴沉下来，厉声道：“无论如何你是我们鸟国的贵客！怎么能到罗布寨那种小地方去接受那种下三烂的服务！请恕我不能同意！来人！”

原本应该没有人的阳台上呼啦啦地飞上来一群妖怪，一身翎毛有黑有白有彩，光看毛就知道肯定不只是鹰，那根本就是鸟类大杂烩！

鸟儿们乱糟糟的声音响起：“遵——命——城——主——”

毫无反抗能力的盘犰守被两只大鸟用后爪抓了起来，丢进与他们所在的那个阳台相连的房间。

盘犰守以少女一般的姿态飞旋出去，然后以乌龟趴地的模样摔落在房间里。

他趴在地上，无比郁闷地想：这世界上怎么好像只有我一个人这么倒霉呢？我是来找大娘的，为什么会被当作“贵客”关起来呢？而且关我的还是那个该死的魏天师的老爹……早知道他就不管这妖怪了！连问都不问！没准儿他就不会碰到这妖怪了，也就不会发生这样的事……

透过门上透明的玻璃，可以看见外面围了一群大鸟卫士，提着木棍扛着长枪，人立在门外……等一下，为什么会有枪？有AK47，居然还有30年代的土枪！身上还像30年代的战士一样绕着一圈子弹带！这些妖怪是怎么回事？妖怪界不是一直禁止用枪的吗？难道到了这个奇怪的世界它们就可以不遵守那些规章？！

他有些无奈地躺在地上，深深地叹了口气。管那么多闲事干吗？他只不过是个普通人，现在还是照顾好自己比较实在！

到了独目神鹰的地盘之后，空气明显清爽了许多，比罗布寨的温度要低大概五六度，屋外还有点热，房子里却十分凉快，他躺在那里甚至可以感觉得到呼呼的穿堂风，要是有点小菜，再来点啤酒，其实在这个地方度假也不错……

他突然坐了起来。

不对，不对，有什么地方不对。

他站起来在屋子里转了一圈又一圈，并没有发现什么可以让凉风穿过的地方，这个屋子明显是密闭的，窗户没开，也没有任何洞口。

风是从哪里来的？

更重要的是——等他想起来的时候，那些穿堂风已经没有了。

而且直到这个时候他才想起来，自己竟然不觉得饿。从他刚到这个世界一直到现在，他没喝一口水，没吃一口饭，但他一点也不渴，一点也不饿。

为什么？

倒不是他想渴想饿什么的，只是这样的事情有什么地方不对劲。

就算他在沙漠里时弄错了时间，现在也不会，毕竟他遇见了铂离青瞳，又遇见了小狐狸，再遇见独目神鹰。这些时间就算用最短最短的方式来算，至少也该有大半天了，他就算不饿，也该渴了才对。

他的脑子里闪过那个十年才起落一次的太阳，脑子里闪过了什么，却无法抓住。

他一边认真思考着，一边无意识地抚摩着手腕，却觉得有什么地方不对劲，他立刻将手指放在了自己手腕的脉搏上。

那根突出皮肤表面的血管原本应该有着至少每分钟60次的强力搏动，但是现在那里什么动静也没有，安安静静，一动不动。

他又将手放在了胸口的位置，那里同样很安静，静得就像心脏停止了跳动一样。

难以置信的他又将手指放在鼻子下方，然后才发现了另外一个重要的问题：他没有呼吸！他试着说话，话语从口中出来，非常正常，但是没有应当呼出的气息。他想吹气，却忘了应该怎么做，那原本应是他的本能。

……他成了僵尸？

跑到这个地方就会变成僵尸？！

他看过那么多恐怖片，根据那些恐怖片的理论，他又没被僵尸咬过，不可能有这种情况发生的。他完全无法理解，难道只是穿越了一个有点异常的虚空点，他就变成现在这个样子了？

不，等一下……

他仔细感受着自己的心脏，仿佛要反对他的观点似的，他的心脏以极其缓慢的速度跳了一下。

然后很久以后，它又慢慢地跳了一下。

心跳的速度是如此的慢，就好像下一刻它就不会跳了一样，许久许久才会动一下。

他不是僵尸，但有什么东西在阻碍他的心跳……是这样吗？

他又看看手腕上的表，毫无疑问，秒针在动，但那种动还是不太正常，因为它动的速度简直就像是分针而不是它原本应有的身份。

……不，猜错了。

外面有一只巨大的金刚鹦鹉大概看他一直坐在地上，就用一只大翅膀敲了敲玻璃，喊："贵客！请不要坐在地上！那样对身体不好。"

正好，盘犰守刚想着希望有人和他商量一些问题呢。

"你的心脏怎么样？"他问。

金刚鹦鹉看起来有点困惑："心脏？心脏很好啊，妖怪没有心脏病。"

"我不是说心脏病……"盘犰守说，"你们的心脏跳动的速度现在是每分钟多少次？"

"大概十年一次。"金刚鹦鹉回答，盘犰守正想说点什么，金刚鹦鹉打断了他，"所有的妖怪都是这样，修炼的时间越长，心跳的速度就越慢。你就是想知道这个吗？"

盘犰守失望地坐回了原地。是的，他都忘了，在很久很久以前，他拥抱着摸上去完全没有心跳的大娘，抱怨说"你都没有心跳，跟鬼一样。"大娘的回答他一点也想不起来，只模糊记得似乎就是从那时候开始，拥抱大娘的时候就可以感觉到它有节律的心跳，虽然跳得比他慢得多，但至少可以感觉到它是活的，而非一具有温度的尸体。

他又问："你们以前就是这样吗？到这个世界来之前，你们的心跳就是十年一次？"

金刚鹦鹉疑惑地眨着大眼睛，陷入了思考。

他身边的那只鸽子转过头来插入了他们的话题："这个我知道，以前我的心跳是一个月一次，但是到了这里就完全不跳啦！”

盘犹守问：“你来多久了？”

鸽子说：“两百年！”

另外一些妖怪也一起加入了他们的话题：“我才来十年。”

“我来了一千多年。”

“我们的心脏都不怎么跳。”一个妖怪说。

其他妖怪都同意地点头：“就是说啊，真的很奇怪。”

综合了妖怪们所说的心跳次数，与它们到这个世界的时间一一做出比对，盘犹守终于发现了一件重要的事情。

所有的妖怪——除了那些稀里糊涂什么都不知道的傻瓜——它们的心跳都比在人间时慢了很多，比例上大概是十年比一天。这样看来铂离青瞳说的是对的，太阳十年一次起落，正好与他的发现相合。

但是话说回来……就算知道外面一天等于这里十年，那对他也没什么好处啊，他得到什么时候才能找到大娘啊！这种发现对他寻找大娘的事一点帮助也没有。

第九章　海伦？！

盘犹守懊恼地躺在石头做的地板上，背部凉丝丝的感觉让他脑子清醒了点。

先抛开其他的问题不说，大娘又不知道他到这个世界来了，即便知道了也不知道他在哪里啊，他们之间又没有GPS，说找就找得到，难道他真的得在这个世界待个一两千年……还是让他现在就去死吧！

更何况，看那个独目神鹰就知道了，也不知道出了什么问题，他居然忘记了到这个世界之前的一切！连他最溺爱的儿子都忘了！他和大娘是差不多同一个时代的妖怪，要是连他都中了招儿，变成现在这个样子，谁知道大娘会不会和他一样呢？

越想越绝望，盘犹守真想现在就挖个沙坑把自己埋进去。他的手无意识地抚摩着手底下的沙子，沙子有点热，就好像他刚到这个世界时被灼烧的感觉……

他猛地坐起来。

喂……他刚才明明是躺在石头地板上的，为什么现在变成坐在细沙上了？这个房间里无穷无尽起起伏伏的沙子是从哪儿来的？石头地板呢？那种冰凉的感觉哪里去了？

他喊门口的大鸟们："你们的地板怎么回事啊？"

金刚鹦鹉回头审视了一下地板："很好啊，怎么啦？"

"刚才还是石头，现在就变成沙子了？"

"这儿的地板就是这样啊。"金刚鹦鹉理所当然地回答。

盘犹守："……"什么叫就是这样？什么叫就是这样！石头都变沙子了！这些妖怪为什么都不在乎！

但是他又能怎么样？和这些妖怪来往二十多年后，他所学会的不过就是不要和它们计较太多而已……

他郁闷地坐回自己身下的沙堆，手掌在沙子里推来推去，沙子在他的手中一会儿扭曲成大娘，一会儿扭曲成小狐狸……话说小狐狸那死孩子怎么不来救他？那小狐狸平时口口声声和大灰狼争“我才是最爱小盘子的妖怪”，到了重要时刻就跑得没影子，果然是妖怪薄情吗？

不知道过了多长时间，独目神鹰又来了，就如盘犹守记忆中一样完全没有架子地坐在沙子里，向他询问自己的往事。

盘犹守也不是很了解这对父子，只能说些和魏天师在一起住的那段时间发生的事情，独目神鹰听得入迷，不断让他再讲再讲。他又不是故事大王，说讲就讲！他只能把那些事情说了一遍又一遍，独目神鹰倒是完全不腻烦，不管听几次都是一副津津有味的模样。

直到盘犹守说得再也不想说那些事了，独目神鹰才意犹未尽地离开，临走之前还跟他反复说：“你是我们的贵客，我们不会亏待你的，所以你一定要给我再想想，一定还有些其他事情可以说的……”

盘犹守真想抓把沙子扔到他脸上去！

那之后独目神鹰每隔一段时间就会过来，听盘犹守说那些已经说了百十遍的无聊故事。虽然没有太阳起落，不知道时间如何，但是盘犹守还是推断，那家伙很有可能是一天过来一两次，照这样来算的话，他已经被当作“贵客”囚禁在这儿三天了。

三天！那个老变态还没够，可他已经再也不想看到那妖怪的脸了！

结果在第三天，那老变态走掉以后，盘犹守发现了一件事。

独目神鹰走出他的房间时，他注意到阳光正斜斜地照在独目神鹰黑色的袍服左侧。

太阳已经落到一边去了！

但是他刚来时的太阳基本还挂在天空正中。

他想了想，马上在沙子地面上画起来。

按照一日十年，每年360天这样的比例来算，应该是每3600日等于人间1日，每150天才等于人间1小时。到现在这个时候，太阳应该基本上还挂在同样的位置才对，即便要动，也不应该是人类的眼睛能分辨的幅度。

他摸摸自己的脉搏，依然是以极其缓慢的速度在动。

对了，如果说真的是一日十年，也就是说，每60个小时等于人间1分钟，按照心跳每分钟60次来算，他的脉搏应该是在一个小时里才跳一次才对，那不是他这样摸就能感觉到的节律。

可是现在，他的脉搏虽然缓慢，却可以感受到节律。他再看看表，秒针也在伴随着他的心跳缓慢地移动，真的非常非常缓慢，但是在走。

这说明了什么？是他的身体在适应这个地方的时间？还是……这里的时间在适应他？当然这种想法很无稽，不可能有什么地方的空间会为了迁就人类而发生改变。

他看向门外的那些鸟妖怪，希望让它们来确认一下自己的想法，但问题是……那些鸟都不见了！

独目神鹰那个老变态愿意让他走了吗？

他小心翼翼地走过去，慢慢地推开门……没有反应。

他又将门开得大了些，以确定这不是陷阱。

这的确不是陷阱，因为直到他走出来，那些鸟都没来阻止他。

在跨过门的同时，他听到了蜜蜂嗡嗡似的声音，头顶上还有什么东西呼啦呼啦地响，他一抬头，终于明白了。那些鸟并不是离开了，而是正在他头顶上大概二十米左右的地方盘旋。

他想趁这个机会赶紧逃走，可是绕着这个阳台看了一圈，根本就没有可以下去的楼梯！他在那房间里待了至少三天吧，除了这扇门之外，也没有可以出去的地方，这些鸟到底是……哦对了，这些鸟根本就不用发愁上下楼的问题……他探头到阳台外面，嗯，这点高度不算什么，不过他很确定，只要他跳下去，绝对是必死无疑。

大鸟们盘旋了一会儿，那只金刚鹦鹉发现了他，于是放低了飞行的高度，滑行飞到了他身边。

尽管被抓的时候他就知道这些鸟很高，但它到了面前时他还是小小地惊了一下——在大鸟的身高面前，他简直就成了小孩子。不过这也很正常，原身越小的妖怪身体越容易变得巨大，正如那些吐丝做书的蚕妖一样。

“你还挺受欢迎的。”金刚鹦鹉没头没脑地说了这么一句。

盘犰守有点困惑，不过还是微笑：“是吗？可惜，被你们的城主‘欢迎’这样的事，我宁可还是没有比较好。”

“我不是说他。”金刚鹦鹉说，“看起来你真挺受大家的欢迎的。”

它说出这句话的时候盘犰守才发觉，原来耳边那种好像蜜蜂一样的嗡嗡声和偶尔咣咚咣咚的声音并不是耳鸣，而是很多声音在吼，同时在砸什么东西。

盘犰守向声音的来源看去，那个方向是城门，隔着这么远的距离，他只能看见城门下有许多黑黑的脑袋，上方也有不少大鸟在盘旋。

“那是在干什么？”盘犰守问。

“抢你。”金刚鹦鹉言简意赅地说。

有那么一瞬间，盘犰守的脑门子上挂下了几条黑线。

什……什么叫抢他啊？他一个普通老百姓有什么好抢的？抢劫还差不多！

“不要开玩笑……”盘犰守试图看出那金刚鹦鹉开玩笑的意味，不过尽管鸟嘴本身根本看不出来笑没笑，他也能从那双认真的黑圆眼睛里看出，这只鸟根本就不知道开玩笑为何物……

果然，金刚鹦鹉歪了歪脑袋：“你要是不相信，我可以带你去看看。”

盘犰守面前一阵风沙卷起，就在他捂脸的当儿，感到后脖领子被什么东西抓住了，随后他的双脚就悬空了。他本来以为自己会尖叫，但又觉得抓着自己的那双鸟爪似乎很稳当，于是也没尖叫出来，还放开了手。

迎面的风呼呼吹过，脚下如蚂蚁般的生物熙熙攘攘、妖头攒动，这种景象真是容易让人产生一种君临天下的错觉。

千百年来的人类那样梦想着飞翔，总是有道理的。

不多时他们已经飞到了城门上方，盘犰守低头看去，发现城门内部那些满当当的妖怪几乎都是鸟类——之所以说几乎，是因为有一些全人形的妖怪，他还不能分辨那些究竟是什么妖怪——而无论什么形态的妖怪，都在努力地用身体堵住城门。

城门有节律地发出震天的响声，“咣——咣——咣——”。

盘犰守又看向城门的外边，发现那里许多都是兽形妖怪，从尾巴或爪子看应该没错，之所以没说百分之百是兽形妖怪，原因和城内鸟妖怪一样。

兽形妖怪们就像那电视里的攻城战士一样，扛着巨大的圆木使劲地撞击着城门，那些震天的响声就是它们造成的。

据盘犰守所知，妖怪之间的战争在几千年前就停止了，无论是种族之争，还是仇恨之争——这并不是说没有那种小型的种族性打架——像这样大规模的战争，甚至有了攻城略地的架势，这可不像是他认识的妖怪群。

他只疑惑了一会儿，很快想到了原本就被告知过的原因：“……你是说，这些都是我造成的。”

金刚鹦鹉扑棱着翅膀哼了一声，说：“是呀，这么多年我都没见过打架了，好不容易来一次居然是为了你这个人类，难道你是海伦？不，长得这么丑……你真是太诡异了。”

盘犹守当然也觉得很诡异，抬头辩解道：“我什么都没做啊。”而且张口就说他丑！这妖怪太过分了吧，就算是实话也不能这么说啊！

金刚鹦鹉没搭腔，只用鸟喙指指城外的某个位置。

盘犹守仔细向那个地方看去：哦，老虎……不认识……狮子……不认识……狗……不认识……狐狸……不……咦？狐狸？！

他有点惊讶地看着那个耀武扬威地站在战车上的小狐狸，它依然打扮得花枝招展，身上透明的纱衣在风中舞动，它时不时还吱哇乱叫一嗓子——当然，他根本听不清楚它在喊些什么，也看不清它脸上画成了什么样子，不过他可以肯定，它绝对还保持着那张恐怖的鬼脸。

直到这个时候，他终于明白了，这一切果然是他造成的。

……确切点说，是独目神鹰和小狐狸这两个脑子里遭了洪水的死妖怪造成的！

不知什么时候，盘犹守的身体被笼罩在了一个巨大的黑影里。他有点不舒服地看向那个黑影的来源，不出意外地看到独目神鹰戴着面具、伸展翅膀在他身边飞翔的模样。

“我说你啊……”盘犹守压抑着怒气，好声好气地说，“还是把我放出去吧，你看都造成这么坏的影响了，再把我囚禁下去也没什么好处嘛。”

“不要。”独目神鹰回答得很简单，却气得盘犹守想踩他个满脸花。

“我又不是你儿子，你囚禁我又没什么用。”

人形的独目神鹰扑棱着翅膀耸了一下肩：“怎么会没用呢？你可以给我讲我儿子的故事啊。”

盘犹守气得眼前一黑，真想就这么死掉算了！他怎么就这么傻！在刚见面的时候就把底儿透给对方！要是他刚开始就不告诉对方这些，那不就什么事情都没了？

他捂着太过愤怒以致有点疼痛的胸口，压抑着声音说：“我又不是你儿子！你要见你儿子，光抓我有什么用？干吗不努力想办法去找他？”

独目神鹰回答得也很理直气壮：“你说过他还在人间，我又回不去，不抓你抓谁？”

“那你为什么不想办法回人间或者妖怪界啊？难道你就甘心一辈子待在这个地方？！”盘犹守按捺不住地高声怒吼起来。

独目神鹰再次耸了一下肩：“都好几百年了，要是能出去不是早出去了？既然没有妖怪出去过，那说明就没有出去的路。”

盘犺守终于不生气了，对这些随遇而安的妖怪他没法儿生气，他现在就算是跟它们解释“如果所有的妖怪都这么想，那你们就真的谁也出不去”也没用，它们会很认真地告诉他：“不会的，总会有妖怪想办法。”

是啊，总会有妖怪……

但是就他这么多年和妖怪相处的经验来说，他认识的那么多妖怪里，哪一个都不会舍弃自己悠闲的生活去干那事！否则妖怪所在那个世界的科技水平绝对不止现在这样。

所以他生什么气呢？如果这些妖怪不是这样得过且过逍遥自在，说不定到现在连人间都被毁灭几回了。

他无奈地看着下面闹得热火朝天的鸟类和兽类，心想：其实偶尔让它们闹一闹也是有好处的，这些老妖怪整天闲得没事，不就是喜欢给自己找点事吗？

但他对于这些妖怪拿自己找事的行为十分痛恨，他可不想做那什么男版海伦，他会呕吐着噎死自己的。

“你真的不放我走？”盘犺守说。

独目神鹰的回答十分肯定：“绝不！”

很好！该死的老鸟妖！

盘犺守抬起手，一把抓住了金刚鹦鹉肚子上的绒毛。

那里一般都是鸟类妖怪最脆弱的地方，只要揪下一撮来，那只鸟肯定会疼得恨不得去死！这是以前大灰狼闲聊的时候告诉他的秘诀，想不到这个时候就用到了。

金刚鹦鹉嗷嗷地惨叫，想要把他甩掉，又害怕他掉下去的时候真的拔掉它的毛，如今只恨自己不是人形，否则怎会把这么大的一个把柄落在人类手上！

“带我离开这儿！”盘犺守命令，“马上离开你们的城主控制的范围！”

盘犺守只觉得脸上一阵厉风刮过，跟着展翅狂飞的金刚鹦鹉向太阳落下的地方飞去。

独目神鹰立刻也向那边飞去，在他们身后紧追不舍。

城门下撞门的兽形妖怪中不知谁喊了一句：“人质被带走啦！”

兽形妖怪们立马停下了攻城的动作，撒开腿向同样的方向追击过去。

盘犹守听到地面上地震般的轰鸣，低头一看，吓了一跳。

荒野大地上奔跑着各种各样的动物，有用两足的，有用四足的，甚至还有用八足的……如同大迁徙一样整齐地向他们的方向追击。

城里的大鸟们好像也发现了这边的情况，哗啦啦飞起了各色各样的鸟儿，伸展着翅膀，满天乌云一般同样向他们追击过来。

盘犹守只觉得头痛欲裂。像这样的追击方式，谁知道后面会不会造成集体大踩踏呢？在人间的踩踏有多么可怕，在这里的踩踏就会可怕十倍……那种后果他完全无法想象！到那个时候他一定会被踩成酱！毫无疑问！

现在这个时候向这些妖怪喊话说他脱险已经没有意义了，妖怪不是人类，有时候它们在做一件事的时候，那就要把这件事做完，但往往在做的这个过程中，它们根本就没有想过做这件事的前因后果！盘犹守只能寄希望于大鸟能赶紧把他带到没有妖怪的地方。

遥远的地平线上，绵延的绿色起起伏伏延伸到天际，那里大概是森林吧。

也许……

他抬头看了看飞得很努力也很快，但比起其他妖怪来说事实上逃跑成效不大的金刚鹦鹉一眼，然后又回头看了看。

地面上的兽类大集合就不说了，就说他身后追来的那群鸟里面领头的那个老变态吧，即便是他再骂多少遍变态，他也没法否认那家伙是飞翔的高手。毕竟是鹰啊，速度不是别的种族的鸟类能赶得上的！金刚鹦鹉再努力也不过是鹦鹉，鹦鹉要是能快过鹰才是笑话，更何况下面还吊着一个他！

金刚鹦鹉肚皮上的毛都有点湿润了，大概是累的吧。

可他们和身后追击的妖怪们的距离根本没有变得更大，而是还在一点一点地缩短。盘犹守不敢想象自己万一被那些倒霉的鸟抓住会是个什么结果。如果只是被抓也就算了，万一他被不小心夹带在追击的妖怪浪潮里……他甚至都不敢想自己将会变成什么模样。

他逐渐能听到上方金刚鹦鹉呼哧呼哧的喘气声，看来它基本上已经到达极限了。

他再往下看，绵延的绿色已经映入眼帘，马上就要到达森林地界了。

“飞进去一段以后，就把我扔下去。”盘犹守说。

金刚鹦鹉哼了一声，大概是同意了。

又飞了几分钟，他们眼前的景色整个儿变成了绿色，黄色尘土完全被绿色掩盖，金刚鹦鹉开始下降，过了一会儿一头扎进那片绿色之中。

盘犹守本来以为接下来会感到树枝刮破皮肤的痛楚，事实上那些树枝就像塑料一样柔软，当他们下坠着穿过那片密林的时候，树枝避开了他容易受伤的部位，只是在他身侧轻轻拂过。

他的双脚稳稳地落在地上，金刚鹦鹉松开爪子，又在他落地的小片空地上绕了个小半圈，才落在他的身边。他们随即向那些鸟兽追来的相反方向奔跑了一段时间，才喘着气停下。

“谢……谢谢……”他本来想向这个无辜的鸟类道个谢，然后表示一下歉意，结果还不等他说话，大鸟先张嘴喷了他一脸口水。

“我说你这人是怎么回事！”金刚鹦鹉竖着翎毛怒叫，“你要到什么地方就跟我说嘛！有没有必要拽我的毛啊！你知不知道那里的毛掉了再也长不出来！我马上要结婚了，你打算让我带这块斑秃去参加婚礼吗？你到底在想些什么啊！早知道你这个人是这样的，我根本就不接这份工作……”

盘犹守一时有点蒙，等终于反应过来以后才小声插嘴：“我……我这不是害怕你对你们城主的忠诚让你不放我走……”

“忠诚！忠诚是个什么东西！我为什么不放你走！”金刚鹦鹉继续喷口水，“他个城主算个啥？比得上我结婚重要吗？我都不知道为什么会突然有个城主的！——当然有了也无所谓！——你以为我是什么？101忠狗吗？”

盘犹守鞠躬道歉好几次，那金刚鹦鹉还是喋喋不休，看起来似乎想把他淹死在唾沫星子里。他当然不会一直待在这儿听它骂，耳朵里一听到头顶上扇风的声音，还有嗷嗷的兽叫声，他连道别都没有，就找个声音相对小点的方向逃走了。

“以后别再给我找麻烦了！人类！”金刚鹦鹉的声音在他身后响起。

盘犹守对于这一次不打招呼的逃脱丝毫没有愧疚感，他发挥出了宅男所拥有的全部潜力，在森林中狂奔。

其实说起来森林里应该是地面湿润多虫、树木丛生、各种生物随时可见才对，但是他所在的这片森林，地面基本是干燥的——几年前他才在南方的原始森林里旅游过，他可以保证那不是这样的感觉，更像是……对了，更像香港80年代的武侠电视剧里，那些号称森林事实上却是小树林的地方。

这么说，所谓的森林其实也有这种类型的？那些香港武侠电视剧拍摄的是真的？

他不知奔跑了多长时间，忽然想到了一个问题，刚才他只是想赶紧摆脱那群要命的妖怪，那现在他是在干什么？再往森林深处跑，他一定会迷路死在里面吧？更悲惨的是如果按照一日十年这样的算法，没准他要在这里转个七八十年才死……

独目神鹰并没有想让他死，小狐狸更对他没有恶意，那他究竟在逃什么？他只不过是不想被那些妖怪踩死啊，要是害得他迷路就划不来啦。

想到这里，他逐渐停下了脚步。

那些妖怪的声音从头到尾就没有停过，他一停下，那些声音明显就开始向他靠近。他本来期望着森林能挡一挡这些妖怪的追击，看来是失败了。不过话说回来，至少用森林来避免踩踏事件会有作用——大概会有用吧，他也不算白忙一场。

没过多久，一个长着豹子脑袋的妖怪先冲出掩映的树林，出现在他眼前。

“花魁的赏赐——”有着豹子脑袋的妖怪伸展修长的身体，伸着铮亮的四爪向他扑来。

盘犺守躲闪不及，不由在心中后悔得直想踹自己：想来想去怎么忘了妖怪的猛扑大法！小妖怪还好，大妖怪岂不是……我命休矣！我命休矣！

就在豹子妖怪马上就要将他毙于爪下的时候，另外一个嘴大脸长的白袍男子从它后方高高跃起，随即一脚将它脑袋踩在脚下。

“很好很好……”白袍妖怪嘟囔，“花魁的赏赐归我……”

他的话还没说完，天上“咣当”掉下了一只肥硕巨大的鸽子妖怪，将那白袍男子扑倒在一边。天上还有一只大鸟妖怪尖叫：“城主答应封我做官——哎哟哟哟哟……”

原来是一个拿着三叉戟的红翅膀女子将那大鸟打飞到天际：“我这辈子还没当过官呢！让我试试看吧！”

这边闹得天昏地暗，其他的妖怪哪有不知之理！盘犺守听见无数的呼喝声越来越清晰地向他的方向涌来。

要是再这样下去，盘犺守确信自己依然是一死的结局。他思考了半秒，立刻弯下身子，毫不犹豫地再次抱头鼠窜。

“花魁的赏赐！花魁的赏赐！”

“当官！当官！”

“我才是花魁真正的粉丝！”

“不要跑——”

“站住——”

“我们绝对不会伤害你！”

“相信我们吧！”

“我们没有恶意！”

“相信我们的诚心！”

盘犺守心说：我不是不相信你们的诚心，只不过你们的诚心比不上你们傻呆呆的兽性……

他根本就没有犹豫，跑的速度丝毫也没有降低。也许是这里的地面比起在沙子上的奔跑要轻松得多，最大的障碍不过是闪避层出不穷的树枝，所以他跑了很久居然都没有累得要死的感觉。

然而他毕竟是个人类，两条腿的人何时跑得过四条腿或者有翅膀的妖怪呢？

有些妖怪大概是发现了从后往前追的效果不太好，于是从两侧包抄到了前方，盘犺守甚至能听到前方熙熙攘攘的声音，各种颜色的妖怪毛皮在森林中一闪而过，天上的鸟呼啦啦飞来呼啦啦飞去，要不是有这些树木的掩映，他早被抓住七八十回了。

他很绝望地想，这回说不定要死在妖怪们的踩踏下了，下去见阎王的时候要是被要求说说死亡原因，恐怕他都会被笑话。正当他考虑着不如去当孤魂野鬼的时候，眼前白影一闪，一个毛茸茸的小妖怪从他前方的树丛中跳了出来。

“死心吧！你已经被包围了！”黑鼻子、大眼睛、身穿银白色镶金丝袄的小妖怪用短短的前爪指着他，大叫道。

盘犺守看清了对方究竟是谁，脚下一个急刹车停在妖怪身边不远处，脑门子上挂下了两条黑线。

“白圆金宝？”

“盘犺守！”

一人一妖同时叫出声来。

眼前这个妖怪果然是白圆金宝，除了尾毛蓬乱（在路上跑的吧）之外，没什么不好。

一发现自己的猎物竟然是盘犺守，白圆金宝顿时松懈下来，拉出前襟上挂的小手巾擦擦圆脑袋上的土，恭恭敬敬地向他鞠躬。

“恩人您好，多年不见……”

它话还没说完，身后一个绿衣服、白肚皮、大嘴巴的妖怪就跳了出来，一脚踏上白圆金宝的脑袋权当踏脚石，飞身向盘犹守扑去。

“花魁的赏赐！”

说时迟，那时快，盘犹守右手抽掉左手的手套，一掌压在那妖怪的白肚皮上。

那妖怪“呱嗷”一声飞向天际。

白圆金宝从地上爬起来，拍拍小短腿上的灰尘，又要给他鞠躬。

盘犹守忙拦住：“不用多礼。你家龙女呢？”

白圆金宝爪子往后一指，说：“贱内在……吓！”

它对着空无一人的身后惊叫一声，开始在那些灌木里察看：“美君！美君！你去哪里啦！美君——”

盘犹守无语地看着这个又丢了老婆的小妖怪：“你们也是花魁派来的？”

“是呀。”小妖怪回答完又尖叫，“老婆——美君——龙女——”

“……大概是你喜欢花魁，她气得走掉了。”盘犹守说。

白圆金宝用力摇晃它的大脑袋：“才不是，喜欢那个花魁狐狸的又不是我！”

盘犹守静默片刻：“……是龙女？”

“是呀！是呀！她爱死花魁了！”白圆金宝翻找着那堆已经被它找过数遍的灌木丛，仿佛希望它的老婆能从那里面突然跳出来一样。

第十章　天罡木狼

盘犺守可以想象……那位美丽的龙女既然会喜欢这个还没到她腰高的白圆金宝，那她一定会喜欢原形小狐狸，不过他没想到，她居然连化妆化成那个鬼样子的小狐狸都喜欢！口味太重了吧！对于这些不知道在想些什么的妖怪他根本懒得纠缠，不过还有话要问。

一个穿得跟山间野人一样的彩色鸟人发现了他的踪迹，猛然从天上俯冲下来。他听到脑袋顶上厉风刮过的声音，猛一抬头，左手按上了那个妖怪向他抓过来的手。

那彩色鸟人嗷嗷叫着消失在天际。

又一只鸟冲向他，他越过那双大爪按上了鸟软软的肚子。

那只鸟同样消失无踪。

那些妖怪马上就会追上来，时间紧急，他立刻回头问还在翻找的白圆金宝："昨晚是你和美君在找我吗？"

白圆金宝扭过圆脑袋，大眼睛眨巴了一下："昨晚？没有啊。"

盘犺守想了一下，才想起一个重要的问题："哦……对了，按照这边的时间流逝，应该是在几年前。"

白圆金宝哼唧着用一片草叶挠挠大脑袋，想了一会儿，一拍爪子："啊！大概你说的是美君做梦那次？就为了那个梦她折腾了我好久啊，硬说是她思念你了，想要见你，马上就要！我多么为难呀，怎么能让情敌和我的老婆见面呢？我跟她好说歹说，她就是不听我的，又哭又闹……"

盘犺守打断它："你究竟在说什么？我是问你们求救的事情，和龙女做梦有什么关系？"

"因为龙做梦的时候会影响其他人呀！"白圆金宝喜滋滋地说，"龙女的梦境当然也是一样。每次影响的人也不一样，都是随机的，我们谁也不知道她究竟会影响到谁，不过我一直在她身边，大部分的时间都是影响我。你不知道吧？我们曾经在梦里一起绕着宇宙飞翔……”

接下来的话，盘犰守根本没听。

他简直不敢相信，自己居然是被个梦境不受控制的妖怪给骗进来的！要不是那个梦，他现在肯定连想都没想过要找大娘！亏他还在醒来以后担心得要命，一是害怕这两个妖怪出事儿，二是由此想到大娘……

可是，这居然是个乌龙事件！

他早就该知道的！相信这些妖怪什么时候有过好处！

他气得转身就走，眼前一个白色的身影挡住他的去路，他想也不想就抬起左手一掌拍去，那白色身影嗷嗷叫着撞到树上。

他没来得及抬头，忽听几声怪吼，十七八个各种类型的妖怪同时从树木中跳了出来。

“咿呀呀呀呀，花魁（当官）……呀呀呀呀呀——”妖怪们说。

我就知道……我就知道一定会出现这种情况！盘犰守绝望地想。

他的目光扫过白圆金宝，那无能的小妖怪光瞪着那群妖怪而丝毫没有任何要救他之类的反应，这也很正常，它不过是只猫而已。

一片黑暗如同泰山压顶而来。

盘犰守的气息全部被压出了他的身体，他听到自己身上的肉被无情压扁的声音，他甚至听到了自己骨头的惨叫。

他甚至可以感觉到自己的灵魂正在出窍，还有那声音，吱溜溜、吱溜溜……他那可怜的灵魂穿过他身上压着的那些妖怪，毫不留情地离开他的身体。

他死了！

他死了！

他死了！

……还是让他死了吧。

不知过了多长时间，在那片柔软的黑暗之中，他看到了一线曙光，金黄色的，穿透了黑暗，穿透了他的眼皮。

他感到身上像山一样的重量稍微摇晃了一下，然后手腕被什么东西用力握住，一股巨大的拉扯力量就像要将他的胳膊扯断一样，狠狠地将他整个儿——谢天谢地胳膊没掉——拽出那堆妖怪山。

晚霞穿透稀疏的树叶照在他的脸上，给拽出他的妖怪罩上了一层金黄的光芒。

但这种温柔又熟悉的感觉很快就被打破了，那妖怪将他随意掼在地上，又拍了拍身上五彩斑斓的斗篷，才顺手拽住他的右手将他从地上拉了起来。

盘犽守本能地伸出左手——他的手套早就丢得不见踪影了——一掌拍向那个妖怪。

那妖怪以盘犽守肉眼看不清楚的速度“啪”的一声抓住了他的手腕。

盘犽守心中一惊，这个妖怪……好厉害！

——话说回来，他到现在才被妖怪抓住一样很厉害。

他这个时候才有时间仔细地看看这位既救了他又想抓他的妖怪的模样。

那位妖怪身上披着斗篷，从头到脚都裹得很严实，斗篷都是花色的布做的，猛一看上去让人眼晕，不过似乎并不是因为穷，而是专门缝制成这个样子的，要是丢在森林里肯定找不到，效果基本相当于迷彩服。

他再看向抓住他手腕的那只手，比大娘的要小，指甲很长，应该是个还未完全成熟的妖怪，成熟的妖怪指甲不会那么长。

一群妖怪从那妖怪身后杀了过来，盘犽守听见了喊杀声，一抬头，就看见那群举着铁锹、扫把、树枝，奓着毛摇着蓬松大尾巴的妖怪，轻盈地以尾巴的力量从树顶飞跃下来，对着他们龇牙咧嘴，做出泰山压顶的姿态。

要么他死，要么我和他一块儿死——这简直是一定的。动弹不得的盘犽守在心中泪流满面：再见了爸妈，再见了大娘，我死了也要杀了该死的狐狸，还有魏天师那个不要脸的老爹……

就在盘犽守伸颈等死的时候，那妖怪却异常淡定，头也不回，空着的手向后一挥，袖子如鞭扫过，一阵狂风骤起，带着凌厉的呼哨声在他们所在的那片森林中刮过，已经扑上来的和就要扑上来的妖怪们发出各种各样的叽哇声，稀里哗啦地消失在森林和天际。

而在狂风骤起的同时，盘犽守已经闭上了眼睛。

这种法术对他来说实在是太熟悉了，以前大灰狼就经常用这种办法玩弄他，把他卷到空中，每次都把他折腾得眼泪汪汪——不是因为太高，而是风沙老是刮进眼睛。

后来这个游戏被盘家父母以“不安全”为由叫停。

盘犽守一直都没有机会说，他其实还是很喜欢那种游戏的，要不大灰狼怎么会那样和他玩呢？可惜，他好不容易学会了怎样站在风中不睁眼也能保持平衡的技术，从那以后却再也没能玩过那个游戏。

他有点怀念地看向抓着他手腕的那只手。

这人不是大娘，真是太可惜了。

抓住盘犹守的那个妖怪一声不吭，收拾完那几个尾巴蓬松的妖怪后，腾出来的另外一只手在盘犹守的肋下用力一点，躲闪不及的盘犹守被戳了个正着，顿时浑身酸麻，双腿无力，被那妖怪像扛麻袋一样扛在肩上，然后那妖怪依然身轻如燕地跃上了高高的树顶。

盘犹守大头朝下，全身的血都冲到了头顶，并且似乎再也不会循环，加上向上跃起的加速度，涨得他眼睛都快要凸出来了，却苦于全身无力，没有丝毫反抗的可能。

那妖怪在树上轻巧而迅速地跳跃，然而正因为他选择了这么个毫无障碍的路线，更多的妖怪看见了他，盘犹守可以听见无数向他们飞蹿而来的声音。当然先飞蹿到他们跟前的还是鸟类妖怪，几只色彩斑斓的半鸟、全鸟或全人形的妖怪扑棱着翅膀，在那个妖怪刚刚跃出一段距离的时候就已经围住了他们。

“妖怪！”那几只鸟叽呱乱叫着，说出西游记一样的台词，“把那个谁给我们放下！”

盘犹守心想：是哦，抓我的这家伙是妖怪，你们都不是……

披着五彩斗篷的妖怪发出一声冷哼，然后盘犹守听到了金属破空的声音。

那妖怪抽出了一把刀，连警示都没有，盘犹守眼前一花，那妖怪开始风一样旋转，风声凌厉，四周惨叫声声。盘犹守眼角余光看到一个人形（或许是半人形）妖怪的裤子唰地掉了下来，同时羽毛满天飞舞，就像少女漫画里才有的场景。

对妖怪来说，也许有的时候“当官”这种事情是有那么一点魅力，原因可以归结于他们闲得没事的时候给自己找份从来没做过的工作。

然而那并不能抵消被削掉毛发剥掉衣服的耻辱。

“早知道有这种强敌就不来了！”鸟人们惨叫着，拍打着它们没了毛的翅膀歪歪斜斜地飞走。

不愧是妖怪，要是普通的鸟肯定已经掉下去被幸运的妖怪捡走吃掉了，它们居然还能飞。

他们不断向前飞奔，不断有妖怪从森林下方跳跃出来，大喝“此山是我开”。

不过一般它们都没有能力喊出下一句，因为抓着盘犹守的妖怪总是一视同仁，无论飞禽还是走兽，一概剥了衣服扔下去或者赶走。

那些妖怪中当然还混着女妖怪，这妖怪一样不留情，该怎么剥就怎么剥，只剥了一个女妖怪——母猞猁，把她身上美丽的棕花毛剥得跟三点式一样，就再也没有女妖怪敢上来了。

他们飞跃了很长的距离，盘犹守的身体逐渐恢复了点力气，他终于能把脑袋抬高一点，以防被自己的血压挤爆眼球。

正常的脑袋也让他能够正常地思考了，直到这个时候，他才发现了一个问题，所有的走兽类妖怪都没有飞翔过。

不管是已经抓住他的，还是正要抓他的，走兽妖怪们最多只是四处跳跃——当然它们跳得也很高，而当那只金刚鹦鹉带着他起飞的时候，走兽们就算是急得满地乱转，只能以人海战术追击的时候也没有谁飞。即便是现在，这个正抓着他飞奔的妖怪跑得那么快、那么辛苦，也不过是跳上了树，然后用两条腿和作为妖怪的技巧踏着树枝奔跑。

不过，即便是走兽妖怪们不会飞，那也不是问题，因为那和他没有关系。

他有点不舒服地扶着有点眩晕的脑袋，心想，现在对他而言，最重要的应该是逃跑才对，这种无聊的事情放在一边吧。现在，只要他的手往这妖怪正在奔跑的腿上一放，这个妖怪一定会翻滚着摔下树去。

可是……

他伸出了手，又犹豫着缩了回来。

这妖怪是走兽类，就算是逃走也没有翅膀可以用，这个推论应该是准确的。在这儿的走兽类妖怪基本上都是小狐狸招来的，不排除浑水摸鱼的，不过肯定只有一小部分，而且主要只是凑热闹，不成问题，这妖怪看起来也不像是那样的人……妖。

既然是小狐狸招来的，那对他来说，这些妖怪就没有什么危险性，最大的危险反而是像刚才一样，他独自在妖怪中周旋，却被那些不是很聪明的妖怪泰山压顶，把他压成肉泥送给小狐狸。

想到自己变成肉泥的样子，他打了个冷战。那种场景实在是太恐怖了，要是逃脱了反而是那种结果的话，他还不如就这样被抓走呢，不管被抓到哪儿都好，安安静静地死是一种多么难得的幸福啊！

更何况，他未必会死，虽然小狐狸那个糊涂蛋经常搞不清自己在干什么，不过对他没有恶意这一点，是绝对可以肯定的。

后面传来呼喝声和巨大翅膀扇动的声音，盘犰守稍稍抬头，看见后面箭一样向他们飞来的黑色鹰隼。

哎哟我的妈！盘犰守在心中哀号，他宁可被那小狐狸找到，也绝对不要被这老变态抓！

即便是平原，地上走的也跑不过天上飞的，盘犰守眼睁睁地看着那个黑鸟人越来越近、越来越近……

背着他的妖怪好像感觉到了身后的危机，扛着他撒开腿更快地向前飞奔。他们和鹰隼的距离变得远了一些，但很快又被赶上了。

五百米。

二百米。

“跟我回去讲故事！”老鹰说。

“你去死吧。”盘犰守嘴硬地回答。

他死也不要对这个老变态妥协，死也不要。

一百米。

十米。

一只长长的爪子已经伸到了他的眼前。

就在盘犰守准备束手就擒的那一瞬间，天上传来了“啊啊啊啊啊”的嚎叫声，一个很重的物体从天上划着诡异的弧线翻滚落下，精准地砸在了独目神鹰的腰上。

天下（几乎）无敌的独目神鹰惨叫一声，被斜斜撞飞出去，和那个撞他的玩意儿一起，在地面上掀起大片烟尘。

“你——”独目神鹰的声音淹没在灰尘中。

盘犰守对老天爷和扛他的妖怪以及这个世界无限感激！

那妖怪扛着他越跑越远，在那片绵延无垠的绿色中，他已经没有什么方向感了，只能感觉到拦阻他们的妖怪似乎越来越稀少了，很长时间才有一只跳出来，大概是这个妖怪在向他们来时的方向跑，所以刚才正与追击的妖怪们撞上，此时跑到追击的妖怪们后面去了，所以妖怪才越来越少。

盘犰守忽然感到身体一轻，原来他们终于跑到了森林边缘，那妖怪背着他跃下了树顶。

这个森林的确很奇怪，盘犰守暗忖，一般的森林都是内部稠密，外部越来越稀疏，然后才到达平原，它却是稠密、稠密……没了，像刀切过的一样，有树的地方很稠密，没有树的地方什么也没有，连根草都没有。干燥的地面，一旦有人走过便尘沙满天，简直像是从原始森林突然被送到了黄土高坡。

如果是人类的世界，大概这种事情是正常的，毕竟有人为的干预，比如砍伐等行为。

妖怪界的生物却不会。

任何一种植物和动物都有可能在发育到一定阶段后成为拥有智慧的生物，伤害任何一个，都可能是杀死一个未来的妖怪，这属于杀戮行为。

除非是以动物本能进行的觅食行动，那在妖怪界的法律管辖之外，就像大灰狼吃了白菜吃兔子，即便吃了小狐狸，妖怪界也根本不会管。

但是那也和人类的世界不一样，超出它们本身所需要的数量的东西，它们是不会要的，就算是老虎，也不会说“虽然我吃饱了，但是再抓些狐狸剥皮卖吧”。

动物界有动物界的法则，妖怪界严格地遵守着这些法则，所以妖怪界的空气和人间的空气是完全不一样的，那里没有名为“科技”带来的污染。

不，这不是现在该想的问题。盘犹守努力将已经发散到天边的思绪收了回来。现在他需要想的是，森林的边缘为什么会是这个样子？妖怪们的感应能力都到哪儿去了？为什么那些走兽作为妖怪却不会飞翔？还有这个世界的时间……太阳比刚才又落下去了一些，刚跳出森林的时候，他们留在地面上的影子还没有这么长。

当然，更重要的是，这个妖怪……会把他安全送到小狐狸那里吗？

不知为何他总有种感觉，这个妖怪的目的应该不是花魁狐狸……对方这种沉默寡言的样子，怎么会是狂热的追星族呢？刚才那些追星族妖怪们都已经像人类的粉丝一样快疯掉了，而这个妖怪，丝毫没有那种气息。

他有别的目的。

没过多久，地面上的黄土逐渐板结，变成了大片大片略微干裂的土地，偶尔长着几棵枯黄的草。

他低头从那个妖怪奔跑的双足之间看去，果不其然，看到了独目神鹰的城。

其实他没仔细看过那城墙的模样，不过城中最标志性的建筑——那个伊斯兰风格的城堡，那才是真熟悉，他已经在心中把它推倒，并杀死它主人无数次了。

看见他们过来，城下有一大群妖怪扛着什么东西也往他们这边奔来。盘犹守仔细一看，好像是个简易轿辇一样的东西，下面（因为他是被倒过来的，所以其实是上面）还有一个飘着轻纱的小圆物体……

哦，真是够了！该死的花魁狐狸！

双方奔至只有几米的距离时，同时止步。

那小圆物体轻盈地从轿辇上跳下来。

盘犹守身体一轻，头晕目眩，转眼已经被那妖怪从背上扔到了地上。他还以为自己的屁股会被摔成八瓣，奇怪的是并没有什么疼痛的感觉，只有土在他身周“砰”的一声腾起了一蓬灰尘，然后一个小身体跳进了他的怀里。

“小盘子你没事儿吧？”小狐狸问。

身边的尘土逐渐散去，他看着怀里那只脸上化妆化得花里胡哨的狐狸，一巴掌把它拍了下去。

小狐狸在地上打了几个滚，身上漂亮的红毛和轻飘飘的纱衣脏得一塌糊涂。

扛轿辇的妖怪们纷纷尖叫，大叫着“花魁”“my love”之类的，扑上去把灰头土脸的小狐狸捧起来。

小狐狸就像被邪恶角色欺负的柔弱女主角一样，大眼睛眼泪汪汪，在妖怪们的手心缩起了小身体，一只爪子掩着小腮帮子。

“小盘子，你怎么能这样对我？”小狐狸声泪俱下。

而那些妖怪粉丝已经摩拳擦掌，打算把盘犹守立刻毙于爪下。

盘犹守正想控诉小狐狸缺心眼儿的行为造成的严重后果，眼前却有五彩的布条一闪，一个身影挡在了他的面前。

“你们要怎么样处置他我不管……”那身影正是抓他到这个地方来的妖怪，盘犹守第一次听到他的声音，清澈而低沉，不知为何觉得有点耳熟，“我只要你兑现你的承诺。”

小狐狸拍拍身上的土，又恢复了自以为足够优雅的姿态，骄傲地仰着大脑袋说：“没问题！我妲己没谱说话算数，我说一定同意你的任何要求，那就一定会同意。说吧！”

盘犹守满头黑线。这没谱的狐狸知道自己在说什么吗？虽然这些妖怪品种不一样……但是对方万一要的是它怎么办呢？跟人类可以用幻术，和妖怪呢？真刀真枪地上吗？

“好……”那妖怪说，“我要……”

就在那妖怪说出那几个字的时候，盘犺守只听得一声呼哨，一群大的小的身影从天而降，砰砰咚咚地落在他的身上。

那要命的重量压得他觉得内脏都要吐出来了，他几乎当场昏死过去。

而罪魁祸首们对于自己造成的伤害根本没有任何感觉。

“差点就没了……”

“对啊，那些鸟人肯定有阴谋……”

“所幸保住了……”

“否则我们就是千古罪人……”

胡子都长到脚面的老家伙抱着盘犺守的左手，哭得稀里哗啦的，其他的狐狸长老们也差不多，都围着他的左手哭，对于他们脚下的生物——这只左手的主人，却根本没有一点关心的意思。

被压得快要死去的盘犺守终于发现了这个问题。

他们关心的是他的左手——

神之手。

他用力将那群老狐狸从身上掀了下去，将左手藏在身后。

老狐狸们哀哀叫着在地上滚动。

“是你们……”盘犺守说。

老狐狸们停止了滚动。

“是你们。”盘犺守又说，声音大了些。

老狐狸们开始集体向后方滚动。

“是你们！”他站了起来，高昂的头颅和向下的视线给小个子的狐狸们造成了强大的威压。

花魁小狐狸发出了一声短促的惊叫。

盘犺守觉得这肯定是在诈他，不过还是忍不住回了头。

那个穿着五彩斗篷的妖怪掀开了头罩，一头银灰色的短发在他头上飘荡，银灰色的刘海下，一双银灰色的眼睛一眨不眨地盯着小狐狸，没有向身边的盘犺守投去哪怕一个眼神。

不过小狐狸可能宁愿他不要盯着它看。

他的眼神没有戏弄的意味，甚至说没有什么感情。他看着它就像在看一个陌生的物体。当然这种眼神没有什么不对的，又不是所有的妖怪都应该为花魁狐狸发狂。

可是，又不对，这个妖怪明明就是人形的大灰狼。

可他们又不太一样。

他们同样英挺，有着同样的气质、同样的动作和表情，只是，他是更年轻一些的大灰狼。

而且，他不认识小狐狸，更不认识盘犰守。

“你是谁？”小狐狸睁着大眼睛说。

银灰色眼睛的妖怪理了理自己银灰色的毛发，面无表情地回答：“天罡木狼。”

天罡木狼。

第四卷 梦狼

第一章　失忆

“天罡木狼。”银灰色毛发的狼妖说。

“你说谎。”盘犰守不假思索地说。

天罡木狼转头看了他一眼，一样冷淡的眼神，就好像他是除了小狐狸之外的另外一件什么东西，丝毫不值得自己多看一眼，然后天罡木狼很快又将目光转回了小狐狸身上。

“你同意吗？”他问。

小狐狸蜷缩在它忠诚的粉丝群里，惊恐地看着眼前那个仿佛都不知道它是谁的妖怪，却没有回答他的问话，而是又开口问道：“你是天罡木狼？你是天罡木狼怎么会不记得我们是谁？”

天罡木狼微微地挑了挑眉：“我认识你，花魁。所以我才来请你和我一起回去。”

“那你认识他吗？”小狐狸一只爪子指向盘犰守，大眼睛紧紧地盯着那个妖怪。

在那样的注视中，那个妖怪缓缓地、坚定地、毫不犹豫地摇了摇头。

盘犰守看了小狐狸一眼，在对方目光中看到了安慰的意思。

只是“不记得”不是什么大问题，对不对？在天罡木狼之前还有独目神鹰，独目神鹰不是也失去记忆了吗？虽然独目神鹰的模样并没有像眼前的天罡木狼一样变得年轻，但谁知道这个奇怪的世界究竟对它们有什么影响呢？也许这也是对它们而言的某种副作用呢？

“你要小狐……花魁和你一起‘回去’是想干什么？”盘犰守问。

随着他的问题，那些妖怪更加紧密地护住了娇小柔弱、脸上鬼画符的小狐狸。

银灰色的天罡木狼很不屑地挑起了一边的眉毛：“你以为，我会对这玩意儿干点什么？”

这玩意儿？

这玩意儿！

这妖怪居然叫他们神圣的偶像“这玩意儿”！

粉丝们愤怒了，一个个咆哮着要咬死那出言不逊的天罡木狼，有几只妖怪甚至挽起袖子露出爪子，张开大嘴露出了牙齿，希望当场咬断那家伙的脖子。

“都给我住口，住口啦！”小狐狸站在最高大的粉丝脑袋上，十分有威严地呵斥了一声。

粉丝们都静了下来，但兽性的爪子和牙齿并没有收回去，依然暴露在金黄的夕阳之下，闪烁着明亮的光泽。

“我可以问一下……”小狐狸有礼貌——努力维持着所剩无几的礼貌——地说，“你需要我去做的……确切是什么事情吗？”

天罡木狼的脸上露出了踌躇的神情，这么多年来，盘犽守从未见到这种神情在大灰狼脸上出现过。

这个妖怪是大灰狼，但又不是大灰狼，盘犽守在他身上看得到大灰狼的影子，他就好像真的是那个大灰狼，只是比那个大灰狼更年轻一些，还不太会隐藏自己表情。

所以盘犽守只能叫对方“天罡木狼”，无法将“大灰狼”或者“大娘”这样特殊的称谓放在一个只有一部分是大灰狼的妖怪身上，他的理智和潜意识都不允许。

“有……想见你。”天罡木狼口齿不清地说，好像对于自己的说法有点羞耻。

小狐狸模仿着天罡木狼，不以为然地挑起了一边的额头——鉴于它并没有眉毛，所以只是显得其中一边的眼睛更大了点。

“你必须跟我一起去！”天罡木狼坚定地说。

“除非踏过我的尸体！”一只长着鳄鱼脑袋的妖怪张开牙齿尖利的大嘴说。

天罡木狼抬起一只手，拇指和中指凭空一弹，那鳄鱼嗷的一声飞跃起来……拐了个弯，在天空中转了几个圈，然后远远地落在城墙的那一边。那鳄鱼有没有落进城里不清楚，不过肯定摔得很惨就是了。

天罡木狼向小狐狸走了一步，又停下，脸上也露出了一丝烦恼的神情。

盘犰守不太明白，不过很快听到了某种声音。

他们刚刚逃出的森林方向传来咆哮的声音。

大片烟尘随着这样的声音，在地平线上逐渐升高。

只是几个呼吸的时间，盘犰守就能在那片刚开始仅仅是黑烟滚滚的追击大军中看到妖怪的影子。

又是几个呼吸之后，他已经能分辨出为首那群妖怪的种族了，张牙舞爪的走兽，展翅飞翔的大鸟，天上飞的地上跑的妖怪们的身影在尘土中好像电影里蒙太奇的画面一样忽隐忽现。

所以说……这回死定了？盘犰守暗忖，有些颤抖。

天罡木狼却并不惊慌，确切点说，他甚至没有什么反应，只是盯着眼前的小狐狸。小狐狸居然也毫无逃跑的意思，无畏地用一双大眼睛盯着天罡木狼。

几个眨眼的工夫，挟带着滚滚烟尘的长翅膀和不长翅膀的妖怪们已经到了眼前，漫天漫地地举着它们的武器，口中呼喝着音调各异的声响，兜头向天罡木狼砸去。

——所谓众怒……

天罡木狼稍微偏了偏头，看起来并不是想要躲避，仅仅是想歪一下。

空气中传来了什么东西互相摩擦的声音，尖锐而嘹亮，盘犰守只觉得眼前的金黄色世界忽然被笼罩上了淡淡的蓝色，下一刻，仿佛整个世界都发出了“扑通”声，所有的妖怪，无论是天上的还是地下的，都像被什么东西压住了一样，在同一时刻倒下，紧紧地贴在地面上。

——众怒也不一定就能赢。

除了那群狐狸长老之外……当然，他们也没落得什么好，他们扶着拐棍撑着膝盖支撑着，看来谁也无法抵抗那股强大的神秘威压。

当然另外一个例外就是天罡木狼，他是那股威压的源头，盘犰守甚至可以透过那层淡淡的蓝色看见深蓝色的力量屏障把妖怪们压得扁扁的，只有狐狸长老们的脑袋上的屏障凹凸不平，其他位置的屏障都异常平整，仿佛任何妖怪都无力让它弯曲。

不过……

天罡木狼的目光扫过被压制得连头都抬不起来的妖怪们，如同扫过伏首跪拜的毫无反抗能力的臣民，最后，视线落在了盘犰守的身上。

盘犰守低头看了自己一眼，是啊是啊，除了以上那些例外，还有一个莫名其妙的例外，就是他自己。

他的全身都被一股蓝色的光芒笼罩着，那蓝光从他的左手腕上弥漫出来，弯弯曲曲地贴合着他的身体弧度，以最小的能量保护着最大的面积。

原来是那个……不过，老娘在把圈圈给他的时候可不是这样说的！她说的是“它能带他找到大娘”，不过照他来到这个世界的经验而言，不要说“找到大娘”，它根本就像个普通装饰物一样乖乖待在他的手腕上，连一丁点儿要动的意思都没有！他还以为老娘——或者大灰狼——把他给骗了呢。

现在看来他们并没有骗他。只不过它的功用并不像老娘说的那样罢了。

天罡木狼看着他，确切点说，是看着他的左腕，慢慢地，一步一步地向他走去。

天罡木狼每走一步，脚下的尘土就轻轻地飘扬起来一些，在深蓝色的力量屏障上一触即溃，变成更加细碎的沙尘。

盘犹守完全可以理解，那样的力量在妖怪身上仅仅是让它们站不起来，而一旦触到盘犹守，他这个除了神之手之外毫无能力的普通人类，除了那只左手之外，一定会化作比那些沙尘更加细碎的尘埃。

这样说来……难道大灰狼早在离开之前就知道这些事情了吗？知道这个世界会发生的事，所以才把狼毛圈圈交给他，保护他？

但那怎么可能？如果它知道会发生什么事，难道不应该努力避免吗？为何反而要促成这件事呢？

话说回来，盘犹守知道大灰狼并不像它平时所表现出来的那样，其实它总是知道自己在做什么或者将要做什么，这样大的事情，它不可能就这样毫无计划地来到这个世界，无论做什么，它总有它的道理。

天罡木狼一步步走到了他的面前，站在距离他三米之外的地方，面无表情地看着他，似乎在猜测这个能抵抗自己力量的——东西、人、妖怪，或者其他的什么，对天罡木狼而言没有什么区别——究竟是个什么样的东西，拥有什么样的力量。

天罡木狼在眼前这个人身上并没有感觉到什么力量，对方甚至不像是那些勉强能抵抗的狐狸长老，他身上甚至没有可以用来抵抗的能力波动。虽然不知从何时起天罡木狼就不再能感觉到妖气的波动，但他至少应该可以感觉到力量，就像那些臣民一般趴在地上的妖怪，它们正在进行着徒劳的努力，但根本就不是他的对手。

既然那些蝼蚁的抵抗他都能感觉得到，那他至少也应该能感觉到眼前这个衣着奇怪的家伙的力量，对方毕竟承受住了自己那么强大的力量。

可……他什么也没有感觉到，简直像是眼前这个家伙……就是他自己。

那样熟悉而自然的波动，从他的身上传导到眼前那个家伙的身上，又柔和地互相融合，然后穿透过去，自然得就好像眼前的那个家伙并不存在。

之前他对那家伙并没有这样的感觉，他扛着这个不得不扛的累赘跑回这个化妆化得很恐怖的花魁身边之前，他同样感觉得到这家伙身上的波动，那种波动和眼前这种一点也不相通。

天罡木狼打量的目光在盘犹守的身上扫来扫去，最后停留在对方的左腕上，那里的波动比其他的地方更加强烈，更加像自己。

天罡木狼伸出手，指尖缓缓穿过那片薄薄的蓝色——正如他预料的那样没有受到任何抵抗，用三根手指捏住了盘犹守的手腕，另一只手将盘犹守的袖子拉高。

那只左手腕上戴着一只狼毛做的手环，手环上正散发着湛蓝光芒。

这只左手是神之手，在大娘面前露出来不是问题，但眼前的妖怪并非大娘，暴露自己可不是聪明的选择。

盘犹守试图将左手从天罡木狼手中挣脱出来，但天罡木狼无动于衷，连指尖也没有动一下。除却妖力的作用，以纯粹的力量而言，盘犹守根本就不是天罡木狼的对手。他挣扎了一会儿，不得不筋疲力尽地承认自己已经败下阵来。

“你从哪里弄到我的毛的？”天罡木狼问。

盘犹守想说“是你让我妈给我的，你个白痴老狼”，但要说出那种话来却需要很大的勇气，至少他现在没有那么大的勇气。

于是他只是反问：“你说呢？”

然而就是这样的反问似乎冒犯了天罡木狼，他的表情连一丝儿变化也没有，捏着盘犹守手腕的那三根手指骤然间仿佛化作了铁钳，盘犹守甚至可以听到自己的骨头发出了一声惨叫。与此同时，盘犹守大叫了起来。

“你不能这样！”天罡木狼的身后传来小狐狸艰难挣扎的声音，“你不能这样，他是……”

那湛蓝的屏障又向下压了几寸，小狐狸发出吱哇的叫声，很快沉默下来。

盘犹守急道：“快住手！小狐狸是你的朋友……啊！”他的声音蓦地变得很高，痛得浑身颤抖。

天罡木狼稍微放轻了手中的力道，另一只手想要把那个狼毛圈圈从盘犺守的手腕上取下来。奇怪的是，之前盘犺守想移动就移动，想换手就换手，但当那天罡木狼想要移动那狼毛圈圈的时候，纤柔细弱的圈圈却突然变得重逾千斤，无论天罡木狼怎样使劲，它都牢牢地套在盘犺守的手腕上，连一根毛也没有动。

天罡木狼使出了吃奶的劲，都快要把盘犺守的胳膊给拽下来了，就在盘犺守痛得都想要大骂大娘不是人（虽然它的确不是人）的时候，它终于松手了。

如果盘犺守没有看错的话，天罡木狼的胸口起伏了一下，看来刚才他真挺用力的。

“你到底是……”天罡木狼说话时有那么一点点喘，如果不是和大灰狼一起生活了那么多年，这点变化一般人是根本看不出来的。

盘犺守本想要给他来点莫测高深的话，比如“你猜猜我是谁”“你的本事一如既往的差啊”之类，却没能说得出口。

因为在天罡木狼说完那句话以后，他身后一直被压制在地面上的妖怪们忽然同声喘了一口大气，湛蓝色的屏障砰然碎裂消失，所有妖怪都猛地从地面上支起了身子。

按理说这种情况下天罡木狼就应该赶紧回头对敌，他却依旧盯着盘犺守手腕上的狼毛圈圈，对身后的妖怪完全不以为意。

而妖怪们也并没有像盘犺守想象的那样，一跳起来立马冲上来，正相反，在挣脱了束缚之后，他们集体后退（爬）了一步。

其实这也很正常，那些妖怪毕竟是技不如人才被压倒的，要是它们有一点办法，天罡木狼能那么快注意到盘犺守？

大部分妖怪互相打了个眼色，迅速地或飞天或遁地或撒腿逃逸而去，只剩下了狐狸长老们夹带着一身浓艳装束的昏厥状小狐狸，一副想逃又不能逃的可怜模样，双股战战，心慌欲死……

那天罡木狼只是回头看了一眼，又回头看盘犺守——盘犺守觉得他那一眼纯粹只是确认小狐狸还在不在，至于它死也好活也好似乎没有太大关系。

“你叫什么名字？”天罡木狼问。

盘犺守腹诽：哦，终于想起来问问我了，我还以为自己都变透明了咧。

“盘犺守。”他回答。

盘犺守以为这个名字至少能稍微触动一下天罡木狼被深埋的记忆，不过天罡木狼尽管眉毛动了一下，却不是因为他的名字。

“盘……你是人类吗？盘古的后代？”

盘犺守脸上挂下几条黑线，盘古的后代？开玩笑吧？他还真想得出来！几千年前还差不多，现代的妖怪还有谁会问这种问题？

他很想就此吐槽一番，然而天罡木狼的表情却让他无法张口，只得回答：“不，不是。”

天罡木狼冷冷地笑了一下，似乎觉得眼前这个东西有点无聊，没有必要再关注下去了，于是随手将他掼在地上。

天罡木狼转身走到了老狐狸长老面前，在老狐狸们战战兢兢的注视下，伸出一只手，像抓玩偶一样扣住小狐狸的大脑袋，将它从狐狸群中提溜了起来。

“你……你要干什么？”胡子长到脚面的老狐狸底气不足地大吼，却没有伸出爪子反抗。

天罡木狼歪了歪头，仿佛觉得这个问题很可笑：“你想呢？当然是……吃了它。”

一直处于“昏迷”状态的小狐狸忽然四肢挥舞着挣扎起来，长嘴发出声声尖叫，眼珠子滴溜乱转，完全不像是刚从昏迷中醒来的样子。

天罡木狼抽了乱叫乱动的小狐狸一个嘴巴，小狐狸立马安静下来。

“我要是想吃你，何必把那个人类带给你？”天罡木狼说。

小狐狸原本还被吓得上下牙打架，不过很快想明白了，也就不抖了。

“你希望我为你做一件事，是不是？”小狐狸问。

花魁又不是国王，想做什么就让大家去做，其他妖怪又不是它的臣民，看看表演可以，白白做事不太可能。它之所以能召集到那么多的走兽，是因为它有悬赏，而这个悬赏是它的忠诚粉丝们毕生的梦想。

——那就是，只要找到盘犺守并带回来，那么这个妖怪就可以让花魁小狐狸为它做一件事情——违法乱纪的事情除外。

“我觉得你对我不感兴趣。”小狐狸说，“你不是想我做什么色情的事情吧？那可不在约定范围里——请允许我再度向您提示：违法乱纪的事情除外。”

这回脸上挂下黑线的换成天罡木狼了。他现在的模样几乎就像被小狐狸气疯的大灰狼，但也只是几乎而已。盘犺守很确定，光是天罡木狼那头短短的头发就让他没法儿真正向大灰狼靠拢。

“我要对你感兴趣，这世界就该翻过来了。”天罡木狼额头上的青筋一跳一跳的，他掐着小狐狸脑袋的手更加用力，小狐狸又吱哇惨叫起来。

“那你要我干什么？”小狐狸四肢乱挥，嚎叫。

“我不喜欢，但别人喜欢。”天罡木狼看来懒得再跟小狐狸说下去，掐着小狐狸的脑袋转身要走。

——它这一去肯定就再也见不到了，那自己到这个世界不是白来了吗？自己到这个世界本来就是找它的啊！

想到这里，盘犹守慌忙张口：“你要带它走，不带我一起去是绝对不行的！”

天罡木狼转过身来，一边的眉毛挑得老高：“我就是不带你，你能怎样？”

盘犹守耸肩。呃，是啊，又能怎样呢？小狐狸没他就死了不成？

“可是我没他就会死掉！”仿佛看透了盘犹守的想法一样，小狐狸拼命挣扎着尖叫道。

尽管有相似的想法，但具体的意思完全不同，盘犹守脸上再次挂下了几条黑线。

天罡木狼看看盘犹守，又看看手中的小狐狸，脸上露出些许困惑的表情。盘犹守心说：果然还是不一样……要是大灰狼，现在一定是暧昧的淫笑……

不过他立刻打断了自己的想法，这不是他现在应该想的，眼前的妖怪虽然不是大灰狼，但也只是“现在”不是，基本上，对方依然是那个大灰狼。

究竟出了什么问题？独目神鹰、天罡木狼……在进入这个世界之前，它们究竟遇到了什么事？

“你们究竟是什么关系？”天罡木狼问。

小狐狸就着被抓住大脑袋的姿势耸了耸肩：“神秘关系。”

正在努力想词的盘犹守差点滑倒。

也不知道天罡木狼是真的相信了小狐狸等于没说的理由，还是压根儿就对答案无所谓，他只是点了点头表示知道了，接下来就大步走到盘犹守身边，抓住了盘犹守的后腰带，抬脚就要往与夕阳相反的地方奔去。

老狐狸长老们猛扑了上来，紧紧抓住已是半悬空状态的天罡木狼，秤砣一样挂在下面，失去平衡的天罡木狼“啪唧”摔倒在地。

大概天罡木狼没想到老狐狸们真敢扑上来拉他，老狐狸们也没想到它们能顺利拉下它，双方都愣了。

盘犹守还以为他们是要救小狐狸，没想他们一张口就是：“快住手！狐狸带走可以！把人类给我们留下！”

盘犹守满头黑线，小狐狸难道不是它们重要的花魁吗？把他看得比它还重难道不会有问题吗？虽然他大概知道究竟是为什么，只不过还没来得及确认……

然而令他惊讶的是，小狐狸看起来的确不是很在乎，它反而比长老们还热心地解释：“没有关系的，盘犹守不会有事，我有计划，相信我，没错的……”

天罡木狼带着一直就没松手的一人一狐从地上敏捷地跳起来，一脚一个，脚脚到肉，将老狐狸们飞踹到一边。

老狐狸们比盘犹守想象的灵活得多，与其说是天罡木狼把它们踹开，不如说它们完全是自个儿逃走的。

“你要好好照顾盘犹守——”胡子长到脚面的老狐狸在遥远的地方挥舞着小手帕说。

天罡木狼一个空踹，脚下无形的气劲向老狐狸们劲射而去，老狐狸们连滚带爬却更加敏捷地跑走。

天罡木狼狠狠地盯着那群妖怪落荒而逃的背影，嘴里恶狠狠地“嘁”了一声。

但它似乎没有时间去追究，只看了一眼盘犹守，虽然好像有话要问，却终究没有问，又向与夕阳相反的方向奔去。

天罡木狼马不停蹄地向前狂奔着，盘犹守和小狐狸在天罡木狼的手中被晃得一会儿被甩到前面，一会儿又被甩到后面。身为人类的盘犹守当然抵抗力要差一些，不一会儿他就有点恶心了。

当他想看看小狐狸是不是也像他一样难受的时候，却看到了小狐狸那张难得认真的侧脸。

它一直盯着抓住他的天罡木狼，大眼睛一眨不眨，长嘴微微张开。盘犹守知道，那是它思考的模样，不过一般这种模样都只出现在水婉问它“吃烤肉还是生肉呀”的时候。

为什么它会露出这样的表情呢？它看着天罡木狼，就好像在看着什么无法解释的东西。

在一次次的跃起和降落之间，盘犺守发现周围的地貌正逐渐发生着变化，从细腻的沙土地到坑坑洼洼的地表，各种各样的小碎石和小植被都变得多了起来。

不久后，他们闻到了泥土的芬芳，空气从干燥变得湿润，平整的地面上也出现了许多坡道，不久后坡道变成了小山和洼谷，又逐渐化作崇山峻岭，他们的飞跃越来越困难，越来越难以直线行进，只能循着稍微好走一些的山道前行。

“我不明白……”盘犺守有点困惑地说，“你为什么不飞行呢？”

飞行是所有妖怪最初的本能，所有妖怪在刚刚修行成功，还没有人类形态之前就能飞行，但这个天罡木狼从刚才开始就一直在用跳跃的方式前进，连一次都没有飞起来过。

天罡木狼没搭腔，小狐狸却开口说话了：“那是因为，在这里根本就不能飞呀。”

“什么？为什么不能飞？”

小狐狸挥了挥爪子，脸上认真的表情不见了，剩下的只有平时看起来很不可靠的、现在又花里胡哨的狐狸脸：“到这个世界以后，所有的妖怪都不能飞了呀。我也不知道为什么。”

盘犺守想了想，说：“但是独目神鹰那边的妖怪都能……”

“那是因为它们都是鸟。”天罡木狼冷冷地插嘴。

盘犺守闭上了嘴。直到这个时候他才真正注意到这个问题，确实，只有独目神鹰那边的鸟类才会飞，这边的走兽在追击他的时候根本就是在跳而已，没有一只曾经飞过。之前他被囚禁的时候还在奇怪小狐狸为什么不来救他，现在想来不是因为小狐狸不来或者来得晚，而是它刚开始就尽力了，不过因为不能飞行，它们的速度比飞鸟慢了许多，才会一直到三天后才追过去。

跑着跑着，他们周围的温度开始下降，之所以注意到这个，是因为盘犺守身上正在起小小的鸡皮疙瘩，一片一片，一会儿这里一会儿那里，前仆后继地起个不停。这也难怪，他不过是个普通人类，更何况现在还被妖怪拎在手里甩来甩去，迎面而来的风敲打在脸上已经有点凌厉的意思了。

旅途实在无聊，盘犺守在观赏了很长时间的沿途景物之后，正在像坐多了火车的乘客一样陷入烦躁无聊的状态，区别在于火车乘客还有个坐的地方——起码也有个落脚地不是？而他……他快要被自己的腰带给勒死了！

盘犰守觉得再不说点什么自己就要崩溃了。

他实在是没有话好跟那个狼妖说，这个名为天罡木狼的妖怪不是大娘，不是大娘，不是大娘……那么它是谁呢……

“那个，天罡木狼，你是谁啊？”

神啊，真是足够糟糕的搭讪。

天罡木狼连头也没回，好像已经对他绝望了。

“呃，我的意思是……”盘犰守有点磕巴地说，“你是哪一族的妖怪？家住哪里啊……”

好吧，绝对糟糕的搭讪乘以二。

这回天罡木狼却没有无视，而是回答了他的问题。

“我名字里就有狼字，别告诉我你想不到我是狼族。”

——虽然不是正面的回答，但是和他说话了也是进步啊。

盘犰守说：“虽然知道你是狼族，但是也想知道你究竟是哪个细族的……”

这回绝对糟糕的搭讪可以乘以六了。细族就是种族下再分的族，比如小狐狸就是狐狸族下属的妲己细族，正像天罡木狼姓天罡，当然是狼族下属的天罡细族，他还指望天罡木狼怎么回答呢？

然而出乎他的意料，天罡木狼显得比他还要难以理解：“什么叫细族？狼族就是狼族。你是问我们的姓族吗？现在狼族都姓天罡，没有例外。”

盘犰守觉得奇怪，又无法反驳，也许是他问得不太清楚？毕竟妖怪界的事情他只知道一点，不过皮毛而已。

就在盘犰守困惑的时候，小狐狸开口了。

“天罡木狼啊！”它没了那种不认真的语气，口气沉重得就好像这是它一生中最后一个问题，“你知不知道现在是什么年代？”

“年代？什么年代？现在是狼族时间5500年，你是问这个吗？”

天罡木狼的回答让小狐狸和盘犰守都吃了一惊。

妖怪不像人类有纪元之类的年代分法，因为妖怪的生命实在太长，族类太杂，年代这个词刚开始并没有实际意义，往往记录也很混乱（狐狸3000年等于狼族多少年？实在很难换算）。但是到了后来，出现了人类之后，妖怪们逐渐发现，如果没有共同的年代之分，就如同没有历史，它们无法准确地记录曾经发生过的、正在发生的事情。但它们也不知道应该如何记录才好，又不像人类有着朝代的更替，为了方便，后来它们才开始使用和人类同步的年代记录方法，就像秦始皇时代，妖怪界也会说某某年是“秦始皇三年”，现代，也会说是“公元2010年”。

但天罡木狼使用的却是狼族时间。那也就是说……对它而言，说不定人类刚刚开始学会穿衣服而已。

“妲己……”盘犰守想说点什么，小狐狸挥挥爪子让他闭嘴。

“天罡木狼……”小狐狸一只爪子放在自己那张长嘴的下巴颏上，“你今年多大岁数了？”

“三千两百岁。”天罡木狼毫不犹豫地回答。

……它失去的记忆和独目神鹰完全不一样。盘犰守意识到了这一点。他终于发现了，他一直在潜意识里提醒自己的，天罡木狼不对劲的地方是什么。

——天罡木狼并非“失去记忆”，而是他的记忆包括外表，都“退化”到了一个更加年轻的状态，一万年前的状态，当时的他只有三千多岁。

除了他的力量。

究竟是什么东西会让这位活了一万三千年的老妖怪着了道儿，变成现在这个状态？

连强大的大灰狼都无法抵抗的强大力量会是什么？

而他们（一个人类、一只道行清浅的狐狸）又能解决得了这个问题吗？

盘犰守和小狐狸陷入了沉默。

天罡木狼跑了不知多久，一直跑到了天空开始出现灰灰的颜色，地上本应修长的影子也逐渐隐入山岭的阴影当中。终于，天罡木狼停了下来，它一只手拎着狐狸，一只手拎着人类，停在了一个小山头。

盘犰守被自己摔落地面的冲击惊醒了，不过那一刻脑袋还没有完全醒过来，所以当他稍微清醒的时候发现自己正轱辘似的往下滚也不是多么惊奇的事了。

当然这也不能让他停止惨叫是不是？

不久后他的惨叫声中又加入了另外一个，是小狐狸的惨嚎，嚎得就好像它马上会落到狮子嘴里似的。

盘犹守和狐狸一直顺着山坡滚到了山脚下，一人一狐晕头转向。

我们要死了吗？盘犹守想。难道是那家伙想要祭奠什么人，所以把他们弄到这里来杀掉？不会吧！他还年轻啊！怎么能让这个连记都不记得他的妖怪莫名其妙地杀了他！好吧，就算要杀也不能杀他吧，还有小狐狸呢，它的妆容吓死了人也不是他的错是不是？他早该想到，它的妆容就算要吓死人也不是很困难的事……

盘犹守脑子里一团乱麻，连他自己也不知道自己在想什么了。他睁着眼睛看着天空——那里有很多云朵和其他一些东西在他的眼睛里转啊转……

一双穿着千层底布鞋的脚和彩色的斗篷一起从他的视线中掠过，那双脚的主人稳稳地停在他的身边。

“她怎么样了？”天罡木狼问。

“还是老样子。”一个年轻的声音回答，“少族长，这两个是……啊！”那人发出了短暂的惊呼，“他是……”

盘犹守还以为那人认出自己了，还在认真思考在人间见过的、叫过他“盘犹守”的妖怪的声音，好像没哪一个听起来是这样的……

结果那人惊呼了以后马上声音变得很远，似乎他是以跳跃的方式窜到一边去了。

“大家快来啊！”那人敲着锣欢呼道，“花魁来啦！花魁驾临我们狼族部落啦！”

盘犹守仍有点头昏脑涨，不过他还是努力爬了起来，按着额头，眼睁睁地看着一群穿得和天罡木狼一样花哨的人——妖怪——将依然有些迷糊的狐狸扛在肩上呼啸而去，连一点点给他反应的机会都没有。

天罡木狼看起来见怪不怪，对自己族人的行为不以为意，他似乎甚至没注意到可怜的盘犹守灰头土脸的状态，转身往某个方向走去。

盘犹守抚着自己可怜的额头，终于止住了头晕的感觉，这才看清楚自己究竟在什么地方。

这是一个山坳，确切点说，是被人专门开凿出来的山坳，山坳中间的石头和沙土混合地面——水泥一样坚硬的地表上——被开凿出了大片平地，地面上甚至还有刀斧——或爪子、牙齿之类——凿出的痕迹，地面长着一簇簇的灌木和高大的松树，汩汩的溪流从平地中间蜿蜒流过，又钻入山壁下方，了无痕迹。

山坳的四周，除了他和小狐狸跌落下来的那个坡较为平缓之外，其他位置都被开凿得平平整整上下平齐，如果从那些方位的山上跌落下来，连缓冲都没有，一定会被摔成肉泥，看来大灰……天罡木狼目前还没有想让他们死。

那些开凿得上下平齐的山壁上，上上下下开了许多大小不一的洞口，许多洞口上都有一两个或一群妖怪。

随着下面平地上呼喊“花魁到我们狼族部落啦，花魁万岁”的呼声越来越强，山壁上的妖怪和洞口里隐藏的妖怪都唰唰地跳了下去。

真是一派生气勃勃的景象，盘犹守想。那么多的妖怪……狼族……奇怪，好像有什么地方不对劲。

他看着那些狼妖，终于想起来了。

不错，的确是有地方不对劲。他和大灰狼一起生活二十多年，大灰狼告诉过他很多事情，包括妖怪界艳照门之类的事迹——老天原谅他，他那时候不过是个十二岁的孩子，该死的大灰狼——但从来没有说过他的族人。

大灰狼也不喜欢别人叫它“天罡木狼”，这么多年来，它一直默默允许他叫它“大娘”这个亲切却不够帅气的称呼，然而每当有人叫它“天罡木狼”，它的脸色——无论是狼形还是人形——都会变得异常难看，而他若是问起它的名字、它的族人，它都会打着哈哈混过去。

小狐狸似乎也知道点什么，所以尽管它常常把大灰狼气得火冒三丈，或者被大灰狼欺负得火冒三丈，却从未叫过大灰狼“天罡木狼”。

当然，更怪异的是玉红云蛛。她明明每次都能看见大灰狼不悦的神情，却每次都认真地叫它“天罡木狼”，然后盯着它的表情，就好像要亲眼看到它的不悦，不能有丝毫遗漏。

大灰狼是被赶出了家族吗？

直到现在，它失去了记忆，才被准许回来？

别的狼妖是否注意到它并没有这一万年的记忆？

其他的狼妖，有没有也和它一样回到一万年前？

盘犹守以前完全没有注意到这些。他很惊讶自己居然没有注意到。大灰狼总是像个长辈一样照顾他，他却从未注意过大灰狼的内心世界。

更何况……

少族长?

盘犹守从地上爬起来，随便拍了拍身上的土，就向天罡木狼离开的方向追去。

三面的山壁上有许多大小不一的洞口，山脚下一个山洞最大，大概是其他洞的五六倍，洞口顶上画着一个狼头。

别的洞口的狼妖都在听到“花魁降临”的时候跑得无影无踪，只有这个洞口依然站了两个手持长枪的狼妖，都拖着狼尾，大部分是人形，只有嘴部还有狼的形态。他们这是半兽状态，还没有完全发育成熟。大灰狼在变成人形后也经常拖着狼尾，但那和修没修炼好没关系，它想收起来随时都可以收，而放出来则似乎是喜好。盘犹守忽然很想知道，大娘为什么会有那种对妖怪来说既不安全也不方便的喜好。

天罡木狼走到那个最大的洞口前，大步走了进去，门口的两只狼妖在他走过的时候都挺直了身体。

盘犹守试探着也走了过去，等待着下一刻被那两只狼妖拦住，奇怪的是那两只狼妖就好像没有看见他——呃，应该说没有注意到他是谁——一样，同样挺直了身躯。

……果然很奇怪。

盘犹守暗想，这难道是它们的什么阴谋诡计?但是没必要吧?之前天罡木狼根本就没想让他来……

既然别人没挡他，那他也没有必要客气，向两位完全没有尽到守门任务的狼妖作了个小揖，弓着腰快步走了进去。

洞府里的路忽上忽下，九曲十八弯，所幸并没有岔路口，洞壁上也不知是什么东西在闪光，他走得很深了依然有微光照耀着他眼前不远处的路。

他走了百十米的样子，终于听到前面有人说话。他又走了不远，前方洞府豁然开朗，出现了一个比刚才的洞口还要大的拱形门，里面的装潢十分落后，简直就像是史前一万年的时候应该有的模样——石床、草、火堆，简陋得让人不敢相信这里竟有文明生物的存在。

天罡木狼正穿着它五彩斑斓的衣服坐在石床上，石床上一个人——妖怪——躺在五彩斑斓的织物当中，不过更多的是草，大堆柔软的草覆盖在那个躺在石床上的妖怪身上，似乎是用来保暖。

这未免太落后了吧!

天罡木狼正用温柔的声音和那妖怪说着话，盘犹守从未听到他用那么柔和的声音说话，简直就像害怕声音稍微高一些就会伤到它一样。

它是谁?

“……花魁都来了，您去看看也好。”

“不，我快要死了。”

“这话您都说了五百年了。”

“得啦，你们看去吧，玩得高兴点。”

“母亲，那些旅者都说了，这个花魁很有趣，我特意给您找来的。您玩一玩，笑一笑，也许病就好了。”

盘犹守终于明白花魁狐狸那张鬼画符一样的脸为什么那么受欢迎了……原来根本不在于它有多美，而在于它有多搞笑……虽然他不觉得它那模样搞笑，恐怖才是真的。

更重要的是……躺在那里的妖怪居然是大灰狼——天罡木狼的母亲！这么多年来他从未听大灰狼说过自己的母亲，他总觉得它是从石头缝里蹦出来的，要么它的母亲一定是只普通的母狼，在它修炼成妖之前就去世了，否则为什么它总是那样，除了和他们在一起的时候之外，总是孤独地待在某个地方。

他觉得自己好像听到了什么隐私，无论对方是大灰狼还是天罡木狼都是不对的，他立刻抬脚就要退出去。

谁想他刚一抬脚，也不知是脚下踩到了什么东西，发出细微的“咯吱”声。他暗叫不好。

他脚上穿的是运动鞋，刚才进来的时候倚仗的就是这个，走路无声无息，连大灰狼也总说“没有心跳的话根本就听不到有人来”，不过踩到东西就是另外一回事了。

天罡木狼果然猛地抬头，又和母亲说了句什么，便站起身大步向他走去。

盘犹守僵硬地站在原地，等待着一顿劈头盖脸的怒斥。他擅自闯入妖怪的领地，就算按照妖怪联盟的法律，对方要杀他也是理直气壮的。

就在他梗着脖子等死的时候，站在他面前的天罡木狼却露出了奇怪的表情。

“你怎么进来的?”

盘犰守没想到对方第一句话是这个问题，而且说话的语气中尚未带有雷霆大怒，更像是有些惊讶。

“我……走进来的。”盘犰守说，“外面的那两个守卫大哥也没拦我，我还以为……”

天罡木狼脸上的表情更加奇怪了。

盘犰守一时不知道自己应该如何接下去，是应该先自尽谢罪，还是当作什么也没有发生过？

天罡木狼转身又回到洞里，招手让盘犰守过去。盘犰守吓了一跳，也不知道对方究竟想干什么，不过还是乖乖去了。

天罡木狼从石床上扶起了一个女子，女子有着和大灰狼一样的灰色眼睛和银灰色的长发，他看着她的背影的时候还以为她是一名相当年轻的女性，等她转过来却发现她的脸庞上有着刀刻斧凿般的皱纹。当然这不能说明她的年龄，妖怪转化为人形的时间有早有晚，那直接决定了它们很长一段时间内的容貌。

她看着盘犰守，微微地笑了一下。

盘犰守觉得她的笑容有点怪，但说不出哪里奇怪。

“你看，他是和那个花魁一起来的外族。”一般会说是外族妖怪或者人类，但天罡木狼明显省略了这个步骤，“你不出去，听听他说也好。”

她再次笑了，说：“那请你讲一讲吧。”

盘犰守莫名其妙地问：“讲……讲什么？”至少跟他稍微解释一下啊。

天罡木狼说：“随便什么都可以，新奇的事情，那个花魁的事情，其他妖怪的事情……都可以。”

盘犰守看看周围，连个可以坐的地方都没有，天罡木狼也没有要让他坐的意思，他只好站在那里，开始讲一些他更加了解的人间的事情。

他说了收音机、电视，讲述了现代人类“人在家中坐，资讯天上来”的生活，解释了人类的教育、生活、百货，又扩大到五千年来的文明发展……

在他讲述的时候，天罡木狼的母亲微笑着听着，从不搭话，也不询问，就只是听着，仿佛她对于人类的进化和日新月异的科技进步并没有疑惑，仿佛那些事情她都十分清楚，也仿佛对此漠不关心。

他讲得口干舌燥，面前的听众却没有一点反应，他也无聊了，开始说起前段时间的电视剧——那部他被老娘以“一起看电视的时间能够促进家人之间的亲情”为由强迫着每天晚上至少看一集的韩剧，又臭又长，啰唆得要命，不过说起来还是可以当作谈资的。

天罡木狼的母亲即便是在听他说韩剧的时候也是那样礼貌地微笑着，从不打断，也不说“啰唆”，却又不像是感兴趣，就是那样听着。

既然母亲一直在听，天罡木狼也没有打断他，任他说。

一直说到盘犺守嗓子都哑了，天罡木狼才说“可以了”，又服侍母亲在那破石床上躺下，这才示意他和自己一起出去。

第二章　怪异

盘犹守跟着天罡木狼走到石洞外面，看清楚外面的情况后，差点昏过去。

此时外面的广场上搭了个台子，一个小身影在上面跳着热辣的钢管舞，下面的狼妖们群情激动，手舞足蹈，群魔乱舞，看来台上台下的情绪都十分high。

盘犹守正想过去，天罡木狼又拉住了他。

他不解地看着天罡木狼，对方拉住他的外衣下摆，“刺啦”扯下一块布来。

盘犹守那个心疼！这可是他最喜欢的一件衣服啊！虽然不是最贵的，但是穿着最舒服的一件！对方连问都不问一句就给他扯破了！

天罡木狼却丝毫不在意他的悲愤，拎起那块破布，吹了口气，破布晃晃悠悠飞到了洞口那两个妖怪守卫的中间。

就在那电光石火的一瞬间，两个狼守卫同时挥出长枪，盘犹守还没看清楚怎么回事，那块破布就在两杆长枪每秒不知多少下的蹂躏中变成了一小片筛子，软趴趴地躺在了洞门口。

盘犹守想到了刚才自己……只差一点点就要被那两个守卫像对待那块布一样戳成筛子了！

天罡木狼开口了：“我以为是因为你身上带有我的气味。”

“什么？”盘犹守问得很僵硬，他还沉浸在恐惧之中呢。

“如果是你身上带有我的气味，他们不杀你，这我可以理解，因为你身上有我的毛。”天罡木狼说，“但是那块布也应该能逃过一劫才是。”

“你的结论是？”

天罡木狼看着他，用和大灰狼一模一样——自然是一模一样——的银灰色眼睛看着他。

“你拥有我的守护。”他说。

盘犰守没听明白：“啥？”

天罡木狼说：“就是说，什么人用了我的毛，在你身上做了防护——让你得到我妖气的保护，所以我之前总觉得你身上有我的力量。是谁做的？”他问得很温和，一点也不像是要刑讯逼供的样子，和刚刚遇见盘犰守时的凌厉冷淡判若两人，也许是回到了自己的族中所以变得轻松所致吧。

“我……不知道。”盘犰守试探地问，“那你记不记得，有谁会做这种事情？”

天罡木狼冷哼了一声：“我们族类已经五百年没有狩猎过了，我也一直没有在族外脱过毛——这点倒是很奇怪——不过正是因为这个我可以确定，绝对没有人能弄到我的毛。”

盘犰守心说：是啊，没别人，只有我家到处都是你的毛……

他看了一眼台上改成跳肚皮舞的小狐狸，张了张嘴，正想说点什么，比如天罡木狼还记不记得是怎么变成现在这个样子的，却又觉得不太好开口，只得作罢。

小狐狸的舞蹈和化妆都令他不忍直视，他又不敢直视天罡木狼，只得把目光投向山壁上的那些洞穴。

令他惊讶的是，在他目之所及的一些洞穴中依然有一些妖怪并没有受到小狐狸魅力的影响，蹲在穴中补衣服、捉虫、理毛……该干什么干什么，甚至没有受到小狐狸和那些狂热粉丝的影响，连一点点反应都没有。

他想到了同样待在洞穴中不愿出来的天罡木狼的母亲，也是那样的……应该怎么形容？木然？好像有点过了，不过基本上就是那种状态，木然地微笑，木然地对答。虽然她在笑，虽然她会应答，但就是带着一丝木然。

“你的母亲，她生的是什么病？啊，如果是你们家的隐私，那当我没问，我只是有点好奇……”

天罡木狼看着台上快把屁股扭掉的狐狸，沉默了一会儿，沉默得让盘犰守都以为他不会回答了，才缓缓开口：“我们的医学水平太差，没人知道她究竟生了什么病。她已经病了六百多年了，一直卧床不起，我们毫无办法……之前听一些旅者说一个叫罗布寨的地方有个花魁很有意思，许多病人看到它就高兴，高兴着高兴着病就好了。于是我就去找它，正好路上听说了花魁的悬赏……”他深深地叹了口气，“可惜母亲还是不愿意出来，只好等它给大家表演完了再去母亲那里给她表演。”

也许是预感，也许是直觉，盘犹守总觉得，他母亲的病，再来多少个花魁也是一样的。

但盘犹守没有说出来，那实在太残忍了。

他又问：“那你们部落里有多少族人得了这个病呢？”

天罡木狼奇怪地看了他一眼：“只有我母亲一个人，怎么了？”

“那你那些同胞……”盘犹守指指山洞里对外面的情况漠不关心的妖怪们。

“它们很好啊。”

盘犹守闭上了嘴。也许是他猜错了，它们的冷淡和天罡木狼母亲的漠不关心完全是两码事。

……

——“从未——有妖怪——对生活——没有激情。”

盘犹守耳边飘过这句话，这是大灰狼曾经对他说过的。

之所以每个词之间都有停顿，是因为当时大灰狼正在吃鸡，吃一口，说一个词。

在他记忆中的大灰狼，虽然偶尔也有沉郁不快的情绪，但总是不长久，它总能让自己高高兴兴的，并非强颜欢笑，而是真正的高兴。

它说：“痛苦是痛苦，快乐是快乐，高兴起来就把那些痛苦的事丢到马桶里去，等有空的时候再去疏通那些痛苦，不要让痛苦掩盖了快乐，也不要让快乐堵塞了痛苦。”

如今，盘犹守眼前的天罡木狼银灰色的眸子几近黑色，那是因为它从未让它的眼睛亮起来，它的情绪一直处于在一个很低迷的状态。

它一点儿也不高兴。

盘犹守本以为，回到族群的它本应是高兴的。

也许是因为它的母亲正病着？

可是大灰狼也曾说过，死去的就是死去了，即便再用力地哭泣，它们也不会回来，活着的人不能总把死人背在肩上，活人还要继续自己的生活。

那时候盘犹守以为它是在安慰刚刚失去姥姥的自己，现在想来，它更多的却像是安慰它自己。

也可能是因为她那种痛苦的状态？

也可能……

他看着天罡木狼的侧脸，却看到了一只死气沉沉的眼睛。

他突然不敢确定自己面对的究竟是活人还是死人了。

小狐狸一曲舞毕，在观众热烈的欢迎下谢幕了好几次，才从台上几个起落跃入盘犰守的怀里。

盘犰守抱着这只暖烘烘、热乎乎、湿淋淋（都是汗）的小狐狸，刚才胡思乱想的心思忽然都没了。

“小盘子，小盘子，我们去洗澡吧！”小狐狸叫道。

盘犰守笑着同意，眼角余光却扫到天罡木狼脸上掠过的异样神情。

他想说点什么，小狐狸却不允许，尖叫着说身为花魁不能保持身体芳香、毛发柔顺就太不敬业了，他只得抱着它到一边去。

狐狸不是人，洗澡不用水，只要有沙坑，在里面滚一滚效果就很好。狼当然也一样，这里作为狼窝，自然也有洗浴用的沙坑。

在仍然激动万分的观众的指引下，盘犰守找了个比较偏僻的沙坑——因为小狐狸不停大叫“花魁的身体岂能容观众随便看”——这里有灌木的遮掩，又有山壁作屏障，十分安全。到了地方，他就扒下小狐狸的纱衣，将它丢进了沙子里。

小狐狸一头扎入沙中，舒服地滚来滚去，这里白天被阳光晒得很暖，此时的温度还没有下去。

“你有话跟我说？”盘犰守问。

小狐狸又不是娇生惯养的宠物，他还没听说过哪个动物在洗澡的时候主动找人帮忙的，所以它叫他肯定有它的理由。

小狐狸趴在沙坑中，后腿刨着沙子，舒服得大眼睛都眯了起来，说出的话却和它现在的状态很不符合：“这个地方，有些事情不对劲。”

盘犰守没说话。

小狐狸抖抖毛，睁开眼睛：“你也注意到了。”

盘犰守默默地点头：“有些妖怪几乎没有反应——应该是所有的妖怪都对你入迷才对。”即便是应独目神鹰的命令来抓他的鸟，也有在花魁和城主之间摇摆的。不管花魁狐狸的魅力是因为美貌还是搞笑，至少每个知道它的妖怪都很喜欢它。

“我以为那些山洞里再没剩下谁了……”小狐狸悄声说，“它们就好像根本不存在一样。”

自从来到这个世界，盘犰守的左手就不再能感应到妖气了，反正妖怪们也感觉不到，他也没深究。但这个时候他十分希望自己能感觉到妖气。

“你能感觉到吗？”

“嗯……我能感觉到它们是不是活的。”

盘犹守后背发冷，打了个冷战：“你说它们都不是活的？”

“我不是那个意思呀。我是说，那些在山洞里不出来的人，我感觉不到活着的气息，但那也不表示它们死了呀。”

“不是活着就是死了，难道还有第三种形态吗？”

小狐狸正要回答，却有一个只到盘犹守腿肚高的人形小狼妖从他的双腿之间钻了过来。

“花魁花魁！少族长请你给族长表演！你洗好了没有？”小妖怪脆声问。

“好了，好了。”小狐狸又在沙子里狠狠地滚动了两下，然后狠狠地甩动小身体，把沙子甩下来，让盘犹守把那件纱衣披在自己身上，直立起来，迈着两条后腿走了出去。

在这个过程中，那小狼妖一直仰慕地望着花魁狐狸伟岸又妩媚的背影。

而盘犹守则看着这两只小妖怪，心里快要笑翻了。

小狐狸跟着天罡木狼进入了那个大洞府，盘犹守收回目光，低头看着脚下的小狼妖。

“你叫什么名字？”他温和地问，顺手摸摸小狼妖头上软软的毛。

“天罡小松。”小狼妖骄傲地回答。

“你一直都住在这里吗？”

“是呀。”小狼妖眨着大眼睛，反问，“你以前住过很多地方吗？”

盘犹守想想自己一直毫无变化的家庭地址，惭愧地说：“那个……没有。不过我出生的时候和现在住的地方不一样，也算住过不同地方吧。”

小狼妖看起来有点不明白：“出生的地方和现在的地方不一样？那是什么意思？”

“意思就是，我们的小狼崽也有可能是别的地方出生的。”一个女狼妖走过来，慈爱地抱起小狼妖，在它的额头上亲了一下。

盘犹守有点糊涂了：“您这话是什么意思？”

女狼妖笑着说：“我们到这里有好几百年啦，不知道为什么，狼族部落里有很多妖怪——比如我们——对到这里之前的事情一点记忆都没有。但也有些妖怪，比如我们的族长，还有少族长它们，都记得三千年前甚至他们出生时的事情。可是除了我们狼族之外，我们并没有发现其他的族群里出现过这样的情况。”

盘犺守呆呆地问：“那是怎么回事呢？”

“是呀，怎么回事呢？”女狼妖看起来丝毫不为这样的问题所苦，反而爽朗地大笑起来，“反正以前的记忆也未必重要，而且就算想破头也想不起来，无所谓啦。”

她抱着小狼崽走开了。

反倒是记忆并未受到影响的盘犺守变得更加烦恼，他有点痛苦地想，万一……万一大娘再也想不起来了呢?

他想到了来到这个世界所发生的一系列怪事，想到这个世界的时间，想到这个世界桃心状的地图，想到了禁区和无法飞跃的沙漠，想到这里除了妖怪之外的所有诡异的物质，想到失去记忆的独目神鹰、大娘和狼族一众，想到再也不会飞翔的走兽们，想到妖怪们的乐观，想到他被囚禁后发生的事情，他总觉得自己应该知道导致这一切的原因，但他不知道，他甚至不知道自己身在何处。

……被囚禁，对，就是这个词，囚禁!

之前在想到这个词的时候，他都会想到独目神鹰那个老王八羔子，而现在，在没有了其他因素的影响下，他的思路终于开始另辟蹊径，想到了别的原因。

这个世界，很有可能正在被什么人或者什么东西控制着。

那个东西控制了时间，让这里的时间和外面的时间有着一日十年的比例，对方为什么要这么做?也或许不是他人控制的，也许这个世界原本就是这样的?但盘犺守觉得自从他来到这个世界以后，时间似乎变得迅速了很多，无论是他的脉搏还是太阳落下去的速度都在说明这一点，这又是为什么?这个问题有些难解，先放到一边。

那个东西不允许妖怪们依靠妖力飞翔，只有鸟类妖怪能够依靠翅膀的力量飞翔。

那个东西不允许妖怪们感应妖力，刚开始盘犺守想那是因为害怕妖怪们坚持不懈地在沙漠中飞，妖力会给它们方向标，不过妖力感应即便是在妖怪界也是有限的，依靠翅膀飞不到的地方，妖力感应也无效。这一条先按下不管。

那个东西把这个世界适合大家生存的地方画成了一个桃心……这一点就

比较奇怪了，传说中的那些邪恶大Boss，哪一个也没有这种少女心思啊……换句话说，有这种少女心思的人谁有空去当邪恶大Boss?

那个东西控制了独目神鹰、大娘以及这些狼族的记忆，为什么？为什么不是所有妖怪？为什么只有它们？还有那些怪异的狼族成员，它们似乎已经对外界失去了兴趣，小狐狸甚至根本感觉不到它们的存在，这又是为什么？也许其他的妖怪以后也会变成它们那个样子？但好像又不太对，和独目神鹰的谈话让盘犹守知道到这里时间最长的是一个古树妖怪，那家伙已经在这里待了万年，也没变成那个样子啊。说不通，这个问题也先放下。

还有……他被随便一扔，就找到了小狐狸，然后轻易地由此找到了大娘——虽然此大娘不是完全的大娘。

在这些事之间，一定有个什么连接扣一类的东西，一环扣一环，紧密地织造出一张大网，将他们困在这个世界中。

不……也许没有那么复杂。

盘犹守记得曾经在电视上看过一个理论，在考虑某件事的时候应该从最简单的推论入手，把复杂的事情简单化，有时候正是解决问题的关键。

那么，又怎么让这件事简单化呢?

总是喜欢看破案小说或电视剧但自己的脑子基本是一团糨糊的盘犹守又糊涂了。

第三章　夜晚

天很快就黑了。

盘犹守还以为天黑的时候一定和傍晚一样，磨磨蹭蹭很长时间太阳才会完全落下去，但很奇怪的是，最后一丝太阳光从山顶上消失后，山坳里刹那间就陷入了黑暗，快得就像这个世界突然被黑色的天幕扣在里面。

他有点困惑地拨弄着狼族生起的火，火焰在松枝上噼啪作响，松枝本身却毫无损伤，就好像那是冷火，根本就不是从松枝上生起来的。当然，这堆火毫无疑问是热的，让他在这太阳一旦落下便突然寒冷起来的地方感到了那么一点点温暖。

傍晚见到的女狼妖也抱着她的小狼崽坐到了火堆旁边，此时的小狼崽是只狼形的小家伙，不过从它脑袋上竖起来的那撮柔软的毛毛看来，它就是她曾经抱的那一只。

他向她点点头算作招呼，她也微笑着向他点了点头。

“我还以为你们比较怕火。”盘犹守说。

她轻笑：“那是因为害怕烧着我们的毛呀，不过这个……”

她突然将手中的小狼崽丢到火堆中，饶是盘犹守也吓了一跳，赶紧伸手去捞。可他还是慢了一步，噗的一声，小狼崽整个小身体都已经埋到了松枝堆里。

“你怎么能这样！它是你的孩子啊！”盘犹守难以忍耐地怒吼起来，这可不是他可以装淡定的时候，他真恨不能将她一起丢到火中去。

然而当他伸手去将小狼崽捞出来的时候，奇怪的事却发生了。

小狼崽自个儿披着着火的松枝，欢呼着蹿了出来，像个火球一样满地乱窜，嘴里还得意地喊“哈哈哈，我是火神，我是火神”。那些狼妖们没反应的依然没反应，有反应的那些也只是笑笑，它反而吸引了一群狼崽在它身边欢快地前后奔跑。

盘犹守僵在原地，无法反应。一会儿小狼崽奔回来了，女狼妖拿走小狼崽身上燃烧的松枝，完好无损的小狼崽就向他扑了过来。

“你看我厉害不厉害！厉害不厉害！”圆滚滚的小身体扑进他怀里，激动地追问。

盘犹守摸摸它身上完美无损的狼毛，有点难以置信，不过嘴里还是鼓励道：“厉害，厉害。”他的眼睛却一直盯着对面的女狼妖。

女狼妖做了个“看吧”的手势，伸手接过肥壮的狼崽。

“别让人家看笑话，要有礼貌。”

“小松很乖。”

“嗯，乖。”

她松了手，小狼崽欢乐地撒开四爪和其他狼崽玩去了。

“它没有被烧伤。”盘犹守觉得不可思议。

“所以我才敢把它扔出去呀。”

盘犹守看看眼前的火焰，将手伸了进去。

什么也没有发生。

火焰热得几乎要把他烤焦了，但也只是“几乎”，他的手在火焰中完好无损。

“这些火……它们是依靠什么来燃烧的呢？”

“是呀，依靠什么呢？”女狼妖希冀地看着他，仿佛希望他反过来给她一个答案。

盘犹守当然不知道，只能沉默以对。

又是一个关于这个世界的新的谜题。

之前每次他有谜题的时候都有一个可以询问的人，而这一次……他习惯性地看向了那个人。

令他惊奇的是，他居然真的看到了。

天罡木狼正站在洞口，向他们这边遥望。

只看了那么几秒钟，盘犹守觉得自己没有办法再看下去，否则自己一定会很不冷静地扑上去揪它的衣服，拽它的毛，逼问它为什么不记得自己是谁，自己身为一个无能的人类都愿意跑到这个未知世界来找它，它怎么敢不记得自己是谁！

他回头看着眼前的火，不经意地问：“你知道你们的少族长是什么时候来的吗？它那个时候情况怎样？”

女狼妖耸肩：“我来的时候比较晚了，不过听比我们来得早的同胞说，它和我们的情况差不多，都是在沙漠那边着陆的时候还很正常，不过所有的狼都在一降落以后要求找到狼族，所以铂离家族会把每一批狼都安全送到狼族的地点。好像就是在来到这里的旅途中，狼族都会逐渐失去记忆，等到发现的时候已经晚了。”

“那如果不到这里来呢？”盘犹守问。

女狼妖歪头，瀑布般的黑色长发从她的头侧滑落下来：“那不可能，所有的狼族都会拼命到这个地方来，就算没有铂离家族的引领，大家长途跋涉，历尽艰难，最终还是会到这儿。”

“……就好像这里有什么吸引力？”

“是的。”

盘犹守拿起一支燃烧的树枝，在地面上轻划。他想，究竟是什么东西在吸引这些狼族呢？为什么别的妖怪并没有这样的问题呢？

难道说，问题的关键其实就在这里？

他忽然想起小狐狸曾给他看的地图，问：“这里是什么地方？”

“小红帽。”女狼妖回答。

他一时没听明白：“什么？”

“小红帽，这里。”女狼妖大声了点，回答。

原来是地名。他看了那么多地名，却对这个地方毫无记忆，于是又问：“你们有地图吗？”

他并没有抱什么希望，这些一直被困在这个地方的狼妖，它们似乎没有必要弄地图之类的东西。

出乎意料的是，女狼妖居然点了点头：“不错，我们有。”她转头对一边疯玩的小狼崽，说，“宝贝，去把地图拿来！”

天罡小松在狼崽堆里清晰地哎了一声，小身体摇着尾巴蹿向其中一个山洞，不一会儿又返回来，把嘴里叼着的一卷纸交给女狼妖。

女狼妖展开那卷纸，那地图和小狐狸给盘犹守看过的地图非常相似，就是小了点。她在地图上指了个位置，说：“我们现在就在这里。”

盘犹守一看，她指的位置居然是……

“……禁区？这里什么时候有禁区的？”

女狼妖疑惑：“一直都有啊。”

并非玄幻小说主角所以脑子自动屏蔽了“禁区”二字的盘犹守“哦”了一声，继续看下去。

禁区是桃心尖儿上的一片扇形区域，而女狼妖指的其实不是禁区，而是禁区外面不远处，一个有“旅游名胜”标识的地点，上面写着“小红帽”。

原来小红帽在这个地方……看起来这里就是禁区的边缘，只要再走不远就会进去。

“你们这里是旅游名胜？”他问，这个真是没想到，他还以为它们这儿与世隔绝呢。

“嗯，有很多妖怪都愿意到这里来玩，因为这里地貌复杂，适合大家玩乐。”

简而言之，就是兽性的本能罢了。

他又指着地图上禁区的区域，问：“这片地方为什么叫作禁区？”

女狼妖垂下头，用修长的爪子梳理自己的头发：“这个，那是因为……”

这时，忽然有狼妖大叫：“来了！来了！”

盘犹守抬头，看见了天上点点繁星，以及被半座山遮挡住的小半个月亮。

什么也没有啊。

但是狼妖们的反应却是十分激烈，除了那些一直待在洞中不曾出来过的狼妖之外，其他的狼妖都发出了各种各样的呼喝声，狼妖急匆匆地在四周交错狂奔，场面乱糟糟的。在此之前，女狼妖已经动作敏捷地叼起她的小狼崽，狂奔进入山洞。

盘犹守不知所措，不知道自己应该怎么做，更不知道可能发生什么。

他站在火堆边，大概是挡住了妖怪们的路，一个狼妖猛冲过来，撞在他的身上，差点把他撞倒。

另外一个狼妖冲过来的时候一脚踢到了他的腿。

一个老狼妖经过他时推得他转了好几个圈。

就在他以为自己会被狼妖们推倒然后踩踏致死时，他突然感到全世界一暗——这不是修辞，他也没有要晕倒，总之就是整个世界一暗，天上的繁星和月亮、地上的火堆、狼妖们在夜晚时明亮的眼睛，都骤然暗淡了许多，就好像电脑的显示器被调低了亮度一样。

他本能地抬头去看天上，一只小狼崽扑过来撞到了他的膝盖，他差点当场跪在石地上。他一阵头晕，想今儿个不把膝盖摔成八瓣肯定是不可能了，不过他很幸运，一切只是差点而已，就在他即将摔倒的时候，双手抱住了一个巨大、结实而又软绵绵、毛茸茸的东西。

……请不要往不纯洁的地方联想！

他抱住的不过是一匹狼的狼身而已。

银灰色的身体，闪闪发亮的狼毛，狼头圆润而狼嘴修长，如此美丽帅气的狼怎么可能是别人呢？

当然是我们的大娘。

……目前还不是大娘。

“抱紧！”天罡木狼冷冷地说。

盘犺守一时也不知道应当怎么抱紧，这个姿势也不好抱紧狼的脖子，只好身体一弯，横着趴在狼身上，身体弯成了一个圈圈，双手抓紧天罡木狼肚子下面的毛。

天罡木狼很不舒服，但也没说什么，背起盘犺守几步蹿回了那个最大的洞口。

盘犺守滑落下来坐在地上，一双手还爱不释手地抚摩着狼身上熟悉的软毛。

天罡木狼厉声道：“住手！”

盘犺守赶紧收回手，猛地后退，身体撞到了洞壁上。

所有的狼都比盘犺守反应快，这个时候外面已经一只狼也没有了。

此时，山坳里刮起了黑色的狂风。之所以看得出是黑色，是因为山坳里本身其实没有那么黑暗，还有一些松枝的火焰在燃烧，可是那股黑风到来以后，火焰变成了黑色，噼啪作响的燃烧声突然消失了，整个山坳里伸手不见五指。

盘犺守感到了心惊，他不知道是从何而来的心惊，总之就是心中无法平静，好像那股风想要带走点什么，而他对此无力阻止。

他的手在地面上摸来摸去，他不是要找什么，而是想要抚摩大灰狼的毛，只要摸到那些手感柔滑的毛，他觉得他立刻就会好得多。

但是他不能，眼前的妖怪不是大娘。

目前而言，它只是个和大娘长得很像的，他不认识的妖怪而已。

它刚才那样救他，肯定只是出于照顾族人的本能——他进入了狼族部落，头狼自然就会照顾他，不只是他，来只小狗也一样。

想到这个盘犹守就很生气，这种生气毫无理智，就好像本来自个儿是独享宠爱的独生子女，家里却突然出现了另外一个……或者一群孩子，自己一下子就变成了可有可无的那个人。

他心里那个生气！那个难受！

而就在他越想越生气，气得想挠墙时，身边的温暖却逐渐靠了过来，当然靠过来的速度很慢，似乎有一些犹豫，也可能连它自己都不明白为什么要接近他。

盘犹守想伸出手去抚摩狼毛，然而想起刚才被怒吼的经历，不由有些不忿，想伸手去抓抓狼毛感受一下那种舒适，又别扭地不想碰它，于是自个儿蹲在洞壁边，既不接近，也没有离开。

最后却是狼的身体慢慢靠近过来，庞大的身躯柔软地弯曲，将他围绕在中间。想想刚才自己的行径，他又有点惭愧，想想吧，这么多年来，大灰狼可曾欺负过他？每次都是他先欺负它，再加上它那么多次的帮助与保护……现在它失去了记忆，难道他就应该这样对它吗？

他稍微伸出手，想要轻抚狼身，却感到天罡木狼的身体猛地向他撞来，他被撞倒以后，巨狼将他整个儿压在身体下面。

"我……不能……呼吸……"他困难地说。

大灰狼保持狼形时巨大的身体把他整个儿压在下面不露头脚还有剩，哪有他可以呼吸的空间！它简直快要把他活活压死了！

狼的身体稍微移开了一点，把下颌和脖子之间的交界处挪动到盘犹守的口鼻附近，给了他一点点呼吸的空间，但狼还是死死地压在他的身上，他连挣扎的空间都没有。狼毛在他的鼻子上拂来拂去，更难受的是背部抵在石板上，又凉又硌。

不过，被一只巨大的、柔软的、多毛的动物压在身上其实很有安全感——虽然一点也不舒服，但是很有安全感，也很暖和。他稍微挪动了一下手指，指尖探出了狼的身体范围，然后轻轻抚过狼毛。

啊啊啊啊……太舒服了！他思念了多久啊！多么柔软的毛毛！多么好的手感！这就是他拼命想找回的感觉啊！——虽然对大灰狼不太厚道，不过比起大灰狼，他确实更加思念狼身上这些舒服的毛毛啊，小狐狸的毛都不如大灰狼的毛好！

他正舒服地享受着多时未曾感受过的舒适，却骤然感到指尖被什么东西钳住了。那股力量大得惊人，仅仅是钳住了他的一个指尖，力量就大得好像能把他从狼身下拽出去一样，他的指头都要被拉断了。

他难受地挣扎，想要把手指从那股力量下拽回来，却是徒劳无功，除了让自己的指头疼得即将断裂之外，丝毫没有作用。

盘犹守不知过了多久，指尖持续的疼痛如同正被针扎，眼前也是金光乱冒，他感觉自己的灵魂都会顺着这个指尖钻到外面，然后被带走。但事情并不像他想象的那样，他疼得都麻木了，然后感官也逐渐模糊，他不适地哼了一声。

也就是这个时候他才发现，原来自己刚才一直紧咬牙关，连一声都没有发出来过。

而就在他哼出声来之后，狼身动了一下，正好将他裸露在空气中的手指盖住了。

指尖的问题并没有立刻消失，突然失去钳制的位置比刚才更加酸胀地疼痛起来，他只觉得指尖那个地方好像另有一个小心脏，跳得连大灰……天罡木狼可能都感觉到了。

他再也不敢让身体的任何一个部分露出来，僵硬地躺在狼身下面，一动也不敢动。

又过了一会儿，他就在这种憋闷、不舒服的状态下睡着了。

他是被吵醒的。

洞外传来嘈杂的声音，无数人在大喊大叫，噪音直直地刺入他的耳膜，让他连做梦都不安稳，终于不情不愿地睁开眼来。

他原本以为眼前是一片漆黑——毕竟根据时间缓慢行进的情况来推想，即便他来了以后时间变得稍微快速但也不会那么快速吧，他想——却在睁开眼睛的时候，他被明亮的洞顶吓了一跳。

外面天空的亮度哪里是黑夜，甚至不是清晨，更像是早上九点十点钟的样子。

他在地上扭动了几下，又稍微翻滚了一圈，艰难地爬起来。他可以说是个娇生惯养的公子哥儿，几时受过这种罪？不要说在地上睡了，老娘把他的床可是铺得软之又软，连木板床都不让他睡。如今他在地面上睡了一晚，也不知道天罡木狼在他身上压了多久，他浑身的肌肉都快不是他自己的了。

终于爬起来后，他稍微舒展了一下四肢，好像能活动，还没有废掉。于是他站了起来，扒着洞口往外看。

洞口外的两个狼卫兵依然站在那里，还是那两个，他可以确定这一点。他们俩昨晚逃走了吗？他真的很好奇，这两位看起来一副泰山压顶也岿然不动的稳重模样，遇到昨晚的情况也一样这么稳重吗？不过昨晚跑得太慌张，他都没来得及看一眼情况，真是太可惜了。

不过现在他该关心的不是这个。

昨天搭着小狐狸跳舞用的台子的地方，现在是一片空地，许多狼妖都聚集在空地上，用激烈的语气说着什么。

盘犹守凝神尽力去听，只听到“孩子”“无能”“杀”之类零碎的语句，听不太明白，不过大概知道是有什么事情发生了。

“两位大哥……”他赔着笑对两个狼卫兵说，“请问，他们在讨论什么？”

狼卫兵一声不吭。

盘犹守伸出指头，小心翼翼地戳了其中一个卫兵一下，那个卫兵以迅雷不及掩耳之势举枪插在距离跌坐在地的他双腿之间不到一厘米之处，差点把他戳个对穿。

盘犹守眼前一黑，心想这些妖怪还真是一点情面都不讲啊，他们以为自己在干吗？这种时代还有这样死板的妖怪，真是闻所未闻！

等他翻江倒海的小心肝稍微平静下来，他小心翼翼地从洞口的中线走了出来，唯恐一个不小心倾斜一下，就被狼卫兵给活活戳个窟窿。

走到洞外，感到浑身都是自由空气的盘犹守舒舒服服地对着外面初升的太阳打了个呵欠。

他总觉得四周有点安静。

他不解地想，记得昨天来这儿的时候感觉很嘈杂的呀，为什么今天明明有那么多人在吵闹，他却觉得那样安静？

他环视四周，看看那些总是在洞中没有出来过的狼妖，再看看那些围在一起激烈讨论的狼妖，他终于明白那是为什么了。

小狼妖们一个都没有。

每当清晨，在老狼们出窝以后，小狼一般也会出窝，有专门的保姆狼看管。

但是今天小狼们没有出现。

它们去哪儿了？

狼妖们嘈杂的声音逐渐消失，只剩下了天罡木狼的声音。

按说他们之间的距离也不是很远，盘犹守应该能听清楚天罡木狼在说什么才对，事实上他一个字也没听清楚，只能听见天罡木狼用大灰狼那样熟悉的声音低声却坚定地说着什么。

最后，狼妖中发出了几声叹息。

“少族长！我们也——”几个青壮年的狼妖激动地想要往前冲。

天罡木狼只是看了他们一眼，它们又老老实实地退了回去。

好有威严……盘犹守无比欣羡又有些欣慰地想，大娘……和这位天罡木狼都帅得没话说，真的，太帅了，如果天罡木狼现在是狼形状态一定帅到让人睁不开眼睛啊！想到这里，他仿佛看见眼前正蹲着的狼们都俯首帖耳地听着，天罡木狼举着肥壮又毛茸茸的大爪子，甩着亮丽的大尾巴，支棱着毛茸茸的大耳朵，偶尔邪恶地露出可以做牙膏广告的森白牙齿，不过更多的是飘扬着美丽的毛发，同时对属下做出威严的教导……

——好吧，他就是恋狗癖，不过没有什么可羞愧的，无论是谁，只要见过那样英俊又美丽的大娘，见识过它的魅力又观赏过它呆呆傻傻的模样，都会变得和他一样！这一点毫无疑问！说到这里，他还记得英俊的老狼大娘追着他摇晃的手电筒光跑得不亦乐乎的样子咧。

他自己YY得那叫一个爽，都没有注意到眼前的狼们在逐渐散去，甚至没有看到一些狼妖目光投向他时露出的古怪眼神。

等盘犹守从自己的白日梦中惊醒时，看到天罡木狼正站在他面前，用一种“我好像看到了不正常的玩意儿”的眼神盯着他看，他忍不住退了两步。

第四章 守护

“怎……怎么了？”盘犹守谨慎地问。

“看你的手腕。”天罡木狼收回目光，定定地望向别处，说。

盘犹守知道他说的是自己的左腕，马上撩开袖子……咦？

“不见了！”盘犹守颇有几分恐慌地说，抖落下左边袖子里仅剩的几根毛，然后又扒开自己的右边袖子，再搜罗自己的口袋，最后冲到昨晚睡觉的那个洞口。洞口的地面上倒是有不少狼毛毛，不过很可能是天罡木狼身上的毛，好吧，那个手环上也是它的毛，两种混到一起，神仙也分不出来了。

“我本来以为你是悄悄偷了我的毛，做成的这个守护环……”天罡木狼跟在他身后说，“想不到，那是我做的。”

“你在说什么？”盘犹守停下手中寻找的动作，有点生气地反问。

“我做的……”天罡木狼说，“所以在遇到我之后，在我接手之后，它就会消失。但如果是别人做的……它现在一定还在你的手腕上。”他踢了踢一撮卷成团的毛，也不知道那是不是手环的遗体。

盘犹守深深叹气。他知道失去记忆的大娘不会信任他，想不到如此不信任，简直就把他当作阶级敌人来对待了。

好吧，这其实也很正常，头狼总是要比别的狼多一点警觉性，否则狼群就危险了。

他决定换个话题：“你们刚才在说些什么？”

天罡木狼转头望向外面，其他的狼妖三三两两地做着杂事，却不时地向他们这边望来。

“我需要出去一段时间，请你继续留下来做客。”他说。

天罡木狼并没有正面回答问题，盘犹守敏锐地注意到了这一点。大灰狼转移话题的时候总是不那么自然，一万三千年的道行没有让它变得更会撒谎，三千岁的天罡木狼也一样。

盘狁守左右看了看，总觉得除了小狼妖们之外还有什么东西不见了，是个同样小小的、玩具一样的、有时候挺让人生气的东西……

他蓦地瞪大了眼睛，死盯着天罡木狼："你更改了我的记忆！"

天罡木狼皱眉。

"你更改了我的记忆！"他大声说，"我有什么东西忘记了！那个东西是和我一起到这里来的！是它带我来的！我记得的！为什么它不见了？！为什么不见了？！"

天罡木狼的眉毛皱得很紧很紧，就好像希望把盘狁守也夹死在他的眉头里一样。

"你还记得？"

"我完全不记得了！"盘狁守怒吼。他从未如此愤怒地怒吼过，他信任天罡木狼，却被对方弄走了记忆和不记得身份的朋友！

"你应该完全不记得才对。"天罡木狼冷淡地说。

盘狁守被惊得退了一步。

天罡木狼抬起头，终于肯看着他了。

"你本应该像我们其他的族人一样失去那部分记忆的，为什么还在呢？"

盘狁守终于听出来了，天罡木狼并没有恶意，对方的确是困惑于他为什么记得这件事。

盘狁守想起了昨晚，那突然黑沉下来的世界和奇怪的黑风，还有指尖剧烈的疼痛。他抬起那只手——左手——放在眼前，手指上什么痕迹也没有。

"你露出了一部分，所以你的记忆应该在那个时候就完完全全被吸走了，一点不剩才对，为什么还有记得的部分呢？"天罡木狼说着，用手指碰了一下盘狁守的左手，而盘狁守没来得及警告他。

下一刻，天罡木狼就扑通一声软倒在地上。

盘狁守吓了一跳，他都快忘了自己的神之手了。到了这个世界以后丢掉了手套，他就一直不敢用它碰触任何东西，就算是昨晚也是小心翼翼不让掌面碰到天罡木狼，没想这会儿他忘记了，天罡木狼却自己碰了他的左手。

也许他应该感谢佛祖或者上帝或者宙斯，这一次不是神威。要是他把狼妖们的少族长活活打飞出去，接下来他的命运一定就不是这么乐观了。

他忙用另外一只手将天罡木狼扶起来，问："你没事吧？"

天罡木狼疑惑的眼神黏在盘犺守的左手上，他赶紧将左手藏起来。

“那是我的……呃，超能力。”盘犺守睁着眼说瞎话，赌的就是一万年前的大娘不知道什么叫神之手，“我的左手有特殊能力，不要随便碰。”天罡木狼困惑的表情丝毫不变，他只得转移话题，“我今天好像连一只小狼崽都没有看见。”

天罡木狼还是一副有很多话想问的样子，但没有追问，而是跟着他的话题接下去：“那是因为小狼崽们都在洞里……我要离开几天，这几天请你继续留在我们狼族做客，不要离开太远，有什么需要就和我的同胞们说，还有……”

“天罡木狼！”盘犺守今生第一次叫出这个名字，天罡木狼怔住了，“我不是来度假的，我是来办事的。告诉我，昨晚那个到底是什么玩意儿？它干了什么？是不是它带走了我的朋友？”

天罡木狼垂下眼睛，推开他的手，站直了身体。

“我们也不知道它是什么东西……我们只知道它隔一段时间就会出现，而且只对我们狼族感兴趣，每当它消失之后，我们就会发现少了一些族人……和我们对于他们的所有记忆。”

“如果连记忆都没有了的话，你们是怎么知道有同胞消失不见了呢？”

“那是因为，总有证据留下。”天罡木狼说着，从他五彩的斗篷里扯出了一件小小的纱衣。

透明的纱衣，上面还带着口红，红得像沾了血。

盘犺守盯着纱衣看了半天：“不……不对，它不是你们的族人！”他厉声说，“它是一只狐狸！不是狼！”

天罡木狼看起来十分吃惊：“你完全想起来了？你确定？”

盘犺守摇头：“我完全想不起来，但是总觉得这件纱衣就应该穿在一只大耳朵、大尾巴的狐狸身上，我的感觉告诉我它就是我的那个朋友！就是这么回事！它怎么了？”

天罡木狼看着他，没有说话。

盘犺守明白了。

“它被抓走了？抓到哪里去了？”

“我正要去找……”

“那是个什么怪物？会吃了它吗？它被抓了这么久，现在说不定被吃得连条腿都不剩了！你现在只关心你的同胞！以前的朋友算个什么东西！我又算个什么东西！你根本就不在乎——”

“啪。”

盘犹守的脸上被轻轻地拍了一巴掌，显然对方并不是要揍他，而是要让他清醒。天罡木狼把另一只手放在他的头顶，好像在摸一只发怒的小狼。

盘犹守果然清醒了一些，但看向天罡木狼的眼神中还是带着愤怒，并拍开了他的手。

天罡木狼却没有生气——其实连他自己也在想自己为什么不生气——而是温和地说：“我会去找它，我之所以告诉你，就是因为我马上要去找它，请你在这里等候，我的族人会照顾你。”

他转身就要离去。

盘犹守却听出了他口气中淡淡的落寞与拒人于千里之外的冷漠。

盘犹守的脑子里闪过天罡木狼刚才说过的话，他反复提到的是：“我会……我之所以……我马上……”

是“我”，不是“我们”！

他一把拉住了天罡木狼的斗篷边缘。

“你打算一个人去吗？”他焦急地问。

“我是少族长，而我的母亲正在生病。”

盘犹守想到昨天见到的那个老年女狼妖，心中却一点点同情她的感觉都没有，这很奇怪，就好像他并不觉得她应该得到同情，或者……

“就算是这样，你至少应该带几个同伴吧？”

“我是少族长……”天罡木狼再次强调，“我本应这么做。”

“以前有别人这样做过吗？”

“有。”

“那个人……妖怪，回来了吗？”

天罡木狼沉默。

盘犹守要气疯了。

“你怎么能这么做！脑子想也不想就干这种事情！”

“我是少族长，这是我的职责，只有我需要去做，和别人没有关系。只有我一个人能活着将它们带回来。”他顿了顿，加重了语气，“只有我一个。”

盘犹守想踹死他的心都有了：“狼族守则上哪一条写着族人受到伤害，少族长就应该独自送死！你有没有脑子啊！你脑子里有没有装脑浆啊！我到底跑这儿来找你干什么来了！你怎么不在我来之前就死了算了！”

盘犺守今天吼叫的次数比他这辈子的都要多，这一切都是大娘的错！他气得呼哧呼哧直喘气，而他对面的天罡木狼却只是挑起了一边的眉毛。

天罡木狼似乎不以为然。

盘犺守被气得倒仰。

天罡木狼抬起了一只手，好像很想摸摸面前怒发冲冠的人。但他最后还是放弃了，只是从盘犺守手中轻轻拽回了自己的斗篷。

“回见。”他说。

他转眼间便出了洞口，双脚一跺，飞上山壁。

等盘犺守跑出去再看时，已经没有他的影子了。

盘犺守气得眼前一阵发黑，顺手抓住经过的少年狼妖，喝声道：“你们少族长是到哪里去？”

少年狼妖觉得莫名其妙，回答：“禁区啊。”

禁区？！

也就是地图上那片什么也没有的白色区域？

“他为什么要去禁区？”

“因为族人被抓去了嘛。”

盘犺守终于明白了，原来昨晚出现的那个乌黑的家伙和那个神秘的禁区脱不了干系，他再次高声怒吼：“那你们为什么不跟他一起去？！”

他的吼叫把少年狼妖吓得尾巴一抖：“我……我们去也没用啊……只有少族长可以和那个东西做交易，我们去也不过是累赘……”

“交易？什么交易？”

“我……我不知道，我不知道！你这个人类真讨厌！”少年狼妖拼命挣扎，爪子差点在他手上划出伤口才终于挣脱出来，随即兔子一样逃走了。

盘犺守抓了好几只狼妖，回答大同小异，多数都不知道天罡木狼究竟做了什么样的交易，只有一只老狼妖——似乎就是昨晚撞到他的那一只——说了点有用的：少族长每次在做完交易之后，似乎都会丧失某一部分东西，至于是什么东西它不能确定，因为少族长看起来总是很好，没人看得出他有什么问题。

“你们难道都没有人关心他吗？！”他勒紧了老狼妖的脖领子，压低声音，嘶吼。

老家伙使劲儿挣脱：“没有那回事！大家都很关心他的，只不过他不愿意说，我们也没有办法！”

盘犺守心里不知该去恨谁，只得松开了手。老狼妖化作一条细瘦的黑狼跑掉了。

他需要去找大娘，但是他作为一个普通的人类，应该怎么找？

头上陡峭的山崖就足够打击他的积极性了，如果小狐狸在这儿还好，偏偏它也不在……

对了，刚才天罡木狼说，那个“东西”只对狼族感兴趣，那么它为什么要抓走小狐狸？而且还要抓他？天罡木狼心里对于他可能被抓走这件事似乎有那么点谱，要不为什么要专门来保护他呢？昨晚就是天罡木狼保护他的。

但是……

他抬起头，一个女狼妖在她的洞口哀哀哭泣，她正是昨晚和他谈话的女妖，她的怀中还抱着一件小小的衣服，正好能套住一只小狼妖。

那个“东西”想要这些狼，究竟想干什么？他和小狐狸身上又有什么样的特质，让它那样感兴趣？

他举起左手，看着昨晚被钳制的指尖。不知为何，他觉得，自己就是解决这些问题的关键。

他走到哭泣的女狼妖所在的那个洞口下，喊道：“喂，你好。”

第五章 禁区

女狼妖完全不同意盘犺守的想法，她激烈的反对让他反而觉得奇怪了。

“你为什么不同意我去呢？也许我去了就能找回你的孩子。”

“我自己都不记得了，为什么你却知道那是我的孩子？”女狼妖反问。

盘犺守语塞，那只是一种感觉，他对于昨晚和女狼妖谈话的记忆有点缺失，似乎记忆里应该有个孩子，只是他不记得了。

“我只觉得应该是那样……”他说，“为什么你连尝试都不愿意呢？”

女狼妖颦眉，双手痉挛，紧紧抓着那件小衣服：“我不知道……只是，接近禁区让我觉得害怕，让我们所有族人都非常非常的害怕。”

“除了少族长？”

“……除了少族长。”

盘犺守才不相信这种例外，那个禁区必定是有些什么东西令大家本能地产生恐惧，而大娘……天罡木狼走之前留下的那个细微的表情，让盘犺守无比确定对方的内心绝对不像他外表表现出来的那样冷静。

“那么，我不需要你的陪同。”盘犺守将一只手搭在她的肩膀上，温柔地说，“我只需要自己进入禁区就好，只要找到它我就回来，不需要你们的陪同。”

她睁大了眼睛，愕然道：“你要是这样做，我们的亲人就回不来了！”

他厉声道：“所以即便天罡木狼为了你们失去点什么，你们也不在乎是吧！反正他每次都能活着回来，只要是这样的结果就够了是吧！你们怎么能这么自私！让他孤独地去死！”

女狼妖好像被惊呆了，大概是没有见过像盘犺守这么温和的人也有这样刻薄的一面。

盘犺守环视四周，看到周围的狼妖们都放下了手中的活儿，除了那些木然无情的妖怪之外，都在用和女狼妖相似的神情看着他。

他的目光又落回了她的身上：“我不需要你们去禁区，我只需要你能帮忙把我带到禁区外，至于以后发生的事情，我若死了，我自己负责，其他的事情……听天由命，难道这样也不行吗？如果他真的要为你们牺牲，你们值得让他这样做吗？一次又一次，一次又一次，你们不断地向他索取却不愿意为他付出，难道他就应该吗？”

“你凭什么这么说？”一个男狼妖问。

盘犹守回答：“就凭我是被他照顾了二十多年的人类，如今为了寻找他而跨越了虚空点到达这个世界！没有别人做到了这一点！”

狼妖们发出了嗡嗡的声音，女狼妖垂下头，稍后便又抬起头来，直视着盘犹守：“好，我带你去。”

她身为雌性，却比那些雄性更像是实干家，刚刚说完这句话，她便揽住了盘犹守的腰，脚下一跺，腾空而起，将依然议论纷纷的狼群丢在后面。

她在山壁上的多个洞口上落了几次脚，等到达山崖顶上的时候落地不是太完美，两人踉跄着差点摔倒，不过不管怎样，他们到了。

从山崖顶上远远地看出去，越过几座低低的山，可以看到一片与天际相连的巨大泥潭。那也可能不是泥潭，只是地面完全是黑色的，就像泥潭一样。

那上面什么也没有，没有建筑物，也没有活物，没有植物，也没有动物。

而在和山崖这边相距不远的分界处，可以看到一圈高耸入云的白色柱体，它们是那样大，盘犹守仔细分辨时甚至可以看到离他最近的两根上面刻着阎罗殿的景色，剖腹、割心之类的酷刑画面栩栩如生。

女狼妖再次揽着他的腰，一鼓作气，带着他如滑翔翼般飞跃过那些高山和沟壑，当他们最终到达那个柱体旁时，她已是气喘吁吁。

他们的脚踏入了黑色的泥土中，盘犹守差点又摔倒，不过他扶住了正好出现在身边的白色柱体，然后又向她伸出手去。

女狼妖歪了几下，最后不得不弓下腰，双手插入土中，头发也几乎沾到泥土时，她才终于站稳，完全没有理会他伸过去的那只手。

盘犹守深呼吸，不着痕迹地收回了自己的手。

“谢……谢谢……”

她没有搭话，慢慢地直起身体，长长的头发被拨到后面，露出她的脸。

盘犹守倒吸了一口气。

她脸上的表情已经因为恐惧扭曲得不像样子了。

"无论发生什么事……"她强撑着说，"我们都没有人希望到这里来，无论是谁，特别是我们的少族长。"她喘了口气，好像这几句话就消耗了她体内的所有氧气，"狼族没有懦夫，我们只是不能……"

她没有说完，便转身飞跃而去，奔逃的背影狼狈得就好像身后有很多猎人在追。

盘犰守看着她逃跑，脸上却没有露出一丝鄙视的神情，他只是默默地叹了口气，转身走入白色巨柱围成的禁区。

他刚刚踏入禁区内的黑色土地，眼前开阔的景物就骤然消失了，世界仿佛迅速弥漫起了满天的大雾，他只能看清眼前的一点点空间，当他伸出手去的时候，他连肩头之外的臂膀部分都看不见了。

好吧，全盲可不在他的计划里。

他是要找大娘的，现在，在这片大雾中，他该怎么找呢？要是像以前，他身边一定有妖怪，至少也有魏天师帮忙……不过奇怪的是，独自待在这片大雾中的他心中却一点也不着急，就好像他的潜意识知道他一定能找到大娘，绝对的，一点问题也没有。

就在这个时候，他身上的手机忽然响了。

他被自己手机的铃声吓了一跳，赶紧在身上寻找手机的踪影。

真是太奇怪了！在这个世界根本就没有妖怪能使用手机，因为根本就没有基站！难道移动公司还在这里开了家分店？要搞笑也不是这么玩的吧？他之前可是在独目神鹰那个老变态的最高城堡里寻找过信号，可手机一直都处于搜索网络的状态，他那时候还嘲笑自己异想天开来着。

他上下摸了半天，才拿出被藏在衣服内层的手机，举到离眼睛很近的地方时才看清楚，上面显示的名字是——魏天师。

啊哈，真是说曹操，曹操就到！

他马上按下了接听键："魏天师，你听我说，马上到禁区……"

"盘哥你先听我说！"魏天师的大嗓门打断了盘犰守的话，他在那边好像很着急，盘犰守只得先闭嘴，听他说，"我现在也在这个奇怪的世界，我那老爹把事情都跟我说了，我要说的话非常重要，盘哥你一定要记住……"

"你到了这个世界，还找到你父亲了？"盘犰守有点难以置信地问，心想那老变态一定是欣喜若狂吧！

"盘哥你不要打断我呀！我的手机快没电了！"魏天师嚷嚷，"早知道我就多带一块电池……总之就是，我找到了能够离开这个世界的方法，不过一定要你家那条狼帮忙，你应该已经找到它了，现在马上把它带到……”

嘟嘟嘟嘟……

“喂？喂喂？”盘犺守瞪着手机，发现它又进入了搜索网络状态，只得挫败地叹了口气。

现在，事情至少有一点点进展了，魏天师知道了能出去的办法，不过鉴于他们没有了通信手段，现在反正也没法知道详细情况，既然魏天师让他找大娘，和他的目的是一样的，那他现在还是先寻找天罡木狼吧。

问题是……

他该到哪儿去找呀！

“他挂我电话！”魏天师对着手机大吼大叫，“这么重要的时候他居然挂我电话！”

“是没信号了吧……”独目神鹰终于说了一句公道话。

这一对相撞于荒野的父子都灰头土脸，不过独目神鹰看起来并不在乎这个，对他来说大概只要儿子在身边就够了，一张老脸简直喜笑颜开呀！

他儿子一脚把他踹倒在一边：“你这老浑蛋不是失去了记忆吗！怎么还记得这种事！”

独目神鹰满地滚：“我我……我只是忘记了很多事，又不是完全忘记了！是你那手机上写着无信号，我按着它念念也有错吗？”

“那你怎么认出我是你儿子的？”魏天师怒斥。

“盘犺守跟我描述过呀！我看一眼自然就知道啦！”

魏天师不说话了。与其在这种事情上和老爹纠缠，还不如赶紧去办点有建设性的事情，比如先找到盘哥，还有那头狼……

他踩在独目神鹰身上的脚觉得有点硌，就把脚丫子拿了下来。独目神鹰刚要起身，他突然又踩了上去。

“你身上带的是什么东西？”

独目神鹰不太明白，不过还是从口袋里把那东西取了出来。

那东西细细小小的，只有魏天师食指那么长，两头都被分成了两个半圆，看起来……

“你随身带根小骨头干什么？”魏天师问。

“我不记得了。”独目神鹰眨巴着眼睛说。

魏天师看看他的脸就知道他撒谎没有，然后再一低头，又发现了另外一样东西。

“你脖子上戴的是什么玩意儿？”

独目神鹰脖子上戴着一些弯曲的小骨头串成的环，平时都在他的衣服领子里藏着，刚才被踹倒后露了出来才被魏天师发现。

独目神鹰将那个骨环取下来给魏天师看，魏天师摸了摸，觉得和那个小骨头的质料似乎如出一辙。

“还有没有其他的？”

独目神鹰赶紧摇头。

“你随身带这些骨头是想干什么？”魏天师怀疑地问，“是不是你到这个地方以后吃掉了谁家的孩子（这种大小的骨头肯定是孩子的），还带着当作战利品？”

独目神鹰委屈得快要掉眼泪了：“儿子你怎么能这么不相信我！我是那种妖怪吗？再说了，要吃我也不吃孩子呀，就算吃了，我带它的骨头干什么呀？这是我到这个世界以后就一直带在身上的，我只记得有人告诉过我这东西很重要，但它究竟有什么重要作用我完全不知道！”

魏天师点头。他的老爹多数时候一点也不靠谱，但是从未对他撒谎，从未，就算是失去了记忆也是一样，他相信这一点。

“你带了个重要的东西，却不知道是怎么回事？”

独目神鹰诚恳地承认了自己的错误，但是对于这个东西是真的没有一点印象。

“问题是，儿子你怎么会跑到这儿来的？”

“我不是都说了吗，我和师父找到了妖怪失踪问题的关键，这才知道原来你们都被困在这里，正好那个关键就在这个世界，师父就让我先来啦。”

“谁？”

“什么？”

“谁告诉你们这里发生的事情的？”

“为什么你觉得这是别人告诉我的？为什么你不认为这是我好不容易调查出来的？”

“儿子啊，虽然爸爸很疼爱你……但是我知道你和你师父都没什么推理能力呀！”

“谁说我们没有？我们——”魏天师突然停了下来，“你记得我师父！”

独目神鹰耸肩："都是盘犺守告诉我的。"

魏天师气得敲自己的脑袋："我就知道，我就知道！好吧，把这个问题先放下，我们必须先找到盘哥和天罡木狼，你知道禁区在哪里吗？刚才盘哥说让我到禁区去找他。"

"我当然知道。"独目神鹰扑棱着翅膀，拍起了地上的尘土，借着翅膀的力量轻飘飘地站了起来，指指背上说，"儿子上来，我背你去。"

魏天师有点不好意思，毕竟他这么大了，还从未被父亲背在背上过呢。他踌躇一下，还是别别扭扭地伏在了父亲背上。

"顺便一问——儿子，究竟是谁告诉你，解决问题的关键在这里的？"

"哦，好像是个叫……呃……什么来着？红蜘蛛？"

"……云蛛。"

"啊，对对，是玉红云蛛！你怎么知道的？"

"我……我不知道。"独目神鹰的脸色变得严肃起来，"我只是觉得这个名字很耳熟。不太好，不太好。"

"什么叫不太好？你什么时候学会算命……哇哦！"

独目神鹰展开巨大的翅膀飞上了天空，魏天师被惊得叫出了声来。

"我们去找他们，也许那个天罡木狼能告诉我们究竟发生了什么。"

"别别别……别飞这么快——救命啊！爸爸！好恐怖！师父——"

"怎么回事？你怕高？你师父是怎么养你的……好好好，我飞低一点……不要把鼻涕抹在我身上……"

盘犺守盘腿坐在原地，叹了口气。

他刚才到处走了一圈，不过并没有什么收获，他没有走出雾气，也没有听到别人的声音。

整个世界都很安静。

也许这就是为什么它被称为禁区。

他还记得在白色圆柱外面看到的景色——一片空白，一览无遗。

那么这里面是怎么回事呢？他才不相信这是在他进入之后才升起的浓雾，它们浓得就好像上古时代就存在于这里，短短时间怎可能升起如此浓厚的雾气？

而且，他总觉得这样的景色有点眼熟……

浓厚的雾气……厚得好像拿把刀来就能把它完完整整地切成两半。

对了！这就是他梦中所见的场景！那个促使他到这个世界来的梦里，他看见白圆金宝和龙女在浓雾的包围下奔逃，却被浓雾吃掉……就像眼前的这些一样。

原来那个梦真的是有意义的吗？但为什么他梦到的偏偏是白圆金宝和龙女，而不是其他人，比如大娘，比如独目神鹰，比如小狐狸……为什么偏偏是那两个不靠谱的妖怪？真的只是因为龙女在做梦吗？

他不相信这个世界上有“巧合”这种东西，所有的巧合都有一个原因，这是多年来他从那些时不时就给他闹出状况的妖怪身上学来的。

他坐在那里，看不见，听不见，感觉也似乎正在渐渐消失，对于时间的流逝也没有什么概念了，也许只有几秒，也许已经过了几天。

无声无息的幻觉中，他觉得自己的身体正在一点点地融化，他的皮肤、他的血肉先在雾气中慢慢化作水，水再慢慢蒸发，融入这片浓厚的大雾中，变成这片大雾的一部分。

他猛地一个激灵，清醒了过来。他不应该在这种地方放松警惕！要是他睡着了，耽误了救大灰狼的时间，那他不就白白地来这一趟了吗？

腿已经有点酸麻了，他稍微按摩了一下肌肉，站了起来。

就在站起来的时候，他听到了流水的声音。

这还真是很奇怪，他已经坐在那里那么久了，连一丁点儿声音都没有，这会儿怎么就听到了呢？而且，这声音那么清晰，似乎有一条大河就在旁边不远处。

他向流水声来源的地方走去。

那似乎不是幻觉，而是真正的河水，随着他的走近，声音也越来越清晰，他甚至可以分辨水波击打在石头上和岸边黑色泥土时的不同。

脚下的黑色泥土也变得越来越软，就好像被前方河水滋润过一般。

毫无预兆地，他突然就从浓雾里走了出来。仿佛浓雾是一堵墙，而他穿透了那堵墙，走到了一片空旷的地方。

与此同时，他听到了歌声。

那是女人的声音，音色清亮而优美，他听不懂唱词，但不知为何他知道唱词的意思。

“青青山岗，流水潺潺，我的爱人啊，何时方回故乡……”

他回头一看，身后的浓雾之墙早已消失不见，而他就站在河边的一块大石之上，河水从他脚边流过，河岸周围的所有平原上，都绽放着五颜六色的花朵。

对岸有一个银色头发的姑娘，身穿红色的衣服，雪白的双足浸泡在河水中，一双柔嫩的小手抚弄着长长的头发，就是她在唱歌。

盘犹守十分高兴，不管对方是个什么东西，只要会说话就好！至少他能问话了不是吗?

他忙喊道："那位姑娘——那位姑娘——姑娘——美女——"

那位姑娘对于眼前之人的呼喊和招手毫无反应，就好像理都懒得理他一样。

也许是我喊的声音不够大，她没有注意到我。盘犹守暗暗想着。于是他更大声地喊起来，同时在河岸这边跑来跑去，试图引起那姑娘的注意。

那姑娘对于他这边的表演浑不在意，她梳理好自己银色的长发，用一根簪子将它绾成一个发髻，固定在头顶。

她又唱了几句不同的歌词，盘犹守这回听不懂了，却仍能听得出曲中透出来的悲哀。然而她并没有露出哀伤的表情，只是唱歌的声音越来越低，越来越小。她呆呆地盯着欢快奔流的河水，也不知道在想些什么。

盘犹守在河水对岸大喊大叫，因为他感觉到了什么地方不太对劲，她似乎……她似乎……

那姑娘稍微抬起了头，目光正对准河对岸的盘犹守。

盘犹守一愣，还以为她看见自己了。

但她很快又垂下了头，在盘犹守还没反应过来之前，纵身跳进了河里，只见一片红色与水波纠缠着，顺水而下。

盘犹守大叫一声，猛跨几步，就要一头扎进水中救人，可就在他马上就要碰到河水的前一瞬间，河水"唰"的一声消失了，取而代之的是突然涌出来的浓雾，而他狠狠地跌在黑色的泥土上。

他呻吟一声，觉得自己最先着地的胳膊都要断掉了。

刚才发生了什么?

那些景色、那个女孩难道都是幻觉?

这些雾气还有致幻的作用?或者是别的原因?

他在地上躺了好长时间才有力气爬起来，稍微动动手臂，似乎还好，目前还没有真的断掉。

他艰难地坐起来，再看看四周的白色，他想，接下来往哪边去呢?

从盘犺守在前天晚上离开之后，老夫妻两个就没睡好觉，原因不在儿子。

“我觉得吵闹的声音好像越来越大了。”水婉说。

老盘子吸溜着碗里的面条，却听不到自己吸溜面条的声音，反倒是耳边的嗡嗡声把人吵得想撞墙。

“这到底是哪儿来的声音？”夫妻两个想破头也不明白。

老盘子说：“昨天电视上，《都市快报》那个栏目也说了咱们这儿发生的怪事，市政部门也查不出来，还说是地底下有什么共振发出的声音，真是放屁，要真是那样，难道只有我们这方圆十二公里下面有问题，别的地方就一点问题都没有？”

“是呀，至少也应该有点影响嘛。”

这个嗡嗡声是从昨天开始响起来的，很有可能是盘犺守走后的那天早晨，因为盘犺守一走，他们两个睡得就不太好，觉得耳边有什么东西嗡嗡直响，醒来以后才知道不是做梦，而是真的有声音。

这种声音也很奇怪，一般离声源越远声音越弱，可是在他们这方圆十二公里以内都是差不多大的嗡嗡声，而且只要一出这个范围，就一丁点儿声音也没有了。

中心圆点大概在他们对面的那栋楼上，他们也去那栋楼找过，并没有他们想象的那里被人安装了声音发射器之类的东西，事实证明，那里只有普通的住户，其他什么也没有。

人年纪大了睡眠就不好，这种声音要是继续下去，他们就只好暂时住到单位宿舍里去了。

“我觉得啊……”水婉低头喝着面汤说，“这声音听起来，很像有人在说话……”

老盘子凝神静听，过了一会儿，他放下了碗。

“好像就是人在说话。”

不过不是普通的讲话，而是很多人用极快的速度在说话，他们一句也听不清楚。

但是昨晚的时候，他们听到的声音可不是这样的。那时候的声音更加尖细，更像是什么东西在集体尖叫。

“也许是速度慢下来了。”老盘子说。

多年之后，盘犺守还能想起这个时候的情景。

世界陷入寂静，眼前是群山被覆的雪景，他瑟瑟发抖地站在山顶，眼前的世界白茫茫一片。

“这是幻觉……”他对自己说。但是幻觉无法说明为什么他会感觉到寒冷，他以前遇到的那些幻觉没有这样的，即便他只穿一件衬衣和一个外套。幻觉应该只影响视觉和听觉，对于体感和触觉没有任何影响才对。

他发着抖坐下来抱住自己，心中哀号着如果大娘在的话，如果大娘在的话……他是那么想念大娘……的狼毛啊！

眼前的小山谷里有什么东西动了动，他仔细地向那个方向看去，希望能看到除了他之外的什么活物。

事实上的确有。

是两只狼，一只黑色的狼和一只银白色的狼，身上长着厚厚软软的美丽的毛，正在雪中嬉戏打闹。

他羡慕地看着它们的毛，幻想着能够把它们披在自己的身上。

他再仔细看了看……这两条狼很眼熟……哦，所有的狼和狗长成这个样子对他来说都有点熟，因为每一只都会让他想起大娘。尤其是那只银白色的，它的毛发和大娘那么相似，就是身姿比大娘更加婀娜一些，可能年纪更小一些？

他这样想着，再去看的时候，那两条嬉戏的狼就地一滚，化作了一男一女两个人，男子穿着一身黑衣，而女子穿着一身白衣。

他看到那女子的容貌时吃了一惊。原来她就是刚才在他的幻觉（很有可能）中跳河的女子，连她头上的簪子和发髻都一模一样，不同的只是刚才她穿了一身轻薄的夏装，露出了白玉似的双脚，而此时则穿着一身厚厚的冬装，除了脸蛋之外，一点点皮肤都没有裸露出来。

那个黑衣男子也是穿着一身冬装，盘犺守觉得对方有点眼熟，又想不起来究竟是谁，只得寄希望于那个妖怪能转过头让他看一眼，但那个妖怪一直背对着他与那女子说笑，就是不转过头来。

而此时的白衣女子红扑扑的脸蛋，以及全身上下都透着一股幸福的气息，美目含情，连眉梢都带了浓浓的爱，比刚才那些浓雾还要浓厚。

那个男子是她的爱人，盘犺守可以确认这一点。

不过这种推理的事情可以往后推一推，他现在冷得都快要死掉了，急需对方的帮助！

第六章　幻境

“喂——喂——”盘犹守冲着那两个妖怪叫道。不能怪他声音太具有乐感，他冻得连一个平稳的音调都维持不住了。

对方还是一点反应也没有，继续互相扔雪球、打雪仗，银铃般的笑声（这是他想象的，因为这个距离听不到声音）洒满山谷……

他脑袋上都要冻出冰碴了！真不知道那两个妖怪究竟是真的沉浸在爱情当中，还是假装没有听见，总之这么近的距离，人类听不到还情有可原，狼妖听不到，那很可能就是装聋作哑。

他想捏个雪球扔过去，不过手刚刚插入雪中就赶紧收回来了，他现在全身上下唯一暖和的就是放在腋下的手，如果连它也凉了，他觉得自己的死期也不远了。

他看着那两个妖怪，想走过去，但距离实在太远，等走到他也该倒毙了，只能眼巴巴地期待着他们下一刻就良心发现转过脸来。

但是没有。

那个女妖怪扑进了男妖怪的怀里，在他的耳边悄悄地说了一句什么。

两个毛茸茸的妖怪抱在一起，看起来就很暖和！他羡慕地看着他们，好希望自己也加入进去啊！

然而就在他羡慕得流口水的时候，却看见那男妖怪猛地一把推开了女妖怪，推得她扑倒在地上。

他大声说了一句什么，随即转身离去。

女妖怪默默地坐在雪堆中，很久都没有移动。

湛蓝的天空忽然间下起了大雪，盘犹守的眼前逐渐被雪色笼罩，遮挡了山谷，遮挡了女孩，遮挡了一切。

他又回到了雾中，全身逐渐恢复了温暖。

他无法理解，他刚才看到的究竟是什么？

那就像是一场电影，太过真实反而显得更接近于虚假。

此时的独目神鹰还在天上……不，应该说在距离地面仅有一米的近地空间缓慢地飞翔。

“我记得在禁区附近有狼族……听说所有的狼妖都会到那里去，也许你说的那个狼妖在那里？”

“可能是……嗷嗷，你能不能再慢一点？心脏都要跳出来了！”

“……儿子，我们还是走路好不好？”

“我都已经坚持飞了这么长时间了，你让我放弃？”

独目神鹰真想自撞南墙而死。

“你可是鹰的儿子……”他喃喃自语，“这一切都是你师父的错……我不该把你留给他……看他把你养成什么样子了……”

“那倒不是因为他……”魏天师回答，“而是你。”

“什么？”独目神鹰惊叫出声。

“是你。”

“不可能！”

“是你。”

“不可能！”

“好吧，就从我两岁的时候说起，那个时候我就不能摔跤，一摔跤你就会打碎一切可能弄伤我的东西……”

眼前的浓雾再次变得淡薄，而盘犰守已经学会了在确定之前先不要那么兴奋的道理，所以他冷静地看着眼前的一切。

眼前是一个现代风格的房间，女人——她又变回了女孩，甚至看起来比之前更小，坐在缀满细碎白花的床上。

她的父母——应该是她的父母——站在她的面前。

“我不！你们不能搬家！不能搬到那里去！”

“你这孩子真不听话……”她的父亲严厉地说，“这种迷信的说法怎么能相信呢？”

她的母亲说：“那个房子的面积比现在的还大，你一个人可以占用两个房间，一间用来睡觉，另外一间用来学习，难道不好吗？”

女孩的泪水流满了脸颊：“我不想离开我的朋友们。”

盘犹守觉得她说的不是真话。

她的母亲说：“那里有很多和你一样年龄的女孩，都是冲着那附近的西京学校去的，你以前不是也去过吗，回来以后那么兴奋，跟我们说要好好学习，考进那里吗？”

“我已经不想去了！”女孩大喊。

她的父亲生气了，指着她说：“实话告诉你吧，到了那里，你妈妈的工作单位离得近，你以后就别想再随便失踪！别指望想去哪儿就去哪儿！她会好好看着你的！”

“我不去！我不去！我不去！爸爸！妈妈！你们不能这样做！我不能去那里！我不能——”

她的父亲摇着头，而她的母亲悲叹着，两人一起出了门。

“咔嚓咔嚓”响了几声，门从外面被他们用钥匙锁上了。

“我不能去。”女孩伏在门上，自言自语。

盘犹守心想：西京学校多好啊，初中和高中都是直升，不需要考试，教学质量是全市第一，就在我家附近，我还去过呢，虽然那时候还很小……

咦？

这件事好像触动了他的哪一根神经，让他的脑海里闪现了一张脸。

脸上的五官模糊不清，不过大概轮廓他却是记得的。

就像眼前这个女孩一样，长着一张古典美人的鹅蛋脸。

现在像她这样长着完美脸庞的女孩不多见了。

女孩伏在门上许久都没有动弹，日光灯的光线照射在她的身上，在门上映出一个大腹便便的身影。

好了，多谢我的潜意识，不需要这个影子我也认得出她和前面几位是同一人。盘犹守自我嘲讽地想道。

但那个大腹便便的影子还在那里，并没有因为他的理解而消失。

更令他惊奇的是，她伏在那里，伸出了一根手指，顺着自己凸起腹部的影子，慢慢地划出轮廓。

她知道那个！

他走上前去，想要和她说说话，就在他即将碰到她的一瞬间，场景变化了。

他站在客厅里，那个女孩被绑住了双手，大喊大叫着，被两个警察拖进门。

“你们这些被鬼附身的妖人！我要杀了你们！我要杀了你们！”女孩面目狰狞，双目血红，尖叫不断，比她口中的妖人们更像被什么鬼怪附体的妖人。

一个为首的警察困惑地对她的父母说：“你们应该把她送到精神病院才对吧？咱们市的第三医院治疗效果不错……”

她的父亲平静地说：“谢谢您的帮忙，我们有药。”

警察不明白，但这是他们的家事，不好也不能插手，又寒暄了几句，直到将女孩牢牢绑在阳台栏杆上——没有别的地方更合适了——方才离去。

等警察都走了，女孩的父亲和母亲一起走到了她的面前。

他们蹲下，模样显得十分伤心。

“我们只不过是要搬家，离开你那群狐朋狗友，难道这样就值得你装疯卖傻吗？”

女孩狰狞的表情逐渐消失，化作一脸漠然。

只不过是搬个家……盘犹守暗忖，她有没有必要这么疯狂啊……

她的母亲擦着眼泪，说：“宝贝，我给你解开，咱们先吃饭，有什么话等吃完饭再说，你要是实在不愿意……”

女人突然被女孩的父亲给推到了一边。

“你怎么能随便就妥协！都是你娇惯的！否则她怎么会变成现在这个样子！”

她的母亲哭道：“她这个样子肯定是有原因的，你不能问都不问就这样对待她，也许住到那里以后真的会发生什么不好的事……”

“有原因？有原因为什么不好好说！非要弄成这个样子！我看她就是被你惯得没了样子！简直不成体统！”

“你总是这样，为什么不听听女儿怎么说！”

“我也不是没有问过！你看她怎么回答我的！”

“那都是因为你太没有耐心了！”

“简直是胡闹！你和她都是一个样子！”

“我怎么了？！”

“你……”

就在父母双方正吵得不可开交的时候，女孩却不知何时解开了手上的绳子，双手撑着阳台栏杆，纵身跳下。

女孩的父亲、母亲和盘犹守同时发出了一声叫喊，向阳台扑去。

至少十二层楼的高度，她不死也会残了，再肯定不过了。

而盘犹守看着她父母脸上伤心欲绝的模样，却觉得他们罪有应得。

想到这四个字时他吓了一跳，他不是那种冷酷的人，此时却想到了这种词汇，实在是太不应该了。而且他们也不是真的冷酷，而是双方沟通不够。

他又低头去看楼下。

女孩的身体静静躺在那里，而她的身边有一个黑色的影子。

盘犹守仔细一看，女孩的身体一时变得有些凌乱，好像有另外一个影子试图从她体内出来，而那个黑色的身影则死死地按着它。

他看着楼下发生的小小插曲，看着，一直看着，看到雾气从楼下氤氲着攀爬到他身边，将他与这个世界分隔开来。

“我想起以前看过的一部侦探小说。”独目神鹰说。

魏天师吃惊极了：“你居然记得看过侦探小说，却不记得我是谁，不记得你自己是谁！”

“呃，不是你想的那样，儿子，自从见到你以后，我的记忆就在慢慢恢复，这只不过是冰山一角……”

“好吧好吧，你说的是什么侦探小说？”

“名字我不记得了……”独目神鹰看着远远的地平线说，“我只记得其中一个情节，一个凶手，为了掩盖自己的杀人证据，杀掉了三个证人。”

“……很多小说里都有这种情节。”

“但是你知道我为什么会想起这个吗？”

魏天师丝毫不感兴趣地说：“是啊，为什么呢？”

“因为我想起了一件事……”独目神鹰回过头来，眼睛盯着肩膀上的儿子说，“住在那个禁区外的狼族，全都没有以前的记忆。”

魏天师呆了一下，冲他吼叫道：“你说只有你一个！”

独目神鹰耸了一下肩膀：“哦，非族群性失忆的可不就我一个？”

魏天师气得都没力气了。

那么，记忆和证人之间，又是什么关系呢？

白色的雾气在眼前翻滚，盘犹守坐在其中，等待着下一次的幻境。

他知道会有下一次的幻境。

果不其然，没有让他等待多久，这次他又听见了那个女人的声音。

这回是两个，一个声音在唱“青青山岗”，而另一个声音在惨叫。

同样的声音被分成两个部分的确是有点奇怪，不过盘犹守不想过去了，要么摔个半死，要么冻得要命，他区区一个人类，还没有生出为妖怪捐躯的伟大情操。

然而世界上的事情总是这样，你希望的偏偏不会发生，而你不希望的则抱着你的大腿，幽魂般追着你不放。

他身边如同凝结的固体一般强韧的雾气仿佛被什么东西强行拨开的帷幔一样，迅速地向两边退去。

他正坐在一个山洞里，可以听见外面呼呼的寒风，而洞内温暖如春，一团火焰正在熊熊地燃烧。

还是那个女孩，也许应该说是“女人”了。

她正躺卧在看起来不太柔软的干草堆上，抚摩着自己鼓起的肚子，白色裙下一片血污，而她不断地呻吟着。

到了这个时候，傻瓜也能看出她究竟在干什么。盘犹守惊慌失措，他只是个还没结过婚的普通年轻男人，接生这种事只是在书上看过而已，万一要让他来做，那不是草菅人命吗?

但他很快就冷静下来了。

他想起刚才发生过的那两个场景，那似乎都是某个人正在给他放电影，不需要他去干涉，他只要看着就好。

于是他只是看着。

女人痛苦地挣扎着，翻滚着，但她一直在控制着自己的呻吟，不愿意大声地呼喊出来。

干草堆上的红色也逐渐明显起来，连盘犹守都能闻得到那刺鼻的血腥味，她的肚子上甚至也出现了会游走的小小的凸起，形状的变化让他不得不想到胎儿在母体内挣扎着想要出来的情景。

“她正在努力地生下她的孩子，但是她快要死了。”

盘犹守的脑子里突然闯入了这句话，他吓了一跳，这简直就是电影里的旁白嘛，只不过声音也是那个女人的。

就好像要实现这个旁白一样，女人的挣扎幅度越来越小，红色洇湿了她的胸口，她眼中的光芒正在一点一点地熄灭。

那堆火也渐渐变得微弱，几片灰烬随着热气慢慢飘上洞顶，然后闪着暗淡的红光飘向洞口。

盘犹守被那飘走的灰烬吸引了，他跟着它们慢慢走到了洞口。

外面果然在下着暴风雪，尖厉的唿哨声在山野中盘旋，在暴风雪的那一边有灯火在闪烁，还有欢笑的人声透过风雪吹入他的耳朵。而他的听力本不该分辨得出来。

谁也不知道这里有一个女人和一个尚未出世的孩子正在慢慢死去，谁也不知道，谁也不曾来帮忙。

盘犹守发现自己正在用过去时说话，仿佛他已经知道了这个可怜女人的结局一样。

他再望向暴风雪深处那片阑珊灯火，发现那里站了一个人。

刚才并没有那样一个人站在那里，刚才那里什么也没有，只有一片惨白。

那个人慢慢地向盘犹守走近。

风吹不动他的衣角，大雪也无法落到他黑色衣服上。

他如同鬼魅。

那个所谓的“鬼魅”悠然自风雪中走入洞口，黑色的斗篷遮盖了他的全身。

他在盘犹守的注视下不紧不慢地、一步一步地走到了那个女人的面前。

“该走了。”那“鬼魅”说。

那女人终于吐出了最后一口气。

盘犹守知道，那女人已经死了。

奇怪的是，盘犹守竟然没有一点同情她的意思，他只觉得松了口气，她终于死了，终于摆脱了这副皮囊。

那么，这个人是谁？难道是个黑白无常类的人物？

在那女子完全死去之后，那个躯壳就倏地变成了一只拥有圆圆肚子的母狼。

那个“黑无常”蹲在她身边看了一会儿，随即叹了口气。

“怎么会这样呀……都死了这么多了，怎么能也死了？真是死了也白死啊……”

“走吧，走吧，生也好，死也好……不都是那么回事吗？”

“黑无常”站起身来，抓起某个看不见的东西用锁链锁住，叹息着走到洞口，经过盘犹守身边时，他忽然顿了一下，一转头，炯炯有神的目光定在了盘犹守的脸上。

盘犹守一惊，在这么多次的幻境——他已经认定那是幻境了——里，还从未有什么盯住他呢。

那人用执绳索的手扶了一下帽子，遮挡住了那张年轻的脸。

“别看我啊，看了我，你就死定了。”

盘犹守情急之下用左手一把拉住了那人的袖子：“喂！你知道这是什么地方吗？自从我到这儿之后就找不到出口了，你能告诉我出口在哪儿吗？”

那人被拽住的一刻也好像被吓住了：“你你……你怎么敢随便抓我，啊，不对，你怎么能抓住我，我可是梦境……”

盘犹守也不松手，径自问：“你知道吗？你知道这是哪儿吗？怎么出去啊？您看起来就很神通广大……”

对方拉住斗篷，给他露出半张脸，哭笑不得道：“这马屁拍得……我怎么知道你在哪里呢？我和你又不在同样的地方。”

盘犹守愣了：“怎么会呢？你看，我抓住你了……”

那人摇了摇头：“这是两回事，我们看起来在同样的时空同样的点上，但事实上不在，你是被什么东西拉过来的。”

“您说得真好……”盘犹守认真地说，“不过我听不懂。”

那人看起来困惑了，用没有抓绳索的手挠挠头：“呃，这个我也不知道怎么解释，很少出现这种情况……”然后他望向身后一片虚空，却仿佛拉着什么无形的东西一般，忽然露出了一个恍然大悟的表情。

“我知道了，一定是因为那个。不过她没有见过确实的情景，所以无法自行带你过去。”

“什么？你在说什么？”

那人不由分说，一把抓住了他的领口，另一只手则拽着那个无形的东西，鸿鹄般飞上了天空。

又是这样！盘犹守心里大叫：你们都不冷，冷的就只有我一个！

果然不出他所料，在天空中这段像一辈子那么长的时光里，他看着漫天狂舞的雪花和白色的天空，并且就像确定眼前的景色是真的一样，坚定地认为自己已经死了，被活活冻死在了天空上。

不久后他们落到了地上，盘犹守就像个冰坨子一样摔落在地上，而在他自己的想象中，他已经被摔成一百多份了。

而等他终于有那么一点点力气可以站起来的时候，他看到了难以置信的情景。

满街都是死去的狼的尸体。

那些泥土和干草建筑的房子里灯火通明，却再也没有人说话了，没有欢呼、没有生气，冷冰冰的世界，狼的尸体上都穿了衣服，但每一只都被开膛破肚、鲜血淋漓，死得满街都是。

狼妖死后，脱离了妖怪的形态，最终回归“自己”。

“究竟发生了什么事？”盘犰守问。

这不是“现在”发生的事，因为这些狼妖明显只学会了建筑房屋，还是最简陋的那一种，所以文明程度还不高。

这也不是他所知道的历史之中的事，至少在妖怪学会记录历史之后，在妖怪联盟成立之后，就再也没有发生过大型死亡案件，所以肯定是很久很久以前的事。

“我什么也不知道。”那个“黑无常”说，“死亡对我们来说只是一个结果，而对你们来说，却是一切的原因和开始。”

盘犰守转过头再去看那个带着他来到这里的“黑无常”，对方已经不见了。

雪越来越大，几乎将盘犰守埋葬在里面。

这一次他没有感觉到寒冷。

他什么也感觉不到了。

因为他看到了一个背影.

他最后一眼看到的，是站在狼尸中间的……年轻狼妖的背影。

还有另外一个带着庞大的翅膀，在雪夜中向这边飞翔而来的影子。

白色的雾气和着风雪从四面八方涌来，顿时将他笼罩在里面。

他看到了……什么？

“他们都进了禁区？！”独目神鹰大叫。

女狼妖耸肩：“谁知道呢？他们是这样说的，后来的事情我们都不记得了。”她说完就走掉了。

魏天师看看独目神鹰，独目神鹰看看他。

“儿子，你刚才说必须在哪儿解决问题来着？”

“……禁区。”魏天师呆呆地说。

“好吧。”独目神鹰一把将他背在背上，展翅向相反的地方飞去，“他们反正已经进去了，已经没咱们的事儿了，咱们还是回家做城主吧！”

“等一下！等一下！死老爹！给我停下！死老头！”魏天师使劲拍打独目神鹰的翅膀，迫使他在一个山头上停下。

等他完全把自己放下来，魏天师开始瞪眼睛：“你根本就没想过进禁区！”

独目神鹰忸怩了一会儿，摊手：“我还以为他的意思是在禁区外……”

魏天师抱着臂膀，用一根手指敲着自己的胳膊，这是他很不耐烦的表现。

而失去一些记忆事实上还有不少记忆的老爹对这个姿态根本就是记忆犹新，赶紧解释道：“不是我不愿意去，而是所有的妖怪都知道，这个禁区里有什么东西，那些狼妖都害怕得不敢进去。你说狼族害怕过什么呢？它们都是些喜欢群起而攻之的小人，还有什么东西可以让大群的狼妖害怕呢？而这个令它们害怕的东西，难道我不该怕吗？嗯？”

“说得很有道理。”魏天师点头，“但是……”他对着独目神鹰的耳朵，吼叫，“盘哥是我的朋友！而那个天罡木狼是你的朋友！你这个浑蛋不能看着他们去死！”

独目神鹰差点倒地。

“但是儿子——但是儿子——但是儿子——”

魏天师很有威严地看着他。

他闭上了嘴。

“我明白了！”他说。

第七章 死亡祭祀

盘犺守在雾气中缓缓行走。

他在仔细考虑刚才看到的那些幻境。

就好像有人在对他说着什么，或者在讲述一段过去。

只不过这段过去的讲述顺序有点怪，可能讲述者也不知道应该怎么说，所以讲述的顺序被打乱了。

这让他的思绪也跟着乱掉了。

当然更重要的是，讲述者为什么要告诉他这些事？

为什么是他？

他并不认识那个女孩。

好吧，也可能认识，但他记忆里的女孩只有那张脸，他们曾经说过话吗？曾经有过什么经历吗？这些他一点儿也不记得了，这对他的推理没有一点儿帮助。

也许他应该往另外一个方向想。

为什么这里是禁区？

从这个禁区出去掳掠那些狼妖的怪物究竟是什么？

为什么集体失去记忆的族群只有狼族？

为什么这里会有一个女孩的记忆？

那个女孩是谁？

或者说，她曾经，和现在，是谁？

她和这个囚禁了成百上千只妖怪的世界有什么关系？

也许她就是这个世界的起因。

但是，为什么会这样呢？

又为什么只有天罡木狼可以到这里来救回他的族人，其他狼妖就不行呢？

她和天罡木狼……

他的记忆中飘过那个和银白色女狼妖嬉戏的黑色狼妖，他恍然想到，那背影不正是大娘吗？没错，那就是大娘的背影，只不过他从未见过大娘穿那身毛茸茸的衣服，大娘总是穿着一身长袍，而且大娘也不是黑色的，他是银灰色的狼。

或者，那个狼妖和他有什么关系，同胞兄弟？同族？

但那又和死得那样干净的狼族有什么关系？和那个女孩又有什么关系？

他想起了那个“黑无常”说过的话：“死亡对我们来说只是一个结果，而对你们来说，却是一切的原因和开始。”

原因就在那女孩身上，时间，正是从狼族灭门开始！

眼前的浓雾再度被扯裂，盘犹守又踏入了新的幻境。

这回，他进入的是阴森可怖的幽冥地府——好吧，其实那不是地府，不过看起来和传说中的地府有点像，也不知道是谁家的倒霉妖怪，竟然热爱这种风格。

幽幽鬼火在他身边飞舞，广阔而阴暗的世界，一条长河一直延伸到目之所及的微亮天际，殷红的暗花开满岸边，从脚下生长到死气沉沉的河水之中。

啊，蟑螂花。他想，这地方怎么开这种花啊，难道不是应该什么都不长才对吗？

而有个无声的旁白在他耳边怒吼：那是曼珠沙华！曼珠沙华！别叫它蟑螂花！你不嫌太难听吗！

而盘犹守没有听到这个声音，他跟随着自己的感觉一直往前走。

前方隐隐约约出现了一个祭台，有什么人或者什么东西在上面挣扎，旁边有几个黑影。

走近了，他听到了狗的哀鸣声，不过他很快就分辨出来了，那不是狗，是狼的哀鸣。

祭台好像忽然被什么东西照亮了，那只银白色的、怀孕的母狼在上面清晰地显现出来，她流着泪，在祭台上挣扎、翻滚、哀哀呼叫，想要让自己摆脱这一切的痛苦。

但是她再也没有机会逃脱了，祭台上几乎与天空相连的细长栏杆将她囚禁在里面，她甚至不能选择死亡，因为她自己也不过是梦境中的幻影。

离得更近一些，盘犹守甚至能听到那几个伫立在一边的黑影正在说话。

“她不能一直这样。”

“必须把孩子生下来。”

“不能在这里。”

“不能在这里。”

“不能在人间。”

“不能在人间。”

“妖怪界也不行。”

“对，不行。”

“那还能去哪里？”

几道黑影陷入沉默。

“必须在这个梦境里消耗掉她的力量，能消耗多少就消耗多少。”

“那只好……”

“改变她！”

“到哪里？”

另外一道黑影报出了一个地址。

盘犹守吃了一惊。

那个地址不正是他家……附近的那栋楼吗？

那栋光放炮就放了一晚上，据说正在闹鬼的楼。

所谓的闹鬼，难道和他们有关系？

他来不及再想，那几道黑影突然骚动起来。

“有人！有人！”

“怎么会有人！”

“这是机密！”

“这里可是梦境！”

“不能让普通的人类知道！”

“快赶走！快赶走！”

盘犹守眼前的场景好像被忽然拉远了，他陷入了伸手不见五指的黑暗之中。

然后黑暗破碎，他的眼前又是一片惨白。

“有钱没钱，回家过年……”

嘈杂的铃声炸响在妖怪耳边，独目神鹰差点从天上掉下来。

“这这这……这是什么声音？”

魏天师一边在身上摸来摸去，一遍像拍马一样拍老爹的肩膀：“落地，快点。”

独目神鹰落了地——这个动作没用多长时间，因为他们距离地面本就没多远——魏天师才从牛仔裤腿上的口袋里摸出一部手机，打开翻盖一看，屏幕上正和着铃声欢快地跳跃着“师父”二字。

“喂！师父？你怎么打进来的？我想找盘哥都打不出去……”

电话里的杂音很大，他师父在那边叽呱叽呱喊了半天，他却只能听到只言片语。

魏天师又是跳脚又是吼叫，好半天才生气地“啪”的一声合上了手机。

“怎么了？”独目神鹰问。

“他说他现在待的地方吵得要死，不用他说我也知道了！这种时候他不帮我赶紧解决问题，反而给我添乱！没进展也给我打电话……”

“你让他去干什么了？”

“去盘哥他们家附近一栋楼里。那栋楼的气场有问题，绝对有妖怪，诡异的事件覆盖了附近方圆十二公里的距离，我要解决这边的事情，他就应该解决那个问题！我早就说那个肯定不是好东西，他非说没关系。这不覆盖了虚空点，最后还是得我们解决！”

“你是说，发生怪事的地方，覆盖了十二公里。”独目神鹰沉吟。

“是啊，怎么了？”

独目神鹰在空中画了个A4纸张的形状，说：“儿子，你知道这么大的纸怎么剪，才能剪出一个让成人穿过去的环吗？”

魏天师歪了歪嘴：“你说这废话干吗呀？不知道我脑筋急转弯老是玩得一塌糊涂吗？而且咱们忙着做事儿呢！”

“不，儿子，你听我说完……”

经过了最后一个幻境，盘犺守终于明白了……一部分。

他之前看到的那个女孩，也就是原形狼妖的那位，她不知为什么和男朋友（老公）闹翻了，所以被迫到距离族人很远的地方去生产，在生产的时候因为难产，痛苦地死去了。

但事实上，她并没有真正死去，反而出于某种原因，生产还在继续。她的生产不知为何会造成大面积的死亡（很可能只针对狼族），以至于她在人间和妖怪世界中都不能生产，而让他们陷入为难的境地，因为她毕竟是梦狼，所以只能先将她封入“梦境”之中。

接下来就是那个跳楼的女孩了，那些人说要“改变她”，那么她可能是那个银白色女狼妖的容器，也可能她本来就是梦狼，以至于那个女孩出于某种原因觉醒，开始在人间预备生产，并由于一些不可知的意外，搬到了盘犹守家附近那栋楼。

好，现在问题出现了：那个所谓的“消耗掉力量”究竟是什么意思？那和那栋楼闹鬼有什么关系？为什么一定要搬到那里去？和他、和他家、和虚空点又有什么关系？是她造成了虚空点的错误连接吗？那可不是一般的妖怪能干得出来的大事！这和“消耗力量”又有什么因果关系？

另外，跳楼后的她死了吗？大概没有死吧？看梦境里那些人的意思似乎完全不想让她死的样子，如果她在人类世界生产了，会给他们带来麻烦……所谓的力量就是这个意思？她有很大的力量？但是如果她有很大的力量，至少不该因为生孩子就死掉吧？

他一边思考，一边漫无目的地往前走。

雾气像被什么东西吸走了一样，钻到了他身后的某个地方。

他的眼前出现了两个人。

呃，两个妖怪。

独目神鹰和那个抛下女孩的黑色狼妖。

在上下左右都是一片雪白的地方，比如今年轻很多的独目神鹰抓着那个狼妖的肩膀，愤怒地大喊大叫着。

确切点说，盘犹守只能看见他在大喊大叫，但什么也听不到。

而那个黑色狼妖就像死了一样，任凭独目神鹰摇晃着他斥骂着他，没有一点反应。

那么安静。

他什么声音也听不到。

那么安静。

盘犹守觉得身边好像多了一个人，一转头，那个女孩——女人穿着被染成红色的白裙，挺着圆滚滚的肚子，双脚离地，悄然出现在他的旁边。

“你好，我是盘犹守，你叫什么名字？”他向她伸出手去，做出要握手的动作。

她谨慎地退开了一些。

很好很好，她有反应了，不当他是透明人了。

“你是那个妖怪的妻子吗？”他指指正被独目神鹰骂得狗血淋头却毫无反应的妖怪，问。

女孩似乎是要点头了，不过她最终只是笑了一下，又稍微飘开了些。

“你是住在丰尧市某区某街某号吗？”他问，“其实我也住在那里，我住在某区某街某号，就在你家不远的地方。”

女孩露出了些许惊讶，很快又释然了，张开毫无血色的唇，讥笑道：“别想骗我了，你看到了我的记忆。”

说话了，有进展！

盘犹守笑着摇头：“我没骗你，我真的住在那里，不信你看。”

他拿出总是随身携带的身份证给她看，那上面如实写着他的地址。

女孩终于相信了，她有点疑惑地问：“你有身份证，你是人类，为什么会跑到我的梦里来？”

盘犹守看看周围，除了他们中间这几个人（妖怪）身边还有（不知从何而来的）阳光之外，其他地方依然弥漫着浓厚如固体的雾霭。

原来这是她的梦，而此时半雾半晴的气候是否代表了她半梦半醒的状态？

“你跳下楼以后怎样了？”他问。

她看了一眼那两个正在吵闹（其实只有一个在吵）的妖怪，眼前的景物突然被撕开了，就像多层的舞台一样，掀开幕布，便露出下面的场景。

他又看见了那个女孩，女孩安安静静地躺在床上。此时应该是晚上，窗外一片漆黑，不过还是看得出，女孩所躺的这张床比起之前他看到的更大一些，房间也不一样了，似乎更大也更舒适。

“我搬家了。”女孩简短地说。

灯亮了，她的妈妈从外面进来，拿着一碗牛奶粥和一个注射器，要往女儿的胃管里打营养液。

她的父亲站在门口，一只手扶着门框，而他的身体佝偻着，显得格外苍老。

“这个房子挺好的。”盘犹守踱步到窗前，天上那一轮饱满的明月正在洒下明亮的光，他可以透过窗户看见他自己的家，“你为什么不愿意到这里来呢？”

女孩低头想了想，盘犹守看她的姿态还以为她在哭，但她抬起头以后他就打消了这个念头，因为她看起来比他还困惑呢。

“你不记得了。”他说。

女孩耸肩：“很多事情不都是这样，你努力，你辛苦付出，最后不仅得不到想要的，连为什么要那么做也忘了。”

“而你不在乎。”他直视着她说。

“因为我想不起来了。”她说。

“好，那我们忘了现在……”盘犹守说，“我们说说你在那个山洞里‘死’去的时候。”

他们眼前的景物再次变化了，他们又回到了那个山洞。

噼啪作响的火堆仿佛从未熄灭过，那怀孕的母狼安静地伏在染满了血腥的草堆上，洞外的暴风雪不时进入洞中，拂过她银白色的毛发。

眼前的画面忽然“啪”的一声碎掉，有一半依然是洞中的景象，而另一半是满地鲜血和狼尸的村庄，暴风雪正在将发生的一切以慈悲而又冰冷的姿态缓缓掩盖。

他看到那些狼尸中间站着一个人。

而他们所站的方位和刚才不一样，所以他看到了那个人的脸——

天罡木狼。

和之前对他说过“回见”的那个天罡木狼一模一样。

这个天罡木狼除了衣服和头发是黑色的，连眼睛也是黑色的。

然后他眼睁睁地看着天罡木狼的头发、衣服和眼睛里的黑色，都随着风暴的来去而逐渐淡化，最终消失，就像被风吹走了一样。

那是他的妖气正在随着他的悲伤和绝望一同散去的证明。

天罡木狼变成了那个盘犹守所熟悉的天罡木狼。

哦，至少目前他还没有变成大灰狼。

他只是变得更像另外一边幻境中死去的女狼妖而已。

哦，也不是完全像，因为他的毛变得更接近于银灰色而非银白。

遥远的地方传来了扑棱着翅膀的声音，这个幻境只是二维而非立体的，所以盘犹守看不到，不过他知道是谁。

过了一会，年轻的独目神鹰落了下来。

当独目神鹰看到变成了银灰色的天罡木狼时吃了一惊，上前跟他说话，但他只是木然地站在那里，眼中只有那些死去的狼妖。

独目神鹰气愤地去推他，他竟被一把推倒在地，连一点反抗也没有。

独目神鹰气急了，半跪下一条腿，双手抓住狼妖的双肩，拼命摇晃，口中大喊大叫。

眼前和盘犹守刚才看到的景象一模一样，只不过多了些背景，就像音响坏掉的电视一样，依然没有声音。

“你知道吗？”女孩说话了，她的声音显得有些冷酷，“他欠了我一条命。”

“谁？”盘犹守一时没听懂，“大娘……天罡木狼？你的死和他没有关系……”

“是他害死我的！”女孩尖叫。

被分成两半的幻境“啪”的一声同时出现了一道深深的裂痕，死去的母狼和天罡木狼的脸上均出现了一道怪异的黑色痕迹，仿佛露出了诡异的笑脸般面对着他们。

盘犹守试图去安慰她，却被她用力甩开。

“是他丢下了我！否则我不会死在那里！都是他的错！”女孩继续尖叫。

盘犹守正想用点张海教给他的心理引导办法，却突然发现那裂开的黑色当中露出了一些触须和微光。

他改变了主意，收回手，像被女孩吓到了一样往后退。

女孩尖叫不断，若是不知道的人恐怕还以为她正在持续受到什么伤害。

破裂的幻境以惊人的速度不断变幻着，然后再次破裂，千百个碎片分别显示着盘犹守看过的和没看过的镜头，速度快得几乎让人看不清楚。

盘犹守退到了幻灯片一样疯狂变幻的幻境前，他悄悄伸出左手，心中数着一二三，在左手上蓄积了所有的力气，向幻境挥去。

那幻境应声而碎，他向幻境内漆黑得不见五指的地方跌落下去，而女孩的尖叫声也变了调子，戛然消失在一个诡异的拐点上。

盘犹守觉得自己落在了一些柔软的东西上，可是周围太黑，他什么也看不清楚。

过了好一阵子，他的眼睛终于适应了周围的黑暗，不禁大吃一惊。

他所躺的地方是大堆大堆互相缠绕的藤蔓（或者那一类的东西），弯弯曲曲的藤蔓延伸到他看不见的地方，而他感觉柔软的东西，其实是一只被藤蔓缠绕的狼柔软的肚肚。

周围并不止这一只狼，有许多狼横七竖八地趴伏在周围，被藤蔓或多或少地捆缚着，他的右手边卧着一只小狼，他摸摸它脑袋上的软毛，毫无疑问正是昨晚和他玩耍的那一只，它们都还活着。

在这些狼妖之中，混着一只火红色的小狐狸，也不知道是它比较倒霉还是它的魅力大得连罪魁祸首的那个妖怪都爱它，以至于连它也被困在这里，这里除了盘犰守便只有它不是狼妖。

他在周围看了看，不远处有一堆缠绕着鼓出来许多的藤蔓，形状诡异而病态，大得像个心脏。

他踏着地上横七竖八的藤蔓走到那个“心脏”一样的东西旁边，发现藤蔓缠绕得不是那么紧密，内部还透出了光来。

他右手放在藤蔓上，轻轻拨开几根碍眼的外层藤蔓，藤蔓内部缠绕着白光，而白光柔柔地收缩着、舒张着，发着光，内部有一个银灰色的身影，蜷成一团，像个胎儿一样蜷缩成一团，全身都被插着粗细不一的藤蔓，而它的背上，则被插入了一根成年男子手臂粗细的藤蔓。

它们贪婪地吮吸着大灰狼的生命，吸走了它的妖力和记忆，吸走了它的生命，而这就是所谓拯救族人必须付出的代价！

他知道这个。

他早就应该知道这个！

当他看见大灰狼变得更短的头发，还有它压制那些妖怪时，那些老狐狸们竟能勉力抵抗时，他就应该知道了！

看着眼前的一切，盘犰守心中无法遏制地生长出了一股愤怒的情绪，他无法想象他面对的究竟是个什么样的东西，才能使用如此残忍的手段对待同样是妖怪的生物！

那东西竟然用如此残忍的手段对待他的大娘！

他伸出了左手，狠狠地抓住一把藤蔓。

他知道这次是神威，不用测试，他自己就知道。

藤蔓仿佛也同样拥有感觉，像某种软体动物一般挣扎扭动，妄图逃出他的五指。他毫不犹豫地用力捏下，那一把藤蔓就像被捏断了七寸的蛇，软软地垂了下来。

他如法炮制，又用同样的办法将困着大灰狼的藤蔓撕出了一个缺口。

盘犰守知道大娘依然很强大，但那只是因为它的力量太强太强，所以“目前还没死”，修炼一万三千年的它也不是无敌的，就算它下一刻就因失去力量而死去，盘犰守也毫不怀疑。

他怀疑的是，大娘为什么不反抗。

盘犺守伸出了左手，在噼啪作响的电光中，那只手慢慢地插入了白光的范围。他的脸上露出了痛苦的表情，因为抵抗他的不只是这些藤蔓，不只是这些藤蔓背后的妖怪，还有大灰狼本身。

大灰狼的身体骤然激烈地抽搐起来，本应说些刻薄话的嘴龇着牙，双眼睁到了最大，血丝从它的口鼻中流淌出来，就好像血在水中一般飘散在它身边，又被周围的白光和藤蔓吸吮殆尽。

盘犺守的左手几乎变成了焦黑色，他脸上痛苦的表情绝对不比大灰狼的更好看，他一把一把地扯断那些吸吮大灰狼生命的藤蔓，每扯断一根，就会有更多的藤蔓出现，纠缠着扭曲着出现，意图插入大灰狼的身体的任何地方！

随着他的进入，手臂变成焦黑色的部分越来越多，他的速度也越来越快，拼命扯掉一切正在接近大灰狼的新的和旧的藤蔓，而那些仿佛无穷无尽的小藤蔓逐渐赶不上他的速度，开始慢慢减少。

而当他的牙根已被咬出血来的时候，他一把抓住了大灰狼背部的那一根藤蔓。

藤蔓和大灰狼都发出了凌厉的尖叫声，白光中渗出了血。

盘犺守的脸色都有点发青了，却没有丝毫退缩，喉咙中发出了一声低吼，那根藤蔓开始变细，血更加凶猛地涌出来，最后像一节空心的竹竿一样被砰然捏碎。

白光倏地消失，藤蔓迅速变得乌黑，枯死，而这样死亡的颜色如流星一般向四面八方蔓延。

盘犺守一下子跪倒在地，他的左手脱离了白光，那些焦黑的颜色像被剥脱的树皮一样层层脱落。

他来不及看自己的情况，而是紧紧地盯着刚刚被救出的大灰狼。

它躺在藤蔓中间，全身是血，无声无息。它满身都是孔洞，到处都是伤痕，伤口还在冒出鲜血。

他跪着挪到它身边，把它从藤蔓中拖出来，觉得它看起来好像比之前身形更小了。

他急切地将一只手放在它心脏的位置，他是那样着急，以至于几次都没有摸到正确的地方，当他摸到正确的位置后，几乎过了很久很久的时间，才终于感觉到它的心脏正在跳动。

怦、怦、怦……

虽然心跳很慢，但至少在跳了不是吗？

他终于松了一口气，全身都瘫软下来。他深呼吸了几次后，使劲将大灰狼沉重的圆脑袋放到自己的腿上，用左手努力地抚摩它身上的每一个伤口。

在这个时候，他什么也没有想，没有空闲想，也不允许自己去想。

他只想着一件事——

治好大娘！

抚摩着、抚摩着，他的左手手心开始出现微微的白光，在那片白光中，在他一次次轻抚的动作中，大灰狼身上的藤蔓被一根根地清理下去，它们留在它身上的血窟窿也一点一点地愈合、消失。

那些地方的毛发并没有长出来，却因为它其他部位的毛发较厚而被遮掩。

——所以，它在化成人形的时候总是穿着那身斗篷。

在大灰狼背上那最后也是最大的那个血窟窿逐渐消失后，他长出了一口气，紧紧地抱住了大灰狼的脖子，一边抚摩它全身上下厚厚的毛，一边亲它毛茸茸的大耳朵。

大耳朵动了两下，盘犰守听到了大灰狼迷迷糊糊，但中气十足的抱怨："小盘子，别再玩那些恶心的游戏啦……"

一瞬间，满满的喜悦占据他的胸膛。

他高兴地用右手使劲摸大灰狼的胸部——那是绒毛最多手感最好的地方——果不其然，大灰狼尖叫着"性骚扰呀"，跳了起来。

确切地说，它是滚动着跳到了远处。

它的身形依然像刚才那样小，不过至少活蹦乱跳了。盘犰守忍不住笑了出来。

大灰狼跑得远了点，一阵头晕袭来，它四爪无力，晃了几下，差点摔倒。

盘犰守赶紧上前扶住它："大娘！大娘！你怎么样？赶紧休息一下，你刚刚才从那个里面出来……"

大灰狼乖乖地卧倒在地，享受着盘犰守左手神恩的伺候。

"我觉得好像经过了很长的时间，哼，K莫儿……"它舒服地哼哼着说，"发生什么事儿了？"

盘犰守大概说了一下最近所发生的那些事情，大灰狼闭着眼睛，哼哼的声音一点也没减弱，但眼珠子在眼皮底下却是鬼鬼祟祟地转来转去。

“你抛弃了她。”盘犹守下了结论。

“我没有！”大灰狼跳起来，随即向另外一个方向软倒下去，“哎呀，我的头好晕……我好可怜……我都受了那么多苦……小盘子你一点也不爱我……”

盘犹守无奈地又用左手去摸它，它颤抖了一下，好像想躲开，不过在他碰到以后就再不躲了。

“……你这是什么态度？觉得我会揍你吗？”

“我才不怕你揍我！”大灰狼又开始舒服地哼哼，“我还以为是神威，哼，K莫几……你刚才没有在身上卸掉力量啊，为什么还是神恩呢？”

盘犹守这才发现，自己并没有在其他的东西上卸掉神威，但是他第二次碰到大灰狼的时候却依然是神恩。

他犹豫了一下，说：“我觉得……自从我到这里来以后，好像更能控制这些力量了。”

他又说了说救大灰狼时的情况，没说完就被大灰狼打断了。

“我知道。”大灰狼说，“我知道。”

“什么？”

“神之手……”大灰狼趴在那儿，看起来十分欣慰，“终于属于你了。”

盘犹守想了想，明白了：“你是说它以前都不属于我？那我这只手是谁的？你的？”

大灰狼嘿嘿笑：“当然是你的，只不过那个时候你还不能随心所欲地使用它的力量。但是……”它的表情变得严肃起来，“你不该碰它的。”

“你在说什——”

他们的眼前蓦然间光芒大盛，盘犹守本能地用双手挡住眼睛，却感到有什么东西狠狠地撞到了自己身上，他被撞到了一边，而他刚才所在的位置发出“轰隆”一声闷响，就像大地都被打穿了一样。

光芒像它出现时一样迅速地消失，盘犹守只觉得眼前金光乱冒，比刚才在强光的照射下还要痛苦。

他捂住脸，很长时间才让那种金光乱冒的感觉消失在黑暗当中。他睁开半只眼睛，眼前还是有点花，不过已经可以隐隐约约看到一些东西。

大灰狼的毛都竖起来了，狠狠地盯着眼前出现的人影。

那个血衣女孩飘在空中，轻飘飘地向他们飞来。

“大娘……”他轻轻地拉住大灰狼的尾巴，“她以前是你的女人，因为难产……”

大灰狼不耐烦地说：“我知道她怎么死的！不过她不是——”

“那你不能用这种态度对她！”盘犺守轻声说。

大灰狼没理他。

女孩飘然落在他们面前。

“你们已经死了。”大灰狼说。

女孩脸上的表情有点怪，不知道是欢喜还是痛苦。

她冷冷地说：“你杀了我，我转生了，你以为我不会再来找你？”

盘犺守用力拉住大灰狼的尾巴，说：“你冷静一点，她是你孩子的母亲——虽然孩子没有出生，但你要认了她们母子……”

大灰狼用后腿踹了他一脚，回头斥道：“你以为这是乡土苦情戏啊！什么认不认她们母子！还有谁杀谁啊！这娘们从来就没死好吗！”

“我不需要你认！”她声音尖锐地说，“我就是要让你知道，那时候你抛弃了我，如今我就要你的命！”

死蛇一般瘫软枯萎的藤蔓焕发出了勃勃生机，尖厉地叫着从地面上仰起头颅，向他们张开了大嘴，露出利齿。

“我跟你说过心怀怨恨的女人最难对付了！”盘犺守指责它。

大灰狼叼起他的腰带飞跃起来，藤蔓们用尽全身力气插入他们前一刻停留的地方，他们身后腾起了滚滚的尘土。

“所以我鸟（要）跟你说的黑（是）——”大灰狼再次腾空，另外一批藤蔓擦着它的后爪插入地面，它咬着盘犺守腰带的长嘴含混地说，“我跟她木关黑（没关系）！”

“你们男人真薄情。”盘犺守模仿着电视里的女主角说。

大灰狼要气疯了，把他甩在地上，看起来恨不得咬住他的脸：“对！只有你不是男人！你又不知道曾经发生的事情！”

“我看过那些幻境了。”盘犺守说。

第八章　崩塌

大片的藤蔓像钢筋水泥的建筑一样从四面八方崩塌下来，盘犺守用力地抱紧了大灰狼的脖子，它高高地飞起来，越过几乎把他们包成饺子的藤蔓，后爪踏过几根最为粗壮的藤蔓，远远地飞了出去。

“你看到的只不过是一部分的事情！”它吼道，“当时发生的事情不是任何人的错！他们只是不应该——”

女孩血红色的身影鬼魅般出现在他们必经的地方，悬浮在空中，张开小小的嘴，尖厉的音波从她的口中发了出来。

盘犺守本能地捂住耳朵，却忘了自己是抱着大灰狼才得以飞在空中的事实。他毫无意外地摔了下去。

“该死——”大灰狼同样吼叫了一声，女孩在他的音波中碎成片状消失。

它随即也向下落去，在盘犺守即将落地的前一刻，化为人形将他双手抱住，然后在几乎贴地的时候向斜上方飞去。

“你总说不喜欢人类的样子……”盘犺守低头看着大灰狼一身银灰色的运动装束，很像自己之前买的那一套，而且他还是短发，就像在禁区外看到的天罡木狼一样，“但是你的行为和说的话总是不符。”

“这种时候你说这废话干什么！”大灰狼怒道。

“我的意思是你说的也都是废话！”盘犺守大声说，“你就是个没心没肺的老王八蛋！说的和做的往往不是那么回事！说谎也没有这么说的！你为什么不直接告诉我一万年前抛弃她的不是你！”

大灰狼的速度慢了下来，差点就被几根更加灵活的藤蔓打中。他捂住了盘犺守的嘴，以刚才根本无法匹敌的速度飞速奔走了很长时间才松了手。

“你不应该在这个时候说！”他的手痉挛般用力抓住盘犺守的胳膊，在盘犹守耳边咬牙切齿地低声说。

“为什么？”盘犹守低声反问。

大灰狼一脸无奈：“不能让她知道，不能让她听到，不能让她……”

“不能让我怎样？”女孩说。

她就在他们身边，半个身体从地下露出，她的体积变得那样巨大，以至于银白色的眼睛看起来就像初升的太阳。

他们看了一眼就回头看向对方，却发现他们身边不只是他们两个。

他们被完全分开了，周围有很多个他们的幻象。

就在他们抬头看那女孩的幻象时，他们周围多了很多个自己的幻象，他们惊愕地互相看着，每一个都一模一样，连他们自己都几乎分不出谁是真的。

“小盘子！”

盘犹守听到了小狐狸的声音，拨开了身边无数的“自己”，一只干干净净、火红色的小狐狸跳到了他的身上。

“好多小盘子！好多小盘子！我都快分不清哪个是你了！”小狐狸说。

“是吗？”盘犹守说，猛地将手中的小狐狸掼了出去，在它停留在空中的那一刻，他还看清楚了它脸上露出的狰狞和爪子上露出的长甲。

好险！要不是突然想到被掳走之前还浓妆艳抹的小狐狸怎会这会儿就淡雅起来了，他可能已经被杀了。

“你怎么能随便杀人！”他愤怒地质问巨大的女孩幻象，“还用我朋友的样子来杀人！”

女孩挑起一边的嘴角，影像飘飘摇摇。

大灰狼只能在无数的“自己”和“小盘子”中寻找真正的小盘子，但人实在太多，而他在这个世界失去了感应妖气的能力。

“大娘！是大娘吗？”一个盘犹守在很多“自己”中喊道，“我刚才被妲己没谱袭击，差点就被杀了，你要小心！”

大灰狼喊道：“小盘子你待在那里不要动！我马上就过去！”

它抬步就要往那个小盘子身边走，忽然听到金属与空气碰撞的轻微声音，身边那些“自己”和“小盘子”身上杀气陡现，他猛地从人群中跃起，刚才还站立的地方已是一片森冷的雪亮刀光。

他扑向刚才说话的盘犹守身边，伸臂一捞，脚下踏上他人头顶，高高跃起。

“大娘，你没事吧？”盘犰守惊喜地说，“你居然认出我了！刚才那个女孩居然用妲己没谱来攻击我……”

大灰狼的眼睛看向盘犰守，面上的表情如同覆了寒冰。

下一刻，那个盘犰守已经被他撕成了碎片，和他手上的刀光一起，纸片一样飘落在人群里。

“小盘子！”他在空中叫了一声。

“哎——”声如洪流的回答。

“举起左手！”大灰狼高声命令道。

所有的盘犰守都举起了左手。

大灰狼只是简单地扫视了一眼，又折了回去，几个起落——都是在突然出现的刀光之间——之后，从那么多“盘犰守”中捞起了其中一个——唯一没有举手的那一个——然后飞一样地跳跃而去。

“我看我们永远都能合作愉快。”盘犰守被架着胳膊，像个直升机下的货物一样撑在那里。

“谁跟你合作愉快了！”大灰狼不高兴地说，“遇到这种事，你难道不是应该先跑到一边去，不和任何一个复制品接触吗？这种办法下次就不管用了！”

盘犰守沉默了一下。

大灰狼似乎也发现了自己失言，闭上了嘴。

“这不是第一次……”

“住口。”

“以前有过这样的事！”盘犰守伸出手，拉住了大灰狼银灰色的运动衣。

“你这孩子精神出问题了，乖，回家就好……”

盘犰守抓紧了大灰狼的衣服，都快要把他勒死了：“我以前见过她！我们以前遇到过这种事！”

大灰狼挫败地叹了口气，两人一起落到又一堆盘盘绕绕的藤蔓上。

盘犰守以一种意图掐死大灰狼的姿势狠狠地揪住他的衣服：“我想起来了！”

大灰狼一边后退，一边做出防御的姿态：“我本来就没想瞒着你！只不过……”

“只不过你不想让我知道你认识她。”盘犰守脚下被绊得一个踉跄又一个踉跄，却始终不愿放手，“你叫过她的名字，你叫过她！我听见了！她的名字是……是……”

“梦狼端妮。”女孩站在不远处，身上滴滴答答地流着血。

“真不敢相信！你敢封印我的记忆！”盘犰守对大灰狼怒吼。平时面瘫、遇到事情时也经常不会有什么反应的盘犰守已经无影无踪了，拜眼前这只蠢狼所致！“你不告诉我她的名字就算了！你知道她会住到我家附近吧！你知道她有能力移动虚空点所连接的地方吧！你知道虚空点被强制改变了吧！当初固定住所有不稳定虚空点的不就是梦狼家族吗？你知道会发生什么吧！更重要的是——你知道她就是你的天劫！那你为什么还要保持沉默，把那么多妖怪都牵扯进来？！”

“是啊，为什么呢？”女孩歪着头说。

“没你事！待一边去！”盘犰守扭头吼了一声。

在盘犰守细数之前那些罪状的时候，大灰狼只是垂着头，听到最后一点的时候，他却不高兴了，抓住盘犰守的肩膀吼：“我发现虚空点出问题的时候就向妖怪界报告了，妖怪联盟说一定会解决的！我只不过是个白丁，又不是官员！我尽到告知的责任就完了，要应我自己的天劫是我自己的事情，还要我怎么样？要追究找联盟主席去啊！”

“你什么都不告诉我！”盘犰守吼。

“我不是让老盘子和水婉告诉你了不要找我吗！”大灰狼吼回去。

“但是你给了他们那个狼毛圈圈！”盘犰守改为双手抱着大灰狼的脑袋怒吼，“我以为那是允许我进入的暗号！”

大灰狼有一瞬间的安静：“什么狼毛圈圈？”

女孩手指上出现了一个一样的狼毛圈圈，她用食指套进去转啊转啊。

“就像那个！”盘犰守指着她手里那个说。

“我没给过你什么圈圈！”大灰狼说，“我宁可在这里待一万年也不希望你进来！为什么会给你护身用的狼毛！而且还是只保护你不被我自己伤害……等一下！”他惊讶地抬起头来，越过盘犰守的肩膀，问那个女孩，“你最近见过玉红云蛛吗？就在这个世界里！”

女孩好像变得平和了很多，只是眼神中还有着些微的怪异。见大灰狼问，她低下头，抿嘴，羞涩地笑了：“我见过啊……虽然只是出现一下就不见了……”

大灰狼气得跳脚：“啊！我知道了！就是她！她自己置身事外，却让你到这个世界来受苦！”

盘犹守听得稀里糊涂：“你在说什么？”

大灰狼没理他，抛开追问的人类，走到了女孩面前。

他把双手放在女孩的肩膀上，温言道：“你知道，那个和你结婚的不是我。”

女孩微笑，忽然手一张，一人多高的鲜花之海从她的怀中凭空出现，浪潮般扑到大灰狼的脸上，力量大得将他扑倒在地，险些让他淹死在里面。她咯咯地笑了起来。

大灰狼打着喷嚏从花海中挣脱出来，气急败坏地说：“你笑够了没！我的耐心可是有限的！那天你生产的时候，他没有弃你而去！他就在那里！只不过他——”

盘犹守忽然感到周围出现了一些人——或者说，妖怪。他们无声无息地埋伏在暗处，然而他看来看去，却什么也看不到，就好像他们已经和黑暗融为一体。

“大娘！”他出声叫道。

大灰狼回头，似乎没有发现任何东西，又对女孩说：“你还记不记得那天的事？他让你离开，你不愿意，就算他假装已经离开，想让你死心，你却一直待在那里，等待他的归来。他没有办法，只好回去找你。你们没有想到，你们距离太近了，长老们和我们的母亲逼迫你离开是有道理的，你就是不相信！你觉得他们只不过是想拆散你们！可是大家为什么要拆散你们？我们说了那么多遍，为什么你总是不相信？”

咯咯的笑声消失了，她抓紧了自己血色的衣服，力气大得就像要把它扯破。

“我……我不是不……我以为……”

话没有说完，她似乎想起了什么东西，一双本来就很大的眼睛蓦然睁得更大，简直能刺穿人耳膜的尖叫声从她的口中发出来。

大灰狼在她即将尖叫的瞬间就已回身飞扑，将盘犹守扑倒在地。

不，他们没有倒在地上，而是落在了雪中，细碎的雪花飘飞起来，进入他们口鼻之中。

他们又回到了刚才所见的那场风雪之中。

盘犹守背上一片冰寒，口中叫着“好冷！好冷”，推开大灰狼，跳了起来。

大灰狼被推得仰到一边，愤愤地坐在雪中。

“大娘！”盘犺守一点也没注意到他的愤怒，发着抖说，“快变回原形！快点！好冷！”

大灰狼咧嘴冷笑，伸开双臂：“来，小盘子，到这儿来。”

盘犺守气得翻白眼，说：“不要开玩笑，我快要冻死了！”

大灰狼显得很委屈，双手却没有收回：“没有开玩笑啊，小盘子小的时候都会过来的嘛。”

盘犺守心中的愤怒翻涌，不过没过多长时间，他就冷静下来了。

“你这是报复。”他确定地说。

“没有啊！”大灰狼冷笑。

“你报……报复我吼你。”他想让自己显得睿智一点，不过过度的寒冷让他无法维持正常的声调。

大灰狼挑起眉毛看着盘犺守，那模样很像天罡木狼。虽然他就是天罡木狼，但在盘犺守心目中，那是不一样的。

盘犺守叹了口气：“好……我认错，是我错了。”

“而那是因为？”

寒气入体，盘犺守开始全身颤抖：“因为我……不该在大娘关……关心我的时候，我却在关心别……的事情。”

“并且？”

“并且我吼了你。”

大灰狼满意地点头，扭身化作大灰狼。盘犺守在它刚变成大灰狼的那一瞬间就扑了上去，温暖的皮毛抱起来简直如同置身天堂。

“大娘的毛是这个世界上最美好最让人无法割舍的东西！”盘犺守带了点恭维地说。

大灰狼高兴得尾巴都翘起来了，不过很快就冷静下来：“……只有毛？”

“毛。”他十分确定地回答。

大灰狼气得肝疼，不过没再就这个问题追究什么，它有更重要的问题要和他说。

“小盘子，我有事情要告诉你。”

“小时候我失踪时发生的事情吧？”

“是啊，那个时候……”

那次盘犰守失踪的事，并不像大灰狼跟老盘子和水婉解释的那样，说它什么都不知道，只不过遇到小盘子，所以把他接了回去……

当时把盘犰守带走的，就是梦狼端妮。

梦狼不是狼……嗯，确切地说，它们是狼，但不是真正的狼，而是由梦境和虚幻组成的生物，就算是当前的妖怪界，也不是很清楚它们的产生原理，只知道是一种能量产物。

比如说，一位母亲在给孩子讲故事，讲到了“一只邪恶的大灰狼又想吃了谁谁谁”，这只狼就会出现在梦里，那些幼小而不成熟的小孩所惧怕的梦中的狼，就是梦狼。——当然不是说梦狼就真是这样形成的，但这是相对于大灰狼的解说而言最简单的解释。

梦狼一族的力量都非常强大，强到什么程度呢？以虚空点为例，别看大灰狼修炼了一万三千年，去影响虚空点？想都不要想！而梦狼端妮有着和大灰狼差不多的年纪，或者还比它小，又“死”过一次，现在还作为一种能量附在人类女孩身上，却依然拥有可以让虚空点错误连接的能力。——有传闻说梦狼们的力量比起多年前要小许多，当然对别的种族没什么不一样，梦狼的力量永远是那么强。

“可是这和我小时候失踪又有什么关系呢？”盘犰守整个人都蜷缩在大灰狼肚皮下面，这会儿他已经觉得好多了。

大灰狼不满意地说：“我在给你解释故事背景，你好好听就行了。”

“好吧……”

十几年前那一次，盘犰守不过五六岁的年纪，正是听到什么都相信的时候。他遇到了梦狼端妮。

梦狼端妮已经变成了一个叫作闫妮的女孩子，那天她是和父母一起到住在西京学校里的某亲戚家来玩的，那时还是婴儿的她看到了大灰狼……事情就不对了。

“你说过她和你没关系。”盘犰守说。他的心情就像自己的老爹给他找了个小妈，那个气愤，那个难受！

“我是和她没关系……”大灰狼叹气，“你到底听不听？”

“……听。”

大灰狼当时没有认出她来，它正带着骑在它背上的小盘子逛街。她因为“死”过一次，现在只是以能量状态附在人类身上，她知道自己见到了“他”，却口不能言，手不能动。

至于她看到盘狁守的感觉，大概和盘狁守见到她差不多，他的感觉是老爹给他找了个小妈，而她的感觉大概就是老公和哪个狐狸精给她生了个继子……

当时她就崩溃了。

然而梦狼的力量还处于被压制状态，她只能在短时间内让能量涌动，就是那个能量涌动带走了盘狁守，等大灰狼发现的时候已经晚了。

那短短时间内的能量涌动消耗了梦狼端妮的全部力量，让她在相当长的一段时间里陷入了沉睡，也正是因为“梦狼”迅速陷入了沉睡，小小的闫妮连丁点儿梦狼的力量都没有，所以大灰狼才找不到罪魁祸首，根本不晓得小盘子是被什么玩意儿给勾走的，所以那段时间妖怪界都被大灰狼掀翻了。

失去了签约的虚空点守门人，妖怪联盟也异常焦急，发出紧急召唤令，开始在人间和妖怪界寻找盘狁守的下落。

那时候没人知道，梦狼端妮就在不远处的西京学校里，而可怜的盘狁守就被囚禁在她的梦中。梦狼力量越强，梦中世界越有条理，而当时端妮的力量被压制得太厉害，梦中简直就是个奇幻爱丽丝世界，所以盘狁守被救回来以后才会出现“说不清自己在何处”的问题。本来嘛，他何处也没有去，同时又去过无数地方了。

“那你是怎么发现我的？”盘狁守问。

大灰狼舔舔盘狁守落满了雪花的脑袋：“你觉得呢？”

盘狁守舒适地享受着温暖的贵宾级待遇：“哦，我觉得……”不是妖怪界，妖怪界没有那么强大的力量去封印她，否则他们不会不知道他到底哪儿去了，他不会那么晚才被找到。人间就不用想了。难道是……做梦？他说出这个答案的时候，自己都不相信。

“答对了！”大灰狼说。

盘狁守一惊，坐正了身体：“真的是做梦？！”这个姿势实在太冷，他马上又趴下去了。

“做梦的事情，就要靠做梦来解决嘛。我在妖怪界找到了其他的梦狼，想办法进入了很多梦境，总算幸运地找到了你。”

“……原来还真能靠做梦解决事情？这不科学啊！”

“这个世界上不是所有事情都非得用‘科学’解释，说实话，梦狼的力量体系和我们完全不同，我都怀疑它们可能是人类世界和妖怪世界之外第三种世界产生的神秘生物。”

“呃……”

盘犰守忽然想起了当时的情景……被囚禁时的事情他是真的不记得了，他只记得在大灰狼背上被一只手拎起来带到了另一个地方，接下来的记忆似乎就是被那只手从那个地方推出来，而大灰狼毛茸茸的背部接住了他。

——“回家了，小盘子。”

大灰狼的大鼻子在他的小脖子上蹭来蹭去，他咯咯地笑个不停。

盘犰守埋在那银白色的毛发当中，脑子里却忽然闪过了另外一个想法：“大娘……她当时之所以会突然出现能量涌动，不只是因为见到你吧？”

“啊……”大灰狼十分惊奇，“你发现了？没错……不是那样。而是……她想起了一直被她自己忘记的东西。”

它站起来，抖抖身上的雪，长嘴指向前面某个方向。

盘犰守向那个方向仔细看去，但天气实在太差了，在这几乎能把人吹走的暴风雪中，他简直都站不稳身体，寒冷也夺去了他大部分的感觉，他哪还有能力去注意那个？

“那里有什么？”他瑟瑟发抖地问。

大灰狼向前走去，盘犰守十分不愿意离开那温暖的狼毛，但也没有办法，只能抓紧自己单薄的衣服，跟着大灰狼一起向前走。

他们走到了雪地上一个小小的鼓包旁边，这个鼓包是那么的平缓，如果没有大灰狼的指点，他根本难以发现。

大灰狼开始用爪子用力刨那堆雪，盘犰守不时也用脚拨一拨，帮一点忙。

雪中露出了一点黑色。

盘犰守跪了下来，用冻得通红的手去拨开那黑色东西上的雪。

黑色，和红色。

盘犰守觉得一阵头晕，但他一直盯着大灰狼，坚定地告诉自己不能为此就失去控制。

暴风雪好像永不停止，飘然落在失去了光泽的皮毛上。

“你啊……你一直在这儿，是不是？”女孩在他们身后弓下身来，眼睛盯着那黑色的皮毛。

黑狼静静地躺在雪中，红色的血冻结在黑色的皮毛上。它长得很像大灰狼，简直是一模一样。但是它不是大灰狼。

“我知道她给你看到了什么，那些景象她给很多人看过，但是那个幻境本身就有问题……”大灰狼说，“那天早上独目神鹰是在那里，但他不是后来才到的，他应邀和我一起到狼族做客，却……我从来没有褪过色，我从出生就是这副模样，所以褪色那件事从未发生过。”

——独目神鹰摇晃着正在逐渐变成银灰色的天罡木狼，整个世界没有声音，那么安静。

盘犺守难以置信地问：“到底发生了什么？”狼族比不上梦狼家族，却也还没有到能被人任意屠杀的地步。

大灰狼说：“一万年前……发生这件事的时候，除了我之外，所有的狼族都在这里。”

而后来的狼族，全部都是重新修炼的新的种族，和它们没有任何关系。

那是灭族。

他们都看向了轻抚黑狼皮毛的她。

“你不接受这样的结果。”大灰狼说。

她用力地抹掉涌出来的眼泪，冰冻的血片在她的脸上融化，如同血泪一般从她的眼中流下。

“我以为……我以为只要离开这么远的距离就好……我没有想到……我让它先回到族里去的，那么长时间了，它应该已经到了，为什么还在这里？它不应该死的，应该死的是我！我犯了错误！我……”

盘犺守抬头看着不远处几乎被暴风雪掩盖的山壁，仿佛还能看得到那堆温暖的篝火。

“它很爱你，所以它才回来。”盘犺守突然说。

大灰狼和她都看向他。

“它想看看那个孩子……”他继续说，“可惜回来得太早。”

“即便晚点也没有什么用……”大灰狼接下去，“她的力量太强了，死亡一直蔓延到狼族部落，没有谁能逃过此劫，他在哪里都是一样的。”

盘犺守踢了大灰狼一脚，大灰狼转过脑袋不看他。

“究竟是怎么回事？”他问。

女孩蹲在狼尸旁，双手捂着脸。

时间忽然开始倒退，飘然下落的暴风雪好像被什么东西吸走了一样，发出尖厉的怪叫，发着像正在倒带一样的声音退着飞回天空。

天色逐渐变得更暗，雪变得更薄，狼尸身上的雪也越来越少。

终于，狼尸睁开了眼睛，倒退着站起来，痛苦地挣扎，血回到它的身体里，它似乎什么也没发生过地站在那里，接下来变成那个和大灰狼一模一样的黑衣男子，眼望微微火光映照的小小山洞。

然后时间又开始向前行进。

什么东西发出了一声惨叫，随即整个天际都在回荡着那声惨叫，仿佛撕裂了世界。

那小小山洞里的火光骤然如火龙般喷出洞外，大地和天空都在剧烈地摇动，男子痛苦地弓下身来，似乎想要把某种痛苦从自己的身体里赶走一样，鲜血从他的口中一次次喷射而出，他抓挠着自己的胸膛，撕裂了自己的腹部，血流下了他的面庞，眼球从眼眶中爆裂而出。

他倒在地上，化为黑狼，慢慢地停止了呼吸。

大雪飞洒而下，像被谁一把又一把地撒下来，以惊人的速度遮盖了它的尸体。

女孩满身是血，和一个黑衣人站在洞口，他们的动作停滞在那里，风不再呼号，大雪凝固在空中。

时间突然停止了。

第九章　神之手

“梦狼不能和狼结婚。”大灰狼任盘犹守抱暖水袋似的抱住自己，“虽然我说梦狼不是狼……但它们叫‘狼’总是有道理的。它们的某些本质和我们很像，结婚后生下的孩子要么是没有力量，要么就是那种力量大得……就像这样。”

胎儿什么也不知道，如同每个胎儿出生后都要大哭，这个胎儿也是一样，它只是还没有出生就想以大哭来庆祝而已。

盘犹守看着女孩说：“而你认为，也许生的就是没有力量的那种。”

“你知道青少年的毛病……”女孩像在说别人的事情一样地讲述，“大人说不行，我不相信；大人说理由，我就不听，直到做错了事情。”

直到做错了事情……

“这回又是这样？你父母要你搬家，你就死给他们看，造成了现在的结果？”盘犹守的口气不太好，他觉得自己有点生气，但事实是他不止“有点”，看到大灰狼现在变小的体形，还有之前那种好像根本就没有活着的冷淡表情，他就想揍谁一顿，不是揍她，她没错。

……好吧，他是想揍她，但她是女人。

“我只是不愿意想起这一切。”女孩捂着脸说，“只要我到虚空点附近，就一定会因为虚空点的力量而想起来。而且这结果不是我要的，我只想安安静静地睡觉或者死去，但他们不让。”

“妖怪界？”盘犹守问。

“还有妖怪界。”大灰狼强调，“她不能总是这个样子下去，老是不消耗力量，她总有一天会爆发。”

盘犹守难以置信地看着它：“妖怪界果然插了一杠子？”

“你还记得那个狼毛圈圈吗？”大灰狼问。

盘狁守点头。

“我说过，那个不是我做的，我也绝对不会把它给你。”

“我知道……”

“八成是玉红云蛛，她是妖怪界在这个世界监视梦狼端妮的坐镇官员。”

“她是代表妖怪界来的？”盘狁守提高了声音。

大灰狼咧嘴：“嘿，我都不敢想她努力了多久才学会变成我。”

“为什么？”

是啊……为什么呢？还不是要他坚定地戴上那个狼毛圈圈，一路奔进这个陷阱里来！

他们一起看向几乎埋在了雪中的女孩。

雪突然不见了。

景色又回到了那个满地藤蔓、一片漆黑却奇异地能看到一切的地方。

他们依然被黑暗中那些看不到的妖怪所包围。

大灰狼看看旁边，转眼变回了那个穿着银灰色运动服的男子，一只手挽起盘狁守，高高地跃起，几次便脱离了那个包围圈。

盘狁守伏在大灰狼的肩上，眼睁睁地看着那个依然蹲坐在地上的女孩，好像她爱人的尸体依然停留在她面前的那片永冻之地。

盘狁守拍了拍大灰狼，大灰狼没有理他，他又用力地拍了拍：“大娘……大娘！停下！快停下！都住手！全部都住手！住手——”

妖怪圈之内是那些熟悉又陌生的黑衣人，黑暗中，显出了反射着月白光辉的镰刀和锁链。

黑气弥漫，裹挟着强大的妖气和死气，泰山压顶般扑向他们。

而这只不过是边缘泄露出来的一点点力量而已。

大灰狼抱紧了盘狁守的头，沉重又尖锐的气息利刃般斜斜擦过他们的身体，如果此时有人还能看见的话，可以看见大灰狼身上发出的微微白光，光芒笼罩了他们两个，很微弱，好像随时都有可能消失。

“你们不能杀她……你们不能杀她……你们不能杀她……不能！”盘狁守恨恨地靠着大灰狼说。

大灰狼轻轻拂过他的头发，却在听到他说的话后愣了一下。

“谁说要杀她？”

“你们这个样子还说不是要杀她？！”

大灰狼耸肩，并保证这个动作确实能被盘犺守感觉到。

“如果能杀得了她，一万年前就那么做了。”它说。

盘犺守抬起头来，在黑气弥漫的世界找到大灰狼被妖气压得有点扭曲的脸。

“你们没有要杀她？”

“要杀她也得过我这一关。”大灰狼冷哼，“她是我弟弟的妻子——未婚的也算，她怀的是我弟弟的孩子，要杀她，除非先杀了我。”

盘犺守若有所悟地点点头，然后又想起了另外一个问题：“她附身人类，那个孩子还在？我还以为那只是她的意识形成了她现在这个样子。”

大灰狼再次耸肩：“她可是梦狼，梦狼的孩子可以在梦中养育，可以跟着她的灵魂转移到任何地方，附身算什么？”

盘犺守舒了一口气，转眼心又提了起来：“那它们在这里干什么？”

大灰狼像对待不听话的孩子一样笑着叹了口气：“你觉得呢？”

“我不知道……”

就在这个时候，盘犺守口袋里的手机突然响了起来，居然又响了起来！

他拿出手机，按下接听键，刚放到耳边，然后差点扔出去！

因为电话里的魏天师声音大得都快要把他耳朵吵聋了：“我终于打通了！我终于找到你了！盘哥啊盘哥！我可是为你才到这个世界来的！我找了那么多地方……”

“有话小声点，快点说。”盘犺守不满地说。

“啊，就是那个，我师父找到了所有妖气的聚集点，是那个住在你家附近某楼某号的一个女孩，不久前摔成植物人了，想不到妖气就是从她身上发出来的！她不知道用了什么办法，折叠了附近十二公里的空间造出这个世界！你知道用一张小纸怎么剪出一个能穿过成人的大环……”

“说点我不知道的吧。”盘犺守烦躁地说，他今天的耐心已经用完了。

魏天师十分吃惊：“盘哥你都知道了？不愧是盘哥！你真是太厉害了！我崇拜你！我——”

“说重点。”魏天师再不说重点，等见面时盘犺守要做的第一件事就是揍他。

“还有就是这会儿人间这十二公里内的嗡嗡声都要吵死人了，好像是两个空间开始重合，这里的世界马上就要崩溃了。盘哥你快点逃吧！那位狼兄找到没有？千万要找到啊！狼兄的美貌真是小弟我梦寐以求的狗狗容貌，我梦里的狗狗就长那个样子……”

电话里传来呜哩哇啦的声音，不过没多久就断线了，大概是独目神鹰听到儿子夸奖天罡木狼的美貌而吃醋了……

盘犰守收起电话：“要逃吗？”

就在他说出这句话的时候，他们脚下的地面传来轰隆隆的沉闷声音，他们头顶上漆黑的天幕也像要被什么东西撕开了一样，“刺啦——刺啦——”地响。

“你说呢？”妖气和死气渐渐散尽，大灰狼已经放开了他，笑着反问。

既然大灰狼都没有要逃的意思，那他害怕什么呢？

地面开始摇晃，盘犰守有点头晕，大灰狼转身化作原形模样，倚靠在他的腿边，帮助他保持平衡。

他看向依然被黑暗包裹的地方，那里包裹了许多妖怪界的成员，圆形的包围之外，乌黑的气体就像固体一般困难地扭动着，让那个乌黑巨大的东西看起来像心脏一样搏动。

“那是什么意思？”他问。

“这是封印，就像雷峰塔的白娘子，华山的三公主。”大灰狼回答。

“到什么时候？”

“我不知道。”大灰狼说，“也许到很久以后。她的力量，或者说她身体里那个小梦狼的力量实在太强大了，必须用这个世界和这个封印困住它们，消耗它们的力量，直到梦狼家族能够用自己的办法控制它们的力量，再去解决孩子的出生问题，封印就可以解除了。”

盘犰守若有所悟。

“走吧。”大灰狼说，“这个虚幻世界的主人被封印，我们就可以随意进出，所有禁制也都解除了。”

盘犰守嗯了一声，正要跟着大灰狼向与那个东西相反的地方走，却听到脚下发出了“咔嚓”的声响。

他脚下的地面仿佛被什么东西用力劈开，出现了一条裂痕，像是张开的大口。

盘犰守大叫一声向下落去，大灰狼同时下落，落到了他的身下，让他跌在自己背上，才腾空飞到裂痕的上方。

他伏在大灰狼的背上，惊魂未定地看着裂痕之下的场景。

地面之下正在剧烈翻涌的不是熔岩，而是鲜血，一颗巨大得像个星球的心脏在浪潮般翻滚的血浆中载浮载沉，有莫名爆裂的伤痕不时出现在心脏上。

“那是怎么回事……”盘犰守自言自语。

大灰狼也看着那鲜血中的心脏，脸上露出难以置信的神色。

他们飞到了黑色的球体旁边，一个女人正飘浮在那里，盯着球体外不时爆发的电光。

盘犰守注意到，那些不时爆发的电光，和那颗心脏上出现刀痕的频率是完全一样的。

大灰狼飞到了那个女人身边，微微点了点头：“玉红云蛛。”这回它没有变回人形。

玉红云蛛睨了他们一眼，她从未用这种眼光看过他们，看起来有点陌生，而且她也没有叫它天罡木狼。

“我需要盘犰守。”她开门见山地说。

“为什么？”它说。

“你难道不明白？”她反问，表情看起来很烦躁，“我们用了上万年的时间，消耗了那么多妖怪的生命和能力，经过了无数次的磋商，更改了她的命运，好不容易让她到达虚空点，利用虚空点的特殊本质建造了这个世界，然后封印了她——我们为什么要让她建造这个世界呢？我们费这么大劲就是为了看她干这个好玩？”

“你别想伤害小盘子！”它低吼着，露出森白的牙齿。

“但这个世界不能崩溃！”

“我还在旁边呢……”盘犰守插嘴，“有话跟我说不行吗？”

玉红云蛛根本没理他，她看起来就要尖叫了：“你还记得让狐狸一族交出神之手有多么困难吗？我们不能继续让妖怪看管它，除了盘犰守，其他人永远不会自愿放弃这种近乎无敌的力量！”

“所以我一开始就不同意把这个给小盘子！”大灰狼高声怒吼，“但是你们自作主张！等我知道的时候已经晚了！你们这些混账东西！”

她面无表情，突然伸出一只手将盘犰守从大灰狼的背上推了下去。

她的动作实在太快了，大灰狼根本没有反应过来，盘犰守已经被推下去，向那翻涌的鲜血跌落下去。等大灰狼反应过来想要去追的时候，一个火红色的影子斜刺里蹿出来，将盘犰守给带到一边，而大灰狼自己则被六把长刀从不同的方向扣住了咽喉，最后指在它喉结上的是蜘蛛毒刺，两根。

盘犺守低头一看这个将他带走的妖怪，优美的身形，火红的毛色，蓬松的尾巴……

“妲己没谱？”

火红的狐狸身体一转，化作那红衣少年，拎住了盘犺守的领口，那模样，就像拎了一个货物一样。

铂离青瞳带着她的族人，手握长刀挡住了大灰狼的去路。

“抱歉，盘犺守。”红衣少年说。

“抱歉，天罡木狼。”玉红云蛛说。

红衣少年抓起了盘犺守的左手，连他的整个人一起，强行塞进了那搏动的黑色球体之中。盘犺守难以置信地伸出一只手，紧紧抓着红衣少年的衣服。

红衣少年掰开他的手指，一根，两根……少年脸上没有任何表情，就好像在做一件丝毫不需要在意的工作。

盘犺守的手倏地消失在黑色的球体当中。

球体和心脏同时发出叫声，瞬间电光变得更加强烈！

大灰狼大叫一声化作人形，手向虚空一伸，握住了两把大刀，再一交错，两把大刀化作莲花座般的刀刺球，他简直如同战神般威风凛凛地向阻挡在他前方的妖怪们攻去。

第十章 牺牲

盘犹守觉得全身都浸泡在某种温暖而又柔软的东西当中。

他睁开眼睛，眼前并不像他想象的那样一片漆黑，而是一片布满繁星的天空，星光洒满了他能看到的每一个地方。那似乎不是在地面上所能看到的景色，即便是一万年前也一样。

那么，也许是空中？

银河骤然扭曲移动，他的眼前出现了玉红云蛛的脸。

哦，那不是银河在移动，而是他的视线在移动。

或者不是他的视线在移动。

“那是怎么回事？”玉红云蛛在质问。

他眼前的景物有一瞬间陷入黑暗，后来他醒悟过来，这是“观看者”的眼睛闭上了。

回答的声音是那个梦狼端妮，但他看不到她在哪里：“我不是故意的，我也不想那样，可是等我发现的时候事情已经……”

玉红云蛛的声音稍微柔和下来，她伸过来一只手，在盘犹守看起来，就像在抚摩他的头一样，不过他知道事实并非如此，因为他什么感觉也没有。

他终于明白了，她在摸的是梦狼端妮，而他正在观看的是梦狼端妮的记忆。

“你不能这样对待那些狼族……”玉红云蛛轻轻地说，“它们都是在第一批狼妖几乎灭绝之后才得以成妖的小家伙，你吃了它们，它们就不会回来了。”

盘犹守的视线再度向下，落在了玉红云蛛黑色的高跟皮鞋上。他还看到了梦狼端妮两只细瘦的手臂，似乎她正抱着头。

“可是我没办法控制想要吃掉它们的欲望！”她声音尖厉，“这个世界在我体内消耗的力量实在太多了，我的身体只不过是想要补充最基本的能量！”

玉红云蛛轻叹，然后蹲了下来。

“我知道了。那么，可能需要委屈你一下……”她温柔地说，“妖怪界将在你的世界中分离出一个地方，将你关在那里。禁区上会叠加禁制，禁止所有的狼族到那里去。”

“但是没有狼族的力量，我会因为能力削弱过快而死。”梦狼端妮委屈地说。

“你可以出来……”玉红云蛛说，“当你感觉到特别虚弱的时候，你就能在一定范围内活动，去抓任何狼妖，所以我们会将所有的狼妖禁锢在那个叫小红帽的地方。”

“可我又不想伤害任何人。”梦狼端妮说，但她有些松动了。

玉红云蛛说：“所以我们需要天罡木狼。我们只是在你摔下楼的时候固定了你的魂魄就已经筋疲力尽，而它到这里以后不到一天就发现了整个世界是被你创造出来的真相——你可以由此想象它的力量有多么强大。”

“它不会为了别人而牺牲自己。”梦狼端妮犹豫地说。

“它会。”玉红云蛛坚定地说，“它会。如果你创造出当年的景象，创造出那些本来应该在那次事情中死去的狼妖依然生活在他们一万年前最终生活的那个地方，抹去它和一切知道当初那些事的妖怪的记忆，让它困惑，让它不得不为了自己的族人去奉献！”

盘犺守心中酝酿着雷霆暴风般的愤怒！他从来不知道这个女人这样自私！怎么能为了某个妖怪而背叛他的大娘！他想杀了她！他希望自己的手能立刻伸出去杀了她！

“那怎么能行呢？我不能伤害它——”梦狼端妮激动地说。

盘犺守颤抖着伸出软绵绵的左手，却发现……他的左手正在空气中逐渐被分解成为细细的颗粒，缓缓溶解！

而这个时候，他的耳边又响起了玉红云蛛的声音，她正平视着梦狼端妮，温柔地说：“它会高兴的。因为你是它的天劫，它会渡过天劫，拯救它的弟媳、侄子和人妖两界，且不会因你而死。”

他心中的愤怒忽然就消失了，她是大灰狼的朋友，他应该相信这一点才对。

“我们到了！我们到了！”

“你要早想起来，我们还有必要这么赶吗！”

“可是我刚才根本就没想起来啊！”

“这么重要的事情都没想起来！你到底专门跑这世界来干吗的！你走之前还一声不吭，我和师父都以为你暴毙街头了！”

“我们过来了就不要追究啦！没晚——”

身后传来冒冒失失的声音，红衣少年刚一回头，就被身后的人或者妖怪一拳打飞到一边。

那只有着大翅膀的老妖怪背着儿子“扑哧”一声进入了那个原本像气态又像液态的黑球中。

它们整个儿扑在了基本变成了固体的黑球之外，之所以听起来有那种扑哧的声音，是因为它们有某个部分插进了黑球尚未完全化作固体的部分。

有一只手凭空出现在盘犰守面前，他吓了一跳。

而那只手简直就像是从玉红云蛛脸上长出来的一样，僵硬地伸着。

他忍不住碰了一下那只手。

那握拳的手突然就松开了，一些看起来很眼熟的小骨头出现在手掌心中，排着整整齐齐的队伍缓缓飘出来。

而另一只手也不知何时出现在他的眼前，松开手掌，一个小小的狼颅骨在手掌上滚动，撞球一般撞在其他的小骨头上。

原本整齐的小骨头们被撞得散成了一片，不过很快就自行找到了自己原本所在的地方，互相碰撞着，震动着，移动着，形成了一个蜷缩着身体的小狼崽模样。过了没有多长时间，骨骸狼崽的身体上就隐隐约约地包裹上了一层透明的膜，就像透明的皮肤一样。

盘犰守明白了，这就是梦狼端妮的孩子的真身，现在该是它正常生长的时候了。

黑球外，厮杀仍在继续。

只听厉风嘶吼，风雷阵阵，大灰狼的攻击裹挟着刀光剑影步步紧逼，刀刺球时发出耀眼的光芒，将沾到它的每一缕抵抗都毫不留情地消化殆尽！

若有与那光芒相抗者，便会立时化作齑粉！

铂离青瞳和她的族人，再加上玉红云蛛，竟不是它的对手。

铂离青瞳一个没注意，一只眼球掉了出来，被刀光绞成粉末。她失去了半边视力，也没了立体视觉，顿时方寸大乱，躲避的动作慢了些，几乎连自己也被一起绞成碎末！

幸亏玉红云蛛眼疾手快，双手毒刺放出妖气抵抗大灰狼，同时口中吐出蛛丝，将铂离青瞳甩到一边。

不过也正是因为她这样一躲一甩，大灰狼眼前的阵势立刻出现了一个空隙，它又是几个突刺，将敌人逼退一边，自己从缺口处箭一般射出。

下一刻，刚刚被揍完才爬起来的红衣少年又被狠狠揍了一拳，斜斜飞了出去，几乎撞到玉红云蛛身上。

但只是几乎而已，她灵活地闪开，红衣少年撞上了铂离青瞳的儿子，又一起飞出了好远，才狠狠摔到地上。

而早在他们落地之前，大灰狼已经在独目神鹰身边伸出手去，插入了那个漆黑的球体，过了一会儿——很有可能只有几秒——两个妖怪同时拉着仿佛被墨汁浸透的盘犹守飞跃出来，“啪唧”摔倒在地。

玉红云蛛将双毒刺收到一起，拉着铂离青瞳的手，带着铂离家族的族人，飞向筋疲力尽刚刚落地的大灰狼和盘犹守。

“我都说过了这一定会很困难……”铂离青瞳跌跌撞撞地飞着，没有眼珠的眼眶里泪水哗哗的。

“所以我才需要你帮忙嘛。”玉红云蛛温柔地笑着说。

“我的眼睛很贵的！而且好难买的……”

“我赔你好了吧，不要哭了……”

盘犹守直到现在还没反应过来究竟发生了什么，茫然地看着飞向他们的妖怪，右手却更用力地抓住了大灰狼。

“事情已经完了，你不用紧张。”玉红云蛛平静地说，就好像刚才那巫婆般邪恶的人和她根本没关系一样。

盘犹守心里那个气啊！

“你们这些妖怪说翻脸就翻脸！说和好就和好！想怎样就怎样……”

“我们没有翻脸啊。”铂离青瞳流着泪说。平心而论，她现在的模样才更像是受害者。

“那你们刚才是在干什么！”盘犹守气爆了！

玉红云蛛指向远处隆隆作响的裂缝——天上的和地上的。

而那些裂缝正在发出令人不适的吱吱呻吟声，一点一点慢慢缩小。

“我们的神之手终于起到了重要的作用！”红衣少年不知何时落在了他们身后，激动万分地说。

盘犹守的回应是毫不客气地挥出一拳，打在对方最脆弱的肚子上。

而大灰狼还没来得及那么干呢。

红衣少年号叫着变回小狐狸，小身体在地上滚来滚去。

“神之手……要神之手就好了！有没有必要把我整个塞进去啊！还不打个招呼！”盘犽守怒吼。他觉得自己一辈子的气都在今天生完了。

“那是因为你有个不讲理的保姆！光跟它解释这些是没有一点作用的！”铂离青瞳毫不客气地说，流着泪、瞎了眼也不能阻挡她的刻薄。

而她口中的保姆大灰狼没有跟着盘犽守一起闹，它只是伸出一根手指……在所有人都没有反应过来之前，将铂离家族所有人的眼睛戳成了碎片，这些都在一秒钟之内干完。

铂离家族尖叫、跳脚，大灰狼则笑得十分邪恶。

“这种事情你应该先与我商量。”大灰狼语重心长地说，“不过这次就算了，以后就记得了，是不是？”

玉红云蛛脸色铁青。

大灰狼轻轻托起盘犽守的左腕，那里已经没有手了，只有手腕。盘犽守一直用袖子挡着它，但还是被大灰狼发现了。

大灰狼看着断腕处，笑得令人毛骨悚然。

小狐狸先逃得无影无踪。

虽然并非罪魁祸首，不过还是心虚的独目神鹰背起儿子瞬间跑得不见了踪影。

玉红云蛛恨恨地跺脚，拉起铂离青瞳也走了。铂离家族的人跟着她们，在天空中摆出一串歪歪扭扭的队形。

大灰狼继续托着那只断腕，阴云密布的脸上就差倾盆大雨了。

“还会长出来的。”盘犽守安慰他。这是盘家合约上规定的，合约中守护虚空点的人类，在进行与妖怪有关的活动中失去任何东西（不包括生命），妖怪界都必须予以补偿。“妖怪界总有那么多办法，一定能的。”盘犽守说。

大灰狼叹了口气，摸摸他的脑袋。

暗蓝的天空和漆黑的大地嘎吱作响，裂痕如活物般收缩，藤蔓化作灰烬，随风飘散。

人间那十二公里范围内的嗡嗡声，在某一时刻突然停止了，就好像那些声音从来都没有出现过一样。

人类和妖怪同时松了一口气。

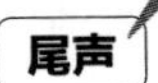

尾声

出于盘犹守和大灰狼回到了人间，当然也有很多妖怪选择留在那个世界，它们出于各种奇怪的原因喜欢上了那里，当然那对于人类而言有点难以理解。

没过多长时间，盘犹守就收到了代替左手的植物假肢，安装到左臂上以后就可以正常使用，除了模样看起来像树根之外，功能上没有任何问题，看来他又有相当一段时间需要戴手套了。

而妖怪界真正赔偿给他的那只手和正常的手没有任何区别，不过培育时间比较长，目前正在妖怪界的科学院使用加速生长技术制作，不久后就能代替这个假肢了。

“以后我多了一项技能……”盘犹守开玩笑地说，“谁惹我不高兴了，我就扔手去砸他！”

大灰狼只是嗤之以鼻。对于这件事，它决定和妖怪界没完！不过没必要告诉小盘子。

几个月后，盘犹守在父母的闲聊中知道了一个有趣的消息。

对面不远处那栋楼里，原来跳楼成了植物人的女孩最近突然醒了！把她父母高兴得要命！有好多媒体都去报道了这个消息，题目不约而同都是什么“坚持的爱”“守护的爱”之类的东西。

“她醒了。”盘犹守悄悄地把这个消息告诉了大灰狼。

大灰狼啃着白菜，懒得理他：“那当然了。她的意识被封印在梦里，妖怪界就要照顾她的身体……”

盘犹守明白了：“你是说，醒的是闫妮，不是梦狼端妮。”

“要是她这样都能醒，那妖怪界就集体上吊去了。”大灰狼懒懒地回答。

盘犰守嗯了几声，心想：不管是什么吧，只要闫妮的父母高兴就好……

他这样想着，看见自家院墙上鬼鬼祟祟地冒出了半个火红色的头。

他正想趁大灰狼发现之前把它弄走，以防惨剧再度发生，可大灰狼的反应比他还快，丢下啃剩的半棵白菜，“嗷”的一声就蹿了出去。

“我让你对我家小盘子——”

盘犰守捂住了眼睛，不忍观看即将发生的事情。

天气正好，麻巧在盘着七曲蛇君的老槐树上叽叽喳喳地叫。

（全文完）

后记

终于……结束啦！（疯狂撒花中！）

我真是天才！我真是天才！一年就写完了四十多万字——呃，这个好像没什么好炫耀的……才四十多万字……我蜷缩着含泪画圈圈……

不过就算是这样也很了不起啦，因为我完全没有想到这本书会写这么长……

昨晚我在睡觉前还自己YY，要是就这么写下去，也许会写个百万、千万字，就像某些漫画家一样，一部小说写一辈子，那我这辈子都吃喝不愁啦！不过嘛……等睡醒起来我就清醒了，那种事情肯定是不可能发生的……我应该知道的，像我这种喜新厌旧的人怎么可能写出上百万字的书……就算我强行写出那么多字，又会有多少和我一样无聊的人来看……

不过这世界上的事情总是充满惊喜，十多年前我把第一篇小说贴到网上的时候，拿着写出来的烂文到处求别人看、求别人评的时候，在看着别人的点击动辄上千而自己只有个位数的时候……怎么会想到自己的小说还能出版呢？而且出版了这么多，这真是我以前想都不敢想的！

所以说啊……没准未来的我真的会写出那样的传世巨作呢！哇哈哈哈哈哈！（抱歉，做梦还没醒，让我再YY一会儿吧……）

关于在这篇文里出现的狼把盘犰守压在下面的情节，其实就是我写这篇文章的原动力……

我曾经抓住一只狗狗把它压在肚子下面，狗狗居然毫不费力就逃走了（因为身体很软），这让我十分不满（其实我就是个变态，就是……），后来我想了多种办法，依然不能压住狗狗实施蹂躏行为（狗爪子、尾巴和圆脑袋对我有着无与伦比的吸引力！），反而遭到狗狗报复，报复的过程就不说了，反正那叫一个惨烈！（好像就是从那时候起，所有的狗狗就都不喜欢我……哭……）就在那个时候，我脑子里就出现了人被巨大的狗狗压在下面的情节构造。

当时出现这个景象以后，我正好在写《鬼怪公寓》的《藏獒神犬》一节，希望出现的是在寒冷的原野上，没地方可以取暖，只有狗狗肚子下面可以取暖（完全是狗皮帐篷！还带自然保温功能的那种！无限流口水中！）……但是情节展开后，我却找不到地方可以放，当时就更加不满了，暗暗发誓，一定要把这个情节写出来！

经过了两年的时间，经历了那么多坎坷和困难，我终于把它写出来了，啊啊啊啊啊！我还以为在这一部里也出不来了呢！我本来是想让它在另外一个故事里出现，结果那个小节写不下去，我都绝望啦！真是太好了！它终于出来了……泪目……跳舞撒花中……

从写下题目，到写下“全文完”三个字，这部小说我整整写了一年，还多。

好难得……

我用了一年时间写了一部小说，而在这中间没有分心或者受诱惑去写别的东西！完全就只写这一部！我真是太厉害了！这么多年来从来没有过这种情况啊！

好啦，这个故事终于在奇怪的尾声中结束了！各位读者上帝们！我们下一本书再见！

拜拜！

蝙蝠

二〇一七年九月十三日